一万块砖的思念

尹琪

著

北方联合出版传媒（集团）股份有限公司
万卷出版公司

ⓒ 尹 琪 2021

图书在版编目（CIP）数据

一万块砖的思念 / 尹琪著. —沈阳 : 万卷出版公司,
2021.9

ISBN 978-7-5470-5665-3

Ⅰ.①一··· Ⅱ.①尹··· Ⅲ.①长篇小说－中国－当代
Ⅳ.①I247.5

中国版本图书馆CIP数据核字（2021）第132842号

出 品 人：王维良
出版发行：北方联合出版传媒（集团）股份有限公司
　　　　　万卷出版公司
　　　　　（地址：沈阳市和平区十一纬路25号　邮编：110003）
印 刷 者：三河市兴国印务有限公司
经 销 者：全国新华书店
幅面尺寸：145mm×210mm
字　　数：320千字
印　　张：13
出版时间：2021年9月第1版
印刷时间：2021年9月第1次印刷
责任编辑：张鸿艳
责任校对：刘　洋
装帧设计：仙　境
封面插画：宋　钰
ISBN 978-7-5470-5665-3
定　　价：52.00元
联系电话：024-23284090
传　　真：024-23284448

引子

　　回忆是抹了蜂蜜的锯，它瞒过了真相，把曾经的痛楚悄悄掩盖，也让幸福和忧伤绵绵不绝，它还陡立着密密麻麻的刃，割伤抚摸它的手。回忆是我永远无法割舍的珍宝，无论是在醒来的瞬间、在地铁中、在淋浴头下边，还是在飞机冲向云朵的那一刻，回忆都朝着我滚滚而来，那些片段塞进我的脑海，让我难以呼吸。每当我想要驱散飘浮在回忆之上的情感烟雾，看清过去岁月里的自己，却陷入了更深的回忆旋涡。

　　我觉得，世界上最微妙的一种人际关系就是老丈人与女婿。两个男人，前赴后继地出现在一个女人的前半生和后半生，并在长达几十年的时间里无数次会面，相互试探、你来我往、强颜欢笑，被赋予超越血缘关系的亲密，这本身就是一件违背自然规律的事，可惜这件事无可避免，并且真切地发生在几乎每个男人的身上。

八年来，我每周都有一两次和这个姓郭的男人坐在一起吃晚饭，渐渐地，我对他的称呼也从"叔"变成了"爸"，我私下里也以"老郭"作为他的代称，他就是我老丈人。然而不管我们之间的关系有着怎样的改变和进展，他脸上阴郁的表情从未改变，他的沉默和木讷像一团重重的雾气，固执地围绕在他周围，连他偶尔的笑容都让我觉得是那么敷衍和不真实。对于这一点，我媳妇表示不须理睬，因为在她记忆里她爸一直是这样，她老妈活着的时候给他爸起了个外号叫"老不晴天"，估计我是没可能见到他老人家阳光灿烂了。

于是，一起吃饭成了一件难熬的事，我试图找出各种话题来打破沉默，但是当我组织好词语，即将说出来时，又总被他夹向花生米的动作打断。是的，花生米作为他的最爱，甚至作为他内心里的交谈对象，每次都出现在我们的餐桌上，以至于花生米被吃完时，他会立刻显露出手足无措的样子，这也标志着这顿饭会迅速地画上句号，我也可以如释重负地离开桌子，逃离这尴尬的晚餐。某一天，我、我媳妇还有老郭又在一起吃饭，我忽然问起我媳妇小时候的事，他顿了一下，随后就开始了讲述，这种讲述像他平时说话一样，缺少勾起人兴奋的东西，但他就是一直说下去，从一个片段到另一个片段，从一段回忆到另一段回忆。有些事我从媳妇那儿听到过，有些事跟我媳妇讲述的截然相反，但作为一个"女婿"倾听者，我必须保持我的耐心和专注，直到我媳妇在一边不停地给我使眼色，我这才起身去卫生间，故意在里边耽搁了很长时间，出来后假装什么也没发生过一样，逃离餐桌坐进沙发。老郭这才意识到什么，他干涩地笑笑，像是给自己的讲述画了个句号，随后咽下一口吐沫，眼睛看向装花生米的盘子，那里已经是空的了，我在倾听的时候吃掉了它们。

我并没有意识到，我触碰了一个开关，而这个开关把我带入了某件事当中，或者说，把我带入了另一个人的人生。从那一天开始，老郭的讲述每周都在重复，我习惯了当一个听众，也习惯了在必要的时候走去卫生间，以结束他的讲述。可是有一天我忽然发现，他讲述的这一切成了一个影子，印在我的生活里，它和我的生活并不重合，也毫不相斥，有时候我一挥手就可以把影子打散，有时候影子却紧紧地跟在我身后，跟我生命里的某些东西产生着越来越频繁的共鸣。我试图把影子抓出来看个究竟，或者帮影子描绘一个模样，但我总是失败，这成了让我十分苦恼的事。

想想看，一个人的脑子里装着两个回忆，一个是自己的，一个是别人的，一个待在明处，一个时不时闪现出来舞蹈一段又躲进某个角落，有时候它们还同时跳出来，试图证明自己才是主角，而另一个不过是幻想，这种交叉和错乱真切地发生在我的生活里。最后，我只剩下了这个办法，把这一切讲述给你，让你替我分辨，也许你并不愿意，可我别无选择。

第一章

我爹跟我说过，等房子盖起来，我就可以娶媳妇了。

房子上梁那天，爹躲在凑热闹的人群后面，叼着烟眯起眼睛，有人跟他道喜，他就小心翼翼地龇牙乐一乐，像是把牙都露出来，房子就会被人推倒。大姐扶着娘站在人群最前边，因为娘眼睛不好，但是娘得吆喝工匠们，娘平时说话连爹都不敢不听，工匠是爹雇的，自然也得听娘的。鞭炮一响，爹吓得一哆嗦，嘴里的烟掉在地上。

房子盖起来了，老三住了进去，因为老三娶了媳妇。爹跟我说：

"你快点娶个媳妇，我再给你盖一间。"

老四在旁边听见，笑嘻嘻地说：

"不用给我盖了，还不如把盖房钱给我买酒呢。"

娘窝在炕上骂：

"小王八犊子，不长能耐还缺心眼儿，随他爹。"

爹坐在炕头，讪讪地赔着笑脸。

我爹原本是个能人，给杨子荣那个团做过鞋，后来土匪打没了，部队就留在当地，爹找到团长说想回家娶媳妇，团长就给爹写了一封介绍信和一个地址。爹回到浑阳城，按照地址把信交给一个当官的，当官的就让爹去木材厂当购销科长，还给爹安排了宿舍。娘那时候是爹的嫂子，娘的妹妹在厂里上班，被厂里的外国专家把肚子弄大了，专家不承认，爹的哥就拿着刀把专家杀了，被判了死刑，开了公审大会，游完街被枪毙了。

游街那天，爹和娘都去送，娘当时就晕了，爹把娘背回去，后来，爹和娘就结了婚，爹从宿舍搬出来，住进了娘的房子。

爹刚到木材厂的时候，很不高兴，爹做鞋做惯了，只喜欢皮子，不喜欢木头。爹说皮子是从活物身上扒下来的，等到了人手里，做成了鞋，穿在人脚上，跟人气一沾，皮子还能活过来。皮子也有性子，皮子的性子随活物，活物性子烈，皮子就发韧，做成鞋也板脚，走路爱往石头上磕；活物性子缓，皮子就发软，做成鞋也养脚，舒舒服服的。后来爹知道了木头可以换钱，钱可以买皮子，爹就也喜欢上了木头。他弄了一卡车的木头，让人把木头卸到院子里头，堆得像山一样。那时候娘已经怀了大姐，娘每天挺着肚子，站在院里看木头，骂爹把家里当仓库，又不让劈柴烧火，爹赶紧捂住耳朵，出去想办法，看怎么把木头换成皮子。没等爹想出办法，就有人把爹告了，说爹贪污，要抓去游街。爹上回找的那个当官的听说了，发了话，说爹做过贡献，于是把爹和娘下放到刘官屯，爹和娘把所有的家当都带来了，城里连一张草纸也没留。从那以后，爹胆子越来越小，娘天天哭，哭得眼睛也开始不好了。

新房子是紧挨着老房子盖的，老房子的东墙就是新房子的西墙。老房子只有一间屋、一盘炕，大姐头几年嫁了人，爹、娘、我、老三和老四都住在炕上。原来炕上很挤，老三搬进了新房，

5

松快多了，可是从那以后的每个晚上，我都能听到从墙那边传来的响动，有点像拿锥子在厚皮子上旋拧着扎眼的动静，让人汗毛不得劲，爹和老四的呼噜声很大，可就是盖不住这响动，娘在炕梢叹口气，隔着爹说：

"明天让大姐给你找个媳妇。"

我知道娘在跟我说话。

大姐最疼我，我也最听大姐的。我们兄弟从小在屯子里就被人欺负，他们围住我、老三和老四，骂我们是下放崽子。我要护着弟弟，结果老是第一个被人打趴下，大姐跑来解围的时候，心疼得直掉眼泪，回家告诉爹和娘，娘就骂爹作孽，报应到孩子身上，爹就站在屋中间抽烟，爹的腿站得直直的，但是腰向前弯着，像是他哥当年游街被人按住脖子一样，娘就哭，说早晚离开这个鬼地方。于是，我每天都盼着早晨起来，爹娘已经收拾好东西，带我们离开屯子，搬得远远的。我睡到半夜起来，把衣服裤子鞋穿好再躺进被窝，生怕早上爹娘搬家我拖了后腿，可是早上娘看见我穿着鞋睡觉，就气得拿扫帚打我，却从来不说搬家的事。我去问大姐什么时候搬家，大姐说屯子里的老人给算过了，娘身上带着前任丈夫的煞气，爹压不住，走到哪儿都一样，我就知道我一辈子都走不出这里了，从那以后，我就很少笑。老三也不笑，老三不笑是因为有心眼儿，他知道跟着我和老四会挨打，他就离我们远远的，慢慢地跟我们都不近乎，跟爹娘也不近乎，他只跟媳妇近乎。原来是他自己跟人打麻将，现在有了媳妇，两个人一起出去打麻将，从早打到晚。老四却一直笑，他不长记性，老跟欺负我们的人玩，我打了他好几次，可他还忘，长到二十岁了还是啥也不在乎，每天有酒喝就高兴。老三和老四都离不开屯子了，他们被屯子一口吞进去，再也没吐出来。

刘官屯其实跟浑阳城就隔着一条河，这条河绕着浑阳城走了一大圈，圈里的是城，圈外的就是无数个屯子，屯子总想着城，但是城早把屯子忘了。河上有一座小桥，夏天一发水，水挨着桥的下沿轰隆隆地跑过去，把上游水库里的鱼带过来，全屯子的人都站在大坝上捞鱼。鱼不怕人，我和老三、老四的水桶里都装满了，那个年月能吃上一锅鱼是多么值得高兴的事啊，可我们不舍得走，站在那儿看别人捞鱼，像是那鱼捞上来也给我们。鱼只能吃上几顿，平时还得吃粮食，屯子里有土地，我们家也有土地，有水田有旱田，一年到头，我们全家人都在田里忙活，可我觉得，田里长出了粮食，却把我一点一点地往地里拽。

其实我有一次差点就离开屯子了。

我十七岁那年，部队来屯里招兵，我去了，跟十多个小伙子在一个屋子里脱光衣服，背过去又转过来，蹲下又站起，伸直胳膊又放下，一个在军装外边穿白大褂的兵仔细盯着我们看，看得我们都不好意思。后来我们穿上衣服出去，一个被当兵的喊作"政委"的走过来让我留下，他也仔细地盯着我看，但这回我穿着衣服，他就只能盯着我的脸，我就没有不好意思。看完以后，他让我去领一套军装，过几天跟他们走，我知道我被选上了，可我不明白当兵为啥还要被人盯着脸看。大姐混到当兵的中间打听好几次，才弄明白他们要找礼仪兵，就是站着给人看的兵，挑出最好的送到北京去，在升国旗的地方站着被人看。大姐高兴得眼泪都掉出来了，她让我把军装穿上，说这回能站直腰了，我说等走的那天再穿，我不喜欢显摆，再说当兵的得有点深沉，我把脸上的笑都藏到心里，板着脸走回家，大姐走在我旁边又哭又笑。

晚上睡觉的时候，大姐让我枕着军装睡觉，她说找屯里的老人算了，头枕黄粱梦黄粱，头枕军装当兵郎，我听了大姐的话，早上醒来，军装上的扣就在我脸上压出一个深深的圆坑，一整天都不下去。等圆坑攒到了第八个，政委派小兵来告诉我，说我被刷下去了，因为另一个屯子里的小伙为了跟我争名额，向政委的领导举报了我家的历史情况，小兵说政委很喜欢我，但是政委也没办法，政委让我把军装留下当个纪念，我没答应，我让小兵把军装带走了，因为我脸上有了圆坑，我就像一辈子都穿着军装。大姐看着小兵把军装拿走，扶着大门哭，而我摸着脸上的圆坑，对着镜子反复看。

后来，举报我的那个小伙也没被选上，我脸上的圆坑也不见了，我想，一定是圆坑嫌我没出息，悄悄地溜走了。

第二章

从我家到屯子口有一条长长直直的土道，土道右边是田地，土道左边是小学和泵站，紧挨土道是一排杨树，杨树尽头是一棵柳树。杨树和柳树都有年头了，屯子里胳膊最长的人张开膀子也搂不过来。杨树昂着脑袋，半拉眼都不看脚下的人，柳树老低着头，脚下的人却从来不看它。我走过杨树的时候，脚步老是特别快，身后带起一溜灰尘，老四跟在我后边，埋怨我故意让他吃土；我走过柳树的时候，就站住脚歇一歇，柳枝在我脸上摸了一把又一把，老四想掐折一段做成柳笛吹，我没让。

这一年，柳树还没发芽，我们就开始把汗珠洒在地里；柳树叶子一落，收成摆进米袋子，爹就要带着我们去鞋厂做活了。

鞋厂是我爹开的，说是鞋厂，其实就是个作坊，算上爹、我、老三、老四和两个工人，一共才六个人，原来是在家里做鞋，出去卖的时候还偷偷摸摸的，生怕被人举报，就靠着零星地卖两双鞋，我们家的日子也比屯子里其他人家过得好。后来上边有政策说做生意不犯法了，爹就跟娘商量要开鞋厂，娘说：

"你不怕风一变，又把咱们下放了？"

爹说：

"下就下，还能下到哪儿去！"

爹平时胆小，可是一想到能做鞋，胆子立刻就大了。

每天早晨，爹披着衣服站到炕边，嘴里吐着哈气，小声地喊："从文、从斌，起了。"

从文是我，从斌是老四，老三叫从武，这是爹起的名。爹希望我们文武双全，可我拿自己做的鞋到废品站换书看，娘却骂我败家子，我这骂挨得不值，因为我只看了半本"三国"、半本"水浒"，"三国"是后半本，"水浒"是前半本，废品站就收来了这两本。爹把我们喊起来，在外屋喝粥，就着带冰碴的咸菜，吃完我们就出门了。爹不喊老三，因为娘不让，娘说让老三多搂媳妇一会儿，娘想抱孙子。

鞋厂离我们屯子不远，爹领着我和老四沿着土道往屯外走，一阵小旋风刮起来，冷飕飕地往我们脖颈子里灌，爹缩着脖子裹紧衣服，他的棉袄没系扣。屯子里的人冬天穿棉袄都不系扣，而是用一边衣襟压住另一边，好像这样更暖和。

我刚记事的时候，爹穿棉袄是系扣的，后来不知道从啥时候开始，爹也不系扣了，可我一直系扣，我不想跟屯子里的人一个样。

爹一摸上皮子就不是爹了，刚开始，好皮子弄不到，爹就去买坏了的马鞍子，马鞍子都是牛皮的，薄的地方可以做帮，厚的地方可以做底，等到爹把皮子拎起来，他一下就站直了，手也掐到腰上，他把皮子甩一甩，用手使劲地摸，摸完拍打两下，然后再摸。爹托人把外地鞋厂做的鞋寄过来，像看个宝贝似的看上半天，再拿出笔和纸画出来，我以为画出来的还是鞋，可画出来的是一个戴着凤冠的小人，两边有宽大的袖子，爹说这就是鞋本来的样子，我才知道原来每只鞋里边都藏着一个人，我也知道了为什么爹那么喜欢做鞋，他能跟鞋里的人说话，只有他们才最懂他的心思。

我学做鞋是因为我能去城里卖鞋。城里真好，城里房子规整气派，城里人傲气，城里人就算穿着黄胶鞋也都抬头往人头顶上看，我穿着爹做的皮鞋，可我总盯着人家脚底下。卖鞋的时候，爹领着我、老三、老四，一人背一个黄书包，包里装两双鞋，先坐马车过了河上的小桥，再走上好几里地搭上公共汽车，倒两趟车，这才到了浑阳城最热闹的太原街。我们站在五层楼的老联营对面，摆出两双鞋，有商店里卖七块六毛五的一脚蹬，有三节头，还有青年式。我们卖的是商店里一半的价钱，所以逛街的人看见了，都围过来，一会儿工夫鞋就卖没了，连商店里的营业员也悄悄跑出来在我们这儿买鞋。卖了鞋，钱都是爹收着，但是爹会给我们发工钱，于是爹、老三和老四都高兴起来。爹高兴是可以拿钱买更多的皮子，老三高兴是打麻将有了本钱，老四高兴是能买酒喝，我只顾着到处看，没空高兴。爹以为我不高兴，劝我：

"等攒够钱就给你盖个新房。"

我问爹：

"不用娶媳妇吗？"

爹乐了：

"不娶媳妇也盖新房。"

爹这么说了，我还是只顾着到处看，老三看着就不那么高兴了，他是娶了媳妇才有新房，如今我不娶媳妇也有新房，那就说明爹偏心我，老三是在跟我较劲。于是我想，我还是先娶了媳妇吧。

可是，给我相亲那天，我还是不大乐意。

那天我正在鞋厂里做鞋帮，大姐头天晚上就告诉我今天要相亲，让我在家等着哪儿也别去，可我还是出来了。喜欢我的女人不少，见面相亲的也不少，可我不喜欢，因为她们都是屯子里的，没见识，相看不相看都一样。大姐说今天来的这个不是屯子里的，是从铁岭那边的农村来的，叫玉琴，来投奔她姑姑。她姑姑是氧气厂的临时工，氧气厂在我们屯子里弄了块地，盖了一溜平房当宿舍，她和她姑姑就住在宿舍里。我想，铁岭那边的农村不也是一个一个的屯子吗？我不愿意跟她见面。大姐来鞋厂找我，我不走，大姐使劲拽我，我也不走，大姐就松开手，悄悄地跟我说：

"从文，你这么大了，该娶媳妇了，娶了媳妇爹就得给你盖房，你看老三那小日子过得多好。"

我问大姐：

"不盖房能咋的？"

大姐说：

"人跟鸟一样，第一件事是吃饭，第二件事就是盖房子，没有房子就得一直扑腾，扑腾到死连个停的地方都没有。"

我说：

"我眼下有地方住，爹娘的房子就是我的房子。"

我说话声大了，老三、老四都回头看我，大姐急得眼泪都快下来了，大姐说：

"你姐夫没房子，姐跟着他挤大炕，那不叫家，姐得让你有房子，让你有家。"

姐夫全家都是坐地户，地道的农民，姐嫁给他真是委屈了，我不忍心看大姐难受，我就跟她回去了。

我回去的时候，玉琴和她姑姑已经走了，就留下一张照片，我看了一眼，娘和大姐问我咋样，我问她们觉得咋样，娘说："看不清模样，听着说话还行。"

大姐赶紧说："我看着挺秀气，就是个儿矮，矮没事，咱家能给她接上啊。"

"个儿咋接？"

我有点发蒙，姐乐了：

"咱家不做鞋嘛，给她做个高跟的就接个儿了呗。"我也乐了，我说那行吧。晚上，爹跟老四回来了，大姐跟爹说老二要娶媳妇了，得盖房子。

爹乐了一下，老四找出半瓶散白要跟我庆祝，我们一人喝了二两，睡了。半夜的时候，我听见爹下炕的动静，我欠起身子往外屋看，爹披着棉袄蹲着抽烟，一根接一根。

接下来的日子，爹不让我去做鞋了，爹让我去搞对象，爹还说你慢慢处，你打算啥时候结婚告诉爹一声，爹给你准备房子。可我没打算慢慢处，我想快点结婚，结了婚大姐就高兴了，就没人再跟我叨咕房子的事了。大姐让我买件好衣服跟人家见面，我说我就穿这身了。

过了一个礼拜，大姐拿来一件皮夹克，我穿上的时候，大姐笑了，她一笑，我看见她嘴里的牙缺了一个，我问她咋弄的，她说是磕门上了。

我穿上皮夹克，全屯子的人都看我，他们都没见过皮夹克，别的屯子来人也看我，他们也没见过，他们说，买皮夹克要花一百多块，老郭家真有钱。

我穿着皮夹克，开始去氧气厂宿舍找玉琴了。我敲敲她窗户，她就出来跟着我走。我俩有时候在稻田里的田埂上走，有时候在大坝上走，我问她：

"你看了几个对象？"

她想了想说：

"四五个吧。"

"都是刘官屯的？"

"嗯。"

"都谁呀？"

"杜老二、赵胜利还有……姓王的，剩下两个忘了。"

我一听吃了一惊，杜老二家已经盖起二层楼了，就是城里也没几户人家盖得起，我爹说一看就是拿碎砖盖的，没多少钱，唬人的，可那也是二层楼啊。我问玉琴：

"杜老二家条件那么好，你没看上他，怎么看上我了？"

她有点不好意思了：

"杜老二长得难看。"

我"哦"了一声，不说话了，她也不说话，我们就一直走，等到身上冷得不行，我就送她回去，我再回家。就这么过了三个月，快过年的时候，玉琴回老家了，来年开春她还得在家种地呢。我想：是铁岭那边的屯子松开了绳子，把玉琴送到我身边，我这边的屯子张开绳子，把我和玉琴捆到了一起，原来只捆一人的绳子如今捆了两个人，就勒得越来越紧，谁也挣不脱。玉琴走了，大姐问我行了吗？我说行了。大姐把消息告诉爹和娘，爹说等过了年天暖和了，就买砖买木头雇工匠给我盖新房，但是盖的时候，我得和玉琴一块儿看着，直到房子盖起来，谁也不许偷懒。

这是我从小到大第一次盼着一件事的发生，盼望让每一天都变得特别慢，让每一分钟都变得难熬，爹和娘这一辈子都在盼望中过去了，如今轮到了我。

第三章

　　等我做的鞋帮变成了几十双皮鞋的时候，春天终于来了。春耕一过，玉琴回来了，工匠也来了，一切都像我盼望的那样，就是砖不够。

　　我和玉琴每天看着工匠们盖房子，他们打下地基，抹上一层水泥，把一块一块的砖摆好，再抹上一层水泥，工匠们就吵吵：

　　"砖要不够了，赶紧拉砖来。"

　　我说：

　　"没事，我爹去买了，不着急。"

　　玉琴也不着急，她眉眼里透着笑，烧了一壶又一壶开水，不停地给工匠们倒水喝，工匠们刚喝一口，她就马上倒满。大姐经常来，她笑呵呵地看看房子，看看我，再看看玉琴。娘有时候也来，她吆喝着工匠，因为工匠是爹雇来的，都得听她吆喝。爹偶尔也来，爹一来工匠们就吵吵：

　　"砖要不够了，赶紧拉砖来。"

　　爹说：

　　"没事，我去买。"

　　爹说完就急忙忙地走了，可老三、老四从没来过，爹说他们忙着做鞋呢。

上梁的头一天，大姐又来了，玉琴给大姐倒水，倒完水又给工匠倒水，一回身把大姐的碗弄掉了，摔碎了，大姐脸色一变。晚上，大姐跟我说：

"要不晚一天再上梁吧，屯子里的老人算过了，摔了大姑姐的碗不吉利。"

我没听，屯子里的老人还算过我是大富大贵的命呢，那玩意没准。上梁的时候，屯子里的人都来凑热闹，他们说老郭家又盖房子了，老郭家真有钱，他们还说从文真有福，娶个漂亮媳妇，还有新房子住。我跟玉琴站在人群最前头，玉琴笑，我笑一下就不笑了，大姐挨着我们，不知道娘为啥没来，娘不吆喝工匠，工匠会发晕的。工匠使劲抽了口烟，点着了鞭炮，大伙都捂住了耳朵，我听见除了鞭炮声，还有"呜呜"的声音，我以为是刮风，可我抬头看，头顶的杨树枝没动，我再回头看，看见娘跌跌撞撞地跑过来，边跑边哭，我赶忙迎过去，娘哭着喊：

"从文啊，你爹出事了，从文啊——"

晚上，老三和老四把爹抬回来，老三也伤了，胳膊打着石膏，老三说爹在鞋里掺纸壳，几个买鞋的人回来找，把爹打了。爹躺在炕上，冲我招手，我凑过去，爹小声说：

"从文，爹不掺纸壳就买不够砖，爹不喜欢纸壳，爹头一次掺纸壳，你得信爹。"

大姐躲在大门外哭，她拉着我说她不知道爹没钱，她以为爹给老三盖房子有钱，给我盖房子就应该有钱，她不应该逼着爹。

我知道，我的房子盖不下去了。

爹在炕上躺了两个月才下地，下了地就张罗盖房，我跟爹说不盖房照样娶媳妇，爹说不是给我盖，是给他和娘盖。

爹又找来了工匠，工匠来了没吵吵要砖，他们把盖了一半的房子拆了，把砖头起出来，又拿到院子里，在挨着老房子北墙的地方盖起了房子，爹指着北墙说：

"你看，这省了一面墙，砖差不多够了。"

工匠砌砖的时候，玉琴还拿着水壶倒水，可是她眉眼里看不见笑了，大姐也来看，看着看着眼圈就红了。房子盖了一人多高，砖就没了，工匠们张嘴跟爹要砖，爹叹口气说：

"砌个炕，加个棚，就这样吧。"

爹又指着房子给我看：

"从文，我和你娘的房子有了，让从斌跟我们住，老房子留给你娶媳妇。"

我进去走了一圈，这不是房子，是偏厦子，伸手就能够到房顶。老四也进去走了一圈，出来的时候用手指比画：

"从炕头到炕梢才这么长，从棚顶到我脑袋才这么高。"

大姐跺跺脚说：

"都怪玉琴，不该打了大姑姐的碗，屯里老人给算了，不吉利呀！"

我让大姐别说了，可是大姐还说：

"还没进门呢，房子没盖成，爹还让人打了，我得找屯里老人给算算，不能把冤神娶进门。"

玉琴听了，给自己倒了一碗水，咕咚咚地灌了进去。

正赶上七八月份，天气热，房子晾了两个月，砖头就干了，爹和娘要搬进去。搬家那天，大姐、老三和老四都过来了，老三胳膊好了，可他不看我，也不跟我说话，老三媳妇使劲看玉琴，玉琴被看了那么久都没低头，一直给大伙倒水，老四喝得醉醺醺的，站都站不稳。大姐把爹娘的被褥和东西搬到偏厦子里去，爹扶着娘走进去的时候，娘扶着门框回头看了一眼老房子，我看见她模糊的眼睛里闪着模糊的光亮，我心里一酸，抢过去拦住爹娘，我说：

"我跟玉琴住这屋。"

爹说：

"不行，你得娶媳妇。"

我说：

"在这屋也能娶媳妇。"

我转头看玉琴，玉琴低头没说话，我跟爹说："你看，我不在乎，玉琴也不在乎。"

娘把手按在我胸口上："从文，你孝顺啊，娘没白疼你。"

爹看了看娘，没忍心，看了看我，也没忍心，我推了爹一把，爹就扶着娘回老房子了。老四看了我一眼，晃悠悠地跟了进去，老三和老三媳妇乐呵呵地出了院子，回新房子去了。大姐把爹娘的被褥和东西从偏厦子里搬出来，走过我身边的时候，大姐看了我一眼，她眼泡肿得像桃那么大，大姐说：

"从文，你孝顺，可你遭罪啊，姐心疼。"

我笑了笑，我回头去看玉琴，我头一次对玉琴笑，玉琴抬头也对我笑笑，可我觉得玉琴就快哭了，她一定是怕我受不了，所以忍住。我觉得，玉琴这个媳妇没找错，我跟玉琴说：

"我跟你回你家看看，见见你爹你娘。"

玉琴点点头。第二天,她让她姑姑先回家报个信儿,我们隔一周再去。我们去的那天,玉琴五点多就在院门口等我,我出门的时候,大姐也在门口,大姐看看天,天已经亮了,但是阴沉沉的,云朵在树尖那么高的地方打着滚。大姐说:

"改一天吧,屯里老人算过了,姑爷上门不赶下雨天。"

我说没事,我进屋拿了一把伞,跟玉琴走了。

我们起得太早,路上没有赶马车的,我和玉琴就往长途汽车站走。走着走着雨下了起来,雨点打在晒了好多天的地上,把灰压下去,却把土腥味溅起来,直冲鼻子,我赶紧打开伞,一半挡着我,一半挡着玉琴。玉琴把伞往我这边推,说女人跟水是一家亲戚,不怕浇。我听了,就把伞往我这边挪了点,但是伞头往她那边歪着,雨把我半边膀子都浇透了,可我挨着玉琴的半边身子热乎着。还没走到车站,忽然起风了,两边的树都往一边侧着身子,伞都抓不住,玉琴说:

"要不咱们回去吧。"

我说:

"都定好日子了,别让你爹娘等。"

玉琴点点头,就用手拽住我衣服后襟,我俩就顶着风往前走。我边走边想,也不知道我和玉琴那个偏厦子结实不结实,会不会被大风刮倒?屋里会不会漏雨呢?要是玉琴跟我住进去,还得让风刮让雨浇,我这个当男人的脸往哪儿搁?想了一会儿,想得我心里都酸了。

也不知走了多久,听见有汽车喇叭声,我站住一看,才知道长途汽车开过来了,我跑上去摆着手,车才停了。我俩上了车,车上没几个人，可是不敢坐，一坐下屁股大腿都难受，我俩就那么站着，浑身的水往下滴答，在脚边画了一个大圈。汽车晃荡了四个多小时才到铁岭调兵山，天已经晴了，在太阳底下一晒，我俩衣服上的水汽就冒出来，像是整个人都化了。我问到了吗？她说没呢。我俩又坐上公共汽车，下了汽车我问到了吗？她说没呢。我俩又走了一个钟头，房子都渐渐看不见了，就剩下一条土道和两排大树，我问到了吗？她还说没呢。我们又继续走，我走得嗓子都冒烟了，腿像是被铁锹打过，一步都迈不开，玉琴忽然喊：

"爹！"

我抬头看，前边有一辆马车，一个老头在路边抽烟，我知道，这就是我老丈人了。我和玉琴坐在马车后面，顺着土道一直走，我坐着坐着就睡着了，梦见我家门口堆着老高的砖，我高兴地喊我爹，没人答应，我想这一定是我爹买的砖，我就往院里搬，我一碰砖就被烫了一下，我不死心，又伸手去搬，可还是烫手，接着我就看见砖头着了火，像柴火一样越烧越少，我大声喊：

"谁放火烧咱家砖？"

可没人搭理我，喊着喊着我就醒了。我躺在炕上，身上盖着被，脑门上又热又潮，我转过头，好几个人正在看我，只有玉琴我认得，别人我都不认得，我坐起来，脑门上掉下来一块毛巾，浑身都湿透了，就像刚从雨里出来，玉琴赶紧扶着我，回头喊：

"娘，醒了醒了。"

一个小个儿的老太太走过来，摸摸我脑袋，说：

"退烧了，下雨就别来了，瞅给孩子浇的。"

玉琴说：

"他非要来。"

老太太说:

"还是啊!那起来吃饭吧,喝点酒发发汗就好了。"

吃饭的时候,炕上一桌,地下一桌,炕桌上有我、玉琴爹还有三个男人,地桌上有玉琴、玉琴娘、玉琴姑姑还有两个女人,我才知道玉琴有两个哥哥一个弟弟,还有两个妹妹。炕桌上放着一个大盆,盆里是炖鸡,旁边有一瓶散白酒,玉琴爹和我面前各有半碗大米饭。玉琴姑姑说:

"大哥,嫂子,你们看姑爷咋样?"

玉琴爹不说话,玉琴娘就说:

"孩子浇着了,快吃饭。"

玉琴爹拿起杯说:

"孩子,我闺女将来跟你,你好好对她。"

我说:

"嗯。"

玉琴的哥哥和弟弟也都举起杯,我本来想说点什么,可我本来就不爱说话,再说姑爷子得有点深沉,我就不说话,光喝酒吃饭,他们也没什么话,可能是头一次见面,都不知道说啥好。我只记得玉琴的俩哥哥挺能喝,特别是她大哥,有个鲜红的鼻头,要不是玉琴娘拦着,喝完两杯散白酒还要喝呢。倒是地桌上几个女人唠得挺欢,还能听见玉琴两个妹妹的笑声。我知道她们在开玉琴的玩笑,我也知道她们在偷偷地打量我,我不由得坐直了。

没有话,饭也吃得快,等我撂下筷子去厕所,我看见地桌上摆着一个小盆,盆里清亮亮的汤,一块鸡肉也没有,玉琴的两个妹妹都拿勺在盆底一勺一勺地捞，她们的饭碗里不是大米，是苞米楂子，看见我看她们，她们就把手伸回来。我顿时觉得自己身份高了一截，玉琴家上上下下都高看我。

我走到院子里，天刚擦黑，两边房子的烟囱里冒着白色和黑色的烟，这些房子又矮又破，都不如我家的老房子，更不如老三的新房子。夜里，我跟玉琴的哥哥和弟弟住在一盘炕上，他们的呼噜响了一夜。第二天一早，我和玉琴就回去了，先坐玉琴爹的马车，走了一段路，换了公共汽车，又坐长途汽车，再坐马车，又走一段路才回到我家。在路上玉琴问我为什么老也不乐，我说没事老乐啥？玉琴说她爹娘以为我不乐意，我说我乐意，玉琴说就因为我不乐，她两个妹妹都怕我。在我家大门口，玉琴和我分手，玉琴忽然说：

"我们家过了年初五就换粮，你那半碗大米饭是我爹拨给你的，我跟你，就是图计能吃上大米。"

我说：

"你不图计住个好房子？"

玉琴说：

"将来咱们挣钱自己盖。"

说完玉琴脸一红就走了，我推开门，看见我和玉琴的偏厦子，我忽然觉得大姐说得对，有了房子就有了家，我的偏厦子再不好，也是我的家。

第四章

转眼入了冬，这一年没怎么在地里下功夫，收成一般，再加上爹被打的事，鞋厂的生意搁下了，眼见着家里饭桌上没了荤腥，娘整天窝在炕头扒着玻璃往外看，身子颤巍巍的，还直哼哼，我跟爹说：

"结婚的事往后拖拖吧。"

爹问：

"你不着急？"

我说：

"天凉了，等开春吧。"

爹点点头。我去跟玉琴商量，说想多挣点钱，把婚事办得风光一点，玉琴说：

"那我等着你。"

我们跟着爹又开始做鞋了。我心里想着多卖鞋多挣钱，就能把我和玉琴的偏厦子拆了，盖回正经房子，我就认认真真地干，常常是我裁好了两个鞋帮，老三和老四那边还没粘好一个鞋底。去卖鞋的时候，老三和老四每人背一个黄书包，我背两个黄书包，可我还是嫌鞋做得慢、卖得慢。快到年底的时候，爹托人从天津弄来了一些皮鞋，爹指着这些鞋说：

"你要是干完活没事，就把这鞋卖了，卖十块吧，多卖的你留着。"

我数了数，一共二十二双，要是我一双卖十三块，除掉给爹的，这些卖了能剩六十多块钱，就能给玉琴一份体面的彩礼。就这么着，每天我在鞋厂里做完鞋帮，就背上两个黄书包，装上四双鞋到城里卖。天津的这批鞋是夹鞋，冬天不能穿，从鞋尖到鞋舌头还有一条尖尖的皮棱，像是鞋脊背上多了一道疤，从来没人见过这种款式，所以看的人多，买的人少。我裹着棉大衣，把领子竖起来护住耳朵，在三九天里不停地跺着脚，看着走向我的每一个人。我真希望我一眨眼再一睁眼，面前的鞋就能少一双，可我总是在睁眼的时候失望，失望的滋味真难受啊，比挨冻还要难受好几倍。要是赶上下雪，我得不停地把手从袖管里拿出来，拂掉鞋上落的雪，有时候冻得实在受不了了，我就到对面的老联营里待一会儿。老联营里人多，暖气也足，真让人舒服，可我不能多待，我得出去卖鞋，卖了鞋就能有一份体面的彩礼，要是我爹一直能弄到鞋，一直让我来卖，我就能把偏厦子变成房子，这么想着，等手脚稍微缓过来，从疼变成痒，身上有了热乎劲儿，我就赶紧出去。饿了，我从来不下馆子，就在路边买个烤地瓜吃，五分钱一斤，我老是挑个头最小的。过了晚上五六点钟，街上的人少了，骑车的、坐公共汽车的、走路的都急忙往家赶，我好像闻到了炒菜的香味，可我不想走，我怕错过了一个买主，没准就有人在这个时候要买一双新鞋呢。一直到了晚上八点多，街上一个人都没有了我才走，等走回家都半夜了。开始几天，娘等我等得着急，关了灯坐在炕上等，一听见大门响就冲窗户喊：

"是从文吗？"

我答应一声，娘呸了一口，骂我：

"想钱想疯了，跟你死爹一样。"

我等娘骂完了，就走进偏厦子，半夜不能烧炕，屋里冷得跟外边一样，我就把自己裹进被里，好长时间才能把手脚暖和过来。我把钱拿出来，凑到窗户跟前，就着月亮的光数数，把该给爹的放到一边，把该留下的放在另一边，怎么看怎么高兴；有时候一双也没卖出去，我就把鞋摆在窗台上，我跟鞋说：

"你们别赖着我啦，赶紧跟别人走吧，我还得攒彩礼盖房子呢。你看我住的地方这么不好，你们帮帮我吧。"

大姐开始不知道我自己出去卖鞋，后来她知道了，让我别去了，我不听，大姐就给我带个饭盒，让我晚上吃，可饭盒没地方热，对面商店里倒是有热饭盒的地方，那是公家的，不让随便用，我就把饭盒揣到自己怀里焐着。开始的时候，饭盒热胸口也热，慢慢地胸口热饭盒不热了，还没到晚上，胸口凉了饭盒也凉了，我就只能凉着吃，我觉得那也比吃烤地瓜好，吃烤地瓜得花钱，带饭盒不花钱。我吃了几天凉饭，胃里受了凉直疼，我就跟卖烤地瓜的商量，能不能把饭盒放到地瓜炉子里温一下，烤地瓜的说饭盒占地方，他就不能烤那么多地瓜了，耽误生意。我跟他说，你每天给我热饭盒，我每天给你五分钱，我给你钱却没吃你的地瓜，你是白赚的。烤地瓜的想了想，答应了，我这才吃上了热乎的晚饭。后来我又想个主意，我跟老四要了二两白酒，拿空瓶子装着，等我冷的时候我就喝一口，确实挺管用，我就天天跟老四要酒喝，老四说："二哥你挺能喝呀，一天二两，这么喝我可供不起你。"家里比我大的就一个大姐,可是爹娘从小就让老三、老四管我叫二哥,到底为啥我也不知道。听了老四的话,我不好意思地乐了一下,说:"那你每天给我一两酒喝,我做完鞋帮就帮你做鞋底。"老四本来就不愿意干活,一听我这么说就同意了。我有了热饭盒,有了一两白酒,每天卖鞋就不那么难熬。我不知道我卖了多少天,我就记着到了腊月二十九,还有四双没卖出去了,爹让我别去了,我还是把鞋放进了黄书包里。

那天街上特别热闹,都是卖年货的和买年货的,我想,卖完这两双鞋我就能挣六十六块钱,顶一个工人两个月的工资呢。我想着想着,两个人走了过来,看起来都有快五十了,一个高个儿,一个矮个儿。高个儿的问我:

"这鞋卖啊?"

我一看买主来了,高兴坏了,我说:

"卖!卖!"

高个的问:

"这叫啥鞋呀,没见过呢。"

我得意地说:

"天津的皮鞋,咱这边没有。"

高个儿的点点头,问:

"多钱一双?"

我说:

"十三一双。"

矮个儿的问:

"这鞋有人买吗?"

我赶紧说：

"有人买啊。"

我把手举起来，在他们面前掰着手指头：

"一共二十二双，就剩这四双了。"

高个儿的一听，看了矮个儿的一眼，就拽住我：

"那你跟我们走吧。"

我问：

"去哪儿？"

矮个儿的说：

"你犯事了，去哪儿不知道吗？"

我脑袋一晕，知道遇见工商的了。那时候工商所刚刚恢复，连像样的制服都没有，做小买卖的都没把他们当回事，没想到把我抓倒霉了。我赶紧求情：

"大哥，我错了，头一回，放了我吧。"

矮个儿的瞪我一眼：

"头一回，你不说卖了二十二双了吗？"

我一听，敢情刚才是套我话来着，我赶紧摆手：

"没有没有，是卖了这四双才二十二双……不是，没那么多……"

高个儿和矮个儿不听我说，他们让我把鞋装上，一边一个拽着我跟他们走，我心里不想走，可脚不听使唤。工商所不远，拐了两个胡同就到了，我一进去就被带到一个小屋子里，屋里有一张桌子，桌上有登记簿，桌子后边有两把椅子。高个儿和矮个儿坐在椅子上，让我站到桌子前面，问我住哪儿姓什么叫什么家里几口人，一边问一边在登记簿上记录。我没敢说实话，只说了我家是刘官屯的，别的都是编的，最后高个儿和矮个儿不问了，他们把笔一撂，让我把鞋交出来。我问：

"干啥呀？"

矮个儿的又瞪我一眼：

"没收！"

我当时就急了：

"凭啥呀？"

高个儿的一拍桌子：

"没收咋的？二十二双鞋，一双十三……"

高个儿的在脑子里算了算，我也在脑子里算了算，其实不用算，我每天睡觉之前都要算一遍的，二十二双鞋，一双卖十三块，一共是二百八十六块。

高个儿的算了一会儿，立刻就不耐烦了：

"反正没收你都是轻的。"

我一听这话，一下子扑到桌子上，把他们吓了一跳。我拱着手不停地作揖，腰都快弯到地上了，我说：

"两位大哥，我错了，饶了我吧，我是吹牛的，我要结婚了，家里没给预备房子，我得卖了鞋送彩礼，我每天带饭盒，给烤地瓜的五分钱，烤地瓜的才给我热饭盒，我喝一两白酒，喝了能暖和，我娘看我半夜回家着急，等我回去才睡呀……大哥，我错了，大哥……"

我说的连我自己都听不明白，我就不停地作揖，作揖的时候，我才看见我自己的手，红通通的，手背上全是口子，像个没蒸好又放了好几天的馒头。高个儿和矮个儿听得直糊涂，频频摆手让我别说了，可我还是说，后来高个儿猛地一拍桌子，我才不说了，可我还是作揖，矮个儿的实在不耐烦了，说：

"没收是轻的，你再磨叽就罚款！"

我就抬头看看高个儿的，希望高个儿的说句好话，可高个儿的对我扬扬眉毛说：

"倒买倒卖是我们严厉打击的对象，大过年的饶了你，没收你几双鞋，你占多大便宜！"

我心里想：我卖二十二双鞋才能挣到六十六块，没收我四双鞋，我应该是吃了很大很大的亏才对，他却说我占了便宜，这是什么道理呢？这个时候矮个儿着急了：

"来，你赶紧的，没收还是罚款？"

没收还是罚款？选哪一个都等于是挖我的眼睛，好比一个死刑犯面对两种不同的死法，一种轻松一点，一种痛苦一点，可还都是死，可我还是得选哪。我揉了揉眼睛，朝四周墙上看看，除了灰色的墙面什么都没有，唯一不同的是在矮个儿和高个儿的头顶上有一小片微微发黑的颜色，可能是老在那下边抽烟熏的。我忽然想起娘给我讲过画饼的故事：一个人家里挂着一张画，画里有个拿篮子的人，篮子里装的是饼，这个人非常穷，但是非常好心，常帮助别人，有一天快饿死了，就躺在那儿看着画里人手里的篮子，看着看着就饿晕过去了，等一醒来发现桌上有一张饼，再看画里人，篮子里的饼没了。我真希望这屋里有一幅这样的画，我不想要饼，我想要画里的人一招手，高个儿和矮个儿就一下子被吸到画里去了，那就没人让我选没收和罚款了。我磨蹭了半天也没有选，我把腰带松了松，把手从后腰伸进去，缝在裤衩后面的兜里有八块钱，都是零的，是我带着给人找钱用的。我掏出来，对着高个儿和矮个儿说：

"两位大哥行行好，买盒烟抽，别没收我鞋了。"

忽然我又想：我干吗把所有钱都掏出来给他们呢？这也是我卖鞋的钱，是我挨冻受饿挣来的，我掏一半就好了啊。于是我就伸出另一只手，想从那一沓里拣出几块钱，别拣太多，也别拣太少，可手指头冻僵了，怎么也不分瓣，鼓捣半天一张也没拣出来。我急得眼睛都红了，脑门的筋乱蹦，我想沾点吐沫再拣，我把手指头放在嘴边，使劲地吐了两口，可嘴里太干了，一点吐沫都没吐出来，我又吐了一口，还是不行。这时候高个儿的把登记簿拿起来又狠狠地摔回去，我知道这下救不回我的鞋了，我赶紧把钱塞进裤兜朝门口跑了两步，可我又舍不得桌上那几双鞋，我越想越难受，脚就停住了。

矮个儿的瞅了瞅我，站起来朝我走过来，边走边说：

"不愿意走别走了。"

我一听，赶紧跑出门外，跑到离工商所十多米的地方，我回头看着，不知道谁家放起了鞭炮，噼里啪啦的，就像是拿筷子戳我的心，生疼生疼的，后来我还是走了，我怕高个儿的和矮个儿的出来看见我，又要拽我进去交罚款。我开始往家走，一边走一边算，二十二双鞋，一双鞋挣三块，全卖了能挣到六十六块，可最后四双鞋被没收了，就有十二块钱没挣到，可是没收这四双鞋的本钱得给爹，又扣了四十块，这么一算我就剩下十四块了。我卖了一冬天的鞋，怎么到最后只赚了这么一点呢？这笔账算得我脑子嗡嗡地响，我以为自己算错了，就开始在身上摸，也不知道想摸出什么，最后我摸着了装酒的瓶子。我拽出瓶子，扒掉瓶塞，一口气把酒干了，酒跟风混在一块儿，呛得我直想咳嗽，可我觉得舒服多了。我才知道老四聪明啊，他早早就懂得酒是这么好的一样东西，我怎么就不知道呢，我只把酒当成暖身子用的，我从肚子里涌上来一股想喝酒的念头。

等我回了家，正赶上全家吃晚饭，娘一看见我就骂：

"瘪犊子，啥时候了知道不？"

我没吭声，拉把椅子坐下了，娘就朝我伸手，我把手给她，她一摸又骂：

"你咋不冻死在外边呢？"

娘骂完了，就抓住我手，翻来覆去地焐，我知道娘是心疼我。爹问我：

"都卖完了？"

我说：

"卖完了。"

爹拿筷子头点了点桌子，说：

"行啊，从文会做买卖，吃完饭把本钱儿给我，明天我还人家，年前不欠账，剩下的你留着吧，来年娶媳妇用。"

老三媳妇一听，就跟老三说：

"你学学二哥，你看人家那钱挣的，这下发了。"

老三看我一眼，回头骂她媳妇：

"你他妈打麻将少输点，啥都有了。"

老三媳妇不说话了，这时候老四倒了一杯白酒给我，笑嘻嘻地说：

"二哥，一两没够吧？再整点？"

我把酒杯接过来，抿了一口，往下他们说什么我都不记着了，我就记着那年过年我每天都喝多，可心里还在算那笔账，越算越糊涂。

第五章

我以前最想不明白的一件事，就是为什么东北有那么长的冬天，不是一礼拜，不是一个月，是足足的小半年。渐渐地我懂了，冬天是老天爷跟人开的一个玩笑，老天爷是想让人把手边的事放一放，结果人以为得把心里的事忘一忘，结果该放的没放下，不该忘的却忘了。

我过了这么多个冬天，一直被老天爷糊弄得团团转，可我不糊涂，有好些事我都牢牢记在心里，比如我和玉琴的婚事。

冬天一眨眼溜了，清明之后的一天晚上，我跟爹、老三、老四一人喝了三两酒，正要摔上两把扑克，大姐进来了，脸色有点不好。我问大姐怎么了，大姐说玉琴姑姑捎来话，玉琴的爹娘要来会亲家，爹说好啊，大姐就不说话了。她站在我身后，看我打了几把扑克，趁着老三、老四上厕所的工夫，跟我说：

"玉琴他姑瞅不上你那房子。"

我一愣，问大姐：

"那是啥意思，不打算处了？"

大姐推了我一把，说：

"不是不处，那谁家也不愿意自己闺女嫁人就遭罪。"

娘在炕上听见了，不高兴地说：

"一个农村来的还挑呢？嫁到咱这人家还咋的！儿子，不行妈再给你找一个。"

爹咳嗽一声：

"我看他俩处得挺好，玉琴模样也可心，人也不错。"

娘立刻来了劲：

"模样好咋的，不会说不会道的，怎么将来我还得虚着她呀？我儿子全刘官屯随便找，谁家姑娘跟我儿子都是有福。"

大姐赶紧扒拉一下娘，说：

"妈你别瞎说话了。"

娘就不说话了，娘在爹面前从来都说上句，可一遇见大姐就没能耐了。

大姐说：

"现在得想想招儿，要不玉琴爹娘来了，瞅见那个房子，谁脸上也不好看。"

爹一听，把手里牌一撂，不吭声了，我问：

"那有啥招儿啊？"

大姐瞅了瞅门外边，小声说：

"你跟从武借下房子。"

"算了吧。"

大姐有点着急：

"也不借一辈子，两家老人见完面就还他。"

"玉琴她姑就在氧气厂宿舍住，瞒不过去。"

"她姑病了，上乌海女儿家看病去了，一时半会儿回不来。"

"哎呀，不整那事了。"

"你要不好意思说，让爹说。"

我看了看爹为难的样子，说：

"那还是我说吧。"

正说着，老三、老四回来了，老四拿起牌，问：

"该谁了？"

我说：

"等会儿，从武，我有个事跟你说。"

老三看看我：

"说吧，二哥。"

我说：

"你那房子借我两天，玉琴她爹娘要来。"

老三听了没说话，大姐在旁边帮腔：

"也就是一天工夫，见个面，说说话，不行你两口子上我家待会儿。"

老三想了想，说：

"我回家跟小芬商量商量。"

老三说完就起身走了，娘又在炕上骂：

"小瘪犊子，娶了媳妇就不认他哥，将来连我都不认了！"

爹回头给了一句：

"闭嘴吧你。"

娘见爹敢这么说，抓起旁边扫炕的扫帚就撇过来，扫帚撇到桌子上，打翻了桌上的茶水杯，水顺着桌子淌下去，大姐赶紧找抹布擦，我和爹都坐在那儿看着。

第二天，老四悄悄告诉我，他半夜听见墙那边老三和老三媳妇吵架，老三媳妇一直埋怨老三，说房子借给别人会亲家，自家日子过不起来，还说今天是借房子会亲家，将来就是借房子结婚，那房子就还不回来了。老四说，老三真够意思，自己哥们儿都不帮，老四还说，他要是有房子，一定借给我。老四说完话，要拉我去喝酒，我没去，我得去借个房子，我不想让玉琴爹妈看着玉琴嫁过来遭罪。

我走到大坝上，一边走一边想，旁边地里已经泛青了，河里头的水又浅又脏，日头正往西斜，一大片红晕朝我扑过来，让我想起玉琴脸红的模样。我在心里把刘官屯的人都盘算了一遍，最后我想起了刘瘸子。

刘瘸子是大姐夫的弟弟，刘瘸子其实不瘸，他装瘸是为了跟大队要钱要救济，大队书记让他找他哥，他说他哥不管他，大队书记架不住他一趟趟地闹腾，只好给他粮给他钱。刘瘸子有一间房子，孤零零地立在两块稻田里地中间，原来是一个孤老头住着的，孤老头死了，刘瘸子就搬了进去，大队书记也懒得管他。刘瘸子的房子挺破，屋顶长了一大片蒿草，靠西边还塌了腰。刘瘸子又懒又好赌，屋里老是一股怪味，谁也不愿意去。刘瘸子装瘸装了许多年，瘸成了习惯，屯子里没有姑娘愿意嫁给他，别人在地里忙活的时候，他就搬把板凳，笑嘻嘻地看热闹，要是看见标致点的女人，他就盯着看，等女人弯腰的时候露出裤腰后边那块白肉，刘瘸子赶紧站起来走近几步，这个时候他就不瘸了。

我在老张二嫂家找到了刘瘸子，刘瘸子是老张二嫂家的常客。老张二嫂家老是摆着一桌麻将，老张二嫂打得好，老能赢钱，他男人身体不好，干不了活，就给打麻将的人倒倒水、看看牌。我一掀开棉门帘，就闻见满屋子烟味，烟熏火燎的辣得眼睛疼。刘瘸子穿着一件黄棉袄，后脊梁破了口子，露着发了黄的棉花，他左手夹着烟，右手伸进衣服里，在肚子上搓着泥。老三媳妇坐刘瘸子上家，见我进来，假装没看见。我站在刘瘸子后边，看他的牌，那是一把好牌，叉了三口，手里还有一对条子和两张万子，就是万子不挨着，一张二万一张八万，得叉上条子单砸。刘瘸子一抓牌，带倒了后边的几张，趁着老三媳妇摆牌的时候，刘瘸子把手伸进衣服里挠痒痒，可我在背后看见他手里抓了两张牌，等他把手伸出来就只剩一张二万了，他把八万打出去，老三媳妇叉了，打出一张二万，刘瘸子兴奋地推牌，大喊着：

"满了满了，飘牌！"

老三媳妇不相信似的把刘瘸子的手扒拉到一边，仔细地瞅了瞅，又看了看桌上打出的那些牌，忽然肯定地说：

"不对，你偷牌。"

刘瘸子不乐意了：

"谁他妈偷牌？"

"这底下刚才有个二万，最早我打的，哪儿去了？"

"我哪知道，你咋这么赖呢？给不起啊？"

"你肯定偷牌，你给我拿出来。"

"什么玩意拿出来。"

"不行，你让我摸摸。"

"来你摸吧，别摸错地方啊。"

老三媳妇听了，脸红了一下，可她还是伸手去摸，这下刘瘸子怕了，往后一躲，一张牌掉在地上，是张饼子，老三媳妇一下就急了，说：

"你偷牌，包三家！"

旁边两家也开始骂刘瘸子耍心眼儿，刘瘸子一看不好，就想跑，老三媳妇伸手就去抓，把刘瘸子的棉袄扯开了线，胳肢窝开了个窟窿，刘瘸子不干了，回头就要跟老三媳妇打，我一把把刘瘸子拦住，掏出两毛钱扔在桌上，对着桌上人说：

"我替他给。"

刘瘸子还不依不饶地往上冲，腿脚瞅着挺灵便，我挡住他，把他拽了出去，我听见老三媳妇在背后冷嘲热讽地来了一句：

"哎呀，二哥真有钱。"

等出了门，刘瘸子就变了脸，对我又笑又递烟的，我推开他那根快折的烟，告诉他我找他有事，刘瘸子问什么事，我说要借他房子会亲家，刘瘸子立刻就瘸了，他一边走一边叨咕：

"房子不能白借，我这一天饥一顿饱一顿的，谁管我呀？现在这天还挺冷，你不能让我在外边冻着。"

我明白他的意思，告诉他我愿意出一块钱借一天。这钱是我卖鞋剩下的，本打算置办一份好彩礼给玉琴，却用来置办一个谎儿去糊弄玉琴爹娘。刘瘸子看了一眼钱，没吭声，还是一瘸一瘸地走，我问他多少钱才愿意，刘瘸子闷了半天，伸出三个手指头，意思是想要三块，我掏出一块五毛钱，对刘瘸子说：

"不要我就找别人。"

刘瘸子马上就答应了，我告诉刘瘸子，他那个房子我得拾掇拾掇，刘瘸子把钥匙掏给我，接过钱转身就往老张二嫂家走。

那是一把铁钥匙，钥匙头上挂着一层油腻腻的东西，不知道是啥，可我攥着这把钥匙，就像是攥着什么宝贝，我往刘瘸子的房子走，脚底下踩着田埂上的土，又软又湿，沾得我鞋帮上都是泥，可我觉得挺舒服，我好像闻见了稻花的味。

第六章

一打开刘瘸子的房子，我恨不得掉头就走，外屋的灶台上放着一个碗，碗里放着半个苞米面饼子和小半根葱，打开锅盖，锅里是空的，旁边放着几个破瓶子，里外屋的门帘剩下一半，一进里屋就一股臭味，炕上的被褥打成一团，脏得发黑，棚顶漏了，抬头能看见瓦，窗玻璃碎了，用塑料布封着，屋里有一个破灯泡，也就是二十瓦，打开跟没打一样，墙皮掉了好几处，露出里面的砖，墙角放个缺口的脸盆，盆里干巴着一层灰土。我在屋里四处看看，心想这毕竟是个正经房子啊，总比我的偏厦子强，我走出去，锁上门，去了大姐家，问大姐玉琴爹娘哪天来，大姐说星期六，我说行，大姐问房子咋办，我说放心吧，有着落了。

星期五一大早，我就把刘瘸子打发出去，我把他的被褥扔了，拿了一床我盖的被，换了一个新门帘，又在灶台里塞上柴火，把炕烧热，把屋里仔细地扫了一遍，洒上水，把脸盆和那些破瓶子扔了，给窗户封了新的塑料布，换了一个四十瓦的灯泡，还从废品站弄来一堆报纸，熬了一锅糨糊，把墙重新糊上，最后我从家里搬来两把凳子和一盆仙人球，把仙人球摆在窗台上。只有棚顶不好办，我站在炕上，对着那个窟窿看了半天，现糊棚是来不及了，我只好拿塑料布先挡住。忙完了这一切，我敞开房门，让外边的新鲜空气透进来，然后坐在炕头上，静静地坐了一个下午，我像布置自己家一样布置别人的房子，累得骨头都酸了，可我却觉得那么高兴。我想象着玉琴爹娘走进房子，满意地对我笑，我弄不清自己这么做到底是因为玉琴还是因为面子，我甚至忘记了我这么做到底还是在骗人，骗的还是我未来的老丈人和丈母娘。

到了晚上七点多，刘瘸子才回来，他一开灯，看见我坐在炕上，吓了一跳，刘瘸子一看屋里变成这副模样，立刻哭丧起脸，他蹲在地上，埋怨我糟蹋了他的房子，扔掉了他的家当，让他不知道怎么吃饭，怎么睡觉。我用两毛钱就让刘瘸子恢复了笑容。我告诉刘瘸子，除了凳子和仙人掌得拿走，剩下的东西用完都归他，但是明天他一定不能出现。刘瘸子高兴地脱鞋上了炕，我本来想走，又怕刘瘸子弄脏屋子，就留下了。刘瘸子打了一宿的呼噜，我在呼噜声里半梦半醒，仿佛看见我跟玉琴站在太阳底下，正在看我们的房子，规规整整的，房檐比屯子里最高的房子还高出半米多，玉琴看着看着就走进去了，我也想往里走，可一步也迈不动，好像腿灌了铅一样，紧接着太阳也躲起来了，雨下了起来，打在我脸上，房子在雨里慢慢地化了，像根放在太阳下边的冰棍一样。

我醒了，刘瘸子的腿压着我的腿，雨水打在我脸上。我下床打开灯，塑料布耷拉下来一个角，雨水从窟窿里漏了下来，我赶紧去推刘瘸子，告诉刘瘸子棚漏雨了，刘瘸子翻了个身，嘟囔着：

"盆，盆。"

我这才知道那个盆的用处，可是盆已经被我扔掉了，我眼看着雨水顺着塑料布淌在炕上，已经窝成了一汪水，刘瘸子半只手泡在水里，呼噜还打得那么响。我在屋子里到处乱撞，想找个能接水的东西，可我什么也没找到，我觉得自己像头发了情的猪。最后我安静下来，坐在炕沿边上，看着那汪水越来越大，半个炕都被雨水没了，然后又漫过炕沿淌到地上。刘瘸子终于醒了，他叫嚷着坐起来：

"盆！盆！"

我没空搭理他，我的心比这清明后的雨水还凉，我不知道为什么这场雨在这个时候来临，我更不知道该怎么用这样的房子迎接玉琴的爹娘。

雨在早上停了，我是听见了屯子里大喇叭的声音，才知道是早上了。我从窟窿看出去，天还是灰蒙蒙的，刘瘸子蹲坐在窗台上，蒙着被还直打寒战，我走出房子，一鼻子新鲜的土腥味。我抱起仙人球走出房子，回家路上，仙人掌的刺扎进我的肉里，可我一点也没觉出疼。

回到家，爹和老四都不在，娘正跟大姐收拾屋子，娘一听见我进院的声音就骂：

"小兔崽子，昨晚上哪儿疯去了？你是大了，太不让我省心了。"

我不吭声，大姐走出来问我去哪儿了，我也没吭声，大姐说爹一早就去城里了，说是要置办一件衣服，不能让农村来的亲家笑话，我还是没吭声。我走进偏厦子，把门一关，一头躺在炕上，我心里憋闷，怨气挤成一团直撞我的胸口。

是老四把我叫醒的，老四乐呵呵地摇醒我，兴奋地说：

"二哥，要下馆子啦。"

老四只挂念着下馆子，挂念着能就着好菜喝几口酒，他都没告诉我玉琴爹娘已经来了。我揉着眼睛走进老房子，看见爹穿着一件崭新的蓝布衣服，正陪着玉琴爹娘喝水唠嗑儿，见我进来，玉琴爹娘都站起来，爹赶忙说：

"你们是长辈，快坐，从文，你怎么还没睡醒呢？"

玉琴爹说：

"没事没事，春困秋乏，没事。"

我跟玉琴爹娘打了招呼，耷拉着脑袋坐在一边，我觉得我都不如张瘸子，他好赌、他脏、他装瘸、他打麻将耍赖、他混日子、他不像个人模样，可连他都有正经房子，偏偏我没有，我真恨不得自己不在这个屋子里，我真怕听见谁提起"房子"两个字。很多年以后，我重新想起那个时候，觉得自己就像是一个认真做了作业却把作业本弄丢了的小学生，生怕老师提起作业的事。可后来谁也没提起房子，我爹我娘、玉琴爹娘、大姐、老四，甚至后进来的老三和老三媳妇都没有提过，或许有谁提过一句，而我太紧张听漏了。最后爹提出一起去沈河饭店吃顿饭，沈河饭店在浑阳中街的西北角，是当时城里人请重要客人的地方，我知道爹选在那里是想给我们家撑足面子。大姐不想让老三、老三媳妇和老四去，因为他们去了得花很多的钱，大姐一个劲儿地往外推我们，把老三他们拦在身后，可是老三媳妇又一个劲儿地往前挤，玉琴爹娘又让了两句，爹就答应了，我瞄见娘在爹背后狠狠地掐了他一把。

在公共汽车里，很多人用奇怪的眼神看着我们这一大家人，我爹我娘和玉琴爹娘用一种假惺惺的语气聊着天，听着让人腻烦。我没有和他们坐在一起，我坐在最后一排，车拐弯的时候，透过车玻璃，能看见车顶上竖着的两根铁筷子顺着天线滑动，让我觉得公共汽车挺可怜，人家画好了线，你就得顺着线走，永远出不了格，也永远去不了自己想去的地方。

沈河饭店外头排了好多的人，一桌人在吃饭时，不停地有人在旁边转悠，用着急的眼神盯着看，恨不得东西马上吃完，把位置让出来。我们这些人里，只有我爹以前来过这样的地方吃饭，我娘也是头一次来，更别说别人了，等排到我们的时候，我们小心翼翼地挤过人堆，在桌子前面坐下来，都不敢面对服务员的眼神。能吃的只有套菜，就是饭店安排好的几样菜，不允许单独点，可以选的只有六样菜、八样菜和十二样菜，爹选了十二样菜，花了二十块钱。那是我从小到大见过的最丰盛的一桌饭菜，也是我吃得最没滋味的一桌饭菜，舌头就像头天夜里糊棚用的那块塑料布，不知道哪里漏了，一点滋味都没剩下。

第 七 章

玉琴回来是在六月，她黑了不少，也瘦了一些，可眼神还是清亮亮的。玉琴的姑姑还在乌海养病，所以玉琴就自己住在姑姑的宿舍里，玉琴说我不用在门口等她了，我可以进宿舍去，我怕别人看见说闲话，我就还是在门口等，敲敲窗户找她出来。

我和玉琴的婚事定了，得选个日子，大姐问玉琴的生日时辰，玉琴顿了一下，说是五月十九。过了几天，玉琴的姑姑从乌海回来了，说给我们选好了一个日子，是十一月一号，转天大姐来找我，也说给我们选了一个好日子，可玉琴姑姑和大姐选的日子不一样，大姐就想让我改日子，我说玉琴她姑是长辈，就让长辈定吧，大姐说：

"玉琴属鼠，你属鸡，我找屯里老人算了，她姑选的日子对玉琴好，我选的日子对你好。"

我说：

"我跟玉琴过日子，谁好都是好。"

大姐就没再说话。

到了七月，玉琴也去鞋厂学做鞋了。我本来不打算让她去，可娘说嫁到家里来的不能是个闲人，老三媳妇已经是闲人了，不能再来一个，玉琴也说想找个活干，将来也是门手艺，我答应了。结果玉琴一去，老三媳妇也吵着要去，老三还怕媳妇受不了累，拦着不让，老三媳妇踹了老三腿弯一脚，娘看不清，但是她听见老三"哎哟"一声，就说：

"我儿子缺心眼儿啊。"

老三媳妇听了不高兴，斜了娘一眼，说：

"妈你咋说话呢，从武怎么缺心眼儿了？"

娘冷冷笑了一声：

"你心眼儿够就行，现在就开始惦记你爹这点买卖了，以后都等着开夫妻店哪。"

老三媳妇脸红了，还要抢白，老三一瞪眼，老三媳妇不吱声了。

玉琴来鞋厂的第一天，正赶上大姐抱着小辉来鞋厂玩。小辉是大姐的儿子，三岁了还说不全话，老像嘴里含了块糖，小辉喊爸爸的时候，喊出来的是"哇哇"，小辉喊妈妈的时候，喊出来的还是"哇哇"，大姐夫就说是傻妈生出个傻儿子，可大姐把小辉当宝贝，我们也都喜欢逗小辉玩。小辉没见过玉琴，大姐就让小辉喊玉琴姨，玉琴看小辉虎头虎脑的，就想抱抱他，小辉说什么也不乐意，大姐问小辉为什么不让抱，小辉就指着玉琴喊：

"她是大耗子。"

小辉喊得很清楚，一点也不像平时说话，我轻轻打了一下小辉的屁股，吓唬小辉：

"你再瞎说舅舅不跟你好了。"

小辉伸手打了我一下，说：

"你跟她好，你就不好。"

玉琴摇摇头，笑了一下，就去爹那儿学做鞋了。我把大姐送出去的时候，埋怨大姐为啥把玉琴的属相告诉孩子，可大姐说她没跟小辉说过，我说可能是大人说话，小孩听去了。大姐刚要走，忽然回头看我，我问怎么了，大姐说小辉打我的时候说什么，我学了一遍，大姐想了想，脸色就变了，说让我再问问玉琴的生日时辰，我说你不是问过了吗，大姐说不用我管，让我问就行。大姐这么说肯定有大姐的道理，我答应了。

那天晚上送玉琴回家的时候，我问她是哪天过生日，玉琴笑了：

"怎么的，打算给我过生日啊？"

我也笑了，没接话。

玉琴就说：

"五月十八。"

大姐知道了玉琴的生日，立刻把眉毛皱得紧紧的，说玉琴生日明明是五月十八，怎么偏说是五月十九呢？我说玉琴可能记错了，再说十八和十九有什么不一样的。大姐说男占二五八，女占三六九，玉琴占了五和八，是最不好的，克夫命。我说哪有那些说道，大姐说小辉白天说的话也许有另一层意思，就是我跟玉琴好了，对我就不好，小辉是看出了玉琴克夫，我说小辉是看我向着玉琴说话，所以说我对他不好，大姐说小孩都有天眼，看得见，我听着有点不高兴，转身就走了，大姐在我背后叹了口气，这口气叹得我后脊梁直冒凉风。

玉琴勤快，脑子灵活，做鞋帮的活很快就学会了，她做的鞋帮尺寸合适，粘得也牢靠。老三媳妇看着玉琴做得好，心里着急，她做的鞋帮老不合格，用这样的鞋帮做的鞋肯定是歪歪扭扭的，根本不能穿。爹看见玉琴做活就有笑脸，看见老三媳妇做活就皱眉，老三媳妇就背地里跟老三埋怨爹，说爹偏心，说爹将来肯定把生意给我和玉琴，等我和玉琴的夫妻店开起来，就没有老三的事了，老三跟我就越来越不近乎了。

玉琴除了在鞋厂干活，还在我家里干活，里里外外收拾得干干净净，娘看不清，可娘在窗台上摸一把，再把手指头捻一捻，手指肚潮乎乎的，没有灰土那种粗拉拉的感觉，娘就高兴，夸玉琴是个好儿媳妇，直到玉琴洗了娘的枕头。

娘有一个小枕头，里头装着稻壳子，平时娘老枕着这个枕头睡觉，白天的时候就把枕头垫到腰上，省得坐的时间长了腰疼。玉琴看娘的枕头皮太脏了，想给娘换洗换洗，娘老说不用。有一天娘想小辉了，去大姐家看孩子，玉琴收拾屋子的时候就把枕头拆了洗，一揉一搓，掉出来几片纸，都被水晕得烂糊了，玉琴也没当回事，端着盆把脏水和纸片都倒进了茅厕。娘回来往炕头一坐，没找着枕头，就在炕上摸，摸了好半天也没摸到，娘大声招呼玉琴，问玉琴看没看着枕头，玉琴说洗了，娘"哎哟"一声就晕过去了。玉琴慌了，赶紧去找大姐，大姐来了，娘也醒了。娘光着脚下了地，磕磕绊绊地跑到院子里，把晾衣绳拽折了，大姐问娘要找什么，娘说要枕头皮，大姐把洗好的枕头皮递给娘，娘把枕头皮铺在膝盖上，从这头摸到那头，从一个针脚摸到下一个针脚，最后把枕头皮一放，眼神直了。玉琴吓得不知道怎么办好，她问娘什么丢了，娘直勾勾地看着玉琴，一句话也不说。大姐把娘扶进屋，让玉琴先别进去，玉琴站在院子里，袖管挽着，胳膊上的水还滴滴答答地往下淌，她不敢擦又不敢动，不知道自己做错了什么。过了好半天，屋里传来娘的一声号哭，玉琴身子一颤，大姐脸色阴沉地出来，让玉琴先回宿舍，玉琴胆战心惊地问大姐娘是怎么了，大姐说：

"你把娘的心肝挖了。"

好多年后，娘都不在了，大姐才告诉我，娘在枕头皮里缝了个小口袋，装着她先前那个男人的照片，那个男人死了，可在娘心里，他做过她的丈夫，他待她不薄，她想记着他，别的东西都烧了，照片是唯一的念想，没承想让玉琴给毁了。

从那以后，玉琴再干活的时候，娘就坐在炕头上挑毛病，她用手在玉琴擦完的窗台上摸了一把又一把，手指头捻了又捻，还是觉得有灰土，玉琴刚擦完地，娘再往地上吐口浓痰，还故意把堆好的被摆弄倒，让玉琴一遍一遍地上炕去叠。玉琴不明白娘为什么这么做，她心里憋了口气，终于有一天，她把这口气吐了出来，这一吐让她成了娘和大姐最不喜欢的人。

那天大姐和玉琴在院子里洗衣服，娘坐在板凳上晒太阳，大姐忽然问玉琴：

"玉琴哪，你到底是哪天生的？"

玉琴一愣，就明白了怎么回事，玉琴问：

"哪天生咋的？"

大姐说：

"哎呀，这日子得弄准哪，你和从文合不合的倒是小事，别克着他。"

玉琴的脸一下涨红了，她说：

"克就克呗，不行克死了我再找一个。"

玉琴说完这句话，摞下盆里的衣服就走了，大姐气得指着大门骂了好几句，娘晒着太阳，一句话都没说，日头那么大，娘的脸色青白青白的，瞅着贼吓人。

第八章

夏天还没过完，爹接了一笔大买卖，钢厂的一个领导也不知道怎么打听到了爹的鞋厂，要给工人定五百双鞋，我们几个人做不过来，爹就在屯子里又雇了几个人打下手，我跟爹说把刘瘸子带上吧，我毕竟在刘瘸子的房子里折腾了一番，总觉得欠他一点人情。爹同意了，刘瘸子也很愿意，说挣了钱要请我喝酒，我说还是算了吧，也许哪天我还要借你的房子呢。刘瘸子满口答应，可我心里想，我一辈子都不想再跟别人借房子了。

接下来的两个月，我都在鞋厂里干活，白天晚上地连轴转，玉琴也跟我一块儿熬着，可老三媳妇动不动就说闻见胶味恶心，我们都当她是故意偷懒，也不去管她。等鞋做得差不多了，我和玉琴就开始置办婚事了，爹趁着没人塞给我二百块钱，让我别亏着玉琴，我挺高兴。没过两天，对门的老董家也忙活上了，正对着路的那间房重刷了浆，还来了好几个木匠在门口打家具，老董家是坐地户，一大家子好几十口人，是屯子里数一数二的大户。爹去问了问，是老董家大小子董二毛娶媳妇，那间房子就是为了给他结婚腾出来的。爹还特意看了看木匠打的家具，爹吃饭的时候跟我们说，老董家请的木匠手艺不错，就是买的木头不行，都是普通板子，要论讲究，得用五层纯椴木胶合板，爹说完就抠着牙眯起眼睛，我知道爹又开始想他的那车木头了。有时候人爱上一样东西，就算这样东西给自己带来苦难，也是值得回味的；有时候人恨了一样东西，就算这样东西给自己带来幸运，可还是一样憎恶，可见人的爱和恨本身就是一件不切实际的东西。

晚上我去找玉琴，跟玉琴说：

"咱们买几张五层椴木胶合板，打几样讲究的家具。"

说话的时候，我们正走到老董家门前，玉琴站住脚，看着老董家门前挂着的灯泡，灯泡下边还有木匠在忙活，董二毛和他没过门的媳妇站在门口看着，董二毛一脸高兴，可他媳妇没啥表情。

玉琴回头跟我说：

"别打家具了。"

我问：

"为啥不打，爹给钱了。"

玉琴说：

"打完往哪儿放呢？"

我才知道，玉琴心里是想有正经房子的，她不说是不想让我难受，可有人让玉琴难受的时候，我却不能帮玉琴。

那天我去城里取结婚要穿的衣服，我的是一套竖纹的西服，玉琴的是一套灰色的西服，每一侧的领子都有两个尖，都是呢料的。那时候光有钱买不到布，得要布票，全家人攒下的布票都给了我还不够，我又花钱从别人那儿换了点，再加上玉琴姑姑给玉琴的才够了。衣服是找城里一家裁缝铺做的，裁缝摸着布料直咂巴嘴，说这料子太好了，几个月都碰不到拿这种料来做衣服的了，他说一定好好做，不能瞎了布料，我听着很得意。等我取了衣服回家，就看见玉琴站在我家门口，脸色惨白惨白的，好像被吓着了，眼神呆呆的，脚边有一个倒扣着的小锅，院子里传来娘的骂声。我赶紧跑过去，正赶上大姐出来，大姐一看见我就把我拽到一边，说玉琴闯祸了，我问怎么回事，大姐叹口气，说你问玉琴吧。我去拉玉琴，玉琴打了个激灵，一看是我，像是遇着救命恩人一样，狠狠地抓住我，指甲都抠到我肉里了，玉琴不住嘴地说着：

"我不知道，我真不知道。"

我说咱们进屋再说，玉琴说什么也不肯进，大姐说：

"别进屋啦，娘看见玉琴能把她撕了。"

我就把玉琴送回宿舍，这是我头一次进玉琴宿舍，就是普通的双人房间，屋里有两张床，中间一张桌子，桌上有钢笔水瓶和大茶缸，墙上挂着宣传画，还挂着一个黑书包，玉琴的床上铺着一条蓝床单，有一股好闻的肥皂味。玉琴坐在床上，身子还不停地打冷战，我找暖水瓶去接了一壶开水，给玉琴倒上，等了老半天，玉琴才跟我说了整件事，我听了也吓了一跳。原来我刚走不久，玉琴就去了我家，想把偏厦子里的墙收拾收拾，这样糊墙的时候看着平整。我本来打算直接在墙上再糊一层，可玉琴不愿意，我也就没说别的。玉琴拿着一个小铲子，把水盆放在地上，用铲子沾着水一点一点地把墙上原来糊的旧报纸铲掉，铲到一半的时候，玉琴累了，盆里的水也浑了，玉琴就端着水盆到院子外边去倒水。玉琴一出院子正遇上老三媳妇，老三媳妇脸色不好，嘴里骂骂咧咧的，好像是说谁截了她的和牌。玉琴看见老三媳妇，就打了个招呼，老三媳妇站住脚，问玉琴干什么呢，玉琴说准备糊墙，老三媳妇哼了一声，用下巴指了指对面老董家的房子，说：

"人家的房子糊一回还值当，你俩那屋本来就小，再糊一层人都挤得没地方待了。"

玉琴一听这话就来火了，就把那盆水泼到了老三媳妇脚边，老三媳妇往后一躲，绊着一块石头，摔了。老三媳妇倒下就捂肚子喊疼，玉琴想你摔的是屁股，非说肚子疼，真是不要脸。可老三媳妇就是不起来，还打起了滚。玉琴赶紧进屋找娘，娘出来了，老三媳妇还喊疼，娘就让玉琴去卫生所找大夫，还找来了大姐。大夫来了也直发蒙，他还是个二十来岁的小伙子，在护士学校学过几天，没治过什么病。还是大姐经的事多，一听是肚子疼，就悄悄问老三媳妇每个月那几天肚子疼不疼，别是女人的病，吓唬人的，老三媳妇说身上两个月没来了，还说闻见胶味就恶心，大姐一听腿都软了，说一定是怀上孩子了，这一下摔得可不得了，卫生所不用去了，赶紧去医院吧。大姐回家找了一辆拉菜的平板车，让大姐夫推着老三媳妇去区医院，玉琴要跟着去，老三媳妇像杀猪一样喊：

"别让她去，她害我，她害我。"

娘也一屁股坐在地上，冲着玉琴喊：

"你要害我孙子，你心都黑了！"

玉琴吓得直哆嗦，大姐没空劝架，把娘扶进屋，自己赶紧去鞋厂找老三，让老三去医院，我回家的时候，大姐刚从鞋厂回来。

我想安慰玉琴，可又不知道该说什么好，是老三媳妇自己心里没谱，连自己怀了孕都不知道，怪得了谁？我又想埋怨玉琴，跟老三媳妇较什么劲呢，真要是她孩子有个长短的，那这个家是绝对容不下玉琴了。

我没了主意，干脆坐在玉琴身边一起等，慢慢地，玉琴把头靠在我肩膀上，睡着了。我就看着桌上那个钢笔水瓶，里边就剩下一点点墨水，我想玉琴也许会蘸着墨水写日记，可玉琴在乡下长大，怎么会有记日记的习惯，我还想，要是我能写日记的话，我就把这一天天的事都记下来，等将来闲下来，再从头翻着看，就像是把一天天又重新过了一遍。想着想着，我也睡着了，等我醒了，外边天都黑了，玉琴已经醒了，她坐在桌子前面发呆，我跟玉琴说我回家看看，玉琴点点头。临出门的时候，我不放心地看了一眼玉琴，玉琴又对着我点点头，我才走出门。

全家人都在屋子里，这回躺在炕里的是老三媳妇，娘正张罗着要给老三媳妇煮鸡蛋，老三媳妇在炕上不停地哼哼，见我进来，哼哼的声音立刻大了，老三看见我也没说话，我心里一下子凉了，我看看老四，老四正一个人摆纸牌，我又看看爹，爹正给自己卷烟，爹刚把烟放到嘴里，刚要点，大姐走过去拿走了火柴，说：

"爹，上外边抽吧，怀孩子闻见烟味不好。"

我一听"怀"这个字，心里一下子又有了暖和气，我跟着爹走出门，爹点上烟，叹口气说：

"玉琴是太不小心了，差点把孩子弄没了。"

我问爹：

"那现在咋样？"

爹说：

"大夫说得保胎，这才仨月，一直得保到生。"

我顿时松了一口气，我想着得赶紧去告诉玉琴，别让玉琴担心，我刚走到大门口，大姐追了出来，大姐说：

"你还去找她啊？"

我说：

"啊，我告诉她一声。"

大姐说：

"明天我找屯里老人算算，看有什么能压住不，这咋她一来，老有事呢，我就说她克你嘛。"

我回头跟大姐说：

"出啥事了，这不啥事没有吗？"

爹在旁边幽幽地说：

"这还不叫事？以后瞅着热闹吧。"

我没把爹和大姐的话放在心上，其实我应该替玉琴解释清楚，起码让爹和大姐知道事情的来龙去脉，可我实在找不着从哪儿说起，我更没有想到，在后来的日子里，这件事像一团雾气，罩住了我们家，我们说不清雾里有什么，也看不清雾外是什么，要想让雾散开，除非出了另外一件事，而这件事恐怕会出在我和玉琴身上，我不愿意那么去想，可在那一瞬间，我的心已经开始不安起来。

我为了以后的日子犹豫，我也为了以后的日子担忧。日子就像是在一个人的伤口上撒了盐撒了味素又撒了胡椒面，明知道是疼的时候多，却还要在疼里边吧嗒出点味道来，这是我头一次对生活产生了怀疑。

第九章

自打那件事以后，老三媳妇一直躺在炕上，除了上厕所之外，连吃饭喝水都要人端到嘴边来，我想那正是老三媳妇想要过的日子，唯一委屈她的就是不能出去打麻将了，她嚷嚷着要找几个麻友来家里打几圈，可大姐说屯里老人给算了，保胎的时候动不得赌，不然会冲胎气，老三媳妇这才断了这个念头。可时间一长，老三媳妇就躺不住了，她咒骂着玉琴，说玉琴是她的克星，是全家的克星，早晚会把全家人都克死的，老三刚开始还拦着，老三媳妇立刻眼泪汪汪地数落老三，说他没心没肺，自己的孩子差点被人害了，还帮着凶手说话，老三就不搭腔了，我想在他心里，他一定也是恨玉琴的，只不过碍着兄弟的面子，不想闹得太僵。可我不想把这件事放在心上，我跟娘和大姐说，我就要娶玉琴，谁也拦不了，娘叹口气，说我儿这点像他爹呀，认准一条道跑到黑，随你去吧。大姐也叹口气，说我二弟弟心善哪，大姐替你供个弥勒佛，保你平平安安。

大姐真的请了一尊弥勒佛，据说是磕了好多个头又烧了不少香才请回来的，供在大姐夫家的炕柜上，大姐夫看见就要扔出去，大姐赶忙拦着，大姐夫嚷嚷着：

"咱们啥条件啊，还供佛，供你和小崽子吃饭都费劲！"

大姐说：

"这是保咱全家平安的，你扔出去，老佛会怪罪的。"

大姐夫说：

"怪罪就怪罪，都活成这瘪犊子样儿了，还能咋的？"

大姐夫嘴上这么说，可也不坚持了，大姐就把弥勒佛挪到了小仓房里，还特意在窗户上开了个窟窿，让弥勒佛能照到太阳，能透透气。

玉琴再来我家的时候，小心了很多，遇见人打个招呼就把眼神收回来，娘和大姐疼我，也都不给她脸子看，老四看见玉琴总是嘻嘻哈哈的，老三见了玉琴就低头，当没看着一样，只有老三媳妇一听见玉琴的声音，就在屋里吭叽。我跟玉琴说，别当回事，这将来也是你家，你也是儿媳妇，还是嫂子呢，玉琴点点头。我知道她心里有疙瘩，可有什么办法呢，再说了，她是跟我过日子，又不是跟这个家过日子。

在许多年以后，我想起我当年的这些想法，觉得自己真是个蠢货，别说在屯子里，在乡下，哪怕是在城里，嫁给一个人就等于嫁给一家子人，娶了一个人也等于娶了一家子人，要操心的、要敬畏的、要防着的、要躲却躲不开的一下子都来了。就像人本来走在很宽的路上，一下进了一条窄胡同，胡同没有尽头，就得一直走下去，动不动肩膀蹭到墙上，动不动脚被石头磕了一下，动不动走得头晕了，抬起头一看，就那么一小条天，最要命的是只有入口，没有出口，除非是死了，这才被人从胡同里弄出来。

爹给我的二百块钱，加上玉琴爹给玉琴送的一百块嫁妆，一共是三百，我和玉琴拿着这三百块钱筹备婚事，好像一下子就成了富人，可城里的商店里没什么东西卖，有点东西大家又都在抢，所以能买的其实很有限。这三百块钱，除掉做衣服花了七十，我给玉琴买了一块梅花手表，一百二十块，玉琴喜欢得不得了，穿衣服都使劲把袖子往后撸，恨不得大伙都围过来看那块表。皮鞋省了，从自家鞋厂拿了两双。剩下的一百多块，我买了几块好木料，照着偏厦子里头的尺寸打了一个高低柜和一个炕柜，正好能放进去，还买了不少花纸糊墙。花纸是大牡丹图案的，玉琴摸着花纸，都不舍得往墙上贴，她说她和两个妹妹见着巴掌大的花纸都当宝贝一样夹在本子里，现在要把花纸往墙上贴，真是有点败家。玉琴还说，在铁岭老家，村里要是谁家过年能糊上新报纸，那都算富裕户了。玉琴说完话，就仔仔细细地用花纸在墙上糊了半米高的一圈，坐在炕上往四周看，好像被一圈牡丹围着，好看极了。结婚用的大物件都齐了，我以为置办小物件也很简单，随便挑几样就行了，可没想到玉琴忽然仔细起来，每样东西都非常挑剔，往往是逛了一整天也没一样看上眼的，我为这事跟玉琴怄了几回气，可后来我想，随着她去吧，除了这些东西，有什么是她能做主的呢？

等到屯子里的那排杨树都把叶子抖落了，杨树尽头的柳树把千根发丝上的绿发卡都藏起来，我和玉琴就要结婚了。我们的婚期正好跟董二毛的婚期撞上，爹说不能让坐地户把咱家看扁了，于是从两天前就开始准备。爹请来了城里的一位厨子，据说是原来在鹿鸣春给大师傅打过下手的。爹还备下了不少荤腥，从各家借来了盘子碗筷和桌椅，早早地搭好了席棚，里面足足能摆下十来桌。等忙完这些，爹叉着腰站在院子门口，看看自家的场面，又回头看看老董家的场面，腰板直了一些，嘴里念叨着：

"嗯，不丢人，不丢人。"

这时候娘从里面摸索着出来，幽幽地说：

"唉，当年我啥也没要就跟你过上了，真屈得慌啊。"

爹听了，腰板顿时又弯了下去。

结婚的头天上午，玉琴的爹娘和亲戚都从农村来了，玉琴爹娘一看见这个排场，也都竖起大拇指，对爹说：

"真场面！真场面！"

爹摆摆手，装出不在意的样子，可心里很得意，得意得走路的时候，脚都往外撇了。爹把玉琴爹娘让到上屋喝茶水、嗑瓜子，让娘陪着，自己又出来张罗。玉琴爹就打发玉琴的兄弟姐妹给爹帮忙，可只有玉琴的大哥和二哥是真正出力的，她两个妹妹都去找玉琴说话了，她最小的弟弟跑进跑出地四处看，等他看见老四坐在席棚后面喝酒，他就不跑了，他龇龇牙，坐到了老四身边，给自己拿了一个杯，老四立刻就喜欢上了他。

我一个人坐在偏厦子里，玉琴早早地剪好了喜字，裁好了红纸，都放在炕沿边上，大姐给我做的红被面褥子整整齐齐地叠在一边，跟墙上贴的大牡丹映在一块儿，满屋子的红色把我全身都染了一层晕，让我觉得一阵阵发烫。我想去看看玉琴，可大姐说结婚头天晚上，新郎新娘是不能见面的，这样两个人才能长长久久，永不分离，我只好忍住了。我翻出我俩登记那天照的合影，我俩就穿着结婚要穿的衣服，玉琴在里面加了一件碎花的衬衫，短头发稍稍烫起了卷。照片上我俩都在笑，我的笑有点腼腆，嘴巴只张开了一点点，玉琴笑得很大方，我数了数，足足露出了六颗牙。我也咧开嘴笑了一下，一边笑一边拿手去摸，原来我能露出的牙比六颗多，我就想，照相那天我也应该笑得大方点，可我又想，这时候笑算什么本事，人家会说闲话的，要是日子过好了再笑，那才有底气呢。我想着想着就睡着了，我好像听见了一阵又一阵的"呜呜"声，像是谁在哭，又像是谁捂着嘴故意弄出的动静。"呜呜"声越来越响，把我弄烦了，我伸手要去堵住耳朵，结果手被人抓住了。我睁眼一看，是老四，老四说娘让我去上屋睡，我说我在这儿睡就行，老四说大姐交代了，结婚头天晚上不能睡婚床，我问玉琴的爹娘呢，老四说他们去玉琴姑姑那儿住了，我点点头，就跟着老四去了爹娘那屋。等我一出门我才知道，外面起风了，把席棚子的盖都快掀起来了，厨子和帮忙的人正拽着拴席棚子的绳子。今年说来也怪，明明已经入了冬，可一直没下雪，也不太冷，白天日头高高照着，穿个夹棉的衣服就能对付，没想到偏偏这个日子起风了，我闻了闻，风里边好像有雪的味道，我开始担心了。

爹和娘都已经躺下了，老四得在外边守着东西，防着有人来偷，所以转身就出去了。本来老三也应该陪老四一块儿守着，可玉琴的两个哥哥也在外面，再加上老三媳妇老嚷嚷肚子不舒服，老三待了一会儿就回屋了。我躺下来，娘翻个身，好像是在问我，又像是自言自语地说：

"从文啊，你娶媳妇了，可不能不要娘啊。媳妇是后的，娘是亲的，娘没享过福呢。"

我对娘说：

"娘你放心，我和玉琴肯定孝敬你。"

娘说：

"我不指望她，你别像老三似的就行啊。"

我"嗯"了一声，娘又说：

"从文啊，不算你姐，你是长子，长子就得挨累受屈，老三有房子，你没房子，你怪娘不？"

我说：

"娘，没事。"

娘说：

"娘没能耐，娘指望你将来给娘养老呢，你要是屈得慌，等娘再住几年，快不行了你就把娘抬出去，娘不怪你。"

娘说着就抽搭上了，爹闷声说了一句：

"大喜的日子说这干啥，岁数大了，糊涂了？"

娘头一次听了爹的，不说话了，过了一会儿，爹欠了欠身子，往地下吐了口痰，跟我说：

"从文，将来我和你娘老了，这房子留给你。"

爹说完这句话，我听见窗户根下边响动了一声，爹就把嘴闭上了，我也想不出该说什么，我也把嘴闭上了。

第十章

第二天一早，风停了，也没下雪，我觉得是老天爷待见我和玉琴，不想用风和雪把我们的喜气吹散了。

我早早起来，穿好衣服去接玉琴。从我家到氧气厂宿舍一共才几百米，可我爹还是租了一台公共汽车接亲，拉上亲戚，先在屯子外边转了两圈，这才转回来，沿着那条土道往屯子里边开，一帮孩子追着车跑，追着追着就不追了，转过头都往回跑。我把头伸出车窗往后看，是老董家把婚车开进了屯子，他家租的也是公共汽车，只是租了两辆。

到了玉琴姑姑的宿舍门前，玉琴的弟弟妹妹拦住门，非让我说好听的话才肯开门，我不愿意说，就把一毛一毛的钱从门缝下边塞进去，等塞到第十六张，门终于开了。我看着玉琴，玉琴也看着我，玉琴的弟弟妹妹没空看我们，他们都忙着数钱去了，我就拉着玉琴出门上车，车开过了我家，开出了屯子，又转了两圈，这才开回来。

屯子里男女老少都来了，他们不是来看我和玉琴结婚的，也不是来看董二毛和他媳妇结婚的，他们是来吃席的。他们觉得我家开得起鞋厂，盖得起房子，酒席一定有油水。他们又觉得董家是大户，家底也不薄，所以走不动的老人被扶着来了，连刚生出来的孩子也被抱来了。他们要吃了董家再吃郭家，吃完郭家再吃董家，反正也没人数到底吃了几个来回。他们的嘴在等着吃的时候，就不停地在说话。他们比较了郭家和董家摆席的排场，有人说郭家大气，有人说董家规整；他们又比较了郭家和董家的婚事，有人说郭家有鞋厂，郭从文有模样又能干，嫁给郭从文享福，有人说董家是大户，董二毛躺着吃老子，嫁给董二毛没错；他们又比较了郭家和董家的新娘，有人说郭家新娘大方，有人说董家新娘秀气。他们比较来比较去，到底没比出个高低，最后他们看了两家的新房，看完了董二毛的新房，他们啧啧个不停，一个个睁大了眼睛。看完我的偏厦子，他们也啧啧个不停，一个个却皱紧了眉头，这一下他们的比较有了结果：

"老郭家老头老太太真抠，给儿子儿媳妇住这房子。"

"他家老三不是新盖的房吗？"

"哎呀，这不就看出来疼谁不疼谁嘛。"

"谁家姑娘啊，不长点眼睛，嫁给这样人家，这不遭罪嘛。"

"嗯，没准以后还受气呢，老郭家老太太多邪行啊。"

"可不，还有大姑姐，还有妯娌，本来就受屈，还住这破房子。"

"都不如牲口棚大……"

我听了，心里不是个滋味，我看看玉琴，玉琴直咬嘴唇，她看见她爹娘和哥哥都往她这儿看，她就又装出笑脸。我又抬头看看，董二毛和他媳妇也在听，董二毛一脸得意，这让我真想立刻去捂住那些人的嘴，可还没等我伸手，菜一上来，他们的嘴立刻就闭上了。

老四打了一宿麻将，端盘子都是闭着眼睛的，洒了别人一身油点子。娘不用闭眼睛，她看不清，但是她听得出来了多少人，她转头跟爹说：

"这帮王八蛋，还有脸来吃？"

我知道娘记恨屯子里人对下放户的欺负，娘又对我说：

"从文，你看看大队书记来没？"

我说：

"来了。"

娘说：

"早年发秋菜，大队用车把菜挨家送去，就不给咱家送。等到下了霜，你爹去问，书记让你爹去地里看，菜都烂在地里了。这帮瘪犊子，吃死几个才好呢。"

爹说：

"哎呀，人家来是吃喜来了，你没事回屋躺着吧。"

于是，我们赔着笑脸，看着他们吃席，连我和玉琴敬酒的时候，他们都不舍得放下筷子站起来，一盘四喜丸子摆上去，立刻就剩个盘底，一盘肘子端上去，就听见好几双筷子在盘子上边噼里啪啦地响，两个炒菜的在席棚后边忙得溜溜转，桌上却老是空落落的，光剩盘子一个摆一个。吃席的就吵吵：

"老郭，没菜了！老郭，没菜了！"

娘看不清，但她听得清，她拍着大腿念叨：

"吃穷啦！吃穷啦！瘪犊子玩意！"

大姐赶紧把娘扶到屋里去。吃席的看着对面董家加了菜，纷纷坐到对面的席上去，我家这边一下空了好几桌，玉琴家里人坐在一边看着，脸上有些挂不住，爹看见了，赶忙让我和玉琴去敬酒，我跟爹说刚才敬过一轮了，爹说那就再敬一轮。我和玉琴就又端起酒杯，爹走到炒菜的地方，告诉厨子加菜，每桌再加一盘四喜丸子，炒菜的说肉不够了，爹问还有啥，炒菜的说就剩虾片了，爹说那就炸虾片。等我和玉琴又敬了一圈，每桌就多了两盘虾片，吃席的立刻从对面坐了回来，还让董家门前空了好几桌。

老三和老三媳妇不知道啥时候出来了，他们站在一边算账，还把算账的话说得清清楚楚：

"做一双鞋挣三块二，十双鞋才三十二块，这一桌得吃掉多少双鞋呀！"

我和玉琴都听见了，可我们都当没听见，老四却站起来，端着酒杯晃晃悠悠地走到我和玉琴跟前，大声地说：

"二哥，嫂子，恭喜啊。"

我也举起酒杯，老四又说：

"二哥，有些事不用说，自个儿心里都明白，老兄弟我最瞧不起的就是藏心眼儿窝里斗的，二哥啊……"

老四说着说着，声音越来越大，老三媳妇不乐意了，她护住肚子，上前两步：

"说谁呢？"

老四把杯一摔，喊了一声：

"我他妈说谁谁知道。"

老四眼睛都红了，老三媳妇又要往前上，可看见老四的样子，就往后退了一步，笑着跟老三说：

"你看老四，是不是喝多了？"

老三阴着脸，没说话，老三媳妇又对着吃席的人说：

"老四喝多了，这大喜的日子，能不喝多吗？"

旁边几个看热闹的人就缓过神来，又伸出筷子，这时候虾片已经被吃得差不多了，这几个人后悔得直拍大腿。玉琴端起杯，跟老四说：

"小斌，嫂子谢谢你，嫂子这杯干了。"

玉琴一口气把一杯啤酒干了，老四立刻换了一副脸，笑嘻嘻地竖起大拇指，然后一头仰了过去，睡着了。老四倒下的时候，碰倒了一张桌子，桌子压倒了两个人，两个人又碰倒了在董家那边的一张桌子，董二毛回头骂了一句：

"他妈的谁？"

我和玉琴赶紧走过去，我说：

"二毛啊，我老弟弟喝多了，没事吧？"

董二毛不大乐意地笑了笑，走开了，董二毛媳妇拉住玉琴的手说：

"嫂子，没事。"

玉琴也笑了笑，董二毛媳妇回头看了看董二毛，又小声地跟玉琴说了一句话，玉琴立刻把手攥紧了，眼睛里一闪一闪的。等董二毛媳妇走了，我问玉琴她说了什么，玉琴说：

"她跟我说，嫁的人好，房子再差也得劲；嫁的人不好，房子再好也不舒坦。"

玉琴还说：

"我挺喜欢她这个人，我要认她当干姐妹。"

许多年后，当董家和我家被某件事联系到一起，又是那么巧合和离奇，我不得不对玉琴当时的决定感到惊讶，可是在当时，我认为玉琴只是遇见了一个肯对她说两句舒坦话的女人。

不过董二毛媳妇说得有道理，当我和玉琴第一次躺在偏厦子里那半铺炕上，我们都觉得无比的快乐和温暖，我看着头顶那个明晃晃的灯泡，又看看身边这个明晃晃的女人，再看着四周墙上那些明晃晃的牡丹，我的身子悬在空中，忽上忽下，我清楚地听见自己的骨头一寸寸地咔咔作响，然后一齐拍向地面，朝着地下深深地陷进去。

那天晚上，我和玉琴也发出了像是拿锥子在厚皮子上旋拧着扎眼的动静，我的每一根汗毛都立了起来。就在最后一滴汗掉下来的瞬间，我和玉琴听见了院子里传来一声尖厉的咒骂：

"我孩子要保不住，你也别想有！"

我背上的汗立刻凉了，我在黑暗里听见玉琴眼泪打在炕沿上的声音。

第十一章

　　我以为我能记得所有的日子，尤其是那些好日子，可是好日子差不多都是平平静静的，所以一晃就过去了。如今我想找出几个好日子回忆一下，可说什么也找不出来，好像跟现在的日子也没什么分别。只有在做梦的时候，那些好日子才一个个地蹦出来，鲜亮亮地摆在我眼前，可它们不愿意一格一格地慢慢走，而是一股脑一股脑地窜过去，就让我看清那么几个镜头。有时候是一张玉琴的笑脸，有时候是院子里的一条狗，有时候是半杯酒和一大堆花生壳，有时候是地上的一大片绿和天上的一大片蓝，还有时干脆就是一沓钱，我当初怎么不知道这就是我的好日子呢？

　　我和玉琴结婚的第二年，我记得发生了几件事。第一件事是爹在民族街那儿租了个床子，专门卖自己做的鞋，爹在离床子不远的地方又租了一间平房，用来存放做好的鞋。从那以后，我们就不往城里背鞋了，我和老三开始轮流去看床子。其实我不愿意看床子，那太死板了，我还是想背着鞋到老联营门口去卖，可是老联营门前已经不只有我们一两个卖鞋的了，每到夏天晚上，那门前就站了一大溜卖鞋的，爹说零卖不吃香了，还是在摊位上卖得快，我听了爹的。第二件事是玉琴真的和董二毛媳妇成了好姐妹，她们天天腻在一块儿。玉琴说董二毛媳妇过得不好，因为董二毛不老实，在外边有女人，玉琴还说董二毛媳妇不是真心要嫁的，是因为嫁给董家这样的大户，家里人的生活也能改善改善，玉琴还说得看紧我了，我相看过那么多女人，难免有人对我不死心，她可不像董二毛媳妇那么好欺负。于是，只要我在屯子里遇见哪个女人，说了一句话，回去玉琴就得问上半天，我没做亏心事，就懒得解释，玉琴就得生上半宿的气。第三件事是老三媳妇生了，是个男孩，取名叫继德。老三媳妇生了儿子，可她对玉琴的态度并没变好，不过反正玉琴也不在意她，可是爹和娘在意，他们乐得不得了，尤其是我娘，成天抱着继德，说是祖上积德，才给了个大胖孙子。老三媳妇一听到这儿，就骄傲地坐在炕沿上，跷起二郎腿，抓起一把瓜子，挑出一个放进嘴里，咬出嘎巴嘎巴的动静，再把瓜子壳扔出去老远。

老三不太得劲地站在桌子旁边，他有了儿子，可因为这个儿子，他又多出了一个老娘，这个娘可比自己的亲娘难伺候多了。

有时候娘还会忽然喊玉琴，等玉琴去了，娘就说：

"玉琴哪，多悬哪，要是小芬摔个好歹的，我大孙子可咋整啊。"

爹到这个时候就皱皱眉，可他犯不上因为玉琴惹娘不高兴，而且爹的心思也在继德身上呢。玉琴听了娘的话，又看着老三媳妇得意的模样，就回屋跟我说，生个孩子有啥了不起的，咱们也要个孩子。我也想要，可是偏厦子里住我和玉琴两个人都这么挤，再生一个怎么住呢？玉琴也明白这个道理，可一到夜里，她还往我身上黏，我想那就要个孩子吧，大不了我还回老房子跟爹娘住去，让玉琴带着孩子住偏厦子。可我们越想要，却偏偏要不上，一年过去了，玉琴的肚子一点动静也没有，接着又是八个月，还是没什么消息。

不打粮食的地，可以用来盖房子，不会有人对着地发怨气，可是怀不上孩子的女人，就会被人说闲话。闲话从老三媳妇的嘴里说出来，又从老三媳妇的嘴里传到了麻将桌上，再从麻将桌上传遍了整个屯子，又在大大的太阳下面和一阵阵热风里蒸发成一阵雾，吸进每个人的鼻子里。最后大姐来找我了，大姐说她找屯里老人算过了，玉琴是寡相，命里少儿寡女，得找人看看风水，破一破。我说本来也没想这么早要孩子，不着急，可大姐还是悄悄地找人画了道符，上面有各种各样的条纹和图形，贴在了偏厦子的门框顶上，中午我和玉琴从鞋厂回家吃饭，玉琴盯着那道符看，我以为她会把符揭掉，可她只是盯着看了一会儿，就拉开门走进了偏厦子。晚上，我可能有点中暑，不想吃饭，我就迷迷糊糊地躺在炕上，快睡着的时候，玉琴忽然坐了起来，把我吓了一跳，玉琴冷冷地问我：

"那玩意是谁贴上的？"

我知道玉琴说的是符，我说：

"大姐。"

玉琴说：

"她贴那玩意啥意思？"

我说：

"大姐是好心。"

玉琴哼了一声：

"对，她好心咒我怀不上。"

我也坐了起来，我说：

"你怎么瞎咬人呢，大姐是盼着你能怀上。"

玉琴说：

"你大姐没说我是克夫克子命？"

我说：

"谁跟你说的？"

玉琴说：

"董二毛媳妇跟我说的，你大姐到处跟人说，我把你们郭家风水带不好了。"

我说：

"不可能，我大姐不是那样的人。"

玉琴冷笑了一下：

"你真是个傻子，你觉得你爹你娘你大姐你弟弟都对你好，你落下啥了？"

我听了嗓子眼儿发堵，嗓门儿也大了：

"你啥意思，什么我落下啥了？"

玉琴说：

"我不图你家房子不图你家钱，我就图你个人，但是咱不能太窝囊了，一家人欺负咱们，爹妈不给房子，大姑姐、妯娌合伙在背后叨咕我，这日子还有个过没？"

我正要发火，忽然有人敲窗户，我对着窗户喊：

"谁？"

娘在窗户外边说话了：

"从文啊，你过来一趟。"

我就下地出门了，娘扶着窗框，跟我说：

"从文啊，这人要不可心，那就别将就，娘再给你找个黄花闺女。"

我听见玉琴在屋里把什么东西扔在了地上，我有心进屋去看看，可是娘搋着我，娘说她要去茅厕，我怕娘看不清摔了，我就扶着娘走到茅厕门口，我让娘把脚挪到两块板上，帮娘解开了裤腰带，我就退了出去，等里边没了动静，我再走进去，帮娘系好裤腰带，再扶着娘走回老房子。进了屋，娘递给我半盘饺子，说是给我留的。我知道娘心疼我，我就坐下吃饺子，等我吃完才想起来玉琴，我问娘玉琴吃饺子没，娘说饺子一共就两盘，爹、娘、老四吃了一盘，老三媳妇吃了半盘，这半盘让我吃了，娘还说让玉琴吃玉琴也会不好意思吃，她还没给咱郭家续香火呢。我说娘你错了，这事不怪玉琴，她也着急呢，娘就骂我：

"小瘪犊子，你不向着你亲娘，向着你媳妇，你跟老三一个损样儿。"

娘说完就摸着炕沿上炕了，我走出门，在院子里站了一会儿，天上有一大堆星星，大星星身边带着好多小星星，我想娘把我们带大多不容易，我应该处处疼着娘。我又听见好多地蝲蝲在叫，你一声我一声，像是约好了在一块儿说话，我就想玉琴嫁给我也是遭罪的，我们是两口子，我也不能让她受委屈。我想来想去，就觉得两边都对不起，我把手搭在偏厦子的窗台上，听见里边传来玉琴很轻很轻的呼噜声，我的胸口涌起一股劲儿，让我想找个人打上一架，或者狠狠地摔一样东西，摔得稀巴烂才好，尽管这么做什么用也不顶。我觉得我的生活跟这夏天的夜一样，又黑又闷，偶尔的一声狗叫也打不破它。

心里憋着一口气，身上就有莫名其妙的一股劲儿，我把劲儿放在做鞋和卖鞋上，我原本只做鞋帮，可现在我学着做整双鞋。我照着爹扒下来的鞋样子，把图上的每一块标上记号，然后从一整张皮子上裁下来，把它们缝在一起，皮子边缘太厚，就先用刀片刨薄，再用锉锉平，抹上胶，再用尼龙线缝，等鞋帮和鞋头出来个模样了，把它放在鞋楦子上绷楦，支起鞋面，不让鞋头趴下来，再把胶底或者皮底粘在底下，这样一双鞋就做成了。开始的时候，我裁下来的皮子不是大就是小，要么就是缺个角。老四满不在乎地让我扔掉重裁，可我不想废料，我就再裁小一圈，当儿童鞋的皮料用，花了一个月的工夫，我自己一天也能做两双鞋了。我把我做的鞋和别人做的鞋放在一起，都拿到民族街的床子上，爹没分出来，卖鞋的人也分不出来。我还把做好的鞋拿给玉琴看，玉琴看了看就说：

"有做鞋的工夫，不如做出个孩子，省得我落埋怨。"

我立刻就没了心情，晚上一上炕我就闭上眼睛装睡，玉琴就自个跟自个怄气，一到这种时候，我们俩就憋着劲不说话，一连好几天。我是肯定不会先张嘴的，直到遇见了什么事，非得张嘴了，我俩就一下子又好了，像是什么都没发生过一样，但我心里却觉得，早晚有一天，我和玉琴心里的这口气会憋出点什么事来。

第十二章

当一层薄薄的霜铺满了院子，在整个房顶都撒满白色的粉末，冬天就要来了。我最不喜欢入冬的那两个月，颜色慢慢地从大地上消失，暖意悄悄地被北风带走，连人们的精神头也像是用棉被捂上了，透不出一点兴奋劲儿来。

这一年爹的生意不错，我拿工钱买了一辆自行车，是浑阳产的白山牌。我本来打算买上海或者永久牌的，但是实在排不上号，就算了。车是二八的，横梁加重，玉琴骑上去都够不到脚蹬，可她仍然很喜欢，一到傍晚的时候，她就坐在后座上，让我带着她去菜市场。车在土道上被石头颠得直蹦，我骑得也是七扭八歪的，可玉琴就是不下车，她紧紧地抓住我衣服后襟，等到了市场里人多的地方，我一脚踩在脚蹬上，一脚踩着地，她就跳下来，挑两个土豆再跳上车。菜市场在我家东边，我有时骑着车，看见夕阳在车前映出两个影子，我的影子直直的，没什么特别，玉琴的影子里有两条腿晃来晃去，像是给我安了两个翅膀，就是翅膀长在了同一边，我就想，要是我能骑着车带着玉琴飞了该多好啊，远远地离开屯子，飞到北京那样的大地方，然后"哗"的一下落下来，左边是天安门广场，右边是城楼，我们找一个小胡同住下来，没人认识我们，也没人要进来看我们的偏厦子，没人问玉琴什么时候怀上孩子。我想得出了神，玉琴在后边喊：

"哎哎，茄子，卖茄子的，你停一会儿！"

我还是一直骑过去，骑向我生命里的远方，可远远望过去，哪里都是灰蒙蒙的一片。

有时候玉琴自己也骑车，我看她推着车快跑了几步，才用一只脚踩住脚蹬，然后赶紧把另一条腿跨过车梁，她不敢坐实，一脚深一脚浅地带动着车轮，在土道上画出一道道大弧，前面的人离着老远，她就开始按车铃，我生怕她摔下来，老是跑上去几步，想扶住后车架子，玉琴就大声喊：

"别碰我，别碰我。"

我松开手，看着玉琴歪歪扭扭地骑远了。玉琴很爱惜车，一有时间就端着一盆水，在院子门口仔仔细细地擦车，连挡泥板里边也用手指头套着抹布抠上一圈，所以车老是锃亮锃亮的。到了夜里，玉琴一听见院子里有什么动静，就会撑起身子，从窗户向外看，还捅捅我，我问怎么了，玉琴说你听是不是有人偷车，我说院门都锁了，哪有人，玉琴才倒下了。可她还是不放心，隔了一会儿再起来听听，这才睡了，每天晚上都要折腾几次。我就跟玉琴开玩笑，我说早知道这样，我就不买这辆车了，玉琴掐了我一把，说她全家七八口人都没有一辆自行车，看见别人骑自行车都得瞅半天，如今咱们两口人就有一辆自行车，咋的也得骑回老家让他们看看。我说从浑阳骑回调兵山，那还不把我累死，玉琴想了想乐了，说那就去照相馆，拍一张你骑车带我的照片，回娘家的时候留到家里，谁来了给谁看。我说行，照一张你单人骑车的，玉琴说还是照推车的吧，我骑车的样子太难看，我说你也知道你骑车难看啊，玉琴就朝我扑过来，跟我闹个没完。

老四也喜欢自行车，他老骑出去转一圈。老四跟我借，我说你直接跟你嫂子说吧，老四就去跟玉琴借，玉琴挺不情愿地把车钥匙给他，絮絮叨叨地让老四慢点骑，千万别有什么剐碰，老四嘴里答应了，骑上车就像飞一样地跑了，玉琴就站在后面跳脚地骂：

"小兔羔子你慢点，你要把车摔了，我把你卖了！"

可下回老四借车的时候，玉琴还是会借给他，我知道，玉琴是感激老四把他当嫂子敬重。

有一天，爹把我们都叫到老房子里，说要开个会。爹说我和老三都结婚了，虽然还住在一个院子里，但是各有各的家，得靠自己了，要自己过自己的日子。爹还说从来做鞋卖鞋钱都是由他来分，多少就那么回事，从今往后也像屯子里大喇叭广播的那样，要论干活多少分钱，这样媳妇就不会埋怨了。我听了没说话，老三也没说话，可老三媳妇不愿意，她怕她和老三干活少，挣钱就少，老三媳妇把继德抱在怀里，嘟囔养孩子费钱，自己又得照顾继德，哪有工夫去干活呢？娘疼孙子，就跟老三媳妇说：

"你那份我来给。"

老三媳妇赶紧把继德递到娘手里，娘眯起眼睛，拍着继德哼起了没调的曲子，老四干脆往炕上一躺：

"我随便，爱给多少给多少，饿不死就行。"

爹瞅了一眼老四，皱起眉头，摇摇头就出门了，娘朝着老四伸出手指头：

"你早晚把我和你爹靠死。"

老四干脆闭上了眼睛。

既然自家过自家的日子，柴米油盐吃喝拉撒睡就都要自己张罗，我在偏厦子外头又搭起几块砖，弄了个灶台，找了几块破木板围起来，弄点油毡纸蒙在上面，可在里边做饭还是有点冷，盛出来的饭菜得赶紧端进屋，要不一会儿就没热乎气了。爹、我和老三都囤下了秋菜，打好了煤坯，每天早上大家把菜和煤坯铺开，白天出去干活，晚上回来再把菜和煤坯摞起来用布盖好。摞起来的时候都是在自家的窗户根下，可是铺开的时候整个院子就摆得满满的，有时候中间就留了一条过道，这样也免不了菜压着菜、煤坯叠着煤坯，收的时候难免分不出个数。晚上吃饭的时候，玉琴就跟我说，今天菜好像少了。第二天晚上吃饭，玉琴又说，煤坯不知被谁踩碎了两块，我说都是一家人，不用太计较，玉琴说，那也不能总是咱家吃亏，我说那就数着点。于是玉琴就每天早上数上两遍，可还是少，玉琴就说一定有人拿了，白天在家的只有老三媳妇，肯定是她，照这么下去，不用进三九，咱就没得吃没得烧了。我被磨烦了，说白天你抽空回来两趟，看看老三媳妇到底拿没拿，玉琴答应一声，就早早地睡了。

隔了两天，我去城里卖鞋回来，玉琴坐在偏厦子里发呆，我问玉琴怎么了，玉琴说她知道是谁拿咱家白菜和煤坯了，我问是谁，玉琴说：

"娘。"

我说娘怎么能拿咱家菜和煤坯呢，爹和娘也预备了不少呢，玉琴说她亲眼看见的，娘特意走到咱家这边来，拣了棵白菜回屋的，眼睛看不清道，还踩坏一块煤坯，我问你啥时候看见的，玉琴说白天跑回来两趟，没进院子趴门缝看见的。我一下就火了，我把棉衣一摔，说：

"娘养我这么大，拿两棵白菜咋的了，你有啥不乐意的？"

玉琴小声说：

"我不是心疼那两棵菜，我是怕你说我败扯，看不住家。"

我说：

"谁埋怨你了？大不了把白菜都给娘，咱俩跟爹娘一块儿吃饭。"

玉琴抬头看了看我，说：

"我知道你脾气，你跟爹娘张不开嘴，我怕你到时候宁可饿着。"

我心里一下就软了，我搂住玉琴，可又实在找不出什么话来，玉琴就慢慢挣开，转身出去做饭了。不一会儿，外边传来炒菜的声音，我看见棚顶有一块漏了个黑窟窿，就合计明天赶紧补上，省得下雪的时候滴答水，我正合计呢，外边就吵吵起来了。我赶紧出门，老三媳妇扶着娘正骂玉琴呢，娘一边骂一边往下堆，一条腿不敢着地，玉琴手里拎着炒勺，不还嘴也不躲闪。我过去扶住娘，娘一下抓住我说：

"从文啊，你娶个好媳妇啊，娘吃你一棵白菜她都急眼哪。"

老三媳妇也说：

"你瞅她把娘给吓唬的，脚都崴了。"

我低头一看，真有几块煤坯碎了，我大声朝玉琴喊：

"你有病啊！"

玉琴说：

"不是我弄的。"

我说：

"那这咋整的？"

玉琴说：

"我在这里头炒菜，看见娘过来拿菜，我寻思拿就拿吧，结果小芬也过来拿。我就喊你给我放下，娘一下就崴那儿了，我喊的是小芬。"

老三媳妇说：

"谁稀得拿你白菜呀，我是怕娘看不见，我来扶她的。"

娘也说：

"从文啊，这突然一嗓子，她是要把我吓死啊，我拿儿子一棵白菜，儿媳妇咋就这么恨我呢！从文啊，你是不打算让你娘好啊。"

我看娘疼得直往我身上靠，我就对着玉琴骂：

"你他妈给我滚！"

玉琴有点不相信地看了看我，我说：

"瞅我干啥，你给我滚！"

玉琴就把炒勺撇了，转身进屋，出来的时候拿着车钥匙，她打开自行车，推车就往外走，老三和老四从屋里跑了出来，老四看玉琴推车走，就喊：

"嫂子你干啥去？"

玉琴说：

"你别管我。"

娘在那儿喊：

"别让她走！"

老三就走过来拉住车后架子，老四拦住车，一嘴酒气地说：

"嫂子你别走，咋的了？"

老三媳妇说：

"从斌，她打你娘。"

老四一下愣了，玉琴回头说：

"你放屁，我啥时候打娘了？"

娘不说话，就在那儿"哎哟"，老四一下眼睛就红了，他抓住玉琴胳膊：

"嫂子你说明白再走。"

玉琴的眼泪立刻就出来了，她回头问我：

"你就看着你全家人欺负我呗？"

我想人家都说我是孝子，孝子是不能向着媳妇不向着娘的，是你把娘吓着了，怎么说是全家人欺负你呢？我就没搭理玉琴，玉琴不知道从哪儿来了一股劲儿，她狠狠地跺了几下脚，喊了几声，那声音尖得把我耳朵都震疼了，老三就松开了车架子，玉琴使劲甩了几下，想把手腕从老四手里拿回来，老四一使劲，我好像听见"嘎巴"一声，玉琴手腕一下软了，她又喊了一声：

"给我松手！"

老四有点蒙了，就把手松开了，玉琴一只手扶着车把，另一只手搭在车座上，推着车疯一样跑出去了。

第十三章

有时候，我想记起某个人，记起的只是声音或者动作，我觉得可能是我一直不愿意把眼神停在别人脸上，我躲避着那些表情，因为我不想猜透表情后面的东西，但对玉琴却不是这样。我曾经无数次地仔仔细细地看着她的脸，我应该对她无比的熟悉才对，但如今我想记起她的模样，却怎么也想不起来了。我想起的是她的背影，推着自行车跑出门的那个背影，我不知道为什么，也许那预示了我和玉琴最终的结局，总有一天玉琴会抛下我独自离开。

我记得那天玉琴把大门撞得开了又合上，老四就低头看自己的手，好像那"嘎巴"一声是响在他的手腕上。看了一会儿，老四酒劲上来了，他迷迷糊糊的，转身就走进了我的偏厦子，我没空管他，我得扶着娘，老三媳妇还在那儿说玉琴坏话，老三就拽了她一把，老三媳妇就跟着老三回去了，我就背起娘进了屋。

娘在炕上吭叽了半天，我找了个塑料袋，接了一袋凉水，把口扎紧了，按在娘的脚上，娘就说：

"行啊，到底是我儿子。"

娘忽然又难过起来：

"从文啊，娘把你媳妇撵走啦，你是不恨娘？"

我说：

"她自己走的，活该。"

娘立刻硬气了：

"对，娘再给你找个好的，找个大姑娘。"

我心里开始还想着娘，后来就有点乱了，再后来就全是玉琴。我想这天都黑了，玉琴自个儿骑着车去哪儿呢？要是去她姑姑家也不用骑车呀，屯子外头荒郊野地的可别出啥事啊。

不一会儿，爹回来了，爹问我咋的了，我说没啥，就回了偏厦子，我进去的时候，老四横躺在炕上，已经睡得熟熟的了。我坐在老四旁边等着，我以为用不了多久，玉琴就能回来，谁家的儿媳妇没跟婆婆和妯娌闹过别扭呢？再说这屯子里她除了董二毛媳妇没别的熟人，也就是骑车散散心，早晚得回来，这是她的家，是她唯一能去的地方。我等啊等，等到老四吐了两遍，等到屯子里最热闹的一桌麻将散了伙，等到所有的猫狗都闭上了嘴巴，玉琴还是没回来。这下我慌了，我拿着手电筒出去了。我站在院门口四下里张望，手电筒照出去，近处是一圈亮，远处是摸不着边的黑，根本看不见玉琴的影子，我就顺着道找过去，手电筒看够了挤在一起的房子，看够了道边的庄稼，看够了那排杨树，看够了河堤上的土坷垃，看够了无边无际的黑夜，终于看累了，一闪一闪地准备闭上眼睛，可我不敢闭眼睛，我把玉琴弄丢了。我回去叫醒了老三和老四，老三不情愿从热被窝里出来，老三媳妇还拽住老三的腰带不松手，老四更是站起来就想吐，可我必须叫醒他们，我让他们帮我去找玉琴。我们给手电筒换好电池，马上要出门的时候，爹披着衣服出来了，手里也拿个手电筒，爹说要跟我们一起去找，我就听见娘在老房子里骂：

"找个屁，死了才好呢！老郭你给我回来！"

爹对着窗户喊：

"你闭嘴吧！"

我们是在娘骂爹的一连串话里走出院子的。我们分成三路，爹和老四过桥，往城里去找，老三往屯子里边去找，在屯子里边还有许许多多的屯子，我自己顺着屯子外的那条路找下去，那条路是通抚顺的。我不知道自己走了多久，到后来手电也用不上了，因为天边泛起了亮光，那颜色就像是剥开一个蛋壳，在蛋清上面覆着的那层膜。我沮丧地坐在地上，看着那片亮光一点点冒出来，我心里恨极了，我一会儿恨玉琴太偏太拗，一会儿又恨娘和老三媳妇挑事，一会儿又恨我买的那辆自行车，最后我恨起了黑夜，要是在这样的清早，我就能靠着自行车的轱辘印找准方向，那我就一定能找着玉琴，可清早偏偏来得这么晚。

我回家的时候，天已经大亮了，我走进院门，惊喜地看见自行车斜靠在偏厦子的窗户下边，我赶紧掀开门帘走进屋，可屋里一个人也没有。我走出屋子，看见了爹，我问爹玉琴在哪儿，爹摇摇头，我问那车怎么找着了，爹说是老三看见的，老三看见车倒在路边，他就骑着车回来了，老三只看见了车，没看见玉琴。我心想一定是老三不愿意再往前找了，可老三不找我得找，我推起车就要出门，爹拦住我，爹说算了吧，女人要是想回来，怎么都能回来，女人要是不想回来，找回来也还会跑。爹叹口气，朝着老房子窗户的方向小声地骂了一句，然后就穿好大衣去鞋厂了。我扶着车，走也不是不走也不是，我看见车把上粘着一块泥，我就用手指头一点一点地搓下来。我搓着搓着就听见院门响，我一抬头，玉琴直直地走进来，看也没看我，又直直地走进偏厦子。我这才反应过来，撂下车就跑进屋，玉琴衣服也没脱，倒在炕上一声不吭，我爬上炕要抱玉琴，玉琴就冷冷地说：

"别碰我。"

我没听，我把胳膊伸到她脑袋底下，玉琴又说：

"我说了，别碰我。"

我忽然就害怕了，我把手抽出来，坐在一边看着玉琴。我看见她鬓角上有灰土，胳膊肘和膝盖上也都粘着泥巴，一只手上有血道子，我想跟她说句体贴的话，可就是说不出来。后来我困了，可我不敢闭眼，我怕一闭眼玉琴就又跑了，我提醒自己别闭眼别闭眼，直到我做了梦，在梦里还说着别闭眼别闭眼。

我醒来已经是傍晚了，我闻见了饭味，肚子里立刻叫了起来，忽然我想到了玉琴，我猛地坐起来，脑袋撞到了炕桌的角上，把我疼得捂住脑袋。这时候有一只手伸过来搂住我的脑袋，我抬头一看，是玉琴，玉琴就那么平淡地看着我，像是每天晚饭前看我一样，我抓住玉琴的手，我说：

"你不走啊？"

玉琴说：

"你把手松开。"

我说：

"我不松手，我一松手我怕你没了。"

玉琴说：

"我没了不正好吗？要不我多耽误你尽孝啊，有我多不太平啊。"

我说:

"媳妇你别说了,我错了。"

玉琴说:

"你没错,你做得对。来把手松开,吃饭。"

我说:

"你答应不走我就吃。"

玉琴说:

"爱吃不吃。"

玉琴说着就要把手抽回去,我一使劲,就看玉琴疼得叫了一声,我这才低头看,玉琴的那只手都已经肿了,我问她咋整的,玉琴说:

"从斌呗,这家伙一听说我欺负你娘恨不得把我手腕掰折。行啊,你们真是亲兄弟,我还当是帮我的呢。"

我这才知道那"嘎巴"一声是老四把玉琴手腕掰伤了,我说:

"老四不是故意的。"

玉琴说:

"行了,赶紧吃饭吧。"

我以为玉琴消气了,一切都过去了,我高高兴兴地坐起来,拿起筷子。玉琴炖了一大碗豆角,我就着米饭大口地吃了起来,我实在是太饿了。我跟玉琴说:

"媳妇你真好。"

玉琴就说:

"你娘你弟弟你弟妹谁也不会在乎你饿不饿,就我在乎。"

我说:

"你也吃啊。"

玉琴说：

"你不用管我。"

玉琴说完，就用围裙擦擦手出去了，我以为玉琴是给自己盛饭去了，可老半天玉琴也没回来。我放下筷子，穿上鞋走出去，我掀开做饭的窝棚，里边一个人都没有。我跑到娘屋里，只有娘躺着；我又去推老三的屋门，门锁着。我忽然明白了，玉琴是特意回来给我做顿饭的，她怕我饿着，这回她是真走了。

我走回屋，把一大盆豆角都吃了，撑得我一动不敢动，可我还想着再来一碗。

第十四章

玉琴走了，我想去找她，可我又觉得娘可怜，娘的脚崴了，我应该留下来照顾她，不管娘是对是错，娘只有一个，媳妇大不了可以再找，再说了，有老三媳妇那张嘴，屯子里人很快就知道郭从文媳妇跑了，要是我颠颠儿地去找，像是没满月的孩子找奶似的，那得怎么笑话我呀。我就狠狠心，白天照常做鞋，回家就照顾娘，屯子里人看见我就拍拍我肩膀，问我：

"郭从文，听说你媳妇跑了？"

我不在乎地摆摆手：

"跑就跑，这不叫事。"

他们就说：

"你嘴硬，晚上不会在被窝里哭吧？"

我白了他们一眼：

"谁说的，我巴不得她跑呢，信不信我再娶一个？"

屯子里人就嘻嘻哈哈地走了，他们走远了还回头起哄：

"郭从文，赶紧八抬大轿给请回来吧！"

等他们都走得看不见了，我就收起笑容回家。爹正在院子里生气，他不是气玉琴不懂事，他是气娘和老三媳妇不懂事。他不敢在屋里骂，就站在院子里冲着老房子的窗户嚷嚷：

"我是饿着你了屈着你了？咱家白菜不够吃啊，你拿儿媳妇的？你还装崴脚，我看你就没打算让从文两口子消停！"

娘这回没还嘴，爹嗓门儿就大了起来：

"我他妈一天到晚累个瘪犊子样儿，你不能省点心哪？哪有你这样当老婆婆的？！"

我从屋里出来劝爹，爹冲我叹口气，爹说：

"从文啊，爹真没招儿啊，你赶紧找玉琴去。"

我说：

"不去了，走就走吧。"

爹一拍大腿：

"你咋不去呢？"

我说：

"哎呀，不用你管了！"

我转身进了屋，爹气得在院子里直转圈：

"你给我过日子呢？爱找不找！"

晚上，起风了，我本来打算这两天就和玉琴糊窗户的，玉琴一走，我就把这事忘了，风从窗户缝里打进来，直冲脑门子。我就拿被蒙住头，结果我一下子就闻见了玉琴的味道，我使劲吸了两口，心里就一下一下地疼，我想我可不能像屯子里人说的那样在被窝里哭，我赶紧披着被坐了起来。我盯着自己的脚指头看，看着看着，就觉得我个儿真是最没用的男人，给我暖被窝炖芸豆过日子的媳妇跑了，自己还窝在家里装孝子，再说别人凭啥笑话我呢？别人都是在炕头上看热闹呢！着急的是我又不是他们。我又想，玉琴一定是回娘家去了，等着我去接，我下了决心，明天一早就去接玉琴回来。

早上起来，没人给我做饭，我就去跟爹娘和老四一块儿吃饭。我看见娘，去接玉琴的念头就少了一分；等我出了门，屯子里人看着我笑，去接玉琴的念头又少了一分；等我到了鞋厂，一忙起来，接玉琴的念头就像是没了柴火的灶台，一点一点地冷下去了。

我就这么反反复复地过了七八天，到后来心里空落落的，盯住一个地方就发呆，屯子里人就说：

"看看，郭从文想媳妇想得眼睛都直了。"

我没空搭理他们，我就直勾勾地走我的路，我巴不得走着走着就撞见玉琴，哪怕玉琴劈头盖脸地数落我一通，我也不会当着屯子里人的面发火，我一定带她回偏厦子，好好地搂着她说说话。

爹一看我发呆就站在院子里骂人，爹最近的腰板越来越直了，我觉得玉琴走的这件事给了他老大的勇气和借口，让他能把对娘的低三下四和满肚子怨气都骂出来，哪管不是在屋里骂，在院子里骂也是件痛快事。爹一骂，娘就在屋里哭天抢地的，说自己瞎了眼造了孽，让儿子遭罪，老三媳妇不乐意听爹骂，她知道整件事跟她煽风点火是分不开的，于是她就掐继德一把，继德的哭声漫过了爹的骂声，爹就抹抹嘴边的吐沫，看我一眼，去做饭了。

到了第十二天下午，天刚擦黑，院门开了，玉琴的大哥送玉琴回来了。玉琴进院的时候是笑眯眯的，看见家里人也是笑眯眯的。爹看见玉琴就说回来好回来好，娘拉着玉琴的手，一边拍着大腿一边埋怨自己，说自己是老糊涂，娘说她养活四个孩子这么大，还没被孩子孝顺过呢，她拿我们的白菜，就想尝尝被孝顺的滋味。还没等玉琴说话，玉琴大哥就替玉琴道歉，说玉琴当儿媳妇的应该孝顺老婆婆，玉琴就笑眯眯地听着，老三媳妇抱着继德站在一边，跟继德说：

"儿子，你长大娶媳妇了得孝顺我，要不有报应啊。"

娘听了，立刻就转向老三媳妇说：

"你滚屋里去，就是你撺弄的。"

老三媳妇没想到娘会骂她，她一愣，把继德往爹怀里一塞，出去打麻将了。

我没空听别人说话，我看见玉琴回来，心里高兴得不得了，可我却做出了一副满不在乎的样子，转身就进了偏厦子。我在屋里等着，我盼着玉琴赶紧进屋来，可爹娘和玉琴大哥偏偏就在院子里说个没完，我等烦了就走出去，跟玉琴大哥说：

"大舅哥，晚上别走了，喝点吧。"

玉琴大哥点点头。

晚上喝酒的时候，玉琴炖了一大锅芸豆，盛在大碗里，摆在桌子中间，可我一口都没吃，老四遇见了能喝酒的玉琴大哥，喝起来没完。开始的时候，爹还笑呵呵地陪着，娘也东一句西一句地搭话，后来爹打起了哈欠，娘歪在炕头打盹儿，老四和玉琴大哥还搂着肩膀喝酒，我坐在那儿，盯着玉琴看，玉琴靠墙站着，笑眯眯地看着我。她的笑看得我嘴里发苦，我开始以为是酒把舌头泡苦了，我咂巴咂巴嘴，才知道是心里涌上来的苦味。

后来玉琴先回偏厦子了，老四趴在桌上睡觉，玉琴大哥跟我说，玉琴从小就爱咬尖儿，让我多体恤体恤，不过玉琴是懂礼数的，要不是被惹急了也不会走。我刚想解释，玉琴大哥摆摆手，说玉琴回娘家以后，开始几天一句话也不说，就在炕上躺着，后来起来了，就闷头干活，把家里的衣服都洗了，院子里的活都干了，谁也拦不住，最后拍拍手，往炕上一坐，叹了一口气，收拾东西往回来。玉琴大哥说：

"玉琴是我妹妹，但现在是你媳妇，我不能疼她了，得你疼她。我也是有媳妇的人，到最后你才知道媳妇跟你最近，别人都瞎扯。"

我点点头，玉琴大哥起身要走，爹醒了，说啥不让走，就让娘去老三屋跟老三媳妇住，老三搬过来，跟爹、老四和玉琴大哥住。等我回了偏厦子，玉琴已经睡着了，我趴在玉琴身边，看着她的眉毛、眼睛和嘴，我从来没有像这样看一个人，也从来没有像这样舍不得一个人，我想到万一有一天玉琴真走了，再也不回来了，那我也活不了了。

我真正明白什么叫舍不得，是在很久以后。只有你最珍爱的东西一去不返的时候，那种扯着肺管子不撒手的疼才叫舍不得，可我并没像我当初想的那样活不了，我照样活了下来，只是活得少了些滋味，少了些舍不得。

第十五章

玉琴回来了，她告诉我，她骑车走的那天晚上就想回娘家，可是骑错了方向，后来手腕疼得握不住车把，就摔了，玉琴还说，她本来想在娘家一待就不回来了，后来一想这儿也是她的家，凭啥灰溜溜地走啊，要走也得扬眉吐气地走。玉琴说了这么多，就是没问我为什么不去找她，可她越不问，我越想说，有一天晚上我实在憋不住了，就问玉琴：

"你走那几天，我没去你家找你，你生气不？"

玉琴说：

"我知道你是这种男人。"

我说：

"哪种男人？"

玉琴说：

"傻老爷们儿，死要面子。"

这年冬天，娘和老三媳妇没再跟玉琴过不去，大姐来过两次，她坐在偏厦子的炕头，小声地骂老三媳妇，说都是她挑事，还劝玉琴别往心里去，玉琴始终低着头不说话。老四有时候看见玉琴，也想说点什么，可总也说不出来。我跟玉琴说，老四可能是对你有愧，那天他没听明白就动手了，玉琴淡淡地说，动手就动手吧，那是他亲妈，我算啥人哪。我知道这件事在玉琴心里还是落了根了。等浑河一开化，我就去跟爹商量，说我和玉琴不做鞋了，都去城里看床子，爹说反正现在雇的工人也够用，你们去吧，老三跟你们换班，卖的钱你们留一半，交你娘一半，反正那床子将来也得留给你们哥儿几个。

晚上，我跟玉琴说：

"从明天开始咱们攒钱吧，我想盖个房子。"

玉琴听了身子一动，我知道这话说到她心坎上了。第二天早上起来的时候，我看见被窝里鼓了一个大包，我掀开被一看，是一个红色的木头匣子，上头那块板能横着来回动，这是玉琴她娘给她的，说是装首饰用的。我明白玉琴的心意，她是要把攒下的钱都往这里边放。

床子离得远，一个来回得不少时间，我想跟玉琴坐车去，玉琴说坐车费钱还得倒车，咱不是有自行车嘛，我说那得骑到啥年月，玉琴说早点起就行，就怕你驮不动我，我一笑，说：

"你这小身板儿，还没有一麻袋鞋沉呢。"

玉琴就端着盆，找出一块抹布，在院子里擦车，早春的水比冰还凉，玉琴刚擦了半个车圈，手就红得像个苹果，我让她别擦了，可她不干，把车擦得锃明瓦亮，比买来的时候还新。就是右边车把那块的胶皮掉了一块，是上回玉琴骑车摔的时候蹭的，玉琴就拿黑胶布仔细地缠了几圈，不认真看都看不出来。等擦完车，玉琴伸着两只红通通的手，非让我带着她骑一圈，像个刚得到一件心爱玩具的孩子，我就跨上车，让玉琴坐在后座上，带她去河边。从我家到河边，有一个长长的大下坡，我让玉琴抱住我的腰，一直冲下去，风从我脸旁飞过去，像有人在我耳边吹着尖尖的口哨。我怕把玉琴摔着，两只胳膊紧紧地抓住车把，石子震得我胸口都疼，结果听见玉琴在我身后一阵阵地尖叫，我就想高兴地喊几嗓子，可我怕被人听见笑话，就忍住了。等到了桥边，我把车停下，玉琴没有下车，还在背后紧紧地搂着我，勒得我都有点喘不上气了。我看着那石头做的桥墩子，黑黢黢的一动不动，它们守着这座老桥，我盼着它们也守着我和玉琴的好日子。我在这个屯子里待了二十五年，我的爹娘在这里待了三十年，那些屯子里的人在这里待了几十年甚至几辈子。虽然我不愿意被屯子拥抱进怀里，可我还是从屯子里的人身上学会了一样东西，那就是藏起自己的希望和感情。我相信他们不是没有过，而是早就被年月和生活抹平了，我知道我和玉琴也会是一样的命，可我想试试。想着想着，我听见了桥下薄薄的冰面开裂的声音。

河开化了，我和玉琴得去看床子了。每天早上五点半，我就起了床，玉琴比我起得更早，她得给我准备早饭，吃完饭我就骑着车带着玉琴往城里去。开始的路不好走，都是坑坑洼洼的，要么就是下坡和上坡，得下车推着走。等过了桥进了城，路就越来越好走了，尤其是到了柏油路上，我骑得飞快，车链子发出嗡嗡的动静，玉琴坐在我身后，一只手拽着我的衣服，两只脚小心地踩在链子盒上，有时候还轻轻地哼歌。我抬起头，看着路两边的大树唰唰地往后闪，有一种喝完酒以后头晕的感觉。

骑着骑着，公共汽车多了起来，人也多了起来，我也骑累了，玉琴也坐麻了，我就停下车，跟玉琴坐在马路牙子上看。我以前坐车去城里的时候，从来没有认真地看过两边的景色，现在看得真真儿的，我这才知道原来城里的房子跟我家的房子也是差不多的，除了不太多的几栋楼房，许多人家住的都是矮趴趴的平房，可我看着那些房子，看着站在门口的那些人，就觉得他们跟我们不一样，他们活得有劲头，有意思。歇了一会儿，我们又起身继续走，快八点的时候，我们才到了民族街的床子那儿，我们从小库房取出十来双鞋，放在一个一米宽两米长的木板上，只有一个板凳，我俩就换着坐，等来了买鞋的，看好一双鞋，我就去取两双号码挨着的，回来让买鞋的试。我原来觉得看床子是个死板的活，可有玉琴在身边，我就觉得干什么都有劲。玉琴让我吆喝，她说吆喝才有人注意，我喊不出来，我怕我一吆喝，人们都回头看我，我心里别扭，我也不让玉琴喊，我说好酒不怕巷子深，咱俩就这么卖鞋也挺好。

到了中午，我就到太原街旁边的胡同里买盒饭，长长扁扁的盒子里装上米饭和两个青菜，便宜又热乎，吃完了饭，等到晚上五点钟，我再骑车带着玉琴回家。路灯亮起来了，路两旁还没长出树叶的树把影子都钉在地上，骑着骑着，我的腿直发酸，每蹬一下车都得借上腰劲，玉琴就在后边给我捶腰，嘴里说着：

"明天还是坐车来吧，不能这么让你遭罪了。"

我说：

"还是骑车吧，这一边看景一边唠嗑儿的，多好啊。"

等到了家，玉琴去做饭，我把卖鞋挣出来的钱分成两半，一半给娘，一半叠得整整齐齐，装进我和玉琴的木头匣子里。吃饭的时候，我俩一边吃一边看着对方，常常不自觉地乐一下，她乐完我乐，我乐完她又乐了，吃顿饭还要呛几下，等到快睡觉了，再把匣子打丌看一遍，把它藏到炕柜最里边，这才放心地躺下了。

老三和我们是换着班看床子，我们看一个礼拜，他看一个礼拜。有时候我们在那儿，老三也来晃一圈，我知道那是小芬让他来打探打探，看我们有没有偷着卖高价给自己赚钱，可我和玉琴压根儿就没那个心眼儿，所以老三来了，我就把凳子让给他坐，他在那儿待上两小时，自己就回去了。

等到我们攒的钱能在匣子底下薄薄地铺上一层，屯子里的那棵大柳树叶子已经长全了，我跟玉琴说咱俩歇一天，让老三多挣一天钱，我带你出去转转吧，玉琴说这一天不去少挣好几块呢，我说不差一天，玉琴就点点头。

我骑车带玉琴去了浑阳城里的大公园，长椅上都是一对一对搞对象的，还有爹妈领着孩子到处乱跑，我们找了一圈，一个空椅子也没有。后来到了一片树荫下边，不远处有一个小伙坐在地上弹吉他，旁边的空场上有三对和我们差不多大的年轻人在跳舞，他们身子离得老远，鞋在地上一蹭一蹭地动，带起来一层土，还围了十来个人看。我和玉琴找个石头墩子坐下，玉琴指着跳舞的人跟我说，你看他们多好，我说这么多人看着，多丢人哪，玉琴就不说话了，过了一会儿，她小声地叹口气，说：

"我也想跟你跳舞。"

玉琴说的这句话，弄得我脸都红了，舌头根子一阵阵发紧。回到家，我和玉琴在偏厦子的炕上滚了几个来回，把木头匣子都踹到地上了。

第十六章

整个夏天，火辣辣的太阳把我和玉琴晒掉了一层皮，然后就有一阵风从北边刮过来，那是入秋的风，风还吹来了两个孩子，一个在玉琴肚子里，一个在大姐肚子里。我觉得玉琴怀孕是因为躲开了那些让她闹心的人，可大姐跟玉琴说，这是她天天求弥勒佛求来的，弥勒佛看大姐心这么善，也给了大姐一个，玉琴听了哼了一声，回了大姐一句：

"这下大姐不用往我家门上贴符了，我也不克夫克子了。"

大姐就讪讪地笑笑，说：

"妈呀，这都谁传的呀？"

大姐后来悄悄告诉我，其实大姐夫不打算让她要这个孩子，大姐夫说养活小辉一个孩子都把他一年拴在地里，再要一个，那他下辈子也翻不过来身了。大姐夫常常逼着大姐去把孩子拿掉，大姐就到大姐夫的爹娘那儿哭，大姐夫的爹拿着扫帚满院子追着大姐夫打，大姐说孩子是奔着娘来的，娘是舍不得不收的。

家里一下子要添两个人，爹和娘高兴坏了，娘让我把大姐和玉琴都找到老房子去，娘坐在炕梢，摸摸大姐的肚子，又摸摸玉琴的肚子，嘴里念叨着：

"哎呀，一下抱俩，一个孙子一个外孙子，我真有福啊。"

老四也凑过来，左看看又看看，高兴得直骂人：

"他妈的，赶紧给我生个大侄儿大外甥，我可劲儿稀罕。"

老三媳妇却不当回事，她抱着继德过来看了一圈，临走时候说：

"这得生出来才算数呢。"

玉琴觉得她要给老郭家添人进口了，这下没人敢小看她了，她就穿上花布衣裳，手护在肚子前边，在屯子里转悠，屯子里人见了就问她：

"听说怀上了？"

玉琴就仰起脸，说：

"怀上了。"

屯子里人又问：

"怎么才怀呢，郭从文没使劲？"

旁边人听见就一阵笑，玉琴红着脸辩白：

"那不得攒点钱再要啊。"

屯子里人说：

"还用攒啊，郭从文他爹开鞋厂，多有钱哪，供不起咋的？"

玉琴不搭话，仰着脸就往回走，任凭屯子里人在后边议论，等进了院子，玉琴就冲着院子外边骂：

"管你们什么闲事，让你们都烂嘴丫子！"

可过了两天，玉琴就又开始在屯子里转悠，屯子里人看见她又问：

"几个月了？"

玉琴说：

"三个多月。"

屯子里人问：

"三个多月咋不显怀呢？"

玉琴说：

"是我太瘦呗。"

屯子里人说：

"这跟妈胖瘦没关系，不是谎信儿吧，去医院查没？"

玉琴就又扭头往回走。

我看玉琴每回出去都攒了一肚子气回来，我就跟玉琴说别去乱晃了，屯子里人嘴损，玉琴说我就转悠，我就让他们知道我有了，就让他们眼气。

玉琴嘴里这么说，可还是让我带着她去了一趟医院，大夫说确实怀孕了，玉琴才高高兴兴地回来。

我高兴，可我心里边又有点着急，要是有了孩子，偏厦子是肯定住不下了，可眼下手里没钱，这可怎么办呢？玉琴看出了我的心事，就跟我说大不了租个房子，我说那哪行，凭啥让咱孩子受屈，玉琴说要不就把孩子抱回娘家养，我说那得让人笑话死，玉琴就不吭声了，过了一会儿对着肚子说：

"孩子，你来得不是时候，你爹你妈没给你准备房子。"

我赶紧拦住玉琴，我说：

"呸呸，不能说这话，房子的事再想招儿，指定不能屈着他。"

我是安慰玉琴，我哪有什么招儿呢，我就指望着下半年能多挣点，哪管把偏厦子再接出一截呢，给孩子腾出半铺炕就行。我跟玉琴说，你怀孕了，就别跟我去看床子了，可玉琴不干，她说她不愿意待在家里，看人听话都闹心，我说那咱们去城里不骑车了，坐公共汽车吧，玉琴说骑车稳当，想歇就歇，那公共汽车也不是你开，一会儿停一会儿走的，更折腾，我没辙了，说那就晚点去，早点回。

我记得爹跟我说过，钱这东西是挺邪行的，有时候你越想要，它越离你远远的，可有时候它又顺了你的心，猛地钻进你的口袋。这一次，钱好像知道我巴巴地看着它，于是真的冲我来了。到了十一月，有一天我和玉琴正在看床子，我的一个远房的表姐来找我，她是在太原街的国营商店里当营业员的，我以前跟爹卖鞋的时候见过她两面，也就是打个招呼，没什么深交。我以为表姐是来买鞋的，可表姐却从兜里拿出一双鞋，是黄色牛皮的中帮靴子，鞋底足有手背那么厚，我从来没见过这种鞋，就问表姐从哪儿来的，表姐说这叫甲板鞋，给船员穿的，是佳木斯一个鞋厂接的外国订单，结果做鞋的时候少了一道工序，一整批鞋成了残次品，厂里的销售员省内省外到处想办法，想把鞋处理出去，托关系找到了表姐的商店，商店怕没人买，只进了两箱货，也就几十双，还没上货架呢。表姐问我要不要，十五一双包圆，我接过鞋，试了一下，踩着挺舒服，敲敲鞋头，里边好像有个钢托，我跟表姐说，先卖两双试试。

我跟表姐去商店拿了三双鞋，回来摆在床子上，喊了个二十的价，没想到一个钟头就卖出去了，我就去找表姐，说鞋我都要了，表姐把商店里拉货用的三轮车借给我，我就推着两箱鞋回来了。这回我喊了二十五的价，没出两天又全卖光了。晚上回家，我要把钱给爹一半，爹没要，爹说这是你凭能耐卖的，自己留着吧，我把钱揣在裤兜里，像是捏着一个刚从灶膛里扒出来的热地瓜，手指头都直发烫。我进了偏厦子，告诉玉琴这一天咱们就挣了七八十，玉琴也高兴，她一边把钱往匣子里放，一边跟我商量，厂家不是有一批这样的鞋吗，干脆去一趟牡丹江，多弄点回来，我说我走了你咋办，玉琴说我一个大活人，头二十多年都自己过来的，你不在身边我还不会活了？我说关键你怀着孩子呢，玉琴说没事，我多加小心，你去吧。

夜里，我说什么也睡不着，我盯着脑袋顶上那个灯泡，心里盘算起来。爹给老三盖房的时候我看见了，差不多用了四千块砖，得花两千多块钱，要想攒下这个钱，我和玉琴不知道要拼到哪年，可要是盖个土坯房就省钱多了，我再把偏厦子扒了，把砖头起出来，贴在土坯房朝外那面，瞅着跟砖房也差不多，等我这趟买卖跑回来，挣个几百，再跟爹借点，就能赶在玉琴生之前把房子盖起来。我想着想着，就好像那房子从灯泡里钻了出来，离我越来越近，越变越大，房子里边的灯泡也亮着，先是一个小点，后来变成了一大片，把我整个都扣在那片黄色亮光里。第二天我醒的时候，玉琴正笑呵呵地趴着看我，我问玉琴笑什么，玉琴说我睡觉的时候都乐出声了，是不是梦见娶媳妇了？我说是梦见娶媳妇了，可娶的不是你，玉琴就使劲捶我。

我跟爹娘打了招呼，说我要出门几天，爹答应了，娘坐在炕头，一边闭着眼睛择菜一边说：

"好啊，我儿子敢上外边闯啦。"

玉琴给我找了一条围脖，我说这才十一月，没那么冷，玉琴说戴着吧，家里再冷，有人给你暖被窝，你也不觉得冷，外边再暖和，一个人待着也发萌，我知道玉琴是想让我在心里记挂着她。

走的那天，我没让玉琴送，是老四陪着我去的火车站，我跟老四说，你得替我看好你嫂子，让她跟肚里的孩子都平平安安的，老四说二哥你放心吧，回家我就不喝酒了，我拿眼睛瞅着我嫂子，她去哪儿我都跟着，我说好兄弟，等哥回来给你带两瓶外地的好白酒，给你改善改善。

我坐火车先到了哈尔滨，又倒一趟车奔佳木斯，晃荡了两天两宿，车厢里挤满了人，我没有座，就靠着椅子背站着，后来站不住了，我就蹲下来，后来蹲得腿都麻了，我干脆就盘腿坐在地上。一有人从我身边过我就得站起来让道，想打个盹儿都不行，不少人还脱了鞋，汗味和臭味直冲鼻子，喘口气都费劲。我就盼着火车赶紧靠站，靠站了我就能跑到车门口透透气去，可车到了站我又挤不出去，挤到门口又被上车的人挤了回来，连刚才盘腿坐着的地方都没了。到最后我实在困得不行了，干脆就钻到了车座下边，等我钻进去一看，车底下还躺着一个，看见我紧着眨巴眼睛，还让我别出声。我正纳闷呢，检票员来了，挨个看票，没买票的就得现补，我明白了，车底下这个是躲票的，等检票员走了，他朝我笑笑就钻出去了，我迷迷糊糊地睡着了。

是饭味把我从车底下拽出来的，我整整一天一宿没吃东西，闻见饭味胃里就揪着疼。我钻出来一看，是列车员卖盒饭呢，两块钱一盒，就一勺大米饭，一点土豆丝，还有两块火腿肠，我想这车上的东西怎么比底下贵十倍呀，怪不得大伙都瞅着列车员手里的饭盒淌口水，就是没人买。我没舍得花这两块钱，就跑到厕所里，就着水龙头喝了一肚子凉水，我听着肚子里哗啦哗啦的动静，觉得那动静就跟从存钱罐里往外倒硬币的动静差不多。等火车在大站停的时候，路边有卖茶叶蛋的，我推开车窗，把身子探出去，花两毛钱买了两个茶叶蛋，我给了卖茶叶蛋的五毛钱，他先把茶叶蛋给我，伸手去兜里找钱，刚找给我一毛，车就慢慢地开了，我着急地催他，他一边掏一边追着火车跑，车越开越快，他反而不追了，笑呵呵地看着我，还冲我摆摆手，我真想跳出去给他两巴掌，可旁边的人劝我，说小伙子你应该让他先找钱再给你茶叶蛋，他们老用这个招儿，这可比卖茶叶蛋来钱快多了。我心里窝火，吃茶叶蛋就像吃铁球一样，堵到胃里头，跟一肚子凉水一搅和，就闹腾起来。我不停地从人堆里挤过去上厕所，后来干脆就蹲在厕所里不敢起来，外边不停地有人敲门，我也不答应，后来外边就开始砸门，再后来列车员就拿钥匙开门了，我实在蹲不住就出去了，我出去的时候，一大排人在厕所门口等着，看我出来就一齐骂我，我连头都没敢抬。

我要是为了我自己，肯定就掉头回去了，可我是为了玉琴和我没出世的孩子，再难我也能挺过去。我心想，老天爷是考验我呢，我遭了这么些罪，肯定能顺顺利利地把鞋弄回来，也能把房子顺顺利利地盖起来。这么想着，我心里就舒服多了，在那一刻，我觉得自己挺像个男子汉，我把手插进裤兜，在兜里把四个手指头蜷起来，就当是给自己竖大拇指了。

第十七章

　　我到了佳木斯，下车的第一件事就是在火车站门口找了个小饭馆吃饭，撑得我坐在那儿老半天不敢动。我照着表姐给我的地址，问了几个人，找到了那家鞋厂，是个不太大的国营厂，左边有一趟厂房，右边是一排平房，门上边都挂着红色的小牌，写着厂长室、副厂长室、会计科、工会什么的，中间的空场上有个大水槽子，可能是处理皮子用的，能闻见一股药水味。我跟门卫说我要上点货，他用手一指那排平房，说你去供销科吧，我就去了，屋里一共两人，一男一女，都在那儿看报纸。我说我来上货，男的抬头问我上什么货，我说就是你们那批甲板鞋，那人说你走吧，鞋都被人买走了，我一听就着急了，我说什么人买走的，那男的抬头看看我，说买走就买走了，你管谁买的呢，我说我是从浑阳大老远来的，我卖了几十双这样的鞋，销路特别好，他说你是浑阳哪个商店的，有介绍信没？我说我自己家有床子，他一听乐了，我说你别乐，我自己家有鞋厂，买我鞋的有不少干部呢，钢厂都买过我家的鞋，他们要的货多，下回我把你们介绍给钢厂领导。我说这话的时候，脸火辣辣的，可外边天冷，脸本来就冻红了，他们应该看不出来，那男的听了，就从抽屉里找出个黑面的本夹子看了一眼，说这批鞋真被人买走了，货都发走了，我问能不能告诉我货发到哪儿，他说怎么的，你还打算追去啊，我说试试呗。这时候那个女的说话了，说老刘咱们这么忙，你跟他磨叨什么，给他写个地址，听话音她应该是个小领导，那个男的就低头抄了个地址给我，我看了一眼，是在四平的一个地方，我赶紧把地址揣到上衣兜里。

我出门的时候，听见那个女的跟男的说，现在这些倒买倒卖的越来越猖狂了，都追到厂里来了，那个男的说咱们厂不是效益不好嘛……后面的话让风一吹就散了，可我觉得那话就像是拿着削铅笔的小刀在我后背一下一下划，说疼吧又没多疼，说不疼吧又丝丝拉拉地难受。

我又坐上火车，先到长春，再到四平。在火车上，我时不时就摸摸后腰那个地方，那里边有二百多块钱，临走的时候，玉琴在我棉裤腰那儿缝了个兜，把木匣子里的钱都拿出来装到里边，我看见玉琴把匣子盖儿盖上的时候眨了几下眼睛，还冲我笑了一下。我和玉琴，还有我的爹娘和玉琴的爹娘，还有我们身边的人，都有着一个最简单又最坚定的认识，就是只有真真切切握在手里的东西才是自己的东西，这是土地教给我们的道理。我们看着庄稼绽开枝叶结穗弯腰，担心和欢喜就一天天沉重，生怕有一阵风有一场雨或者是早到的一场霜毁了它们，人们在麻将桌和扑克牌上的那点担惊受怕比起在面对土地时的惶恐敬畏根本不值一提。木匣子对于玉琴就像是庄稼对于屯里人一样重要，那里边装着房子，装着孩子，装着生活，装着骄傲和神气，装着在人前露出笑容的资本，如今玉琴把木匣子里的钱缝到我的裤腰上，就等于把希望和担忧也缝在我的裤腰上。

我在四平耽搁了许多天，我虽然找到了买货的人，可他不愿意把货分给我几百双，等我软磨硬泡地让他答应了，我又拿不出足够的货款，他凭什么要相信我一个外乡人呢，我只好往屯里打电话，让他在旁边听着。屯子里只有大队书记办公室有一部电话，我让书记给我证明刘官屯确实有我这个人，书记在电话那边慢声细语地说：

"郭从文，大队电话是你随便打的吗？你上外地干什么，这个情况我不了解啊，这样吧，你回来我给你开介绍信。"

我在心里把大队书记全家都狠狠骂了一顿，可我跟买货的人却说：

"你看，书记批评我，还让我回去开介绍信呢。"

我还想给书记打一个电话，问问家里的情况，最好让玉琴跟我说上几句话，告诉我她很好，她肚子里的孩子也很好，可我不想让人觉得我是个婆婆妈妈的老爷们儿，也知道书记会慢声细语地跟我说些什么，我就把这份心思藏起来了。

最后，我只弄到了七十多双鞋，在我等待的这些天里，货基本都卖了，还有一些发到了南方，这七十多双鞋是这一批货的货底子，有的被压得变了形，有的是残次品，就是这样，我还欠了两百多的货款。交钱的时候，我说要去趟厕所，我关上厕所门，脱下裤子，撕开裤腰上的兜，玉琴缝得很细，一个针脚连着一个针脚，我用了很大的劲才把那些线撕开，线崩开的声音，就像我把头贴在玉琴胸口听见的心跳。等我把那些被汗浸透了好几次又被我捂干了好几次的钱递过去的时候，我感到一阵阵的口渴，好像嗓子眼儿被什么堵死了。

在回浑阳的火车上，我找到了一个靠窗的座位，我把头靠在后座上，沉沉地睡了过去，车厢里的烟味、汗味、脚臭味和棉大衣领子的味道没有呛醒我，挤来挤去的人们和乱糟糟的说话声也没有吵醒我，倒是一阵凉风把我吹醒了。我睁开眼睛，不知道谁把我旁边的窗户开了一条缝，冷风从缝里吹进来，直灌进我的脖子，车厢里一片昏暗，能听见男人的鼾声，窗外黑漆漆的，看不见一星点的灯火。我忽然打起了寒战，我把窗子关严，可还是不住地发抖，上牙和下牙"哒哒哒"地碰在一起。我感到一阵阵的害怕，我想起了屯子里有一些老人说自己曾经在半夜听见后边有声音，回过头却什么也看不见。他们还说人背后有两盏灯，回头一次就有一盏灯灭掉，等两盏灯都灭掉了，人的魂就被勾走了，每次听到这样的话，我就觉得后背一冷，像是什么东西扒上了我的肩膀。我想站起来找一个醒着的人，哪怕看看他的眼睛也能赶跑我的害怕，可我就是没有勇气站起来，直到我再次睡过去。

我是在第三天的清早到浑阳的，我兴冲冲地坐上汽车往家赶。我坐在车上，看着灰蒙蒙的天空，想着今天可能有雪，不会出太阳了，我要跟玉琴讲讲这些天经历的事，讲讲我怎么把那些鞋弄到手，讲讲我们的匣子要存下更多的钱了，我也想听玉琴说说这些天她是怎么过的，就算她把每天三顿饭吃的什么都讲给我，我也不会觉得腻烦。我想着想着，公共汽车忽然一个急刹车，差点把我从座上悠出去。车上的人不多，他们一边埋怨司机不会开车，一边拥到前边去看，司机说一只乌鸦忽然撞到了车玻璃上，吓了他一跳，我听了这话，不知道怎么的心里一沉。

我下了汽车，正想找往屯子里去的马车，忽然一个人扑过来，差点把我扑倒，我一看是从斌，他眼睛里血红血红的，满嘴酒气。我想从斌真是不懂事，临走的时候不是答应我不喝酒了吗，还说要帮我看着玉琴呢。我想到这儿忽然一激灵，我也没顾及旁边人的眼神，我抓住从斌的肩膀，想问什么又张不开嘴，从斌忽然就蹲下了，抱着脑袋一边哭一边说：

"哥，我错了，我没看住嫂子。"

我脑袋一下就大了，我说：

"你嫂子怎么了？啊？"

从斌不搭理我，还在那儿哭：

"哥，我对不起你呀。"

我一脚把从斌踹个跟头，转身就往屯子里跑，从斌就在后边追，边追边喊：

"哥，你慢点，哥，我对不起你呀。"

我一跑进偏厦子，就看见玉琴躺在炕上，脸像纸一样白，眼睛死死地闭着。大姐看我进来，立刻就给我跪下了，偏厦子里地方太小，大姐又怀孕三个多月了，连跪都不能直冲着我，大姐说：

"从文啊，我欠你们一条命啊！"

我以为玉琴死了，我没管大姐，趴到玉琴身边，大声地喊玉琴，这时候爹和老三进来了，他们按住我，我就死命地挣，爹一边按着我一边说：

"玉琴活着呢，玉琴活着呢。"

我听了这话有点不相信，老三也说：

"二哥，二嫂活着呢，你别刺激她。"

我听到这儿忽然就明白了，玉琴活着，可玉琴肚里的孩子没了。

第十八章

我在老房子里知道了整件事的经过，爹娘、大姐、老三、老四都在，玉琴姑姑也在，他们怕我听了受不了，可我红了眼，非要知道不可。就在我从四平坐火车回来的那天下午，玉琴姑姑从乌海回来了，从斌送玉琴去了氧气厂宿舍，玉琴让从斌不用等了，从斌想有玉琴姑姑陪着，应该没事，就先回家了。等到五点多钟，玉琴姑姑想送玉琴回来，玉琴没让，本来也没几步远，玉琴姑姑就没跟着。玉琴快走到家门口了，就看见几个孩子慌里慌张地跑过来，差点撞到玉琴，玉琴就抓住一个孩子，想吓唬吓唬他，结果那孩子就一边哭一边说死人了。玉琴一问，孩子说小辉跟他们在大坝上玩，打赌谁敢去冰面上跑一圈，小辉说他敢，他顺着大坝旁边的坡道上了冰面，踩上一块没冻实的地方，一下掉了进去。玉琴赶紧让孩子去多找几个人，自己小跑着去了河边。等玉琴到了河边，天已经大黑了，啥也看不清，就听见河中间有动静，玉琴壮着胆走到冰面上，等走近了才看见小辉两条腿在冰面下边，上半身趴在冰面上，一动也不敢动，冻得都哭不出声了，玉琴慢慢地靠过去，想把小辉拽上来，可脚底下打滑使不上劲，眼瞅着小辉不扑腾了，脑袋也一点一点往下耷拉，玉琴也顾不上自己怀着孕，趴在冰面上，拉着小辉的胳膊一点一点往后蹭，等把小辉的屁股拽出冰面，屯子里人才陆陆续续地来了，大姐和大姐夫也来了。大姐是披头散发跑来的，像疯了一样，大姐夫一边跑一边骂大姐，说要是小辉有个三长两短就要杀了大姐偿命。大姐和大姐夫把小辉抱回家，把火炕烧得通红，给小辉盖了三床棉被，灌了五碗红糖水，小辉才发了一场汗，脑门也不那么烫手了，眼睛又大大地睁开了。大姐这个时候想起哭了，她一边哭一边要给玉琴磕头，玉琴知道没事了，就自己回了偏厦子，没想到半夜的时候肚子疼了起来，在炕上直打滚。娘被玉琴的叫声吵醒了，让老三媳妇过来看了一眼，老三媳妇一进屋就"妈呀"一声，玉琴躺在地上，裤子下边有一小摊血。等老三和老四把玉琴送到医院，大夫说玉琴在冰面上趴了那么长时间，孩子肯定保不住了。

那天夜里，我守在玉琴身边，玉琴始终闭着眼，她的眼泪顺着脸蛋缓慢而长久地流下来，把半个枕头都打湿了，我想劝又不知道该劝什么。我心里边都是恨，我恨老四没帮我看住玉琴，我恨大姐没看住小辉，我恨那些孩子别人不撞非撞上玉琴，我恨玉琴不叫上屯子里的人一起去，我甚至恨小辉为什么没从冰窟窿里沉下去。那条河张着大嘴，它把小辉吐出来，却把我和玉琴的孩子吞进去了。到后来，我的恨被玉琴的泪水化开了，我就开始不知所措，慌乱得坐立不安，我听着头顶上灯泡发出的嗡嗡的动静，想起了在火车上的那个夜晚，那也是玉琴趴在冰面上的夜晚，我和她相隔千里，却体会到她那一刻的寒冷和恐惧，也预感到我们的孩子将永远沉入黑夜，可我又一次无能为力，这真是我不能抗拒的悲哀。

玉琴在炕上躺了三天，我杀了一只鸡，给玉琴炖了鸡汤。我拿勺子喂她喝汤的时候，她把嘴张开一点点，喝了几口，喉咙里咕噜一下，眼泪就掉下来，她盯着我的眼睛看，好像是说对不起我，我就用手指头把她脸上的头发拨到一边去。我希望我的手掌是一块海绵，能吸走她的眼泪，结果我的棉袄袖子却湿了一大块。这三天里，玉琴姑姑来看过，爹和娘来看过，大姐也来看过。玉琴姑姑是陪着玉琴一块儿掉眼泪，娘来的时候先是埋怨大姐，接着又埋怨玉琴，爹就赶紧把娘从炕边拽起来。娘到了院子里，就骂爹：

"她把我孙子都弄没了，我说两句还不行了？"

爹说：

"那不是为了救你外孙子才没的吗？"

娘一听更来劲了：

"一屯子人都死光了，非要她去救？"

大姐过来的时候，不停地抹眼泪，还跟玉琴说要一辈子报答她。临走的时候大姐一直看我，我知道大姐有话跟我说，我就送大姐出了院子，大姐吞吞吐吐地跟我说，她找屯子里的老人算过了，玉琴这个孩子注定是留不住的，就是生下来也会克父克母。我不知道大姐是安慰我还是安慰她自己。我听她说这话，就像是从来没认识过她。

第三天，老三媳妇也来了，她待了两分钟，就说要回去抱继德，就赶紧走了出去，不一会儿老四就骂骂咧咧地进来，跟我说老三媳妇正跟屯里人嚼舌头呢。老三媳妇说玉琴太娇气了，就是生个孩子也不用躺三天，老三媳妇还说早几年的时候，她舅妈生孩子，头天半夜生完第二天就用布包着头屋里屋外地忙了。玉琴听了，一下子坐了起来，把我吓了一跳，我以为玉琴要去找老三媳妇干仗，可玉琴坐了一会儿，就下地去做饭了，我想拦，被玉琴狠狠地推到一边。

我总想问问玉琴，要是那天她知道救小辉会保不住肚里的孩子，她还会不会去，可我想象着玉琴站在冰面上，看着小辉在冰窟窿里扑腾，我相信如果她不走过去，那个景象会变成噩梦，一辈子出现在她的梦里。

玉琴避开了一个噩梦，可失去孩子的噩梦她躲不过去。从那天开始，玉琴开始像屯子里其他女人一样打麻将，除了看床子和睡觉，剩下的时间都混在麻将桌上，即使老三媳妇坐在她的上家或下家，玉琴也能头不抬眼不睁地摸牌和牌。玉琴还凑到人堆里，听姑婆婶娘讲媳妇妯娌的坏话，听爷们儿懒汉讲各家的私房事和丑事，再把这些闲话记下来，说给另一个人听，连董二毛媳妇跟董二毛要不上孩子的事也从她嘴里漏了出去，这让她跟她的姐妹成了陌生人。接下来，玉琴脸上的笑像是被冻死在地里的秧子，再也不向外生长了，她开始频繁地叹气。她瞅着偏厦子叹气，她坐在炕头上叹气，她对着饭碗叹气，她趴在被窝里叹气，连看着我的时候，她也会叹气，后来，叹气也已经不够了，因为一个小小的眼神，因为一个没洗干净的碗，因为一件掉在地上的毛衣，玉琴都会皱起淡淡的眉毛，表现得无比厌烦。

我开始害怕回到这个家了，我不愿意跟玉琴吵架，我把时间留到帮爹进皮子和卖货上，就算我回家，我也猫进老房子去跟老四喝酒，再杀两盘象棋，虽然老四从来都不是我的对手。到了不得不回去睡觉的时候，我才磨磨蹭蹭地走进院子，在院门前转一圈，再磨磨蹭蹭地走进偏厦子。我想玉琴一定把我的脚步听得清清楚楚，可我进去的时候，她始终背对着我，如果我把脸凑上去，她还会装作闭上眼睛，嘴角向下耷拉着，让我胸口一阵阵地憋闷。我常常跑到河边去，在冰面上走上一圈，这是让我伤心的河流，它的声音和呼吸都被冻住了，我希望它永远被冻住。我用脚使劲在冰面上跺，想给我失去的孩子送个信儿，可脚都跺麻了，连个响都没听见。

唯一一件让玉琴不叹气不厌烦的事，就是钱。那批甲板鞋到了以后，我卖了四百多块，除掉还人家的，挣了两百多，我把钱交给玉琴，玉琴就仔仔细细地收好。我们去床子卖鞋的时候，玉琴的眼睛紧紧盯着我收的钱，晚上我把挣的钱分出一半给爹的时候，玉琴一定要用手指头蘸着吐沫数上两遍，把另一半收到匣子里。半夜，我睡得好好的，她忽然点起灯泡，打开木匣子看看，早上，我刚翻了个身，玉琴就激灵一下坐起来，又打开木匣子看看。要是有人进偏厦子说几句话，玉琴就一屁股坐在炕柜的前边，用后背挡住炕柜。她还给偏厦子安了一把锁头，把钥匙用红绳缠了几圈，别在自己的裤腰带上。为了一分钱，玉琴不惜跟家里的每一个人吵架，而且架势比谁都凶，玉琴的变化让家里人措手不及。

娘跟爹说：

"你看看，老二媳妇这是打算跟咱分家呢，我还没死呢！"

大姐跟老四说：

"玉琴要是因为孩子的事跟我要钱，那我可没有啊。"

老三媳妇跟老三说：

"你二嫂掉钱眼儿里了，你可看紧了，我瞅着他俩要把床子给吞了。"

他们的话本来是说给别人听的，结果最后都进了我的耳朵，我跟他们说：

"玉琴是要攒钱盖房子呢。"

我说完这话不久，又有别的话进了我的耳朵，屯子里人说，玉琴跟刘瘸子好上了。

第十九章

人活得时间越长，耳朵就越没出息。越是在生活里翻腾久了，耳朵就越是发软发懒，懒得不愿意听有用的话，倒是闲话废话一句不落地听进去，我身边的人没有一个不是这样。他们听见闲话的时候眼睛发亮，鼻孔张开，喘气加快，连口水都要流下来，只有在这个时候才知道这是个活物。等闲话一完，他们的身子和脸面立刻堆下去，像一个个死人。我平时是最瞧不起他们的，可玉琴和刘瘸子传出闲话的时候，我成了他们最瞧不起的人。

他们说，刘瘸子不再盯着大姑娘看了，他现在只看一个人，就是玉琴，他穿上自以为最干净最体面的衣服，每天站在家门口张望，等着玉琴从路上走过去，要是玉琴去打麻将，他就站在玉琴的身后，好像是在看牌，实际上是看玉琴衣领的下面。他们说，玉琴明明是不路过刘瘸子家门口的，可她偏偏要走过去让刘瘸子看见，她常常跟刘瘸子说话，还对刘瘸子笑，那笑一看就是狐媚的。他们还说，有几次看见玉琴进了刘瘸子的房子……

他们说的话我不信，玉琴是什么样的女人，我心里最清楚，屯子里的人又闲得没事做，搬弄是非了。再说玉琴怎么能看上刘瘸子这样的男人呢？我看见刘瘸子的时候，故意走上去想拍拍他肩膀，刘瘸子赶忙躲开了，眼睛都不敢往我身上放，我想刘瘸子肯定是被闲话吓得不轻了。晚上睡觉的时候，我跟玉琴说，白天我看见刘瘸子了，玉琴就转过来看看我，她好长时间没这么看我了，我以为她是想我了，我刚伸出手去搂她，她就钻进被窝，挪到紧靠着墙的地方。

慢慢地，闲话进了家门，爹进了院子，就快走几步走进老房子，生怕跟玉琴撞见；娘站在偏厦子窗根下边，骂园子里的母鸡不守妇道，生出的鸡蛋吃起来像鸭蛋；老三看见我躲着走；老三媳妇动不动就撇着嘴朝我笑；老四一会儿气得鼓鼓的，想说又不说，一会儿又劝我使劲喝酒。我知道他们每个人的心思，可我就是不想承认有这么一回事，本来就是没有的事，要是什么都听屯子人说，那日子就不用过了。

六月一到，大姐就生了，又是一个男孩，起了个名叫小峰。大姐夫不在乎孩子起什么名字，他在乎的是一家人的肚子。他一边骂骂咧咧的，一边还给屯里人发烟抽，告诉他们别忘了来吃喜，大姐夫是盼着那点份子钱呢。小峰满月那天，爹让我们把活都放下去喝满月酒，玉琴说她身子不得劲。当初大夫就说，玉琴在冰面上趴长了，受了寒，肯定会落下病。我就让玉琴在家好好歇着，自己跟爹娘他们去了大姐家。

我喝了几杯酒，让太阳一晒，头有点晕，我就从大姐家出来往屯子口走，我好久没去看那排杨树和那棵柳树了，我想坐在那树荫下边歇一歇。我现在不如头几年了，身上的力气不见少，可心气一点点泄了，带着脑袋也笨了，一想事就头疼。我走到一半的时候，酒劲上来了，我扶着旁边的墙缓了一会儿，就看见有个人朝我走过来，我在墙的阴影里头，她看不见我，可我能看见她，她一点点走近了，我看清是玉琴。我寻思她可能是在家待不住，要去大姐那儿找我，我想喊住玉琴，可不知道怎么没喊出声，不但没喊，我还把身子转了过去。玉琴没看见我，她直勾勾地看着前边，等她走过去，我就远远地看着她，我看着看着，心里就咯噔一下，她没顺着道走，而是拐到大地里去了，我家的地不在那儿，可刘瘸子的房子在那儿。我本该上去拽住玉琴，给她两个巴掌，拽住她的头发拖着她回偏厦子，再找老三、老四把刘瘸子腿打折，屯子里的男人被人戴了帽子，都会这么做的。可我一点也打不起精神，我只是觉得太热了，太阳在我身上抹了油，油浸透了肉皮，浸到骨头缝里，玉琴又在我身上扔了一个火星子，把我烧得张大嘴也喘不上一口气来。我好不容易走到那棵柳树下边，一头倒下去，我看着缀满细叶的柳树条子在我眼前飞来飞去，像是给我扇风呢，还把照在我身上的阳光撕成一条一条的破布。

　　一直躺到月亮爬上柳梢，我才坐起来。整个下午都没人打搅我，有几个人走近了看我一眼，发现我睁着眼睛，就嘟囔着走开了。我决定去找刘瘸子，我要他给我一个痛快话，我对不住玉琴，要是刘瘸子能对玉琴好，我就认了，可要是刘瘸子没安好心，我决不能让着他。我走到刘瘸子的房子门口，透过没玻璃的窗户，我看见刘瘸子坐在灯泡下边发呆。这个狗娘养的，那个灯泡还是我给安的呢，他现在倒是借着灯泡的光想美事了，我一会儿进去，第一件事就是把灯泡砸了。我一脚踹开房门，看见地下有烧火用的粗树枝，我捡起一根走进里屋，刘瘸子正好站起来，一看见我就说：

"你心咋这么急呢，容我想想。"

我一树枝抽过去，打在灯泡上，灯泡在灯绳上晃了几晃，黑了两下，又亮。我又抽了一下，这回灯泡碎了，屋里立刻黑了，刘瘸子"哎呀"了一声，我扔掉树枝扑了上去，没想到刘瘸子比耗子还奸，一下就躲开了，转身就跑，那腿脚不但不瘸，甚至比学校里跑赛的半大小子还麻溜，我追出去，刘瘸子边跑边回头骂我：

"郭从文，你他妈缺德，你硬抢我的！"

我追着刘瘸子跑了老远，我跑不过他，就停下来歇气，他看我不追了，他也站住喘气，喘两口气就接着骂：

"你们两口子我看透了，一对损种！"

我一听就又追上去，他接着在前边跑。这一追一骂把屯子里的人都招出来了，他们把大门打开一条缝，先是战战兢兢地互相问着怎么回事，等听着刘瘸子骂我，就一个个得意起来，点起烟卷，抱着肩膀，手指头挠着腿上的蚊子包，嘴里说着：

"你看看，我就说刘瘸子跟郭从文他媳妇有事嘛，这不得出人命啊。"

我顾不得听他们的闲话，我就想追上刘瘸子，追着追着，快到我家门口了，就看见前边的人影"哎呀"一声趴下了，另一个人影蹿过去压住他，接着还有人抱住了我，我挣了两下，觉得我碰着的身子软软的，不像是个爷们儿，我回头一看是玉琴。我心想，这个时候她还护着刘瘸子呢，我只觉得自己受了很大的委屈，我上上下下地蹦，玉琴的脑袋磕在我下巴上，把我颠得腮帮子发酸，这时候听见老四在前边喊：

"哥，你别动，我替你宰了他！"

刘瘸子就鬼哭狼嚎地叫唤：

"郭从文，我房子不卖你了，给多少钱都不卖！"

我听糊涂了，我正要冲过去，爹从院子里出来了，我爹上来就给了我一个嘴巴子，爹对着我和老四喊：

"都他妈进屋，丢人不！"

爹拽着我和老四进了院子，爹对我说：

"过不了就离，你不要脸我还要脸呢。"

我进偏厦子的时候，玉琴坐在炕头，炕沿上有一沓钱，旁边是那个木匣子，玉琴跟我说：

"刘瘸子答应了，给他三百块钱，他把房子卖咱们，你用那房子再娶一个吧，你别要我了。"

玉琴站起来往外走，我抢了一步挡在门口，我说我不让你走，玉琴说你不认准我和刘瘸子有事吗，我说我没那么想，玉琴说你没那么想你追他，我说我不管，反正我不让你走，玉琴忽然回头抓起炕上的东西撇我，等没得可撇了，她就穿鞋上了炕，拉开炕柜的抽屉，把剪子撇了过来，剪子尖在门框上磕了一下掉地上了，我吓了一跳，赶紧跑出门，我不是怕玉琴伤着我，而是隐约地觉得我错怪玉琴了，可又想不明白到底是怎么一回事。我在院子里站着，走也不是，不走也不是，等了老半天没有动静，我就想起娘说过人要是生完气马上睡觉，醒了就会变成疯子，我就摸黑走进偏厦子。玉琴背对着我无声无息的，我脱了衣服上了炕，刚钻进被窝，玉琴就转过来狠狠地搂住了我。

玉琴告诉我，她听人说刘瘸子的房子是白来的，就想从他那儿占个便宜，花点小钱把房子买了，玉琴说总共就是给刘瘸子买过两瓶酒一盒烟，跟他吐过两次苦水，兴许刘瘸子看见她动了别的心，可她没做过对不起我的事。玉琴还说，原本没有房子也没有孩子的时候，觉得只要跟我在一块儿，房子只是个盼头；可后来有了孩子，房子就要紧起来；等到肚里的孩子一没，心里就空了，房子忽然成了天大的事。我曾经借刘瘸子的房子去糊弄玉琴的爹娘，如今玉琴为了买刘瘸子的房子糊弄了一大圈人，这真叫我哭笑不得。

玉琴说的我都信了，我们俩谁也没有再提过这事。第二年，刘瘸子人忽然不见了，房子也被大队书记派人扒了，屯子里有人说刘瘸子可能是怕郭家兄弟害了他，出去躲事了；还有人说房子底下扒出了人骨头，刘瘸子吓跑了；最离谱的是说刘瘸子跟玉琴约好了一块儿私奔，可玉琴把刘瘸子忽悠了。

第二十章

秋天来了，娘的眼睛越来越不好了，在炕头坐得太久，身子骨也虚，爹给我们说，他想照顾娘，鞋厂再干两年就不干了。爹还说，从文、从武都翅膀硬了，租的床子月底就到期了，你们谁愿意接就接过来，自己上外边上货去。爹说完瞅了一眼从斌，爹说从斌你该立事了，你上鞋厂管账吧，娘听见了就说：

"你让他管账，他不给你管黄了？"

爹叹口气，说我死了他不一样给我败扯黄了？

就这么着，从斌当起了账房，他下料的时候，明明这张皮子能裁出三双鞋，他一端详，用笔一画，该是圆的地方出了尖，该是尖的地方鼓了包，就只能做一双半了。等到晚上拢账，进的和出的老对不上，从斌喝一口酒瞅一眼账本，到后来把账本一撒，倒下就呼呼地睡着了。爹每回看着，都气得嘴唇直哆嗦，大姐都劝爹说别让从斌干了，他不是那块料，可爹挺坚持，爹说不让他当家，他更不知道柴米贵了。

从斌那边倒是好办，我和老三谁接床子呢？我跟玉琴说要不咱俩回鞋厂吧，玉琴说你咋那么不上进，你就愿意你媳妇跟着你天天做鞋帮啊？我说要是跟老三争起来不好，玉琴冷笑一声，说人家啥时候让着你了，你还充好人了。第二天早上，本来该我和玉琴看床子，可我俩出门的时候，听见老三那屋也有动静，玉琴说你看看，人家铆上劲了。我和玉琴到了地方，刚把床子摆出来，老三和他媳妇就到了，老三看见我有点不得劲，可老三媳妇挺自然地说，二哥我们怕你忙不过来，帮你理理货，玉琴说不用了，你回家带孩子吧，老三媳妇一撇嘴，说咋的，我就带孩子命啊？中午我跟玉琴去买盒饭的时候，玉琴问我，你觉得租床子的赵哥会把床子租给谁？我说应该是我吧，我们处得不错，从来都给收拾立整的，没给添过麻烦，不像老三跟他媳妇，因为换鞋跟人吵吵好几次呢。玉琴说要不你使使劲吧，我说咋使劲？玉琴说你请赵哥吃顿饭？我没吭声。等我和玉琴回去的时候，老三媳妇一个人在那儿，我问老三去哪儿了，老三媳妇支吾了一下，说老三要去买点糕点。

晚上，我和玉琴买菜的时候碰见了大姐，玉琴上前问大姐：

"大姐，你说的那个屯子里会算的老人是谁呀？"

大姐一愣，问玉琴想干什么，玉琴说：

"你帮我问问呗，看床子到期了，能租给我们不？"

大姐点点头，我听着直愣，就因为大姐迷信，话里话外伤着玉琴好几回了，也因为这个，玉琴跟大姐老是不冷不热的，怎么玉琴还信上这个了？这个话我憋了十多年，等到后来问玉琴的时候，玉琴跟我说，人一开始都觉着自己的命自己掌握，谁也不信就信自己。结果这一步步走过来，哪件事自己说了也不算，除了自己谁都信。到了发现你信的人都靠不住，还得自己拼去，那你说，还信谁呢？

隔了一天，大姐来老房子，跟玉琴说她找屯子里老人算了，床子肯定是从文的，没跑了。玉琴听完一点表情都没有，悄悄跟我说，大姐肯定没问，我说你怎么知道，玉琴说大姐算的结果从来都不向着咱俩，我听了乐了，我说照你的意思，大姐不用找人算，自己咋想咋说呗，玉琴定定地看着我，看得我直发毛，玉琴说，兴许你说对了，大姐都是自己算的。

月底头一天，我和玉琴正在收床子，租床子的赵哥来了，他四十多岁，平时老乐呵呵的，我听爹说是政府照顾赵哥这些临街的住户，一家分了这么一小块地方，让他们自己做生意，他们不愿意掉这个价，就都往外出租。赵哥看着我和玉琴收拾得差不多了，就笑呵呵地递给我一根烟，我说不抽，他就自己点上了，抽到快半截了，赵哥跟我说：

"从文啊，哥晚上请你两口子吃饭。"

玉琴一听这话，脸色就变了，我说哪能请我们吃饭，我们还得感谢你呢。赵哥说：

"兄弟，关键吃完饭以后，啥时候见面就说不准了。"

我一下就明白了，我说：

"赵哥，床子你租给老三了？"

赵哥把烟头扔了，低头踩灭，一边踩一边笑呵呵地说：

"反正你们都是亲兄弟，给谁不是给呢。"

玉琴听他一说，拉着我就走，我听见赵哥在后边笑呵呵地扔过来一句：

"以后有空来啊。"

后来老四告诉我，他看见老三有一天回来，把什么东西藏在衣服里了，鼓鼓囊囊的，一进院就着急往自己屋里走，差点绊着。等老三出去了，老四就从后窗户跳进去，看见炕柜里放着一条红塔山，老四好喝酒不好抽烟，可他也知道红塔山是大干部抽的高档烟，连浑阳的大商店里都很少见着，更别说买了。玉琴说，就因为一条红塔山，我没争过老三，我说这事不一定，你咋知道他送了呢，玉琴哼了一声，说：

"我跟了你，真是瞎了眼了。"

没了床子，我和玉琴又开始回鞋厂干活了，我们干一个月，木匣子才能多一点点钱，玉琴就不再把匣子拿出来数钱了。可是老三和老三媳妇的日子一天一天好起来，老三抽的烟一盒顶得上别人三盒，连老三媳妇坐在麻将桌上都越来越有底气了，给别人点了炮就把钱撒出去，眉毛扬一扬，说：

"小屁和，下回这样的别和了啊。"

倒是玉琴又开始叹气了，她洗衣服的时候叹气，坐在炕头的时候叹气，发呆的时候叹气，跟我出去的时候也叹气，尤其是她看着屯子里那些高高矮矮的房子，就会连着叹两口气。我被她弄得心烦，就出去找人下棋，下着下着，听见有女人喊：

"还玩还玩，魔怔了？"

对面的人就四下看看，把棋一推走了，又有别的人接着跟我下，下着下着，有个鼻涕耷拉到嘴边的孩子挤进来说：

"我妈喊你吃饭。"

对面的人把手里的棋子一放，走了。就这么走了好几个人，天暗得把棋子放到鼻子跟前都看不清了，我才回家。我进了屋要躺下，就听见玉琴背对着我叹气，我就又走出去，到鞋厂找老四。自打老四在鞋厂管账以后，他就不回家住了，他在鞋厂里找了一块地方，搭了一块床板，铺上两层皮子，盖上个破被单，用手按按，说：

"这比家里炕舒服多了。"

老四正躺着，看见我来了，就一翻身坐起来，从床板底下掏出半瓶散白酒给我。喝上几口，我推推老四，想让他腾出个地方让我躺下，可老四就是不动，还直撵我回去。老四是怕我不回去睡，玉琴心里不得劲，可我一想起玉琴的叹气，我就喘不过气来。

我和玉琴就像屯子里家家门口堆着的柴火垛子，闷的时间太长了，不一定哪天就自己蹿出火来。娘快过五十岁生日了，我和大姐张罗着要给娘做寿，可娘不干，娘说做寿是给阎王提醒呢。我一想娘不让做寿，我们也得表表孝心哪，我就从匣子里拿了十块钱给娘，我寻思反正玉琴也不把木匣子拿出来数了，我就不告诉她，等我挣了钱再悄悄补回去。我给娘钱的时候，大姐正把她做好的衣服给娘换上，我把钱塞到娘手里，娘摸了摸钱，又摸了摸我的脑袋，娘说：

"还得是我二儿子啊，不像那几个瘪犊子玩意，就盼着我死呢。"

大姐一听，脸上还是笑着，但是嘴角动了动。晚上吃饭的时候，爹特意让老四去城里饭店订几个菜打包带回来。我跟玉琴说今天是娘生日，咱们都高高兴兴的，玉琴答应了，玉琴说我去给娘订个生日蛋糕吧，我说老人不讲究这个，吃个饭就行，玉琴看看我，说你先过去吧，我洗把脸。等我进了老房子，大伙正要吃呢，玉琴进来了，我一看她脸阴着，心里就咯噔一下。爹举起杯，瞅了娘一眼，咳嗽一声，说今天是你们娘五十生日，咱们祝贺祝贺，娘一听就说：

"哎呀，让我过这些年苦日子，挣钱不给我治眼睛，你还有心祝贺呢。"

娘是不知听谁说了，北京医院能治她眼睛的病，拿这话挤对爹呢。爹一听，拿着杯的手僵住了，身子又缩了一点，这才把杯端到嘴边，生怕喝的时候出了动静，就又放下了。刚吃了两口，玉琴忽然说，娘你过生日，我和从文敬你一杯，娘就喝了。玉琴又说：

"我跟从文也没给娘买啥东西，娘你别挑理啊。"

娘没说话，大姐把话接过来：

"还买啥东西，从文给娘十块钱呢，你不知道啊？"

我看了一眼大姐，我不明白大姐为啥要捅出来，可大姐没看我，我又看了一眼玉琴，玉琴冷冷地瞅着我，我知道玉琴一定是查了木匣子里的钱了。没等吃完饭，玉琴就回了偏厦子，隔了一会儿，我也回去了，玉琴坐在炕沿上问我：

"你啥意思？"

我说我咋的了，我给娘钱你心疼啊？玉琴说：

"你给她钱行啊，你把钱给我我再给她，显得我这媳妇做得多到位呀，你偷摸给是说我不孝呗？"

我说咱俩谁给不一样嘛，爹娘都合计是你给的，玉琴就哼了一声，说：

"你大姐都把话点明了，你还装大尾巴狼呢。"

我本来心里就憋闷，就跟玉琴吵起来，话一说透就伤人，玉琴把房子的事、床子的事、上回挨家里人欺负的事都搬出来，我越听越急眼，就一巴掌打过去，我以为玉琴会像上次一样跑回娘家，可玉琴竟然朝我冲过来，披头散发地挥舞着胳膊，我觉得脸上火辣辣的，更来了脾气，踹了玉琴一脚，玉琴就磕在炕沿上，捂着脑袋不动了。我走出屋子，走到我家的田埂上，家里人都忙着鞋厂的买卖，没人种地，爹就把地包给地少的人家种，打的粮食对半分，这家人就把水田改成了旱田种苞米，眼下秧子已经长了一人多高，棒子奔着地面使劲，再有个把月就该收了。我坐下来，瞄着苞米穗子发呆，不知道今年庄稼染没染上病，有的年头一大片苞米穗子都发黑，还长出像白色泡沫那样的尖，屯里人管那东西叫乌米。一长乌米，这片收成就完了，可老四却最高兴，他在苞米地里跑上几圈，把嫩乌米掰下来炒着吃，比苞米香多了。我听着四面八方的虫子叫唤，还有蛤蟆和蛐蛐的动静，合计这日子跟我想的真是不一样，多好的女人在锅台边待长了，原来的温柔劲儿高兴劲儿也都没了；多好的爷儿们老想着老婆孩子，也别装什么英雄好汉了。这就是我的命，也是全屯子人的命，我爹我娘没跑了，我没跑了，到我儿子女儿那辈也是一样。我瞅瞅脚边，又瞅瞅天上，地和天把我们按到这儿了，谁也别想翻身。

第二十一章

要是谁能在早晨出屯子的路上看见我和玉琴，一定会忍不住笑话我们。我脸上有几个血道子，玉琴额头上肿了个包，昨晚我坐到半夜回去玉琴还在掉眼泪，可我一句软乎话也没说，我觉得我没有错。我心里也明白玉琴的心思，她是觉得我跟她分心眼儿了，再说房子到现在也没个着落，现在又没了床子，她心里躁，那也不该翻箱底扒小肠，那不是往夫妻的情分上刨吗？到了早上，玉琴还是起来做饭了，我看见她脑袋上磕的包，心里也有点心疼，可我不能因为媳妇就让我娘和我大姐受屈，我是孝子，要是让别人知道我胳膊肘往外拐，帮着媳妇挤对家里人，那会被戳脊梁骨的。

说来也怪，玉琴跟老三媳妇不对付，可是对继德，玉琴却喜欢得不得了。她看见老三媳妇抱着继德出来，眼睛就盯着继德的小脸，等继德转过头来看她，她就挤挤眼睛笑一下，继德也对着她笑一下。玉琴想过去抱抱继德，摸摸继德的脸蛋，掐掐继德那肉嘟嘟的小胳膊小腿，可她一抬头瞄见老三媳妇那副傲气的模样，就低下头忙活手里的活了。要是老三或者爹抱着继德出来，玉琴就三步两步地走过去，哄着继德玩，继德还在吃奶，看见女人过去，小手就往玉琴胸脯上抓，闹得玉琴脸通红，可玉琴还是一边躲闪着一边把继德的脚丫捧起来亲。玉琴还自己跑到城里的商店去给继德买玩具，她把玩具藏在枕头下边，藏了好久才逮住机会给继德。小孩子懂得谁对他好，一看见玉琴就探出身子要抱，老三媳妇就骂继德：

"干啥，你瞎呀，你亲妈在这儿呢。"

玉琴在屋里的时候，要是听见继德的哭声，身子就颤一下，赶紧往窗户外边看，有时候外边哪个孩子哭了，玉琴也以为是继德哭，立刻竖起耳朵听，听了一会儿知道不是，这才放下心。有一天晚上继德不知道怎么把老三媳妇惹了，挨了几巴掌，继德就哭闹了半宿，玉琴躺在炕上也左右翻腾，一会儿起来去一趟厕所。我知道玉琴是太想要个孩子了，可我们俩平时连话都说得少，更别提夜里往一块儿凑了。

十月里，屯子里要来二人转班子，这可是件大事，全屯子的人都在议论，玉琴难得地有了笑模样，她说她初中的时候还是文艺宣传队的呢，唱过样板戏，我说要不戏班子唱完你上去来一段，玉琴打了我一下，我顺势就把玉琴搂了过来。也许是很久没亲热了，等我们穿好衣服出去，老三媳妇都在外边做饭了，老四也刚从外边打酒回来，我和玉琴互相看了一眼，都有点不好意思抬头了。正好娘摸着门框出来，想要去茅厕，我就抢一步扶住娘，娘一边走一边说：

"忙活吧，忙活好啊，我盼着我孙子呢。"

娘说得我和玉琴脸都红了。

二人转班子来了四副架儿，两个人搭档算一副架儿。过去老二人转班子里没有女的，坤角都是男扮女装，有的男的化上妆能吓死人，可大伙看得也习惯了。不知从啥时候开始，女的也能唱二人转了，一男一女配对，瞅着也让人舒服一点，他们在一起唱的时间长了，也大多成了两口子。唱戏的地点选在大队门口的小广场上，搭了个半人多高的台子，后边扯上一个布帘子，那上面的颜色都快掉没了，旁边插了十多杆彩旗，还在台子顶上拉起了电线。还没到灯泡亮起来的时辰，屯子里的老老少少就早早地聚在广场上，他们带着自家的小板凳，端着茶缸子，兜里揣着瓜子，一边凑热闹一边唠家常，一大帮孩子在人群当中穿来穿去，平时偷摸相好的也趁这个难得的机会往一块儿凑，趁着别人不注意摸一把抓一下，那股子痒痒劲儿让人看了手心都发麻。

爹娘跟老三、老四怕占不着好地方，早早就去了，老三媳妇看继德睡得正香，就想等一会儿再去。我进偏厦子找玉琴的时候，玉琴正对着镜子打扮，我知道玉琴好脸，不想让屯子里的其他女人瞧不起，就没喊玉琴。我追上爹娘他们，在小广场上找了个靠边的地方。娘把腰板挺得溜直，脖子梗梗着，有人打招呼，看不清是谁就点点头，爹跟在娘身后，眯着眼睛，老是怯生生地笑，像是满广场的人都是买鞋的主顾，老四一坐下就从兜里抓出一把花生，又从怀里拽出半瓶散白，一口酒一口花生地整上了，爹瞅他一眼想骂，又看看娘挺高兴的，没敢张嘴。

等到二人转班子开唱了，也没见老三媳妇和玉琴的影，老三说没事，肯定是孩子醒了闹，哄完就抱来了，我寻思玉琴爱美，也许是哪个地方没打扮顺眼，耽搁一会儿，我就没当回事，专心看二人转。头一副架儿是垫场的，两个人也就十八九岁，唱了《双回门》《小拜年》的小帽，底下的人一边听一边叽叽喳喳地说话，谁也没上心。等到第二副架儿上来，是一对老人儿，一看场面挺乱，就没开唱，先说了两个荤口，屯子里人一听见男女的事，立刻来了精神头，连大姑娘也是一边臊得脸通红，一边假装捂着耳朵偷偷地听，懒汉光棍更是吹口哨起哄，我跟老三、老四也跟着乐，就把自己媳妇都忘脑后了。再后边上来的就唱正戏了，《包公赔情》和《大西厢》，唱得满场人都眼泪巴巴的，娘不停地拿袖子抹眼睛，时不时还掐爹一把，像是她和爹都是戏里的人，爹负了她的心。老四喝多了，就着唱睡得正香。老三眼睛不看唱戏的，老往右边瞄，我顺着眼神一看，是一个二十出头的姑娘，挺水灵的，就是有点胖，好像是谁家的远亲来串门的，我心想老三还挺有花花肠子呢，以前真没看出来。我正想着，就听见小广场后面乱哄哄的，接着我就听见不少人喊：

"老郭家的！郭从文、郭从武！"

我以为是我听错了，就拽拽老三，老三把眼神收回来，仔细一听，确实是喊我们，我俩就站起来往后挤，挤到一半的时候，就看一帮人围在一块儿，有人瞅见我俩，就喊：

"哎哎，老郭家的快来，你家出事了。"

我心里咯噔一下，以为玉琴怎么了，等扒开人群，就看玉琴抱着继德坐在地上，急得直哭，继德更是眼泪吧嗒嗒往地下砸，那哭声听着就不对劲。老三要抱孩子，玉琴就说不能抱，孩子烫了，我问烫哪儿了，玉琴就把手拿开了，我就着头顶上大灯泡的光亮，这才看见继德的脖子上起了一大串水泡，亮晶晶的，玉琴一直拿手护着，不让继德用手挠。老三一看眼睛就红了，问怎么整的，玉琴抽抽搭搭的说不清，老三就推了玉琴一把，我有点不乐意，可是看见老三着急那样也没伸手拦。玉琴缓了一口气，说是她喂继德喝粥，把小锅放到旁边了，一低头的工夫，继德就把锅踢翻了，粥洒到继德的脖子上，老三问他媳妇哪儿去了，玉琴说不知道。这时候爹和娘也出来了，娘一听继德烫着了，一屁股坐在地上，哭天抢地地号开了，比台上唱二人转的哭得还邪乎，爹觉得丢人，伸手拽娘，可娘就是不起来。这时候旁边人都说赶紧送医院吧，这么小的孩子别烫出好歹来，我这才反应过来。我一看二人转班子有个破面包车，连拉人带拉道具，正停在戏台子后边，我就拽着老三和玉琴往那儿跑。车门没锁，我们上了车，车后座有个女的尖叫一嗓子，我们回头一看，最后一排一个女的和男的正搂着亲呢，我们上车上得急，都没瞅着后边有人。我一看这俩人还带着妆，正是第二副架儿那俩人。我说我们着急上医院，你们有钥匙没，那男的说这车不能用，你们下去。老三急了，过去就给男的胸口一脚，踹得他半天没喘上这口气，老三说你要不给我钥匙我们这就整死你，那女的就站起来说我去跟班主要，老三说你要是告状去呢，那女的说不敢，我说你们班主不给咋办，那女的说她撒谎想上车睡一会儿，开点暖风，班主肯定给钥匙，我和老三就放她走了。没有两分钟，那女的拿着钥匙回来，我和老三让那男的下了车，老三坐在驾驶座上，一脚油门就开了出去，没想到车轱辘卷起一根电线，电线连着广场上的灯泡，电线一拽，整个广场都黑了，我在车里听见小广场立刻炸庙了，可二人转的胡琴还没停，就数这个声音最响。

第二十二章

车开出去老远，我忽然想起一件事，我问老三你开过车没，老三说开过屯里的手扶拖拉机，我一听就紧张了，我想让老三慢点开，可我听见继德在玉琴怀里一个劲儿地哭，我就没张嘴，只是用手抓着座，生怕老三一个不留神，把我们的命都交出去了。车窗外边一片黑，我真是怕死这片黑了，我想，这城里的灯都哪儿去了呢？此刻夜里的黑成了我最不想看见的东西，因为每次遇见都让我痛苦。

我们去了武警医院，那里专治烫伤和烧伤，停车的时候，老三不知怎么的慌了神，踩不着刹车，直到快撞上电线杆子才一脚闷住，我脑袋都快贴到车玻璃上了。等下了车，老三看玉琴抱着继德，就一把抢过来，玉琴手还做着抱孩子的动作，傻在那儿不知怎么的好，我本来想安慰一下玉琴，可我故意没看她，把她一个人留在了医院门口。

大夫说，继德烫得不太重，而且来得及时，但是也有感染的危险，必须二十四小时有人看着，尽量别牵动伤口，更不能让孩子用手抓。大夫用药水处理了一下，就给安排了一个病房。病房里有两张床，都空着，我们把继德放到一张床上，想哄他睡觉，可是孩子太小了，疼起来也不管东西南北，一转头就把脖子那块皱起来，还老是伸手去挠，我和老三一个按脚一个按手，我也不知道小孩怎么能有这么大的劲，比按着一个大人都费力气。我眼看着继德手脚动不了，腰往上挺着，脖子左右乱摆，眼泪鼻涕糊了满脸，可我和老三谁也腾不出一只手。我看着老三一边咬牙使劲一边掉眼泪，这是我头一回看见老三哭得这么惨，我心里乱得像是我娘眼睛不好以后缠的那团毛线，我都能听见自己鼻子喷粗气的动静。正在我和老三手忙脚乱的时候，有两只手伸过来把继德脑袋扳了过去，我回头一看是玉琴。玉琴瞅我一眼，眼神里有害怕有担心还有惭愧。老三忽然松开按继德的手，一把把玉琴推开，继德的手没人把着，马上就往脖子上抓过去。老三赶紧回来按着继德，玉琴也赶紧过来帮忙，老三又去推玉琴，就这么推了几番，老三、继德、玉琴就变成套在一起的环，谁也打不开，后来干脆就我们三个按着继德，继德哭累了折腾累了，就睡过去了，我们这才把手撒开，坐在对面的病床上喘口气。老三缓过来精神，就一边盯着继德的脖子一边小声地骂，玉琴连声也不敢吭，骂着骂着，我有几次想急眼，可一想老三看着孩子遭罪，心里不定多难受呢，骂几句就骂几句吧。约莫到了十二点多，医院走廊里忽然传来一声声号哭，等那号哭近了，我听清是老三媳妇来了。老三媳妇是踉踉跄跄地跌进来的，老四拽着她的胳膊，一脸的不耐烦。老三媳妇一看继德躺在床上，就发出了一声像打嗝一样的动静，接着就要伸手去够床栏杆，老三忽然站起来拦住她，反手一个大嘴巴子。老三媳妇挨了打，有点弄不明白地看着老三，嘴边的肉颤颤着，老三就喊了一声：

"死你娘的，闭嘴！"

老三媳妇顿时不出声了，她想往继德床边凑，又怕老三再打她，就回头拽老四，老四甩开胳膊出去了，老三一屁股坐在床上，掉着眼泪骂：

"耍吧耍吧，孩子快死了你还耍呢，我他妈倒血霉了，娶你这么个玩意。"

我实在不想听了，我拉了玉琴一下，玉琴就跟着我出了病房的门。老四在走廊里坐着，我问老四怎么找到这儿来的，老四说挨家医院打听呗，能治烫伤的也就这么几家。我又问老四，爹娘回家了没有，老四点点头，说娘正在家闹腾呢，然后我们就有几分钟没说话。我看了一眼玉琴，玉琴搓着衣角，我心里一下就有点可怜她了，我碰碰玉琴的胳膊，让她坐下，玉琴感激地点点头，就开始掉眼泪。老四把脑袋顶在墙上，噘着嘴不知道想什么。我看见老四脑袋顶的那块墙面，是油黑油黑的，我想不知道多少人像老四这么用脑袋蹭，蹭成了这个样，我又想那些人在蹭的时候，都在等待着什么呢？

我们在医院里守了两天两宿，第三天大夫说感染的可能性不太大了，让我们回家，用灯泡多烤一烤，让烫伤的地方快点结痂。老三跟朋友张嘴，借了一辆黄色的面包车，出院的时候，我指着我们开来的那辆车，问老三咋办，老三说就撇这儿吧。回去的时候，老三没敢开车，而是借车的那个朋友开车，我、玉琴、老三、老三媳妇、老四谁也不说话，我觉得心里憋闷极了，我想拉开车窗透透气，结果车窗锈住了，我只好把嘴张开，任凭车里那股汽油味灌进嘴里。等我们到了家，一进院子就听见娘在骂人，爹在院里拿个盆喂鸡，脸铁青铁青的，看见我们进来，爹把盆一扔，进了老房子，老四也跟了进去，我陪着老三两口子把孩子送到他们屋，就回了偏厦子。我和玉琴在炕头上坐了一会儿，我说咱们给拿点医药费吧，玉琴点点头，她把木匣子递给我，我掏出底下的整票，抽出三张十块的，我看看玉琴，玉琴把头扭到一边，我想了想，抽出去一张，又看看玉琴，玉琴也看看我，点了点头，我就揣着钱走了出去。我走到窗根底下的时候，就听见老三媳妇在骂玉琴，说玉琴自己生不出，就想方设法要害她的孩子，怀孕的时候想害，生出来还想害，接下来越骂越难听，开始咒我和玉琴断子绝孙了，我听着恼火，可我还是推了门进去。看我进来，老三媳妇立刻不骂了，她眼泪汪汪地趴到睡着的继德旁边，像是对继德说，又像是对我说：

"善有善报，恶有恶报，不是不报，时候未到啊。"

我把钱递到老三跟前，说：

"是你嫂子不对，她也不是故意的，给孩子买点水果玩具啥的。"

老三没说话，老三媳妇却立刻爬起来，把钱扒拉到地下，跟我说：

"二哥你咋那么会说呢，孩子烫成这样就拉倒了？"

我说：

"那你想让我们咋的？"

老三媳妇说：

"我告诉你二哥，别想拿着点钱打发俺们，俺们不稀得要。"

我火上来了，我说：

"不要我拿走。"

老三媳妇看我要低头捡钱，身子往下一蹲，伸出一只脚踩住钱，回头冲老三喊：

"你瞎了你聋了，让人家欺负死啊。"

老三没吭声，我自己却觉得脸上挂不住，转身走了出去，迎面碰上了大队书记老冯。老冯眼睛小，平时还愿意眯着，不仔细看以为他一直闭眼，其实他心里比谁都精，最会看人下菜碟。老冯看见我，先嘬了一会儿牙花子，好像牙缝里塞了东西，然后老冯就说：

"你们兄弟行啊，在刘官闹事，还偷人家剧团的车。"

老冯从来都管刘官屯叫刘官，他觉得屯这个字不好听，刘官是他给刘官屯起的封号。我说我们没偷剧团的车，孩子烫了，着急上医院，车在医院门口呢，找个人开回去就行，老冯说：

"那也得跟我说一声，家有千口主事一人，都这么的不乱了吗？"

我本来心里就有气，我就说：

"书记你想咋的吧？"

老冯眼睛眯眯着看我，又嘬起另一面的牙花子，嘬了一会儿说：

"公安都要来了，我给按下的，我说我回去处理一下。你要这么的，那我还是让他们来吧。"

我顿时来劲了，我说：

"来吧，我看你能把我怎么的！"

老冯站在那儿，眼睛都快眯成一条线了，他有点不相信我敢这么跟他说话。正在这时候，爹从屋里出来了，爹把腰弓得像正往前爬的毛毛虫，满脸赔着笑，爹说：

"冯书记来了，走走，咱们吃顿饭去。"

老冯看都没看爹一眼，说：

"吃过了。"

爹继续说：

"吃过了咱们喝点，这么多年书记这么照顾，我们都感激呀。"

老冯拿舌头在嘴唇里舔了一圈，咽了一口，跟我说：

"你看你爹，多好的榜样啊，给你爹省点心。"

爹就着这个节骨眼儿，赶紧走到头里，老冯眯着眼睛跟爹出去了。爹临走的时候带上了门，还狠狠地瞪了我一眼，我心想，我爹真是窝囊到家了，这时候我听见娘在老房子里骂：

"媳妇媳妇不省心，儿子儿子不是物，就盼着我早死呢。"

我以为这个冬天会很难熬，我脑子里塞满了我娘的骂，老三媳妇的骂，还有我自己心里的骂，我不知道为什么这些事一件件地找上我，我有时候想，难道真的像大姐说的那样，玉琴是克夫的命，娶她的人不得好吗？我甚至做好了最坏的打算，先打发玉琴回娘家住一段，等转过年再回来，可还没等我跟玉琴商量，玉琴先告诉我一个消息，她又怀孕了。

第二十三章

　　屯子里的人除了有爹、有娘、有媳妇、有儿女、有兄弟姐妹，还有一个最重要的亲戚，就是老天爷。旱的时候他们喊老天爷，涝的时候他们喊老天爷，喜事他们喊老天爷，恶事他们喊老天爷，挣了钱他们喊老天爷，喝多了他们喊老天爷，赌钱最关键的时候他们喊老天爷，老婆跟别家男人有事了喊老天爷，甚至任何一点小事都能让他们想起老天爷，可更多的时候，我看见他们呼天抢地、失魂落魄地喊老天爷。每一家都有一个老天爷，每个人手心里都有一个老天爷，就算再浑再狠再没脑子的人，也会在睡觉的时候喊一声老天爷，对这些密密麻麻的如同苞米粒子一样的人来说，老天爷是他们最后时候手心里攥着的种子，是他们活下去的念想。

　　我也常常想着老天爷，可我想的是，老天爷是个小孩，他坐在天上，瞅着下边的一切，他贪玩耍赖又爱折磨人。他不高兴的时候，眼睛瞅准了谁家，翻了个身，打了个喷嚏，要么按死一个人，要么推倒一座房；他高兴的时候，眼睛瞅准了谁家，小手那么一动，撒下来一大堆金银，或者把火啊风啊都挡在外边。最幸福的可能是那些从来没被老天爷瞅见的人，可以过着自己的日子，从不担心有灾有祸，也从不渴望有喜有福，可惜谁也逃不过老天爷的眼睛和手指头。我和玉琴可能是被老天爷盯得最勤的两个人，他让我们不得安宁，又总让我们心存侥幸，所以我心里老藏着担忧，偶尔也藏着希望。上一次他拿走我一个孩子，这一次又送来一个孩子，我猜不透他的心思，可我也只能悄悄地喊一声：

"我的老天爷呀。"

玉琴一下子又成了家里的红人，爹一边捶着后腰一边点头，娘念叨着要让玉琴吃点好的，大姐说屯里老人算了，这一次孩子一定保得住，老四总在喝多以后闯进偏厦子拍胸脯保证保护好大侄儿。可这些声音听不进我的耳朵，我听见的是老三阴沉沉的咳嗽，还有老三媳妇抱着继德时候的诅咒。玉琴的怀孕让老三媳妇有了更恶毒的想象：

"看看，怪不得变着法要害我儿子，她要是生个儿子，老头将来一死，这房子买卖都是她的，你说这女人多狠！我让你生，我看你能生出来不！"

老三媳妇的骂盖过了那些声音，日夜顺着窗户缝往偏厦子里钻，让我和玉琴都不安生，这时候大姐就来劝我们了。大姐来的时候，小峰在怀里抱着，小辉在脚边跟着。她一进屋就敞开怀，稍稍背过身，把奶头塞到小峰嘴里，对玉琴说：

"不用听老三媳妇的，你就当她放屁，我跟你说，瞅你这胯骨肯定生男孩，你信我的。"

玉琴有点发愣地点点头，眼睛盯在小峰脸上，小峰的嘴唇紧紧地包着奶头，拼命地裹，憋得脸通红，大姐低头拍拍小峰，有点不好意思地说：

"我奶不够，小辉小时候就没怎么吃着……真的弟妹，你信我的，我找屯子老人算了，你这胎肯定没问题，还肯定是男孩。"

大姐又转过头对着我：

"从文啊，你让弟妹一定争气，你看你要生个小子，老三媳妇还嘚瑟不。"

大姐忽然凑到我耳边，用我和玉琴都能听见的声音跟我说：

"你说老三两口子怎么把床子弄到手的？"

大姐说着用下巴指了指老房子的方向，小峰的哭声一点也没打搅她说话的劲头，小辉已经不耐烦地在用脚踹地下放着的脸盆了，大姐又说：

"我跟你说，兴许就是爹鼓捣的，人老三生个小子啊，咱爹那人才阴呢，生下我看是个姑娘都想把我送人，我娘心软没答应，结果早早就把我嫁人了，你说嫁个什么玩意，这得遭一辈子罪。"

大姐说完又把奶头堵到小峰嘴里，我一句话都没听进去，可我看玉琴听得劲儿劲儿的。

隔了一天，玉琴出去了一趟，回来告诉我，对门的董二毛媳妇也怀孕了，她跟董二毛媳妇商量好了，当妈的这辈是好姐妹，当儿女这辈也当好兄弟好姐妹。我对玉琴和董二毛媳妇的和好并不感到奇怪，屯子里的女人们都像是膏药，对上眼就贴得死死的，一句话没说对就恨不得连皮带肉往下撕。于是，这两个女人又走到一起，她俩当着外人的面挺着肚子，又背着人说着悄悄话。我有几次瞄见她们的表情，有时候两个人都咬着牙眼泪汪汪，有时候又哧哧地笑，还你推我一把，我搡你一下。忽然有一天，我坐在炕沿上洗脚，玉琴闷闷地坐在一边，我说把抹布给我，玉琴好像没听见，我用胳膊碰碰她，问她想什么呢，玉琴说董二毛媳妇认识一个接生的，挺大岁数，看男女看得特别准，董二毛媳妇找她看了一眼，说是男孩，董二毛媳妇介绍玉琴也去看看，我说看那个干啥，给啥是啥呗，玉琴没吱声，过一会儿又问我，要是看出来是个女孩咋办，我说女孩好啊，玉琴说那你爹更不能给咱们盖房子了，床子还给老三了，咱俩将来咋活呀？我说你都听谁说的呀，玉琴说那天大姐说的，我说你别听大姐的，她糊涂了，瞎说，玉琴说大姐那么精明的人，能瞎说吗，她那几句话是给我听呢。玉琴说完这句话，我一下就把洗脚盆踢翻了，我说你是不是没事找事，怀孕乐和的，你非得找点麻烦哪？玉琴一下从炕上站起来，脑袋差点撞到灯泡，玉琴说：

"你就跟我厉害，来，有能耐你把我们娘儿俩都整死。"

玉琴说完就掉眼泪了，洗脚盆扣在地上，小北风从门缝里溜进来，吹得我脚脖子发凉。我以为一些事过去了，一些事被忘记了，其实根本没有，那些事就像渍在大缸里的白菜，缸上边压了一块大石头，一压好几个月，等有一天把石头搬开，白菜还是白菜，却多了浓浓的酸臭味。

快过年了，今年冬天特别的冷，偏厦子烧炕做饭的地方又在外面，一大堆柴火扔进去，北风烟雪一刮，炕连点热乎气都没沾着，我就跟玉琴商量要在屋里安个炉子。我找屯里铁匠打了个炉子，拿破铁皮弯了几个烟囱管，在窗户顶上的墙上开个窟窿，把管接出去，可偏厦子地方太小，一生炉子满屋都是烟，呛得玉琴直咳嗽，我说你先去爹娘那屋待会儿，等我把炉子生起来，玉琴恘气地不动地方，我说你不怕呛孩子怕呛，玉琴这才去老房子，我呛得眼睛都睁不开，可心里一个劲儿地窝火。等我生好了炉子，去老房子接玉琴，娘说在这屋多待一会儿呗，我说不待了，就拉玉琴出门，玉琴回头跟娘说：

"妈我不是挑，你说这房子，将来我生孩子咋住？"

我一听就急了，我说玉琴你跟我娘说啥，你逼谁呢？娘没骂人，她有一会儿没说话，喉咙里咕隆咕隆的，好像有口痰抽不上来，爹在旁边说话了：

"要不我不干了，鞋厂给你吧。"

娘忽然就抓起自己的头发：

"你都给他们吧，干脆咱俩出去要饭去！"

爹不吭声了，我瞅着心里发紧，拽着玉琴走了出去。我跟玉琴说，咱们自己租个床子，从爹这儿进鞋卖，这玩意有啥难的？玉琴没吭声，直接走进偏厦子。

我说完这话就忘了，过了两天，玉琴忽然问我什么时候去租床子，我问她什么床子，玉琴说你不是打算自己卖鞋吗？我说真的假的？玉琴一脸正经地问我：

"我跟你过日子是真的假的？"

我说咱们都没本钱，现在不也挺好的嘛，够活。玉琴使劲拍拍肚子，说：

"孩子你听见没，这是你爹说的话，你奔这爹来的，你傻不傻？"

每到这个时候，我都说不出话来，我不是不想改变眼下的日子，我是对改变也感到腻歪，这本来是屯子里人的心性，我嘲笑过他们混吃等死，得过且过，可不知什么时候开始这也成了我的心性。我的棱角被锅边的铁锈和头上的砖瓦磨去了，我向生活举起了双手，这一年，我才二十六岁。

第二十四章

爹真的把鞋厂给了我，是在三月，玉琴已经怀孕六个月了，可爹把鞋厂给我却不是因为我，也不是因为玉琴肚子里的孩子，是因为老四。

三月里，爹从熟人那儿打听到信儿，浑阳一家鞋厂有一批做鞋剩下的皮子，国营鞋厂是不在乎这些边角料的，一般都是当废品处理掉，可在爹眼里，这些皮子就是宝贝，来头正，皮料厚实，有不少都是整料，爹说下血本也得把这些皮子弄回来。爹就托人找到鞋厂的车间主任，连吃了好几顿饭，还送了两瓶桃山牌白酒，那人答应让爹花二百块钱把这些废皮子拉回去。

爹想到自己有了这么多皮子，高兴得吃饭都能笑出来，娘就骂爹：

"老不死的，看见皮子跟看见新媳妇似的！"

爹听了就嘿嘿地笑。老四咂了一口酒，说：

"爹你是不是糊涂了？我上鞋厂看了，那都是破烂，左一块右一块的，二百块钱干啥不好？"

娘一听花了二百，手里的针一下扎进指头里，撇下线团就号上了：

"你个缺德玩意，你是故意要气死我呀，倾家荡产啦，倾家荡产啦……"

爹听了不吭声，背着手在屋里转了一圈，就推开门走进院子，可爹没憋住，在院里又开始嘿嘿地乐。娘听见爹乐，号得更难过了：

"我咋跟了这么个爷们儿啊，年轻时候就栽到皮子上，老了还往皮子上撞，找死啊，找死啊。"

老三媳妇悄悄跟老三说：

"你爹是不是疯了，你抽空得问问房子怎么分，别到时候来不及了。"

老三一个巴掌打过去：

"问个屁，你咋不咒你自己爹呢？"

老三媳妇一愣，就搂着继德哭了起来：

"儿啊，你傻爹心里没有咱娘儿俩啊。"

我回了偏厦子，玉琴捧着肚子问我，爹咋那么高兴，我说：

"谁都有个念想呗，你看，孩子不就是咱俩的念想吗？"

玉琴直杵杵地给了我一句：

"要让孩子住这房子，那还不如没有念想。"

我想玉琴说话咋这么不中听，结婚之前那份懂事的劲儿都哪儿去了，我直想发火，又想起人家说怀孕的女人都有臭脾气，我就忍住了。这时候老四推门进来了，正要跟我说话，看见我俩这样，就把脸上笑憋回去了，老四拉着我出去，问我因为啥又跟玉琴生气了，我没好气地说，就是房子呗，这点破事，念叨好几年了，老四"哦"了一声，又把笑容挂到脸上，说爹高兴大劲儿了，要请咱哥儿仨下馆子。

说是下馆子，就是在太原街邮局旁边的回民店里吃顿饭，那是家老店，饺子出了名的好吃，还卖油炸糕和馓子，一天就中午和晚上两个时间段营业，门口老是排着一大长排的人，可不管大伙怎么嚷嚷，不到点儿那大门就是不开。我们一进去就闻见老大的膻味，老四把胳膊往桌上一放，再抬起来，袖子底下就沾了一大块油，爹把三块钱从小窗口递进去，接过来六个小铁片，三个铁片上刻着"饺子"，两个铁片上刻着"羊汤"，一个铁片上刻着啤酒。爹把铁片递给旁边的服务员，过了一会儿，服务员就把吃的端上来了，他端羊汤的时候，左右手两个大拇指都快没进汤里了，一点也没觉出来烫。我本来打算给玉琴带回去点饺子，就没舍得吃，可老三和老四甩开腮帮子，拿筷子扎起来就往嘴里送，我心想这肯定剩不下了，干脆等吃完单独再给玉琴要一份吧。一会儿工夫，盘子和汤碗都见底了，老四自己把一瓶啤酒干了，爹拿着牙签小心翼翼地抠着牙，一有服务员从身边过，爹就仰头赔个笑脸，老四不乐意看爹那样，就拿手搓袖子上那块油，老三扒拉着手边那半头蒜，谁也不说句话。爹抠了一会儿，瞅瞅我们三个，把牙签一放，说：

"哎呀，兄弟多了分心眼儿啊。"

我们都抬头瞅爹，爹又说：

"我要是有俩儿子呢，那就挺简单，要么哥儿俩处得好，要么哥儿俩处得不好，可我有仨儿子，仨儿子就夹生了。"

我想爹这话真是说到点子上了，我们哥儿三个在一个院住着，想的可都是不一样的事呢。我正想着，老四不乐意了，老四说：

"爹你啥意思？我别的不敢说，该对得起的我都对得起，我肯定不干操蛋的事。"

爹说我又没说你，老四说你不说仁儿子夹生吗，你那意思就多个我呗。爹听完不说话了，我知道老四是浑羼呢，就把老四拽了出去，老四在门口说：

"二哥，咱俩心里明白啊，家里这些乱事还用我说不？"

我说不用不用，哥都知道。

老四问我：

"哥，要是你遇着事了，别人我不敢说，我肯定帮你，你让我咋的都行。"

我说哥明白，老四又说：

"哥你不用说，你心里有啥事我都知道，总有一天，你看看你弟弟怎么出息的，我让你过好日子，你信不？"

我说哥信。

我嘴里答应着，心里什么也没想，我亲眼看着自己活得一天比一天糊涂，愣是不知道怎么回事，你让我知道什么，明白什么，信什么？

转过天的下午，城里的鞋厂让爹去取皮子了。爹跟老四说，你是管账的，你去吧，我跟爹说，要不我陪着一块儿去吧，老四就推我一把：

"咋的二哥，信不着我啊？"

我说不是，帮你把手呗。爹就说，都跟鞋厂说好了，就是交钱拉货，没别的事，让老四一个人去吧。我就不好再说什么。老四走了以后，我就往爹的鞋厂走。那天太阳出奇地好，虽说没多少热乎劲儿，但是把蒙了一冬天的云给拨开了，照得地上的雪有点晃眼睛。我想，老四现在管账，大小也算个会计，最起码得有个钱包，我干脆给他做一个吧。我到了鞋厂，找了巴掌大的两块皮子，画好样子，剪成一边大的长方形，拿锥子在边上扎好眼，再用机器码线，可扎眼的时候，锥子说啥也不听使唤，吱吱扭扭地扎不透，我一使劲，锥子把手指头戳了个眼，直往外冒血珠，我把锥子扔下，把手指头放进嘴里吸溜着。我就想，平常做鞋都没费过劲，做个小钱包还把手扎了，要是老四知道肯定笑话我，想到这儿，我就有点不放心了，可为啥不放心又说不清，我想把这个念头放下，结果越不寻思越寻思得厉害，弄得我坐立不安的，我想我干脆去看看老四吧。

城里鞋厂的地址我是知道的，在靠铁西的砂山旁边，等我坐车到了那儿，已经是六点多钟了，我跟门卫说找一个来取货的，姓郭，门卫让我等会儿，他打了一个内线电话。他打电话的时候，时不时抬眼看看我，还拿笔在纸上记着什么，他撂下电话，语气有点横地告诉我，进厂直接往左走，上保卫科。我想取货还用去保卫科吗？我又一想，可能是拉货出门得找保卫科长开条子。我走到保卫科门口，还没等我敲门，门就开了，然后我就听见老四喊我：

"哥！"

我往里一看，老四双手背过去，被绑在暖气片上，脸上好几道血印子，一看就是挨打了，我想过去扶他，旁边有人拽住我，我这才侧过头看，是给我开门那人，足有一米八多的个头，肩四四方方的，脸也四四方方的，胡子眉毛都挺重，看着挺吓人。我说你干啥，你把他放开，他说你是他什么人，我说我是他哥，他说那正好，你弟弟诈骗，你看怎么办吧，我说你血口喷人，诈骗你什么了？他冷笑一声，笑的时候眉毛胡子都跟着乱颤，他指指桌上的条子，说你看看吧，我拿起来一看，上边用连笔字写的取走碎料一车，我说你让我看这玩意干啥？他说你知道你弟弟来干啥来不，我说你废话，不跟你们商量好买皮子吗，一堆碎料，还能诈骗你？他说买一车皮子多少钱你知道不？我说讲好的嘛，一共二百，他说你看看底下写的多少钱，我一看下边数字，二后边一个零，后边是个元字，我脑袋嗡了一下，我说这啥意思，他说你弟弟就给了二十，拉着皮子就走，多亏保卫科有人在门口检查，给拦下了，现在怀疑你弟弟和出纳员合伙诈骗国家财产。我听着有点蒙，我说这么的，你口说无凭的，我不能信你的，我单独问问我弟弟。他说行，你问吧，他转身出去，把门带上了。

我走到老四身边，想给他解开绳子，解了半天弄一身汗，也没整开，我问老四是不是挨打了，老四说打了几巴掌，踹了几脚。我说这到底咋回事啊？老四说哥你别问了，你走吧。我说我走个屁，我能把你扔这儿吗？你痛快说怎么的了。老四晃晃脑袋，不吭声了，我气得也踹了老四一脚，我说你想急死我呀，多大事啊，能要命不？不能要命就赶紧说。老四想了想，说来取货的时候先得找出纳开条，出纳员是个小姑娘，屋里别的人还都没在，老四就没话找话跟小姑娘唠了几句闲嗑儿，把小姑娘整得脸都红了，等开完条老四一看，二后边少写一个零，这一个零就差出去一百八十块钱哪，老四赶紧交钱装了货要走，结果在门口让人拦下来了，一看条子觉得不对劲，就给带到保卫科了。我一听就冒火了，我说老四你穷疯了？怪不得娘说你没出息，你没钱也不能干这事啊，你太让我瞧不起你了，你咋想的你啊？你没见过钱哪？老四让我骂急眼了，冲着我喊了一句：

"我他妈不寻思剩下钱给你和嫂子盖房子吗？"

这句话说得我狠狠地打了一个冷战，原来老四是惦记着我呢，他眼里瞅见我和玉琴这几年的难处，再加上玉琴第一个孩子没了他有点自责，就想找个机会帮我一把，结果赶到这个节骨眼儿上动了歪心思。

我再说话的时候，底气都不足了，自个儿听着都有颤音，我跟老四说：

"老四，你咋那么傻呢？"

老四跟我喊：

"二哥，你别磨叽了，你走吧，我没事。"

他这么一喊，我就想起头天在饺子馆门口他跟我说的那些话，老四说了，我要是有事，他肯定帮我，让他咋的都行。老四还说了，等他有能耐，肯定让我过好日子。当时我是不知道、不明白、不相信的，可现如今我知道了，明白了，也信了，可我宁愿这话他没说过。

第二十五章

我跟老四说，一会儿不管我说啥，你都别吱声，老四说二哥你就走吧，我把眼睛一瞪，我说你听我的，老四就不吭声了。过了一会儿，门外边那人回来了，他有点得意地问我怎么样了，招了没。我说招什么，他立刻就变脸了，恶狠狠地说你挺横啊，我说不是我横，这是你们出纳员工作失误。他说出纳员我们也审着呢，但肯定是他俩勾结的。我说你凭啥这么说呀？他说凭我这么多年做保卫科长的经验，我说你一个保卫科长咋的，谁给你权利打人了？我问到这儿，他顿了一下，忽然又把声提了八度，说我不给点颜色，这些坏人能被震慑住吗？我说你别吵吵，打人就是你不对，就是到了公安局也得收拾你，他乐了一下说你不用吓唬我，我说还用吓唬你吗？我们通过什么路子买的这些皮子你知道吗，你厂里领导不批我们能买到手吗？他听了一愣，我就把话溜上了，我说你们厂子不都是生产军品吗？没有军队的关系我们也不可能找到你们。

我一边说一边拼命回忆，我爹当年当兵那个部队是什么番号，我爹那个在城里当官的战友姓什么，想了几秒钟没想起来，我想干脆就蒙一个吧，我跟他说，这都是张团长安排的事，你还随随便便把人打了，你太能耐了！

我装出了非常生气的样儿，可我在心里真替自己脸红，我惊讶我撒谎能撒得这么有底气，撒谎就像是我一生下来就会吃奶一样，是我本来就会的一样本领，现在这本领自顾自地要开了功夫，却把我羞得够呛。

听我这么一说，那个人也有点犯难，不过人家到底是大厂的保卫科长，啥世面都见过，他坐下来喝了一口水，语气稍微有点平缓地讲起了道理，他说不管是谁的关系，给厂里造成损失是绝对不能允许的，要都像你弟弟这样，占公家便宜，那这社会还有好吗？我一看他话音里头有缓，我赶紧说这个确实是他不知道，他一个拉货的他哪知道交多少钱，顶多也就是犯糊涂了，咱把钱补上就得了呗，他说那不行，这是抓住了，没抓住呢，光补钱不行，得罚款，我说罚多钱，他说这种情况他也是头一回遇见，得跟厂领导汇报一下，我说你不用汇报了，你说个数，他想了想，说罚一百五，我说太多了，他一拍桌子，说你别跟我讨价还价，这都是按规定来的，应该罚你们两倍的钱，我这都宽限你们了，我咬咬牙说行，你等着我取罚款去。老四听到这儿就想站起身，话音都到嘴边了，我回头瞪他一眼，我说你给我老实待着，回头跟张团长请罪去，小兔崽子！

我是像做贼一样把木头匣子里的钱偷出来的，玉琴没在家，可我感觉就像是在她的眼皮底下把钱揣进了口袋，连几十个分币都揣上了。等我慌慌张张地从家里跑出来，坐上了去鞋厂的公共汽车，天已经黑了，我忽然有点发蒙，我弄不明白是老四那些话把我感动了，还是我救老四这件事把我自己感动了，我觉得脖子上的大筋直往起蹦，嘴里咸咸的，眼窝直发烫，我甚至有点后悔了，我这是让兄弟情分给冲昏了头吗？兄弟是什么？是头几十年在一个窝里待着，将来早晚要分开的人，还有可能是窝囊你、挤对你、处处跟你比着过日子的人。可媳妇不一样，媳妇头几十年没在你身边，可后几十年踏踏实实地跟着你，我干吗为了兄弟让媳妇难受呢？我真不敢想象玉琴看见空木匣子的表情，她一定以为家里遭了贼，然后捧着肚子跑出偏厦子，"妈呀妈呀"地叫唤。屯子里人要是谁家丢了东西，那家的女人都是这样的。我更受不了玉琴抱着空木头匣子在地上哭的样儿，她现在肚子大了，腰都弯不下去呢，我怎么老让我自己的媳妇过不好呢？我就这么胡思乱想，一会儿怕车开得慢了，保卫科那人再给老四罪受，一会儿怕车开得快了，把玉琴的希望远远地甩开。我真希望车永远这么开着，永远不到地方。

我到底把钱交了出去，一共一百二十二块三毛九分，那个保卫科长看见这一大堆零碎票，有点不屑地看看我，我装作不高兴地说：

"真倒霉，大额的钱都存银行了，这是我搁抽屉里随便划拉的，不行明天我再送来。"

那人说不用了，我给你开个条子，证明你这钱上交罚款了，明天我交给厂长，我说不用不用，你自己留着吧。那人说你废什么话，我当了这么多年保卫科长，这点糖衣炮弹扛不住吗？我说能扛住能扛住，咱们能走了不？他闷头开完条子，说这货你们还要不，我说咋不要呢，他说那就把剩下款补齐，完了你们拉货走吧。

等把老四从暖气管子上放下来，老四胳膊都不会往前转了，两个肩膀头一大片瘀青，缓了老半天才能动，那科长都有点不好意思了。我跟老四坐上爹借来的小货车，货车司机一直在车上打盹儿来着，醒了以后就埋怨我们，说讲好半天工，耽误到这么晚，你们在厂里磨叽什么来着。我和老四谁也没说话。科长亲自把车送出厂门，他不是客气，他要是不跟着出来，门卫的老头肯定不会放我们出去。这一道上，老四一直小声地求我，千万别告诉爹，我说到时候再说吧，告诉了能咋的，你怕爹吗？老四的眼神里忽然有了一种说不上来的害怕。车到了家门口，爹一听见车动静，就从院子里跑出来，像个二十多岁的小伙子，爹还召唤老三出来帮着卸车，娘也跟了出来，她站在院门里，点着手里的树棍骂：

"我倒看看二百块钱买的什么，是棺材板不？"

爹好像听不见娘的骂声，他更没注意我跟老四阴沉的脸，他高兴地围着车转，恨不得一下把皮子都堆到他跟前，再假装没站住摔在上面。爹要么是疯了，要么是使出了生命里最后一股子大力气。从那天以后，我亲眼看着爹的力气一点点漏出去，那是吃多少碗米饭睡多少懒觉都补不上的力气，那是老天爷在收人之前的步骤，人得变轻了才能容易被带上天哪。

我们把一麻袋一麻袋的皮子卸进院子，这期间我一直瞄着偏厦子，里边亮着灯，可就是不见玉琴出来，哪管她出来问问我也好呢，她闷在屋里才叫我担心呢。我真想揪住老四，让他先进偏厦子给玉琴赔罪去，可老四一直躲着我的眼睛，好像我这个救了他的哥哥反倒成了害他的人，这立刻就让我开始后悔了。

我这辈子，有一件最最失败的事，就是我心里预想过的那些可怕的场面、难过的场面、不愿意面对的场面，等到真来到跟前，跟预想的一点也不一样，这就好比我先给自己打了一针疫苗，结果病一来，发现自己打的疫苗跟这病挨不上边，还得再遭一遍罪。我那天晚上走进偏厦子看见的景象，跟我心里预想的就完全是两回事。我进屋的时候，玉琴已经睡着了。我坐在炕沿上，四处打量，就是没瞅见那个木匣子，我悄悄打开炕柜门，也没瞅见木匣子，木匣子就像从来没在这屋有过一样，彻底地不见了。我想明天再跟玉琴解释吧，我是为了亲兄弟才把钱财舍出去的，玉琴是个懂事的女人，顶多哭一哭就拉倒了。我睡到半夜，迷迷糊糊地觉得玉琴起来上茅厕，可她去了好久也没回来，然后我就觉得身子下边的炕热乎起来，像是有人烧炕了，我想我可能白天惊着了，哪有人半夜烧炕的？隔了一会儿，我迷迷糊糊地觉得玉琴回来了，她趴在我耳边说了一句话：

"木头匣子烧炕，你是不是热乎多了？"

我听完这句话，就像是被人照头浇了一盆雪水，我激灵一下坐起来，可玉琴还在那儿睡着，好像一动也没动过，我都不确定刚才是不是玉琴跟我说了话。我摸了摸炕，比我晚上刚躺下的时候还热乎，可我却一阵阵地打冷战，我被吓坏了。我把炕柜里不用的棉被拿了出来，裹住自己，在炕头里熬了一宿，一眼都没合，我生怕我一闭眼，玉琴那句话就从我耳朵边浇过来。我等到窗户外边有点泛白，等到玉琴翻了个身，打了个哈欠，我立刻扑过去，晃醒玉琴，我说：

"玉琴，那钱我救老四用了，老四出事了。"

玉琴看看我，像是没听见我说话，她倒是乐了一下，这一乐更让我心焦，我看见玉琴的肚子上鼓起个包，又像波浪一样平复下去。

第二十六章

　　爹知道了这件事，是在两天以后，爹说皮子千万不能受潮，潮了就没韧劲了，于是在这两天里，爹穿着棉大衣，跟着鞋厂的工人一趟趟地赶着马车，把那些装满碎皮子的麻袋搬到鞋厂去。爹蹲在老房子门前的台阶上，瞅着那些麻袋被搬上马车，嘴角轻轻地抽动，眼睛里淌出一两滴黏糊糊的泪水。娘本来是骂爹的，可娘模模糊糊地看见有那么多人影在院子里忙活，娘就开始吆喝了，让干活的人手脚麻利点。娘在吆喝的时候，拿出了十足的底气，手也掐到腰上，好像那些人是给我们家搬金山银山呢，吐沫星子都飞到了蹲在她跟前的爹的脑袋上。

　　爹让我和老四也跟着车运皮子，老四不想去，爹说你是管账的你咋不去，老四只好跟在车后边。老四跟在车后边是因为我在车的前头走，老四躲着我，连我无意中往回看的眼神，也好像成了刚磨好的刀子，能把老四刮出血道子。我想老四是知道我为了救他把家底掏出去了，老四欠了我的人情。老四最怕欠人情，老四更怕别人要他还债。我看老四这个样儿，真想告诉他没多大事，不用太放在心上，可我一想凑近他，他就缩起肩膀，赶紧闪到道边去，有好几次还差点掉到冻实的水沟里去。他还紧紧盯着我的嘴巴，我一跟爹说话，他就紧张起来，好像我在告他的状，要是我和爹恰好回头去看，他立刻站住脚，像是要马上逃跑。我不知道爹在他眼里竟然成了这么厉害的一个角色，难道以前老四跟爹没大没小的劲头都是装出来的？我更不知道我的善意和帮忙变成了越勒越紧的绳子，让老四无比难受。我觉得不能再这么下去了，要不然我和老四就都神经了，于是我趁着工人卸货的时候拽住他，老四吓得一哆嗦，我说老四你咋的了，老四说没事没事，我说你别当回事，不用你还钱，我跟玉琴也没咋的。老四说二哥谢谢你，二哥谢谢你。我说不用谢，你就别这么害怕，我也不可能告诉爹。听到这儿老四忽然瞪着我看，我看见老四眼仁里有我的黑影子。

我跟老四说了这些话没多久，老四就跟爹交代了，当时爹正打开一个麻袋，拿出一块大一点的弧形皮子，使劲地用手抖着，像是要掂掂皮子的重量。爹听了老四说的话，先是没反应过来，然后就抬起头看着老四，完了又转头掂手里的皮子，忽然就开始四处找我。我进来的时候，看见爹那个样子，又看见老四那副表情，就明白爹都知道了，我还想埋怨老四干吗要说，可我发现老四嘴角带着点笑，眼神里还有那么点得意，像是跟我说：

"不用你告状，我先说了，我不欠你人情。"

爹抓住我的肩膀，哈喇子从嘴边淌下来，成了一条线，爹冲我点点头，就出溜下去，那块他之前一直拿着的皮子正好枕在他的脑袋下边。

爹中风了。

爹醒来的时候，看着我们满屋的人，嘴角一边淌着哈喇子，一边瞅瞅我，含混不清地说：

"我干不了了，给你吧。"

老三媳妇一听马上凑过去：

"爹，你说给谁了？"

爹没说话，口水淌下来，大姐赶紧用抹布去擦，老三媳妇又问：

"爹，你是不是说把鞋厂给从武了？"

爹看着老三媳妇，连摇头的力气都没有，老三媳妇就高兴了，她回头使劲晃着老三，像是她夺去了什么功劳。可她看见老三阴沉的表情，就知道她领会错了，她顿时咧开了嘴，可还没等她哭出声，娘就撕心裂肺地喊起来：

"都给我出去！你们得意了，把我和你爹逼死了，你们得意了！"

杨树叶子就像人的手，也分手心和手背，朝阳的那面是手背，年年晒黑，背阴的那面是手心，老也晒不着，就老是白亮亮的。六月里，屯子口那几棵杨树就总把手心亮出来，那些叶子像一片片鱼鳞，更像一面面镜子，反射着太阳的光，把那光晃进我的眼睛里，让我看不清脚下，让我把步子放慢一点，好让玉琴跟得上我。玉琴已经怀孕九个月了，肚子大得像一个倒扣着的铁锅。自从爹把鞋厂给我，玉琴每天都要跟我去鞋厂看看，她把自己放进一个宽大的椅子里，高兴地瞅着眼前乱糟糟的一切，因为现在这里成了我和她的家业，她以前的那些不靠谱的希望真的变成了希望。那些工人也都没有走，在他们看来，老东家和少东家没什么分别，总比回去种地要挣得多。

可是总有什么不一样了，爹从早到晚都淌着口水，要不停地擦，不然就会把衣服领子全都湿透，他的左脚和左手不听使唤了，他连低头捡起一块他买来的碎皮子也不行，他会一头摔下去。娘再也不拿我和老三给她的钱了，娘说她可不拖累儿子，省得将来死了落下埋怨，娘跟大姐就给人打铺衬。打铺衬就是把一大包一大包的碎布买回来，一块一块地拼成一米见方，刷上一层糨糊，拼一层布，再刷一层糨糊。娘眼睛看不清，她就用手捋着布边，把那些边边角角的记在心里，再去摸另一块，等拼上了，又细细地摸，摸到一点不对缝的地方，就再从破布堆里找合适的，等糊了三层，就把它斜着铺到门板上，拿出去晒，晒硬了就卖给做鞋垫的厂子，做一张铺衬能挣两毛钱。去背碎布的是大姐，我有好几次看见大姐被大编织袋压得腰都跟地一样平了，可我上去帮忙的时候，大姐都不让，大姐说我二弟弟是老板了，可不能让人看见干这粗活。大姐跟娘做铺衬，来家里的时候就多了，她抱着一个，背着一个，做一会儿铺衬，带一会儿孩子，她拉着玉琴的手，说玉琴真是带财的命，谁娶了她都能发家。可我听大姐跟别人说另外一套话，说屯里老人算了，玉琴是寡相，谁挨着谁倒霉，看看，先把老公公克倒了吧。老三成天都垂头丧气的，老三媳妇一直骂他是窝囊废，明明那天爹是说把鞋厂给他的，就因为他没搭茬儿，让我捡了便宜。老三媳妇骂着骂着，就开始骂我和玉琴，说我们和爹合伙算计好的，故意把鞋摊给他们，自己留着鞋厂。老三媳妇甚至觉得爹可能是装病，她老趁着爹不注意碰他一下，或者在他脚边放个板凳，等爹被碰摔了，就嘟嘟囔囔地骂，说爹装得太像了。还有老四，从出事那天以后，老四再也不像以前一样跟我近乎了，他每次看见我都皱皱眉头，好像是我给他惹了麻烦，好像是他解救了我这个不争气的哥哥。

我让他继续当他的管账，可是我知道，老四有了心结，我和老四再也不能像以前那样了。

爹买回来的碎皮子真是好东西，里边还有不少是整块的，做出来的鞋又软又禁磨，除了给老三的鞋摊供货，还有几家卖鞋的也都来找我买货。老三那份是不挣钱的，因为老三媳妇会找各种各样的理由说鞋卖得不好，减价甩出去了。可钱还是像关不严的水龙头里流出的水，一滴一滴地流进我的兜里，我照样把钱交给玉琴管着，我们谁也没再提木匣子，也没想着再买一个木匣子。

我带玉琴去医院做了检查，大夫说可以生，我们就回家了，找了一个附近屯子里的接生婆，说是接生婆，其实才四十多岁，以前也在医院干过几天助产，屯子里人生孩子都是找她。玉琴生之前的几宿，我常常做噩梦，梦见我第一个孩子来抓我，他看模样是个男孩，要么从冰窟窿里爬出来，要么从屯子头的大道上跑过来，一把抓住我的手，先是跟我玩，玩一会儿就变了脸，问我为什么不要他，我被问得哑口无言。有时候还梦见玉琴在生的时候难产，大人孩子都没保住，我甚至都看见自己在他们娘儿俩跟前哭的样子了。每当我被这样的梦折磨醒，我就宁可坐到天亮，我把梦告诉大姐，大姐就呸呸地吐好几口吐沫，嘴里念叨着：

"这雷劈八瓣的梦，千刀万剐的梦，雷劈八瓣的梦，千刀万剐的梦。"

玉琴生的那天下午，接生婆和玉琴在屋里，我和大姐在偏厦子门口等着，我们都没注意爹扶着门框出来了，他忽然说了好长一段话，是一边淌着口水一边说的。爹说：

"你爷从小没妈，完了我有个同父异母的姐，也从小没有妈，你这辈你叔家大哥也从小没妈，一辈一个啊，一辈一个……"

我不知道爹这话是说给谁听的，我厌恶地瞅瞅他，大姐赶紧说：

"爹你是不是老糊涂了，你说啥呢？"

许多年以后，我回想当时那一幕，他那淌着口水扶着门框站着的样子让我恶心，我也从心里往外对爹充满了恨，我恨他的话变成了最恶毒的预言，我恨他给我以后的生活蒙上了一层黑纱，从此再也没办法摘下去。

第二十七章

一个人能记起多少事呢？在我闲着的时候，我就数我能记起的事。有时候从头捋起来，能记起十多件事；有时候从现在往回倒，能记起几十件事；有时候从中间哪个事开始想，也就能记起一两件事；有时候干脆一件事也记不起来，连我早晨吃的什么、吃没吃都想不起来。但是在某一个时间，要么是在走路，要么是在买菜，要么是在吃饭，要么是在做梦，总有那么几件事来来回回地被我记起，这让我挺知足，活过一回是有亏有赚，活过一回还能记起点啥来就不亏干赚，我觉得是这个理儿。

玉琴生了个闺女，是我常常记起的一件事，在这件事上，我原本是个重要的角儿，可我记起来的那个场景当中，我好像就是个看热闹的。我看见接生婆稳稳当当地来了，又稳稳当当地走进偏厦子，把我和大姐都赶了出来；我还看见玉琴的姑姑得着信儿来了，非要进去看看，看完一会儿又要进去，接生婆就不让她进去了，说她拖累人，还把门窗关个溜严；我还看见娘让老三搬了一个凳子，放在老房子门口，娘端端正正地坐在那儿等着，老三也给爹拿了一个凳子，让爹坐到娘身边，爹扶着门框慢慢往下坐，结果差点撞到娘身上，多亏让老三扶住了，娘厉声地让爹滚开，那气势把我们都吓了一跳，爹就栽棱着半边身子躲进屋里了。就在我老老实实地看热闹的时候，大姐来了，大姐把我拽到一边，掏出一块红布，说：

"一会儿包孩子的时候，你拿红布托着。"

我说干啥用，大姐说有讲究，大姐又拿出两个带松紧带的宽布条，说：

"等孩子生出来，用这两个带卡子，一个绑腿一个绑肩膀。"

我说绑上干啥？大姐说绑上腿直溜，还不是溜肩。我说得绑几天？大姐说绑一个月呢。大姐想想又说：

"人胞得给我啊。"

我说什么是人胞，大姐说就是胎盘，我说你要那个干啥？大姐说我给别人要的，有个老头肺子不好，吃了治病。我想胎盘也没啥用，就应了一声。

就在我看热闹的时候，我的耳朵也没闲着，开始的时候，玉琴是哼哼，后来玉琴开始小声地叫，再后来就是喊，到了晚上，喊得嗓子哑了，就是一种抓心挠肝的干号，一声比一声紧，喊得我的心也跟着一下比一下皱巴。我想我要是能替玉琴遭这个罪多好，可我就是帮不上忙。这时候娘站起来了，娘坐了一下午，起来的时候有点摇晃，娘冲着偏厦子骂了一句：

"别喊啦，生个孩子费他妈劲，我都生好几个了。"

我听见玉琴在屋里报复性地号了几声，就没动静了，接着我听见"啪啪"两声，孩子的哭声从屋里冒出来了，过了一会儿，接生婆满身大汗地推开一个门缝，说进去吧，别使劲开门，不能见风。

当我看见那个全身都皱巴巴的小家伙，我都不敢相信这是我和玉琴的女儿，她的脸方方的，眼泡肿着，脑瓜皮上稀稀拉拉有几根头发，可我还是乐呵呵地抱给玉琴看。玉琴瞅了一眼女儿两腿中间，就叹了一口气，眼睛里都有点湿了，这时候大姐进屋了，连声说好，玉琴就回头问：

"生个姑娘还好？"

大姐说：

"咋不好呢，这也不能一家都是小子。"

玉琴听完，把脑袋扭了过去，可大姐还在念叨：

"哎呀，我得回去跟我俩儿子说，你们有小妹妹啦。"

等老三媳妇扶着娘进来了，大姐就大声地跟她们说：

"玉琴生个姑娘，真好啊。"

老三媳妇听了就哼了一声，听着有点幸灾乐祸的意思，娘摸着我女儿的小脚，说：

"姑娘贴心哪，姑娘是娘的小棉袄。"

娘又回头指了指，我知道娘是想找我，我赶紧凑过去，娘又说：

"可不能要小子，都等着喝你血呢。"

娘说完就从兜里掏出三块钱放到玉琴枕头底下，我拦着不让。这是娘打铺衬挣的，娘的手都被糨糊粘掉了好几层皮，我咋能要娘的钱呢，娘就骂我：

"小兔崽子，我这是给玉琴留过河钱呢。"

娘就跟老三媳妇出去了，我想有大姐和玉琴的姑姑在屋里忙活，我也插不上手，我就走出偏厦子凉快凉快。正是晚上七点多，天不那么闷了，时不时刮几丝风，天没全黑，能看见云彩一绺一绺的，在天上翻卷着。我盯着云彩想，我也是当爹的人了，屯里人当爹都那么乐和，又抹眼泪又上蹿下跳的，我咋没反应呢？我又想，屯里人是啥身份，当不了官又当不了财主，连个城里人都当不上，当个爹能不激动吗？我可不能跟他们一样，我得有深沉，我就把本来不多的笑脸收起来，像听说了别人家生孩子似的，在院子里傻站着。不一会儿，大姐用布包着什么东西出来了，走出了院子大门，我也没在意，过了十多分钟，我听见玉琴姑姑喊我，我赶忙进去，玉琴姑姑问我：

"玉琴问胎盘呢？"

我让她问得有点蒙住了，玉琴姑姑又问了一遍，我就想起来了，我说：

"大姐拿走了吧。"

玉琴在炕头上听见，就把头抬起来了，说：

"谁让她拿走的？"

我说：

"她跟我说了，我合计没啥用，就给她了。"

玉琴姑姑一拍大腿，说：

"哎呀，刚才我看她拎个什么玩意，我光顾着你了。"

玉琴脸一下沉下来，再加上没有血色，让灯泡一晃，蜡黄蜡黄的，玉琴说：

"那是我身上掉下来的，凭啥给她？"

玉琴姑姑说：

"可不咋的，那都是给生完孩子的人吃的，能把血补回来。"

玉琴对我说：

"你给我要回来去。"

我说那我上哪儿要去，玉琴一听就掉眼泪了，我说那破玩意你要它干啥，值当你哭吗？玉琴说：

"我凭啥不能要，我生完孩子，你一家人除了你娘，谁说一句好听的话了？转身还把我胎盘拿走了，我往回要不行啊？"

玉琴说着说着就哭起来了，孩子刚睡着，被玉琴一带，也哭起来，玉琴姑姑就推我：

"你赶紧要回来，你别给整上火了，我告诉你，她上火了你闺女没奶吃啊。"

我只好走出来，可我上哪儿去找大姐呢？我觉得玉琴真是没事找事，本来就是没用的东西，怎么还当宝了呢？我看就是找个碴儿发火，要不是看她刚生完孩子，我真想不搭理她。我在院子外边等着，偶尔走过去两个人，偶尔能看见抽烟的亮点，偶尔有人不知道从哪个地方扔过来一句：

"从文，媳妇生啦？"

我说生了，那人问丫头小子，我说丫头，那人就不说下句了。等了一会儿，我看见一个矮个的影子朝我这边跑过来了，我知道是大姐，就迎上去，我看她手里空着，我问她：

"大姐，胎盘呢？"

大姐说：

"给人送去了。"

我说：

"不行，玉琴要呢。"

大姐说：

"我都给人了。"

我说：

"给人就要回来呗。"

大姐说：

"这会儿估计都上锅炖上了，咋要啊？"

我有点来气，我说：

"这啥人家啊，大姐你认识啊？"

大姐有点不好意思，就从兜里掏出十块钱，说：

"人家给钱了，那老头肺痨，吃胎盘能好，早就跟我说好的，我下午问你你还说没事。"

我一下就火了，我说姐你怎么还要钱呢，我要知道你卖钱，我肯定不能给你，大姐一听，赶紧把钱塞给我，说：

"弟呀你别急眼，大姐错了，我寻思买点吃的买点鸡蛋，给我自己下点奶。"

我听大姐说完这话我就后悔了，大姐跟着大姐夫净吃苦了，还不愿意跟我爹娘张嘴要钱，生完孩子营养也跟不上，奶水不够，俩孩子都干瘦干瘦的，拿一个没用的胎盘卖了，这有啥呢？这会儿天太黑了，我瞅不清大姐的表情，我想大姐肯定是又着急又紧张又怕我生气，我越想心里越不得劲，我把钱还给大姐，还把我兜里那几块钱都掏出来揣到她兜里，我说：

"卖就卖吧，那玩意没用，大姐你赶紧回家吧。"

大姐就拉着我的手，说：

"不行不行，我还没给玉琴下奶呢。"

我说不用，我俩不缺钱。我说你走吧，小辉、小峰肯定饿了。大姐听完就转身走了，我看见大姐的影子抬起了一个胳膊，不一会儿又放下了，我知道大姐是在抹眼泪，我想起玉琴也在屋里抹眼泪呢，两个女人的眼泪都淹过了我的鼻子，让我喘不上气来。

第二十八章

　　玉琴生完孩子第七天，她娘家人来了，这一来就是一大帮，大哥、二哥已经结了婚，是带着两个嫂子来的，加上她爹她娘，还有两个妹妹一个弟弟，除了弟弟没进去，其他人挨个儿进偏厦子看玉琴、看孩子，说上几句客套话，玉琴老妹妹还吵着让玉琴喂奶给她看，给玉琴弄得直脸红。玉琴埋怨她娘怎么来得这么晚，玉琴她娘就说：

　　"男孩五天来给捂风，女孩就是七天。"

　　大姐在旁边解释：

　　"生男孩捂风就是拿个小被，在孩子脑袋旁边一围，像砌堵墙似的，娘家妈进屋还不能说话呢，得捂完风了才能说，这都有讲究的，你这女孩就不用了。"

　　玉琴心里想着胎盘的事，又听见大姐说这样的话，就想发火，可一看我脸沉着，玉琴就忍住了。

　　等把娘家人让到老房子屋里，他们从屋的这边到那边坐了一大排，可这么些人里边，只有玉琴娘带了二十个鸡蛋，她大哥和二哥一人出了十块钱，算是给玉琴下奶的。这些东西一摆在老房子的炕头上，我都不忍心去看，我心想哪有带这么点东西给亲闺女下奶的，我倒不是嫌钱和东西少，我是嫌她们家人不懂人情。老三媳妇在旁边都快乐出来了，她一边抱着继德往外走，一边说：

"哎呀，这可够我嫂子吃一阵的。"

玉琴爹听了把脸一沉，玉琴娘说：

"俺们家比不了亲家，玉琴搁你这儿不带遭罪的，带多了还浪费了。"

玉琴娘一说话，玉琴的兄弟姐妹都一齐点头，玉琴爹像是觉得挣回了面子，又乐和起来，这时候我爹颤颤巍巍地从外边回来了。我爹要强，天天在屯子里走，巴望着那半边身子能早点听使唤，爹一看亲家来了，就想把手抬起来打个招呼，使了半天劲没抬起来，刚要说话，口水又淌出来了，拉出长长的一根线，一直掉到脚面上。我想替爹招呼两句，可一想他们肯定笑话爹呢，我就板着脸没说话。等了半天，爹总算说了一句：

"吃点饭。"

娘一听就对着爹喊：

"早晨没吃啊，现在就饿？废物玩意，怎么不噎死你呢！出去！"

爹就听话地出去了，娘就把腿盘得又仔细一些，把腰板坐得直挺挺的，对着玉琴的爹娘说：

"亲家，好不容易来一回，中午搁这儿吃饭。"

听说有酒局，老四也从鞋厂里回来了，他和玉琴大哥、二哥喝过，没分出个高下，还想再较量较量。我在桌上坐了一会儿就腻烦了，我想起身，可又怕玉琴爹娘挑理，我就把脑袋歪到窗户那边，盼着这顿饭赶紧吃完，这时候我听见玉琴娘问：

"亲家母，满月酒你们办不？"

我娘说：

"不办了，咱们浑阳不像你们那儿，没那么多说道。"

玉琴娘又问：

"那百天你们办不？"

我娘说：

"不一定，按一般人家呢，要是男孩就办，女孩就不办了。"

玉琴爹说：

"孙女不也是给你家添人进口嘛，大伙吃顿饭热闹热闹呗。"

玉琴娘接过话茬儿说：

"你们要不办，那百天就搁俺们那儿办。"

我娘说：

"那你们愿意办就办，反正我孙女不回去。"

玉琴爹一听有点急了：

"孩子不回去，大伙来了看谁呀？"

我娘说：

"我可去过调兵山，那得走大半天呢，你们家还得往里，那得啥时候能到，我孙女可折腾不起。"

这回玉琴爹娘都不说话了，玉琴娘从后腰抽出一个烟袋，点上以后"吧嗒吧嗒"抽起来了，我娘说：

"呀，亲家母还会抽烟呢，这俺们城里的可比不上。"

这话说得我脸上都有点挂不住，我看看玉琴的几个兄弟姐妹，她两个妹妹早早吃完去陪玉琴了，大哥、二哥喝多了，搂着老四说酒话，她老弟弟也偷摸往水杯里倒上酒，一小口一小口地抿，脸都喝红了，我实在在桌上待不下去了，我就撒谎说去解个手。走到院门口，我这才看见我爹正在门口偷偷朝院里看呢。我说爹你看啥呢？我爹吓一哆嗦，问我屋里吃完没。我说差不多了，爹你要进去啊？我爹说不进去了，这场面他去给我娘丢脸。我说爹那你也进院，别在门口站着。爹说没事，你帮我瞅一眼，啥时候收拾碗筷了喊我进去。我说干啥？爹说我饿半天了，我吃点底就行。我一听都快掉眼泪了，我想我爹这辈子不说轰轰烈烈吧，也算风光过，也算个买卖人，有点病就被我娘欺负成这样了，我就拉着爹往院里走，我爹说啥都不进去，我说爹你等着，我给你拿饭去。我回了老房子，看桌上还有没吃的馒头，还有半盘炒鸡蛋，我跟谁也没言语，端起盘子就走，我娘听见了就问：

"你往哪儿端？"

我说我爹还没吃呢，娘就骂：

"给他吃还不抵喂狗呢，废物一个。"

我本来想顶几句，一看玉琴爹娘都在那儿听着，我就直接出门了。我把馒头和菜给了我爹，才想起来我没拿筷子，我说爹你等会儿，我拿筷子去。等我又跑了一趟回来，我看见有半拉馒头掉地上了，爹嘴里塞得满满的，正费劲地拿手抓那几块炒鸡蛋呢，等他抓起了往嘴边送的时候，鸡蛋也掉得差不多了，我说爹我喂你，爹赶紧地看我一眼，说：

"孩啊，你孝顺哪。"

等中午饭吃完了，玉琴爹娘就带着几个兄弟姐妹走了，临走的时候，他们又去玉琴屋里看了一眼，还把鸡蛋和钱带过去了。玉琴看家里人要走，有点眼泪巴嚓的，玉琴娘就说，也不是不见面了，咋还哭了呢？结果玉琴娘说着说着自己也掉眼泪，玉琴爹就说她娘，你干啥呢，你这不勾孩子难过呢吗？大姐在旁边也拦：

"大姨呀，你可别哭了，你一哭弟妹也哭，再给哭回奶了。"

玉琴娘哭得更厉害了，玉琴爹说：

"怎么的，活这大岁数回榿了，别哭了！"

玉琴娘说：

"闺女啊，你可遭罪了。"

大姐说：

"大姨你说啥呢，玉琴搁咱家可享福了，怎么还遭罪呢？"

玉琴娘又说：

"我要是都生儿子就好了，儿子不受气。"

大姐说：

"大姨你越说越远了，谁给她气受了，就差打板供起来了。"

我听着她俩这一句一句的，实在听不下去了，我就说：

"娘你回去吧，我照顾玉琴。"

大姐跟了一句：

"你这走了玉琴回奶了咋整？"

玉琴冲着大姐就喊：

"我回奶了咋的，饿着你儿子了？"

大姐一愣，说：

"这咋还冲我来了呢？"

玉琴的大哥、二哥也觉得不太好看了，就说了几句圆场的话，说老太太岁数大了，有点糊涂。他们扶着玉琴娘出去了，大伙都出去的时候，玉琴的弟弟忽然钻进屋里。照老理说，男的一般是不让进月子房的，玉琴的大哥、二哥因为是亲哥哥，进去了也没人说啥，可玉琴弟弟没成年，他进月子房是有说道的，所以我赶紧进去让他出来，我看见玉琴弟弟跟玉琴说：

"姐，你百天带我小外甥女回家吧。"

玉琴说：

"嗯，我带。"

玉琴弟弟说：

"刚才我姐夫她妈都说不让你带孩子，嫌咱家地方偏。"

玉琴听了就愣住了，我赶紧拽住玉琴弟弟的胳膊，让他出去，没想到这小子脾气还挺大，一翻手给我胳膊来了一下，我一撒手他就跑出去了，还绊到了门槛上。我跟出去，胳膊上火辣辣地疼，又不好发作，我想这小兔崽子真没教养，喝多了都敢打他姐夫了。

等大姐送着玉琴家亲戚都走远了，我回去看玉琴，玉琴一边给孩子喂奶一边哭呢。我说你咋的了，生闺女这是好事，你老哭啥，我这老丈母娘也真是的。玉琴一下就炸了，她猛一抬头说：

"我娘咋的了？她得罪你了，你一句一句的？"

我说我是怕她给你带难受了，玉琴说：

"你不就怕我回奶吗？你们家人谁顾着我了？"

我说谁不顾着你了，玉琴说：

"我百天回娘家，你娘还不让了，你们老郭家是不太欺负人了？嫌我家偏你当初别娶我呀。"

我实在忍不了了，我就抓起炕边那篮子鸡蛋，一下掀到地上，鸡蛋打了好几个，蛋黄顺着篮子缝往下淌，还溅到了我脚面上。玉琴先是吓了一跳，然后就想站起来挠我，多亏手里有孩子，她才没站起来，这下孩子也跟着哭起来，玉琴冲我喊：

"砸吧，都砸碎了我也不用喂了，把孩子饿死你就省心了。"

我冲她喊了一句：

"你他妈爱喂不喂。"

喊完我就出去了，我觉得心里畅快多了。

好多年后的某一天，也是六月天，玉琴坐在床上，我问玉琴咱俩年轻时候打架，我都不让着你，你恨我不？玉琴说恨，我问现在还恨不？玉琴说现在也恨，我说你太记仇了，那时候不年轻嘛。玉琴说那我也恨，我再不恨，我连恨的机会都没有了。我强忍住眼泪，说那你恨吧，我不怪你。

人活着最大的折磨就在这儿，你总有机会把当初的一幕和后来的一幕搁到一块儿，当初的不管是好是坏，后来都没有力气再去爱、再去恨，因为当初的已经过去了，而后来的也即将消逝。爱和恨跟人一样，也会驼背，也会气喘，也会长白头发。爱和恨是老天爷借给人的两件礼物，有借有还，借的时候不由得你不合心，还的时候也不由得你舍不得。这一辈子，最后就剩下这几个字——不合心，舍不得。

第二十九章

女儿的名是肖红川起的，肖红川是我小学同学，他还在念书呢。

他原本是幼师毕业，都在附近屯子里当了两年小学老师了，忽然有一天他来找我，说不想教了，我说那你干啥去，他说念书，我说你都多大了，还念书。他说我要这么教书，我这辈子就完了，我得念。他就复习考试，考上了浑阳师范大学，就在南塔那儿上的学，毕业以后又来找我，说还想念书，我说我都娶媳妇了，你还念书，不怕让人笑话？他说我不念这辈子没出息，我得念。他就复习考试，又考上了武汉师范。我想，肖红川真是个有恒心的人，不住脚地往上走，不像我，最后只能烂在屯子里。他是我认识的最有文化的，所以我见着肖红川的第一件事，就是让他给我女儿起个名。肖红川摸摸下巴，说有句成语叫翩翩起舞，既然生个女孩，咱希望她漂漂亮亮的，能歌善舞，就叫翩翩吧。于是我女儿就有了名字，叫郭翩翩。我还有了个希望，等女儿长大了，让她也去考师范，在我看来，能当上老师就是我女儿顶大的能耐了。对门的董二毛媳妇赶巧那天也抱着孩子来跟玉琴说话。她生的也是个女孩，听见肖红川给我女儿起名，就想给她女儿也求个名。肖红川说我都是顺嘴起的，不一定好听。董二毛媳妇说没事，丫头片子起啥名能咋的。玉琴听了说将来你就知道了，还是女儿贴心。董二毛媳妇一乐，说将来的事我不知道，反正现在董二毛就不搭理我了，说我肚子不争气。玉琴就骂董二毛狼心狗肺，董二毛媳妇说你生啥气呀，我都不生气，他爱搁外面喝就喝，爱搁外面扯就扯，扯死了才好呢，死了我就马上带我女儿重找一个。肖红川听了，叹了口气，说你女儿名还是别让我起了，起不好将来落埋怨。董二毛媳妇也没再说啥。后来，董二毛他爹请人给孙女起了个名，叫董晓川。我记住的倒不是孩子的名，我记住的是董二毛媳妇的话，那些话后来变成了真事，摆在大伙眼前。董二毛骑着摩托车从桥边摔了下去，一同摔下去的还有坐在摩托车后座上的女人，那个女人不是他媳妇。

晚上，玉琴问我，咱俩将来有一天能像董二毛和他媳妇一样不？我说不能，玉琴说不一定，将来我老了，不水灵了，还天天磨叨你，你不一定变成啥样呢。我说我肯定不能变，啥事我都向着你，都听你的。玉琴说你听过我的吗？我说哪件事没听你的。玉琴说你听不听我的我不知道，我反正一直听你的，结果过成现在这样，要房子没房子，一家人都跟我不亲不近，当我爹妈面就说不让带孩子回娘家，我要再听你的，以后得过成啥样？玉琴说着说着，就开始掉眼泪。她正抱着孩子喂奶，眼泪滴到胸脯上，沾到孩子嘴唇上，孩子松开奶头，哽哽，也跟着哭起来，我坐在一边哄也不是，不哄也不是。玉琴说的没有一句假话，我心里也明明白白的，可要是让我拿个主意，换个活法，我做不到，谁让我生在屯子里长在屯子里呢。我要是在城里长大，哪管是在最一般的家庭里，我也能有勇气改变这一切，说到底是我托生错了地方，怨不了别人。

等到翩翩百天的时候，玉琴带着翩翩回娘家了。我以为我娘既然留下话了，就会拦着不让孩子去，玉琴说拦就拦呗，那就别过了，我说你咋说这话，我娘得罪你了，我又没得罪你，玉琴说你们娘儿俩一样的。我和玉琴抱着翩翩出门的时候，我往老房子那儿看了好几眼，生怕我娘站在门口，结果我谁也没看见。等我们从调兵山回来以后，娘倒是在院里等着我们呢。玉琴连话也没说，就抱着翩翩进了屋，我刚想进屋，娘扔过来一句：

"看吧，以后她动不动就得回去。"

我说她不能，这不百天嘛，娘哼了一声，没说话。

娘说得没错，不知道玉琴是故意怄气还是怎么了，她每隔两个礼拜就要回一次娘家，每次回去都抱着翩翩，还要拽上我。开始的时候我顺着她，我想她刚生完孩子，身边又没个说话的人，去了娘家能换换心情，可等翩翩到了半岁，过了一岁，断了奶，长了牙，都能叫一声爹了，玉琴还是隔两个礼拜就回一次娘家，我可再也受不了了。对我来说，一路上没完没了的折腾还是小事，那个毫无希望的地方，还有玉琴家人无所事事的生活都让我浑身不得劲。有一次玉琴那个最小的弟弟跟我说，姐夫咱俩喝。我说你没成年呢，我才不跟你喝呢。玉琴弟弟说，姐夫你瞧不起我，咱俩一人一碗，谁不喝不是爷们儿。我本来就八分醉了，我说喝就喝，我端起碗就干了。等我干完，玉琴弟弟就笑得前仰后合。玉琴老妹妹把他的碗端过去尝了尝说，姐夫，这里是水。这么着，全屋的人都笑得前仰后合，只有我像个傻子一样。我有点窝火，又有点可怜他们，这么低级的玩笑也能让他们这么快乐，他们的日子真是没剩下什么滋味了。更多的时候，当我面对这一屋子的人，一句可说的话都没有，从来没人想跟我唠唠电匣子里的事，从来没人想跟我下一盘棋，也从来没人想跟我争争"三国"里谁是英雄谁是狗熊。除了庄稼和孩子，他们一家人再也没有关心的事。其实城外边的人，哪一家不是这样呢？种了庄稼糊口，生了孩子留后，一辈子就这两件事，旁的事匀不出心思去想。可我没把自个儿放到这些人里边，我觉着我跟他们活得不一样，多少是要比他们高一点的，高在哪儿我说不上来，在我心里是这么掂量的。要说玉琴家里的人，全家上下也就一个人能让我提起点精神头，就是玉琴的娘。解放前，玉琴的姥爷得了脉管炎，要保命得截肢，就把玉琴娘卖到玉琴爹家当童养媳，换了三块钱治病，结果人还是死了，那年玉琴娘十二岁。十二岁的玉琴娘跟比自己小六岁的玉琴爹过上了，是把玉琴爹抱到怀里哄着过的。后来玉琴爹家里也不行了，这一家人就靠玉琴娘养活了，玉琴爹的两个妹妹一个弟弟也都是她拉扯大的，再加上生的这几个孩子，要没有一把硬骨头那是撑不过来的。可撑到今天，再厉害的女人也成了老太太，她那些吃苦的事我听上两次，也就不当事了。慢慢地，我就找各种理由不跟玉琴回娘家，玉琴问我为啥不去，我说我这儿还有一摊买卖要忙呢，玉琴说你撒谎，你看你跟我回去，脸老拉拉着，你跟谁不乐意呢，你别觉得你比谁高一截，他们咋的也是我家里人。我说我就这性子，不爱说话不爱乐。玉琴说你跟你自己爹妈咋有说有笑的呢？我没吱声，玉琴说你不回去拉倒，我自己回去。

其实，除了往娘家跑得勤，玉琴往鞋厂跑得更勤。她喂完翩翩，就把翩翩送到我娘那儿，让我娘看着，完了就到鞋厂去干活。我说有工人呢，你不用遭这罪，玉琴说这是自家买卖，累也是给自家累。玉琴做了一会儿鞋帮，就去帮着老四下料了，我在这边听见玉琴拿着皮子跟老四说：

"这料怎么下的，这太浪费了，这大角子还能做个面呢。"

老四开始还乐呵呵地听着，后来就不耐烦了，他把下料单一撇，就去喝酒了。玉琴来找我，说你看看，老四干的啥活啊？我说他慢慢就好了，年轻不懂事。过了一会儿，玉琴又把账本翻出来了，她看了一会儿，气哼哼地撇到我面前，说你看看，这记的什么乱七八糟的，好几笔对不上，该给人发货也不发，欠的钱也不赶紧要，这么干不黄了吗？我说老四大大咧咧的，你别跟他生气。玉琴站到我跟前，认认真真地跟我说，这不是闹着玩呢，这是咱的营生，你还打算盖房子不？过两年闺女大了，你让闺女在那破窝里住啊？我说那咋整，玉琴说我跟老四说，不行就别干了，我说别别，老四是我亲兄弟，你别逼他。玉琴说对，你们都是亲的，就我不是亲的，我是外人，我是专门坑你的。

老四知道玉琴看不上他干活，他不想讨人嫌，正好又想躲着我，就三天两头不来鞋厂。老四不来的时候，玉琴就管账下料，渐渐的，有没有老四就没人在意了。我没心思管老四去了哪儿，上门订货的人越来越多了，我忙到半夜才能回家，等我到家，玉琴和翩翩已经睡了。天正热呢，偏厦子里闷得像个蒸笼，我看着她们娘儿俩脑门上沁出了汗，我坐在炕边上，心想我这辈子能把老婆孩子安顿好就行，别的我啥也不求了。

第三十章

爹中风以后，就变成了一个影子。

他不跟我们说话，我们谁也猜不透爹的心思，有时候他在院子里静静地坐着，有时候他在屯子里慢慢地扶着墙垛走，有时候我们好几天都看不见他，不知道他去了哪里，找遍了屯子也找不到，等过几天，爹又静静地坐在院子里了。半夜的时候，院门响了，也许是爹正要出去，也许是爹刚刚回来。爹会在半夜出现在我们的旁边，有好几次我听见娘的骂声和老三媳妇的尖叫。有时候玉琴也跟我说，半夜屋里好像进了人，我说你肯定是做噩梦了，可是我留着心。有一天晚上我也恍恍惚惚觉得屋里有人，等到有凉凉的东西滴到我脸上，我就知道那真是我爹，那凉凉的东西是爹的口水。我没敢起来，就闭着眼假装睡觉，等了老半天，我听见爹在我头顶上呼哧呼哧地出气，后来有一口气重了很多，像是叹气，然后爹就慢慢地挪了出去，有脚在地上拖的声音。

有了这么几次，大家都有点发毛，玉琴、老三媳妇和大姐都聚到娘的跟前，玉琴说我睡得死，爹别吓着孩子就行。老三媳妇说，娘啊，爹是中了邪呢，半夜真跑到我屋里啦，吓死我了。大姐说，她找屯里老人给算了，爹可能是撞见什么不干净的东西了，得找个大仙念叨念叨。娘说，这老不死的，今晚上把所有门都插上，院门给我锁死，看他怎么进来。正说着，爹就拖着脚颤颤地走进来了，看了大伙一眼，乐了一下，老三媳妇一看，立刻打了一个寒战。

到了晚上，我睡不着，我想着爹是在哪儿吃在哪儿睡呢？我是太不孝了，我应该看住爹，让他过享福的日子。我正想着，就听见院门响，我爬起来从窗户看出去，我以为能看见爹，可我看见了娘，娘打开门以后，又慢慢地走回了老房子，还在台阶上磕了一下。第二天早上，娘坐在炕上盘毛线，我进屋去，说了两句闲话，我临走的时候，娘忽然说：

"这老不死的又不知道死哪儿去了，今晚都把门卡死了。"

我听了糊涂，就把事说给玉琴听，玉琴想了想说：

"娘是不忍心让爹没处可去，娘是给爹留门呢。"

我想，娘虽然霸道，可她还是顾着爹的，可娘又开始管着爹的伙食了，吃饭的时候，我总能听见娘在骂爹：

"吃！吃！就知道吃，噎死你！"

爹就哭丧着脸，颤颤地挪到院子里，等娘吃完了，爹再进去，端起剩饭往嘴里扒拉，倒有一大半饭粒没扒拉到嘴里，扒拉到地上了。爹的手拿不住碗，吃了一会儿就把碗倒扣到桌子上，砸得盘子叮当响。要是碗滚到地上碎了，爹就打个哆嗦，娘的骂就像这夏天里的大雨点，冲着爹砸过来：

"老不死的，碗摔碎了你就别吃，你跟谁抗议呢？"

爹没了碗，又夹不住筷子，这顿饭就这么完了。过了两个钟头，爹又从外边蹭进来，嘴哆嗦着挤出两个字：

"我饿。"

娘又骂：

"你饿个屁，你刚吃饱就装饿。"

爹不愿意动弹，巴望着娘能给他点吃的，娘就捡起扫帚撇过去：

"你咋还不死呢？你死了我就放鞭炮去。"

爹这才慌忙地挪出门，娘在后边抹着眼睛。那眼睛里已经流不出眼泪了，可娘的手忙不迭地抹着，好像那泪水正一股股地涌出来，要是不抹会把衣领都打湿了。娘骂着：

"废物玩意，我跟你一辈子享啥福了，你还饿？你倒过来拖累我，你有脸活着吗？"

爹的饿一天天攒下去，把我们也饿慌神了，我和玉琴商量着，每顿饭给爹带出一口，可我拿着饭碗端给爹的时候，爹连看都不看一眼，老三媳妇看见了说：

"爹还挺有志气呢。"

我以为爹是不敢让娘知道，我就偷偷地喊爹进屋吃，可爹就像没听见。我问玉琴爹咋又不饿了呢，说这话的时候玉琴正给翩翩喂奶，翩翩吃了几口就睡过去，等玉琴要把奶头抽出来，翩翩立刻睁开眼睛咬住，玉琴看着翩翩说：

"送到嘴边的都不吃，非得不管你，你就吃了。"

我听出个大概意思，就把饭碗放到偏厦子的炕头上，把翩翩给娘看着，和玉琴一块儿去鞋厂了。等我们晚上回来，看见爹在前边走，我喊爹，爹回头看是我，竟然拖着脚往远走了，那脚步比平时要加紧好多，像是要躲着我呢。我们进屋打开灯泡，就看见炕上地下都是饭粒，碗在地上摔了几瓣。玉琴说，你看咋样，咱不在家他才能吃呢。我说爹真可怜哪，一辈子要脸，到老了活成这样了。玉琴说你以为你跟你爹不像呢？你不也要脸吗，你看咱日子过的，这住的啥房子啊？我说你别啥话题都往我身上扯，玉琴就不说了，开始收拾地上的碎碗。等收拾干净了，玉琴说，明天咱俩走的时候，再给爹多留点饭，他有一半吃不到嘴里。我听得心里一热。玉琴又说，明天你去城里看有没有卖木头碗的，木头碗摔不坏。我一把抓住玉琴的手，玉琴笑了一下，把手抽出来说：

"我知道你是孝子，我肯定不像别的儿媳妇胡搅蛮缠不讲理，我就希望有一天你别伤我心。"

从这以后，我们开始给爹留饭了，每次回来，炕上地下都是一团糟，天还热，惹来了不少苍蝇，可玉琴从来不计较。爹能吃上饭了，可爹还是喊饿，开始在屋里喊，后来在院里喊，再后来屯子里的人都知道爹在喊饿，他们见了我就说：

"从文，你咋对你爹的，那都饿得掉眼泪了。"

我赶紧去找爹，我说爹你别喊了，咱们回家吃饭，爹颤颤地说：

"我不去。"

我说：

"你不饿吗？"

爹说：

"我饿。"

我说：

"回家让玉琴给你做饭。"

爹说：

"我不。"

我说：

"爹你别闹了行不？"

爹不理我了，他拖着一只脚，拿脚尖在地上画着圈，慢慢地往前走，边走边喊：

"我饿呀，我饿。"

爹去了大姐家，到了那儿他就不喊饿了，他跟大姐诉起了苦，他眼泪一把鼻涕一把地说，娘不给他饭吃，饿着他，巴不得把他饿死。爹还说，他两个儿子都不给他饭吃，他实在没辙，只好找大姐来。大姐夫听得直皱眉，他说：

"这帮王八犊子，不给你饭吃，可爹呀，我这儿也没饭吃啊，我养活老婆孩子，我自己都吃不饱啊，你还得找你俩儿子去，人俩有买卖。"

这话是大姐学给我的，大姐怪我不给爹饭吃，我听了又气又乐，我说姐你看看屋里，这是爹吃完祸祸的，我能不给爹饭吃吗？大姐听了也直愣，大姐说，爹跟她说要吃肉呢。我说我给爹预备的菜里有肉啊，大姐说爹就想吃肉，我把钱掏出来给大姐，我说大姐我忙，你去买肉，爹想吃你就给他吃，多买，钱花完了我再给你。

爹在大姐家吃了两顿肉，大姐夫高兴了，大姐夫也能跟着爹一块儿吃肉，他吃的肉比爹吃得还多，他抹一抹嘴说：

"爹，你那俩儿子不管你，你就上我这儿来吃，我孝顺你。"

爹说：

"行行，我上这儿吃。"

爹又跟大姐说：

"你可别跟你娘说我来了，她想饿死我。"

转过天，大姐就跟娘说了，爹回家的时候，娘就站在院子里骂：

"你个老不死的，你丢人丢到闺女家了，我看你再敢去的！老不死的，怎么不饿死你呢！"

我跟玉琴说，大姐太不讲究了，又没用她花钱买肉，她干吗要跟娘告状呢？玉琴说，这么的肉钱她不剩下了嘛。我说大姐不是那人吧，玉琴说这不怪大姐，她得顾着自己的男人和两个儿子呢。我摇摇头，玉琴说，这就叫嫁出去的女儿泼出去的水，我回娘家你还不乐意，我也就跑这两年，等我爹妈有一天没了，我想回娘家都没地方回了。

爹好像成了我们一家人的陌生人，他的朋友只剩下一个，就是我两岁的女儿翮翮。翮翮说话说得可利索呢，还老冒出两句话，我和玉琴都没空跟翮翮唠嗑儿，翮翮就缠着我娘，可我娘动不动就骂人，翮翮就不爱跟娘说话了。后来翮翮发现我爹愿意听她说话，翮翮就高兴了，爹也愿意跟翮翮说话，等翮翮缠上了爹，爹又不跟翮翮说话了，翮翮哭，爹就说：

"我饿，饿了就不想说话。"

翮翮问：

"爷爷，你咋能不饿？"

爹说：

"你把你的吃的给爷爷，爷爷就不饿。"

翮翮就去把我买给她的水果拿来，说：

"爷爷吃，爷爷不饿，爷爷跟我说话。"

爹吃了，说了一会儿话，又不说了，翩翩说：

"爷爷陪我说话。"

爹说：

"我饿。"

这回不用爹告诉了，翩翩就去把我买给她的蛋糕拿来，说：

"爷爷吃，爷爷多说话。"

等我爹把翩翩的东西吃了一小半，洒到地上一大半，爹就不说话了。翩翩没了东西，就想去搬面袋子，翩翩说：

"吃这个，吃完爷爷跟我说话。"

我爹自己不能动手做饭，就不搭理翩翩，翩翩想了想，就说：

"我去跟奶奶要。"

爹立刻点点头，爹每时每刻都在点头，是那种颤巍巍的、轻轻的点头，可这个头点得特别重，为的是让翩翩看清，翩翩就去找我娘要吃的了。翩翩要了几次，把娘急眼了，娘就骂：

"死丫头片子，你跟你那死爷爷一样，饿死鬼托生。"

翩翩说：

"给爷爷要，爷爷跟翩翩说话。"

娘一听，就穿鞋下地，摸着出了门，想狠狠地骂一顿爹，可爹听见娘走出去，已经颤颤地躲出去了。等下一次，翩翩还去帮爹要吃的，他们爷儿俩结成了奇怪的同盟。可等到翩翩出了事，我爹却没救她。

第三十一章

自打我们把翩翩送到娘那儿看着，老三媳妇也把继德送过去了，老三媳妇跟娘说：

"娘，你不是喜欢继德嘛，我让他给你做伴，看你大孙子多好玩。"

老三媳妇说完就去老张二嫂家打麻将了。

过了半个月，大姐也把小辉和小峰送过来了，大姐说：

"娘啊，我们那口子让我干活挣钱呢，我带着孩子抽不出身，你反正也没事，帮我看着这俩孩子吧。"

娘身边一下有了四个孩子，娘就骂：

"这帮王八羔子，顾生不顾养，摊上这样爹妈都倒血霉了。"

娘骂是骂，可娘一听见四个孩子叽叽喳喳的声音，娘就高兴了。娘原来能指挥爹，现在爹也用不着指挥了，有四个孩子接班，娘又成了说话有用的。娘每天让老三搬一把椅子放到院里，让四个孩子排队报数，报完数就让他们在院里玩，娘时不时地喊一声：

"小辉，你把那东西放下，埋汰不？"

要不就喊：

"翩翩，你能打过你小哥吗？你别跟他闹了。"

娘喊得很得意，孩子们开始还听话，慢慢地也知道娘看不清，就悄悄拉开院门跑外边玩了，娘想追又追不上，就在院里跳脚骂：

"都给我回来，小王八羔子，让车轧死你们！"

等孩子们玩累了，一个个耷拉着脑袋进来，趴到炕上就睡了，娘又得意了：

"看看，孙猴子能跑，还能跑出观音菩萨的手掌心吗？"

我们小时候娘也是这么说我们，后来我跟娘说，孙悟空是没跑出如来佛的手掌心。娘说我说得不对，如来佛官那么大，还用他去管孙悟空？观音菩萨有求必应，肯定是观音菩萨制服了孙悟空的。

娘坐在炕头，给他们扇着扇子，不一会儿自己也迷瞪了，等孩子们醒过来，娘还睡着。小辉捅捅翩翩，让翩翩下地到茶几柜里拿糕点，他看见过我娘从那里拿糕点，就记住了。翩翩不敢，就小声说：

"奶奶骂我。"

小辉瞅瞅我娘，就自己下地去拿糕点吃，这时候继德、小峰、翩翩就小声地喊：

"给我拿一块，给我拿一块。"

小辉就跟他们摆摆手，让他们别说话，他们就闭嘴了。可等小辉抓到糕点，就先放到嘴里吃了起来，这一下那三个孩子就嚷起来：

"你耍赖，给我一块给我一块。"

他们扑通扑通地跳下炕来抢，就把娘弄醒了，娘醒了就骂：

"老不死的，你刚吃完还饿啊？你是饿死鬼托生啊？我藏那里你都能找着，你净跟我装病！"

娘骂了两句，听见了孩子们的动静，就知道不是爹来拿吃的，娘就挥着扫帚撵过来了。小辉抓了几块糕点就跑，三个孩子也追了出去。翩翩最小，跑几步就摔了，娘就骂：

"臊丫蛋子，是不是你拿的糕点？"

翩翩哭了，想说是小辉拿的，又说不清楚。娘说：

"哭个屁，随你那个妈，穷命寡命！"

晚上，我和玉琴回来，翩翩跟玉琴说：

"妈，今天奶奶骂我。"

玉琴问：

"奶奶骂你什么？"

翩翩说：

"奶奶说我随你，穷命寡命。"

玉琴看看我，说：

"你娘咋这么说话？"

我说：

"哎呀，肯定她奶说她了，她瞎编的。"

玉琴说：

"翩翩才多大，这话她会编吗？"

过了一天，娘带着四个孩子玩嘎拉哈，小辉盯紧了娘的手，抢在娘把嘎拉哈扔到天上的时候，先伸手抓住一个。娘扔起来四个，只接住三个，就说：

"岁数大了，我小时候抓七个都不丢，岁数真大了。"

小辉不说话，张开手给其他三个看，他们就在那儿笑，娘骂：

"都笑啥？是不是又做鬼儿了？都给我睡觉去。"

娘骂完，还是抓起嘎拉哈往天上扔，小辉就给他们三个挤眼睛，让他们也去抓，他们不敢，小辉撇撇嘴。翩翩看了生气，等娘把嘎拉哈扔起来，翩翩扑过去，把嘎拉哈都扑飞了，还扑到娘身上，娘抓住翩翩，翩翩哭起来，娘问：

"又是你个臊丫蛋子，刚才是你给我抓走一个不？"

翩翩想说刚才是小辉抓的，又没说清楚，娘就骂：

"就是你，跟你那妈一样，穷命寡命。"

晚上，翩翩又把这话学给玉琴听，玉琴急眼了，跟我说：

"你娘跟我有多大仇啊？当孩子面说这话。"

我不能冲着玉琴去，就恶狠狠地问翩翩：

"你是不是瞎编呢！"

翩翩把脖子一梗，我把手一抬，还没等打，玉琴一把把翩翩搂过去，说：

"你跟孩子撒什么气？我也没说你娘咋的，你有能耐冲我来！"

我没话说了，就走了出去，我恍惚听见玉琴叨咕了一句什么。第二天晚上，我刚进院，娘在老房子里喊我，我进去的时候看见四个孩子都在吃冰棍，我正想娘今天怎么高兴了，给他们买冰棍吃，这时候娘忽然问翩翩：

"你跟你爹说，你娘说我是啥？"

翩翩舔了一口冰棍没说话，这时候那三个孩子争抢着回答：

"瞎老太太，瞎老太太。"

我一下就明白了，肯定是玉琴昨晚当着翩翩的面说了我娘的坏话，翩翩吃了我娘买的冰棍，就把这话学给我娘听了。我又气又恨，一巴掌把翩翩手里的冰棍打飞了，翩翩哭了起来，我又把巴掌举起来，我娘就抄起了扫帚疙瘩猛劲抽我，我没提防，再加上娘眼睛看不见，好几下都抽在我头上和脸上，我正想躲，娘说了：

"你行啊，你是孝子啊，我瞎了你嫌弃我了是不？"

我听了这话，就不打算躲了，就站在那儿挺着。娘打了一会儿，把扫帚一撇，趴在炕上号起来，几个孩子也被吓得直哭，我坐在炕头上，不知道该说啥，也不知道该哄哪个。过了一会儿，玉琴听见这屋的哭声，就推门进来了，玉琴看我的眼神不对，就问我咋的了，我顾不上听她说话，我眼睛四下看，看见屋角有一把炉钩子，我就走过去捡，这时候小辉忽然对玉琴喊：

"二舅妈快跑，二舅要打你。"

玉琴看见我拿着炉钩子过来，转身就往外边跑。我追到门口，我爹不知道从哪儿冒出来，我差点跟他撞上，爹半边脸抽抽着，半边脸笑嘻嘻地问我：

"给我做饭哪？"

听了这话，我忽然觉得自己特别委屈，我把炉钩子一撇，蹲在门口就哭上了，哭得我肺子里的气都快不够用了。屋里的四个孩子都站我旁边看我，一边看也一边掉眼泪，可他们眼里带着好奇和凑热闹的意思，好像在看谁家的猫啊狗啊，好像在等着接下来有更闹腾的事发生。我听见爹进了屋，对娘说：

"你给我做饭哪？"

我娘本来已经不哭了，看见我爹那样，就又号起来了：

"我啥命啊，儿子儿子不孝，老头老头废物，我还活个啥劲啊？"

我爹听我娘骂了一会儿，冒出一句：

"这么大岁数你挑拨儿子儿媳妇，你不活孩子还活呢。"

我娘听了，好像听出点啥意思，慢慢地就不抽搭了，爹又说了：

"你给我做饭哪？"

我娘没答应，我爹又走出来问我：

"你拿炉钩子呢，你给我做饭哪？"

我瞅瞅我爹，我忽然明白他一点都没糊涂，他半拉身子不好使了，可半拉脑袋还好用，爹这话是给我台阶下呢，我就应了一声，给我爹做饭去了。

玉琴去了她姑姑家，一晚上没敢回来，第二天她姑拽着她来了，一坐下就教育我：

"咋的，郭从文，你能耐了，还拿炉钩子打你媳妇。"

我没吭声，玉琴她姑又说：

"就是俺们玉琴说错一句话了，值当你玩命不？"

我猛一抬头说：

"咋的？她骂我娘。"

玉琴她姑说：

"你妈当老人的，说的那话好听啊，什么叫穷命寡命，是把你克死了还是把谁克死了？给你生孩子没？你们老郭家还是人不？"

玉琴她姑越说越生气，也开始掉眼泪了：

"你们结婚到现在，哪样我没瞅在眼里？你家人啥样你心里没数啊，把俺们玉琴当人吗？就跟你住这破房子，还受这气，该你们的？"

玉琴拽拽她姑，她姑说：

"你别拽我，我没说完呢！郭从文你给我交个底，想不想过？不想过赶紧离，孩子俺们带走，不拖累你，行不？你不帅小伙吗，你不有买卖吗，俺们高攀不起行不？"

玉琴她姑这一通，说得我又气又憋屈，还想不出来拿啥话顶回去，这时候玉琴站起来说：

"姑你别说了，我做饭去。"

玉琴姑姑冲我喊：

"你听见没，都让你吓成这样了还给你做饭，郭从文你能吃下去？"

玉琴姑姑也没容我说话，就回头对着院里喊：

"你们老郭家别欺人太甚！"

玉琴姑姑喊的时候本来是要拉着玉琴的，可玉琴甩开了她的手，玉琴姑姑一愣，骂了一句：

"你爱死不死，没人管你！"

骂完，玉琴姑姑就起身走了，玉琴站了一会儿，就说：

"我给你做饭去。"

我赌气地说：

"我不吃，我让她骂饱了。"

等饭端上来，我还是吃了，吃着吃着我叹了口气，这口气叹得玉琴一激灵，她问我咋的了，我摇摇头。我心里明白，有了这么一出，原本都在暗地里的心眼儿就都端到明面上来了，我两头都怨不着，又觉得两头都可怜。人哪，天天种米粒子，天天吃着米粒子，结果老叫米粒子那么大的事给噎住，到了把人也磨成了米粒子，这就是转着圈的报应。

第三十二章

屯子到了夏天就变成一口蒸锅，上边那层灰蒙蒙的是盖帘，盖帘顶上扣着一个湛蓝的锅盖，在锅盖和盖帘下边，闷着一大群馒头一样的小人，都是被生活捏得不成样子的小人。你看他们的样子就知道这锅里有多难受了，男人光着膀子，小孩光着屁股，女人们都把里边的小衣服脱了，把扣子开到胸口上边，就是让懒汉赖汉看几眼也没有精神头骂了，看就看吧，又看不掉一斤肉，把这难熬的热躲过去再说。在这些小人下边，就是一片黑黝黝的大地，那裂开的道道就是火苗蹿出来的地方，眼下正喷着火往上顶呢。

天一热，鞋厂里简直待不下人，皮子那股味混上大伙的汗味简直能要了人的命，可偏偏这时候皮凉鞋最好卖了。买鞋的单子堆了起来，老三那边又催着要货，我宁肯得罪订鞋的，也不愿意听老三媳妇过来吵，就只顾着老三那边货够用，可玉琴不干了。玉琴说你这是把买卖往外推呢，老三是自个儿家人，这时候就不应该挑了。我说我不能守着鞋厂，眼瞅着自个儿弟弟挣不着钱。玉琴哼了一声，说你真有当哥的样儿，就怕人家没把你当哥呀。

我、老三、大姐这三家都忙，孩子就整天在我娘跟前，娘看不住他们，院子里、庄稼地里、大坝边、墙头树棵就都成了他们的好去处。小辉像个孩子头儿，自己还拖着鼻涕，后边带着几个穿开裆裤的，到处闲逛。他们这一天是从傍晚开始的，天一擦黑，他们就趴到墙角，听着地蝲蛄的叫声，搬开石头找。再黑一点的时候，他们就从家里把凉席抱出来，找一棵大树，把凉席铺在树底下，学着大人的模样躺一会儿，等身上被蚊子咬得不行了，这才抱着凉席往回跑。这时候一盏灯就把他们留住了，那灯下边一定有打扑克下象棋的人，他们挤进去，一个个小脑袋把棋盘上那点光都挡住了，等人挥手轰他们，他们又窜到另一伙旁边去了。总算回家上了炕，都假装闭眼瞅着大人，我们一睡着，他们又溜出去了，说是约好到大坝抓鬼去。我娘怕他们上大坝危险，就拿大坝上有鬼吓唬他们，结果倒勾起了他们的瘾，直到一个个困得吊儿郎当，才让小辉领着，迷瞪地挨个送到家，一觉睡到晌午，就又来劲头了。他们跑到稻田地里，拿着小树棍非要把这家的水田跟那家的水田挖通了。刚挖了一身汗，就蹦出来两个蛤蟆，他们又把树棍一扔去抓蛤蟆了，好不容易逮住一个小的，看着那一身的癞，谁也没有烤着吃的胃口。小辉说咱们拿尿浇它，三个小家伙把鸡鸡掏出来对着蛤蟆滋尿，翩翩在旁边看着着急，说你们等我尿到罐头瓶里，回来浇它。等翩翩端着罐头瓶回来，小辉他们的裤子都提好了，小辉把罐头瓶里的尿一倒，说咱们抓蜻蜓去。他们找了一根竹竿，用铁丝弯了个圈，插在竹竿头里，完了就各处找蜘蛛网。蜘蛛网这东西真是太多了，院子角上、墙垛中间、茅厕里头都有大片小片的，小辉拿着竹竿对着蜘蛛网一卷，就都粘过来了，把蜘蛛吓得顺着墙角乱窜，小辉用手摸摸粘过来的网，说真黏。几个孩子也都伸手去摸，小辉不让了，说摸多了不黏了，就领着他们抓蜻蜓去了。小辉跟小峰是抓蜻蜓的好手，小辉一挥竹竿就粘住一个，把铁圈伸到小峰跟前，小峰拈起两个指头，抓住蜻蜓翅膀，从来没放走过一个，抓住的都放到罐头瓶子里，让翩翩用手捂住。翩翩喊蜻蜓咬我啊，继德说那我捂着，翩翩又不肯撒手了，继德不干了，说你们合伙欺负我，我连蜻蜓都没碰着，翩翩说那给你吧给你吧，继德就端着瓶子，挺着小肚往回走。翩翩说你捂得不对，蜻蜓都跑出去了，我帮你捂。翩翩就把手扣在继德的手上边，小心翼翼地闷着罐头瓶里的蜻蜓。他们走到院门口了，远远看见我娘坐在椅子里扇风，椅子在房檐的阴影下边，娘也藏在阴影下边。继德喊，奶奶我抓着蜻蜓了。他边喊边往前跑，翩翩喊你捂住捂住，要飞了！结果两人的脚绊在一起，都摔了，罐头瓶子碎了，蜻蜓一个个飞了，继德说就怨你就怨你，说完就哭起来。我娘听见继德的哭声，赶紧从阴影里走过来，抱住继德，继德一边哭一边说：

"她推我，她推我。"

我娘说不哭不哭，我骂她，谁欺负我大孙子我骂谁。我娘还纳闷呢，翩翩要挨骂了咋不哭呢，就听见翩翩小声地说：

"奶，我扎了。"

翩翩摔的时候，有一小块罐头瓶的碴扎进手脖子了，血倒是没淌多少，可扎得挺深，旁边还蹭破一块皮，沾了不少的土，我和玉琴回来也没当回事，拿碘酒擦了擦，就让翩翩睡了。半夜玉琴醒了，拿着翩翩手看了一眼，赶紧把我晃醒了，说你看，翩翩起红线了。我一看，可不，顺着翩翩伤口，有一条细细的红线，都伸到翩翩小胳膊那儿了，我说没事，我问问我娘去，她知道咋整。其实我心里一点底也没有，我听屯子里人说过，红线顺着血管走，走到心脏人就完了，我把我娘喊醒了一说，我娘说糟了，这得想法给截住，我说上医院行不？我娘说这大半夜的上啥医院，上医院也没大夫，等到明早上，红线到了心口，人就没救了。我越听越慌，我问娘谁会截呀，我娘忽然就骂起我爹了：

"你爹这个老不死的，我一想起来我就恨他，这大半夜又不知道死哪儿去了。"

我说娘你骂我爹干啥，你赶紧说谁会截红线，我去找他去，我娘没好气地说：

"你爹就会。"

我说我咋不知道呢，我娘说：

"那不他那个死爹传给他的嘛。"

我说那可好啊，我去找我爹去。我临出门的时候，听见我娘叹了口气，这口气长长的，叹得我心里一惊，我寻思我娘是不是看见啥了，人家说眼睛不好的人都能看见常人看不见的东西。我赶紧晃晃脑袋，我正瞎琢磨呢，我爹就会截红线，还是祖传的，那不手到病除啊。

我是在大姐家里找到我爹的，大姐夫睡得迷瞪，看我来了有点不乐意，可一听我要带爹回家，立刻就高兴了，大姐夫说：

"你可来了，这老爷子在我这儿吃完饭不走啊，我倒不怕他住，关键他搁这儿，孩子睡不好啊。"

我瞄了一眼小辉和小峰，他俩睡得正香，还拽着我爹的衣角呢，我说麻烦你了姐夫，我这就带我爹回去，爹说：

"给我做饭哪？我饿。"

我说行行，回去吃饭。大姐披着衣服，欠起身问我咋的了，我说翩翩起红线了，让我爹给截一下。大姐一听就坐起来，说那么严重啊，我跟你们回去。大姐夫说你跟着起什么哄，人俩大活人呢，明天不干活了你？大姐没吭声，穿衣服跟我和爹回家了。往回走的道上，我还安慰大姐呢，我说没事，你回去吧，我爹不会截嘛，大姐说你听谁说的爹会截红线？我说我娘啊，大姐听了也叹了口气，这口气又把我惊出一身冷汗，我说你们都咋的了，老叹什么气，大姐没说话。

等到了家，我挺乐和地跟玉琴说，没事，爹来了，爹会截红线。玉琴说爹那你快点吧，红线都到胳膊肘了。可爹不说话了，我说爹你快点啊，爹摇摇头，我说爹你啥意思，你自个儿孙女你不管哪？爹说：

"我饿，你给我做饭。"

我说行行，你截完红线我给你做饭，你想吃啥都行，爹又不说话了。玉琴有点急了，说爹你咋的了，你不最疼翩翩吗，自个儿家人你见死不救啊？爹闷了一会儿，颤巍巍地抬起好使的那半边膀子，指着大姐说：

"她给我扔了。"

我说啥扔了，大姐接话了，说：

"爹那套针叫我扔了。"

我说大姐你扔爹针干啥呀，什么样的，是缝衣服针不？大姐说不是，我说那你告诉我啥样的，我去买。大姐说没地方买，祖传的银针。我一拍大腿，说大姐你傻了你还神经病了，你没事扔那玩意干啥，玉琴也说大姐我好歹还救过小辉一命，你不能眼睁着我们翻翻出事啊，你是故意啊还是咋的，你把救命的针给扔了？大姐听了半天，忽然就指着爹喊起来：

"就他，他把我大哥坑死了。"

我说大姐你是不是疯了，什么大哥？这时候我娘在身后说话了：

"你有大哥，你大哥死了，让你爹坑死的。"

爹忽然就哆嗦地说：

"不是我。"

大姐抢白爹说：

"咋不是你，就是你！"

第三十三章

下雨的时候，泡泡从水塘里冒出来，那是鱼儿吐的；雨停的时候，花花绿绿的颜色从城里的柏油地面上冒出来，那是沥青泛的；下雪的时候，一团团雾从窗户中间冒出来，那是孩子趴在窗台上哈的；雪停以后，一排排小脚印在白茫茫里冒出来，那是耗子跑出来踩的……我原来以为我身边冒出来的东西，都得有个来由有个说法，可越往后活，冒出来的东西越多越乱，越没章法。心里的火冒出来了，腻烦的事冒出来了，进退两难冒出来了，焦头烂额冒出来了，哪样也由不得我，就连凭空冒出来一个大哥，也得让我硬硬实实地接受。我从没见过他，因为他早就死了，可我还得承认有这么个人活过，这叫个什么事呢？

我是有个大哥的，所以我就只能是老三和老四的二哥。爹和娘先生了大哥，后生了大姐，那时候爹和娘刚下放到屯子里没几年，大姐才七岁，连我都没出世，大哥就没了。大哥死得很奇怪，可娘和大姐都相信，大哥的死要怪爹。

我爹的爷爷是个老中医，这门手艺传到了我爹的爹手里，我爹的爹就只会抓药开方子了，等传到了我爹手里，就只会扎扎银针截个红线，那也不敢随便比画，怕让人当"四旧"给破了。可为了养活娘和大哥、大姐，爹就偷摸给屯子里人扎两下换点粮食。小银针下去，头疼脑热的也管点用，特别是截红线，一截一个准。等爹把治病换来的粮食背回家，大哥、大姐就有一顿饱饭吃，他俩吃饱了在一边玩，娘就沉着脸，爹问咋的，娘说别瞎给人扎了，救人这事悬不登的。爹认真地点点头，可家里一断顿，爹还得照样出去给人扎针。有一天半夜，屯子里老赵头起红线快死了，她老伴来找爹，爹就去了，娘不放心，非要跟着。爹去了一看，说不用扎了，扎了也没用，这人的大半拉身子都在鬼门关里了。她老伴就跪下了，说你只管扎，死马当活马医，扎好了感激你，扎不好也不怨你。我娘就拦着，说阎王要收的人，你可别往回拽了，万一扎完了人家不认账呢？我爹想了想，还是打开了装针的红布口袋，我娘气得骂了几句，自己先回家了。等爹一针下去，老赵头脸有了点血色，爹说能不能熬过去看个人命数了，这边正抽着烟，老赵头忽然就咽气了。爹叹口气，把烟一扔，起身要走，他老伴往门口一站，脸也不是原来那副脸了，说这人明明见好，是我爹这一针给扎死的。从那以后，一到初一、十五，她和她两个闺女就来我家闹，先是在门口哭一通，然后就烧纸钱，外边哭天抢地的，屋里也不消停。我娘骂我爹不听劝，我爹就闷着头不吱声，大哥和大姐被外面的动静吓得连门都不敢出。过了两年，她们闹得累了，家里也消停了，爹就跟娘商量着要把房盖起来，也就是他们现在住的老房子。上梁那天，爹就担心老赵头的家里人来闹，等了半天也没见着人影，爹就回屋打了个盹儿。等爹再出来，看见梁上搭了一件衣服，爹问干活的，干活的说不是他们的衣服，爹正纳闷，听见有人嘿嘿地乐，爹回头一看，老赵头老伴跟爹说，这是我老头临死穿的衣服，给你房子披挂披挂，我盼着你家人丁兴旺呢。爹听了没当回事，可没过俩月，我大哥就死了。下葬那天，娘哭抽过去了，爹没顾上瞅大姐，大姐就把爹放针用的红布包扔进了棺材里。

这话是娘后来跟我说的，娘要是当时跟我说了，我也就不逼我爹了，可我当时眼瞅着翻翻胳膊上的红线直直地往上走，又从一根变成了两根，我真想拿刀架着我爹，可最后把菜刀拿起来的是玉琴，她是要拿刀砍自己的。玉琴说：

"阎王爷，你要我命吧，你别拿我女儿命啊。"

玉琴说完就举起菜刀砍自己手腕，我一把把玉琴的手抓住了，我说你疯啦，你这么的顶啥用啊，完了我还得救你。玉琴把菜刀扔了，从炕沿边上出溜下去，有气无力地说：

"连她爷都不救她，你说她还活个啥劲啊？"

这时候我娘就骂：

"你个老不死的，你害你儿子时候下得去手，你救你孙女你下不去手了？"

大姐也说：

"爹你是不是因为没有针，你说谁家有，我去借去。"

翻翻听明白她自己出了大毛病了，她就不哭了，就在这巴巴地瞅着我爹。我爹的脑袋颤颤地，嘴半张着，喉咙里像是含了个核桃，咕噜噜响了半天，说了一句话：

"针在线板里别着。"

大姐问了一句：

"爹你说针在哪呢？"

娘就骂：

"你聋啊，在线板里呢！"

大姐赶紧把娘平时用的线板拿来，爹说：

"拆开。"

大姐就把线板上面的线都拆下去，露出了像一块牛骨头样的木头板子，两头都有个大疙瘩，已经快磨平了，爹还说：

"拆开。"

大姐就把线板上边缠的黑胶布撕开，那胶布缠了足有十多年，用手一抠都一丝一丝的，等撕开了一点，里边露出三根细细的针。大姐说针在这儿呢，针在这儿呢，就把针起了出来，拿开水烫了一下，我娘在旁边说：

"行啊，老不死的，挺会藏心眼儿啊。"

等大姐把针拿来，我们大伙都把脑袋凑过来，谁也不敢吱声。我爹捏了半天也没把针捏起来，还是我把针夹到他手里的。爹一边颤颤地抖着，一边瞅着那针。玉琴说：

"爹，你要把翩翩救了，我一辈子给你老郭家当牛做马。"

我说：

"玉琴你别说这没用的！"

玉琴就拽着我掉眼泪，我没空管玉琴，我只顾着看爹。爹把翩翩胳膊翻过来，趴到跟前仔细地瞅，颤颤地把针拿起来，上上下下地比画着，我心里念叨着快点扎快点扎，可爹忽然抬起头，茫然地看了我们一眼，说：

"我不会了。"

我急了，我说：

"爹你咋能不会呢，你不祖传的吗？"

爹连嘴都开始抽抽了，爹说：

"我找不着了。"

娘在一边狠狠地骂：

"你还叫个人了？你把你儿子害死了，现在你害你孙女，看你能得好死不！"

爹一手捏着针，另一只手在肚子那颤颤地抖着，爹说：

"我没害我儿子。"

这时候翩翩哭了起来，玉琴也跟着哭了，她一把抱住翩翩，紧紧地把脸贴在翩翩脸上，还不停地蹭来蹭去，好像这是她们娘儿俩的最后一面了。我看得心里又恨又疼，我一把把翩翩抱过来，就往外走，玉琴在后边喊：

"你上哪去？"

我说：

"你管我上哪呢，死也不能死他手里。"

我有一个习惯，我愿意看人，远远地看，有时候我在过街天桥上看，有时候我在马路对面看，有时候我在窗户后边看。我看人的时候，不愿意他们看见我，所以我都是悄悄地看，我看见高兴的人，我就想他遇见了什么得意的事呢？我看见愁眉苦脸的人，我就想他遇见了什么糟心的事呢？更多的人，我看不清他们的表情。我就想，他们遇见的好事一定比我这辈子经过的多，他们遇见的坏事一定比我摊上的少。我一这么想，心里就埋怨老天爷，他怎么就不能凭着良心来分分账呢？可我又想，我算是如意的啦，我这会儿不是好好的嘛，可我又担心起来，我怕我往好了一想，好事也慢慢变坏了，我甚至怀疑我的命是不是让我给想坏

205

了呢。慢慢地，我想一件事就最先往坏了想，就是再好的事，我也把它往回抻一点。我知道我这样挺累，可我宁愿这样，这样我心里才踏实。

那天半夜，我背着翩翩走了两个多小时，走到区里的医院，区里的急诊说这病看不了，你得去大医院。我又背着翩翩走了一个多小时，走到了医科大学，到了的时候天边都见亮了，翩翩在医院住了三天，打了三天点滴，红线退了，玉琴乐得搂着翩翩直哭。可我高兴不起来，我觉得那两条红线打成了死结，一头系在我跟玉琴身上，一头系在我爹身上。

第三十四章

　　我最不愿意记起的是我做过的梦，那些梦都跟黑夜有关，尽管是黑夜，却能看见亮光，是整片天都灰蒙蒙的那种亮。在这样的梦里，要么是我和玉琴在跑，要么是我背着翩翩在跑，好像在躲着什么不得了的怪物，也可以说是躲着倒霉的命。而更多的时候是我一个人在跑，我翻过院墙，攀上房脊，从一片山坡样子的地方望出去，望见我要跑的路线，然后一直跑过去，矮下身子，在半截破砖墙后边藏起来。紧接着我就会看见玉琴和翩翩，她们离我只有几步远，可等我猛地朝她们招手的时候，她们迟钝地站在那里，不肯躲到我身边，我越是不敢大声招呼，她们越是大声地询问我。我真想狠狠地把她们拽过来，可我并没表现出一个丈夫或者一个父亲应该表现的那种勇敢，我躲在那儿干着急，急得嘴唇起泡，急得顿足捶胸。就在我着急的时候，她们娘儿俩都不见了，而我立刻就在梦里感受到一种恐惧——我失去了她们。每当我从这样的梦里醒过来，我都无比珍惜地看着躺在我身边的玉琴，还有被玉琴搂在怀里的翩翩，我仔细地盯着她们的脸看，想借着月光看清她们脸上的每一根汗毛。我抬起手，顺着她们脸上的轮廓抚摸过去，又在即将摸到她们皮肤的地方停住。我憎恨我的梦，我又屈服于我的梦，我抗拒我恐怕要失去亲人的预感，我又沉入了这种预感带来的悲伤。

我把大哥的事讲给玉琴听，我说爹有病，还让大哥这事给刺激了，他救不救翩翩咱都不能怨他，玉琴说你给我讲故事呢？这是翩翩好了，翩翩要没好，你怨他不？我想了想，说不管咋的，以后看见爹可别给他脸子看，玉琴说你放心，我知道怎么当儿媳妇，到啥时候我都不能跟老公公当面冲突，我说我娶你真是对了，玉琴不知怎么的就掉眼泪了，我开玩笑说我夸你你也不至于感动哭啊，玉琴说就是我们当啥事没有，你爹心里能当啥事没有不？翩翩心里能啥事没有不？

玉琴说得也对也不对，从那以后，翩翩再看见我爹就躲着走。我说你躲啥，那是爷爷，爷爷跟你说话呢，翩翩摇摇头不吭气。我说去把这冰棍给爷爷吃一口，翩翩又摇摇头。我说翩翩你咋学那么抠呢，翩翩就把冰棍给我，转身走了，她宁可不要冰棍，也不要跟我爹说一句话。可我爹像是从不记得发生过什么事，他看见翩翩就喊：

"我跟你说话呀？"

翩翩玩她自己的，就当没听见，爹就自言自语：

"你给我拿糕点哪，我跟你说话。"

这时候，有人拍了爹的肩膀，说：

"你跟我说话，我请你上饭店。"

爹回头看看，是老四，爹乐了。

那天中午我们正在院子里吃饭，八月的天，偏厦子里待不住人，吃饭的时候，我就把小炕桌搬到院子里，摆三个小板凳，我、玉琴和翩翩围着炕桌低头吃饭，吃的是水萝卜蘸酱和炒鸡蛋。忽然有人把手伸过来，抓走了几个水萝卜，我一抬头，老四一边吃一边笑眯眯地看我说：

"二哥，你咋不整瓶酒呢？"

我一下站起来，说老四你上哪儿去了，多少天没看见你了，老四说我享福去了呗。我看看老四，老四真是变样了，他穿着一件带横条纹的衣服，裤子长得拖拉到地上，头发还烫了卷，我说老四你上哪儿去了，老四说哥你别老问这一句话呀，他抱起翩翩，说走咱们不吃水萝卜，上饭店儿。我说对对，老四回来了，我请客，庆祝庆祝。老四把眉头一皱，说哥你说啥呢，还老让你请啊，我告诉你谁也别跟我抢啊。我从来没见过老四有这种眼神，瞅着挺狠那个样儿，我说行，你请就你请。

老四就这么回来了，我们谁问他这些天干啥去了，他都不正面回答，就说在五爱街做买卖呢。我去过五爱街，那足有一千多个小摊，一色的铁床子，把整条马路都占了。我说老四你在五爱街做买卖了？老四就哼哈地应付过去。不过老四倒是真有钱了，他再也不买散酒喝了，他买的是成瓶的白酒，他还抽烟，一根接一根地抽，这根还没抽完，那根就从烟盒里抽出来别到耳朵后边。他见了人就发烟，屯子里人接过烟，看了看，就小心地在手里捏着，一转身就塞到上衣口袋里，等着打麻将的时候拿出来抽，一根好烟兴许能燎来一把大牌呢。老四还爱骂人了，他嘴里老是骂骂咧咧的，脏字像是藏在嘴里的葡萄，一粒粒地吐出来，这一串刚吐完，另一串已经在嘴里熟透了。他有时候早早就出去，很晚才回来，有时候一整天躺在炕上，迷迷糊糊的，像是被人把魂都勾走了。娘想骂，可娘一张嘴，老四就掏出一把零票扔过去，说娘你别磨叽了，赶紧出去打两把去。娘说我打个屁，没看我带孩子呢？老四说来来来，都过来。孩子们凑过去，老四一人发一毛钱，说买吃的去吧。孩子们就举着钱跑了，老四说娘你别搁屋待着了，出去打两把。娘说咋的，你在屋就不许别人待啦？老四翻个身，说行行，一声别吱啊，我累了。

老四不累的时候，都是在晚上，他要跟翩翩一起看电视了。电视是老三家的，老三抱着电视回来那天，屯子里不少人都拥过去瞧，老三媳妇一边打落去摸的手，一边催老三把电视抱到屋里去。玉琴也去瞧了一眼，说不大，是个黑白的，像个大鞋盒子。一到晚上，从大鞋盒子里就传来一个哑哑的嗓子唱歌的声音，歌词我一句也听不懂，接下来就是"嘿哈"的打架声，翩翩告诉我，那是电视演《霍元甲》呢。那个哑哑的嗓子一开始唱歌，翩翩就竖起耳朵，撇下饭碗往门口跑，她跑到院里，正遇上老四，老四就拉着她一块儿去老三屋里看电视了。老四和翩翩紧挨在一起坐在炕头上，翩翩愿意跟着电视里的动静叫唤，老四看的时候不说话，可拳头老握着，像是霍元甲的敌人是他，早晚要跟他打一架。老四跟翩翩一起去的时候，老三媳妇是高兴的，因为老四一会儿递过一根烟，一会儿又扔出两毛钱让老三媳妇给继德买汽水喝，翩翩自己去的时候，老三媳妇就不高兴了，她说：

"你让你爸给你买呗，你家有钱。"

翩翩说：

"我家没地方放。"

老三媳妇说：

"你让你爸给你盖房子。"

老三推她一把，说：

"别他妈哪壶不开提哪壶啊，你是小孩她是小孩？"

老三媳妇瞅了瞅老三，跟翩翩说：

"你回家吧，我们要睡觉了。"

老三媳妇说着就把电视按了，老三骂他：

"你他妈有病啊，给我打开。"

继德也在一边嚷嚷：

"我要霍元甲，我要霍元甲。"

老三媳妇不管他们爷儿俩，对着翩翩说：

"看见没，我们要睡觉，你回家吧。"

翩翩一出门，老三媳妇就把窗帘拉上了，把电视按开，调到小小的动静，老三在炕上骂：

"那么小声，谁能听见？"

老三媳妇说：

"你闭嘴！"

翩翩回屋就哭了，玉琴问咋的了，翩翩说三婶不让她看电视，玉琴说，看个电视能咋的，明天让你爸买一个，我瞅瞅玉琴，我说真买啊，玉琴说真买。

我没敢提攒钱盖房子的事。老四不在厂里那段时间，是玉琴一直管着账，我知道我们在挣钱，可我不知道挣了多少，我觉得离盖房子还差得很远很远，远得没必要再提起来了。可等我把电视买回来那天，我和玉琴、翩翩一起看电视，玉琴忽然说：

"要不买电视，就能盖房了。"

我有点不相信地看看玉琴，我说真的？她说真的，我说你不早说，那还买啥电视，盖房多好，玉琴拍拍翻翻的小脑袋瓜，说有啥罪让我遭吧，让孩子这辈子都乐和的，要啥有啥。

　　每次一回想到这儿，我都要难过一阵。我要是重新活一回，我一定告诉自己也告诉玉琴，话不能随便说，就算心里是那么想的，也不该说出来，老天爷耳朵尖，他会当成是你向他求的事，没准就让这事应验了。唉，我又忍不住地想说一句：

　　"我的老天爷呀。"

第三十五章

要翻腾出那台电视可不像我翻腾回忆，翻腾回忆得花时间，有时候花了不少时间也想不起来什么，可翻腾电视不用费什么劲，我只要换上一件干活的衣服，打开仓房的大锁头，把搁在角落的纸盒箱子打开，用抹布抹去厚厚的灰尘，再掀开几层旧衣服，就能看见它了……

哎呀，我忘了，仓房已经没了，那么那台电视也应该是没了，我真是糊涂了，不过还好，电视没翻腾出来，这段回忆翻腾出来了。

老三买的电视是浑阳百花牌的，十二英寸，那时候只有北市百货一家国营商店卖电视机，一千多一台，可每天只有二十个票，就是说只卖二十台，拿到票的人每天还在商店门前站大排呢，等把电视买回家不知道得等到猴年马月。我不知道老三是怎么弄到票的，玉琴说老三有心眼儿、有手腕儿，上回争床子，人家一条烟就把咱们挤走了，一个电视机票肯定也是送东西走后门来的。我说那咱们有这方面认识的人没，咱也送点东西呗？玉琴说你拉倒吧，你跟人说句客气话都不愿意，还送东西呢。我说我就是要脸，咋整？玉琴想了想，说不如问问老四吧。我说老四哪有那能耐，玉琴说不一定，五爱街那儿卖啥的都有，能人不少，你问问试试，兴许老四认识人呢。当天晚上我没等到老四，他好像是后半夜回来的，第二天中午他醒了，我回家吃饭遇见他，我说我想买个电视，你有门路没？我怕老四磨不开脸，还特意加了一句，说别难为你了。没想到老四马上说不难为不难为，买电视嘛，买啥样的？我说还有啥样的，除了浑阳百花就是抚顺金凤的，咱也没见过别的牌的。老四说这叫啥牌子，要买就买好的。我说上哪儿买去，老四说哥你跟我上趟丹东，肯定把电视抱回来。

我跟老四坐火车去了丹东，同去的还有一个小秃子，个儿不高说话挺冲的，张嘴闭嘴都是买卖。我嫌这样的人吹牛，就没搭理他，老四跟他倒是挺熟，两人时不时小声说话，我都当听不见。到了丹东，小秃子安排我们先在宾馆住下，他去联系朋友，我们在宾馆一住就是三天，老四拽着我出去玩，我不想去，老四就自己出去，也不知道玩点啥。等住到第四天，我有点发毛了，我跟老四说要不回去吧，老四说再等两天，我说家里还有买卖呢。老四说哥我不是埋汰你，就你那个小破厂子能挣啥大钱，你这么死累死累的，你住的叫啥房子啊。我说那也没别的招儿啊，慢慢干呗。老四说二哥你都不如我，我说你干啥我也不知道啊，老四就停了一下，说反正我这行你干不了，你太面。我们正聊着，小秃子来了，说今天就拿货，我们跟着小秃子去了鸭绿江边的一个二层小楼，一楼有几个人在打麻将，好几台电扇冲着麻将桌吹。小秃子跟一个戴眼镜的打了个招呼，指了指我，那人就问你要电视啊？我说对，他说上楼随便挑，两千一个。我一听这也太贵了，我说咱浑阳可比这便宜，小秃子一听乐了，说大哥你上楼看看再说。我上去一看，真吓了一跳，墙角一大溜堆的都是大电视盒子，看大小可比平时看见的电视机大多了，我一看牌子，都不认识，全是外国字。我说这是电视吗？小秃子说对呀，三洋的东芝的，都是从那边直接过来的。我说从哪边过来的？老四拍我一下，说二哥你别问那么多了，你赶紧挑吧，我说这咋挑，也看不见样啊，小秃子说没事，你挨个打开看，我说打开了他们还能卖出去吗？小秃子说就这些电视一个都剩不下，两天就没。我一听也就没客气，打开了十多个纸箱子，最后挑中一个木头壳的，十六英寸三洋彩电，接上电源一试，真是清楚啊，连雪花都看得真真儿的。小秃子说今天别回去了，晚上我安排二哥和老四吃饭，我说不吃了，赶紧回家，还有事呢。老四说那哥你先回去吧，我跟小秃子待两天。我说行，我下了楼，点出两千块钱给了戴眼镜那个人，人家接过钱都没往兜里揣，就往麻将桌上一放，说以后有需要随时来啊，反正也认识门了。我说今天开眼了，小哥儿几个真厉害。戴眼镜的说这厉害啥呀，做点小买卖呗。

　　我是坐火车把电视机搬回浑阳的，等我上了车，不忍心把电视放地上，就放在座位中间的小桌上，我站在旁边扶着，这一车的人都过来看，说哎呀这是啥电视啊，咋这么大呢，多少钱买的，有的还说有电源没，插上让咱看看。我本来都憋不住乐了，可我觉着不能太张扬了，我就假装听不见，一手扶着电视，眼睛直往窗户外边看，可我看着那些往后倒过去的树和庄稼，心里也像有个人在打鼓似的。我想我和玉琴也有一个大件了，翻翻能在自己的屋看电视了，要是老三媳妇看见我买了这么大的电视，嘴都得气歪了，这么大的电视可放在哪儿好呢？要是我们有个正经房子，三口人能坐在沙发上看电视，那真是美得没边了。我又想娘要是眼睛能看见多好，爹要是偶尔回家能不能也上我屋看会儿电视呢？玉琴可别想起截红线的事啊……我想这些乱七八糟的想了一路，两只脚都站麻了。等我下了火车已经晚上十点半了，公共汽车早就没了，我就抬着电视往家走。走到中山广场，我把电视放到广场中间那一圈摆着的花盆旁边，自己坐在台阶上歇气。我抬头看看毛主席雕像，顺着他的胳膊往那个方向看，路灯影影绰绰地能照见一条小马路，再远就黑乎乎地看不清了。我忽然想要是能在这儿接一条电线，把电视拧开多好。这么大广场都是我的房子，我把电视开到最大声，让大伙都知道《霍元甲》开演了，要是把谁吵醒了，穿着背心裤衩出来骂我，我就请他跟我一块儿看。这么大的彩电没几个人看过呢，到时候满广场都是我家邻居，叽叽喳喳的。后排看不清电视的人嚷嚷着大点声大点声，有的还挎上了苏制望远镜，让我娘指挥他们都坐好了别说话，我、我爹、我娘、大姐、玉琴、翩翩、老四坐在最前边，都围着这台电视，翩翩看着看着就站起来，跟着霍元甲比画着，嘴里"嘿哈"地配着声，玉琴赶紧把她搂过来，我爹准得一边看一边喊饿，老四一定预备了下酒的，爹喊一声就给他吃一口，老三和老三媳妇可没来，不是我没请他们，他们家有电视，老三媳妇准拽着老三在自己家看呢，嘴里还念叨这二哥多会显，还上广场放电视去了。

　　我想了一会儿，想得自己都捂脸乐了，就又抱起电视走，晚上的风啊吹到脸上凉凉快快的，道旁那些树都低下头看我，我的胳膊酸了，腿也一抽一抽地转筋，可我盼着赶紧回家呢。走啊走啊，电视机盒卡得我下巴都疼了，我抬头一看，才走到南塔，我想这就快了，再有个把小时就到家了，我得把玉琴和翩翩都喊起来，让她们娘儿俩好好地开开眼高兴高兴呢。我正想着，就看见前边有手电晃我，我合计这谁呢，不照路照人。等走近了我才看清，是两个穿警服的，他们看见我就问我：

"你站住，手里是啥？"

我说：

"电视啊。"

他们用手电照照：

"谁的电视？"

我说：

"我的。"

他们又照照我，说：

"大半夜十二点了，你抱电视上哪儿去？"

我说：

"回家呀。"

他们说：

"你先跟我们回去一趟。"

我不知道怎么就有点害怕了，我说：

"不行，我不跟你们走，我着急回家呢。"

他们两人就夹过来了，说：

"你再着急也得跟我们走。"

我本来身上还有劲呢，一听他们这么说，浑身都往下坠，我说不行了不行了，快帮我托着点，他们俩开始不信，看我摇摇晃晃的，就过来扶住箱子，就这么三个人抬着箱子往派出所去了。

第三十六章

等我到了派出所，他们问我电视是哪儿来的，我说我买的。他们问在哪儿买的，我藏了个心眼儿，没说我去丹东的事，就说托朋友买的，给我送到了浑阳火车站，我去车站取的。他们问我能说上来是什么牌子的，多大的不？我说三洋的，十六英寸的彩电。他们就乐了，说你吹吧，哪有那么大的彩电，指不定从谁家偷的，放纸盒里抱着。我说那咱们把箱子打开看看。箱子一打开，不光这俩警察，连派出所里值班的警察都围过来了，都说头一次看见这么大的电视。我说你们这能插电线不？他们说能插，我就把电视插上了，警察看着屏幕上的雪花一个劲儿地咂巴嘴，还指着调台的十二个按键，说你们看这电视有十二个台，有的人就伸手按了两下，虽然都是雪花，可还是引来另一阵咂巴嘴的动静。这时候我跟带我回来那俩警察说，这回信了吧，我得回家了。他俩等了老半天才把眼神从电视上收回来，说你家哪儿的，我说离这儿不远了，刘官屯的。他俩说你姓啥，我说我姓郭，我家做鞋的，一打听都知道。他们一听忽然对了个眼神，旁边的警察也都不瞅电视了，都瞅着我，我说咋的了，那俩警察说没事，我们查查看有你这个人没。他们就都走开了，留下我守着电视机，我把插头拔下来，心想白让你们开眼了。过了一会儿，俩警察回来了，表情特别严肃，他俩问我你叫郭什么，我说我叫郭从文，他俩又对个眼神，说你有个弟弟叫郭从斌啊，我说对呀，他俩说那对了，我们打电话确认了，你是刘官屯的，你走吧。我说那不行，这大半夜的你们耽误我一个多小时，我走回去得天亮了。他俩说那这么的吧，派辆摩托车送你回去。我说这还差不多。过了一会儿，门口来了个警察，说摩托车来了，我就抱起电视走了，那俩警察跟门口的警察喊了一句：

"你去了认识认识门啊。"

门口警察答应一声，就帮我把电视放在后斗子里，开着摩托送我回了家。到了家门口，我说谢谢你啊，回去吧。那警察问我，你一个人能抬动啊？让你弟弟出来帮帮你。我说他这两天没在家，警察说那行，你进去吧。我抱着电视进了院子，可那警察还是在门口不走，我说你咋不走呢，不认识来时候的道啊？他说认识认识，这就走。我进了偏厦子，玉琴被吵醒了，看我搬个大箱子进来，就帮着我搬到炕上。玉琴说外边还有人啊，我说警察，玉琴说你咋还招警察了呢，我乐了，说我把电视买回来，警察帮我搬回来的。我刚说到这儿忽然心里惊了一下子，我想起在派出所的时候那俩警察说的话了，他们咋想起问老四了呢？还跟送我回来的警察说认识认识门，我又想起刚才那警察让我弟弟帮我抬，是不是试探老四在没在家呢？我把这几个念头一连起来，就吓了一身冷汗。我抓住玉琴的手，说不好啊，老四可能犯事了。玉琴也吓一跳，说你可别吓唬我了，老四出啥事了，他不跟你一块儿去的丹东吗？我说老四在丹东多待两天，刚才警察问我老四来着。玉琴打了我一下，说你别瞎寻思，还自个儿往自个儿身上安事，快让我看看电视啥样。我也寻思可能是自个儿太多心了，我就和玉琴一块儿拆纸箱子，这么一折腾，翩翩也醒了，她趴在被窝里，揉着眼睛看我俩，等我把电视搬到炕头上，玉琴和翩翩都乐坏了。翩翩吵着要看《霍元甲》，我说现在没有，得天亮了才有呢，这时候玉琴说别翻腾了，一会儿把你娘整醒了，我说对对，睡吧。玉琴说电视放哪儿呢，我说只能放炕上了，翩翩说那她要抱着电视睡，我说电视也不能跑了，翩翩说万一我醒了，你把电视搬到别人家去呢，我去看人家还得撵我。我听得心里一酸，我说这就是给你买的，以后别人抢你电视看，你就撵他们。

电视搁在我脚底下，我腿不能伸直，只能蜷着腿睡，结果做了一宿的梦，一会儿是老四把电视抱走了，一会儿是我们三口人在屋里看电视，我回头一看，炕上坐的都是警察。就这么迷糊了一宿，等我醒了，电视已经打开了，玉琴正挨个台调呢。翩翩搬个小板凳坐在电视前头，一个劲儿地问怎么还没有啊，怎么还没有啊，我问玉琴几点了，玉琴说九点多了，我说这个点没有节目，晚上的吧。玉琴说我知道，翩翩非要看。我把翩翩搂过来，说爸爸好不，翩翩说爸爸也好也不好，我说爸爸哪儿不好？翩翩说爸爸脚臭，把电视机都踩臭了，我和玉琴听了，都乐得喘不上气来。我忽然就有了一股子勇气，我跟玉琴说，等鞋厂再干一年，争取把房盖起来，玉琴没回头，一边按着电视机的钮一边说：

"就冲着那么多人瞅着咱俩，咱们也得把日子过好，让他们看去吧！"

我买了十六英寸大彩电的事没有两天就传遍电子了，是我娘叉着腰在院门口嚷嚷的：

"郭从文你个小瘪犊子，你搬那么大彩电也不瞅着点，把门框都挤坏了，你个败家玩意。"

老三媳妇打麻将的时候也嘟囔：

"一个破电视还神秘巴拉的，半夜往回搬，大能大到哪儿去？他那破屋，离那么近看电视不把眼睛晃瞎了？"

于是屯子里人见了我都说：

"哎呀，郭从文你真有能耐，多大电视啊，啥时候让咱看看哪？"

我就"嘿嘿"地笑一下，说没啥没啥，都一样。可等我从鞋厂忙完回了家，就看见院子里挤满了人。玉琴看见我，赶紧走过来说这可咋整，你爹把屯子里人都招来了。我说我爹招来的？玉琴说可不，你爹说谁来看电视都行，看一次管他一顿饭。我说我爹呢？玉琴说不知道在谁家吃呢，这么多人咋办呢？我说那咋整，先把电视搬出来，搁院里看一天吧。我和玉琴往外搬电视的时候，翩翩就抱住我的腿不让我搬，她说爸你说话不算话，你不说不把电视搬到别人家去吗？我说不搬别人家，搬院里，一会儿再搬回来。翩翩说你不说给我一个人看的吗，你骗人，你是最坏最坏的爸爸。我本来心里就恼着我爹，一时气上来，就踢了翩翩一脚，这下翩翩就哭开了，玉琴也撒开手去抱翩翩，抬头就骂我：

"你疯了你啊，你爹招来的人你跟我女儿撒什么气，你电视爱给谁买给谁买，咱们不看！"

玉琴又低头跟翩翩说：

"闺女，咱有点志气，啥破玩意，不看它！"

可翩翩一个劲儿嚷嚷：

"我要看，我要看！"

这时候我听见外边一阵阵哄笑的动静，还有人在喊：

"郭从文，你也当不了家呀，搬个电视老婆孩子还都哭了。"

旁边人就附和着：

"可不咋的，咋这么抠呢，看一眼也不掉块肉。"

我心里烦他们烦得要死，可我还是把电视搬了出去，这下他们就没空顾着我了。他们都伸手摸着屏幕，把按钮从一到十二按了几遍，又从十二到一按了几遍，把电视的木头框从上到下敲了几遍，又从下到上敲了几遍，这时候娘就又着腰在老房子门口喊了：

"要看就消停看，别瞎哄哄。"

我听我娘的话音是生气的，可我看我娘的脸又像是得意，我就叹口气，心想我娘也就靠我给她挣点脸啦。我把电线安好，陪着他们看了一小会儿，心里惦记着玉琴和翩翩，我就回了偏厦子。翩翩已经在玉琴怀里睡着了，小脸蛋上的眼泪还没干透呢。我一屁股坐在炕头上，我说我太闹心了，我不是冲你俩。玉琴也哭了，说你不冲我俩你还打孩子，这家真不是人待的。我说对对对，这家不是人待的，我爹我娘都他妈该死行不？玉琴就站起来，说你要这么说，这家我不能待了，我跟孩子走了你就消停了。我站起来把门堵住了，有不少话卡在嗓子眼儿，可就是说不出来，玉琴腾出一只手打了我好几下，正好外边电视里传出"嘿哈"的动静，跟玉琴打我的节奏对上了。我心想这霍元甲也该死，我应该出去把电视砸了，可我又分不出心思多想，我还得拦着玉琴呢。

后来我们就这么面对面站着，玉琴站累了就坐下了，可等我一坐下玉琴马上站起来要走，我又得站起来堵住门。就这么折腾了好几番，我俩都没有精神头了，也不知道过了多长时间，外边没动静了，光剩下电视机里头的哗哗声，我知道那是雪花出来了。我说咱别闹了，我把电视搬进来，不管谁招来的都不好使，就咱们三口人看。玉琴叹口气，说郭从文我从来也没跟你讲过什么理，但是你有时候太不明白事了，你是跟我过日子，谁对你最重要你心里应该明白，你对你爹你娘孝顺我从来没反对过，我一直支持，但是得分事，不能老人糊涂你也糊涂，一有外人的时候你还要面子，那你把我和翻翻放哪儿，你拍拍胸脯想想，我们娘儿俩对你算啥呀？玉琴就一直说着，说一阵哭一阵，哭一阵说一阵，我始终没打断她，有的话我听进去了，有的话我觉得没必要听，有的话我听了也做不到。

我记着，从那天以后，玉琴像这么着跟我讲过几次理，她是个爱讲理的人，芝麻大的事，只要让她占着理了，她就想说道说道。可是一般情况她不说，按她的说法是说多了就没人在乎了，她要是说了就一定是不得不说的时候，说了就得管用。可是这世上哪有什么事是讲理讲得通的呢？也没有什么人是听人讲了理就变得不一样了。但是有一点，玉琴说的理都装在我心里了，那是我用来责怪自己的秤砣，死死地压住了我，时间不能减轻它的一分一毫，相反倒是给它添了几两。

第三十七章

老四又开始去鞋厂了，可老四不是来做活的，老四外面有大买卖呢，他回鞋厂是去看桂贤的。桂贤是刚从王官屯来的小工，王官屯离刘官屯不远，还得再往里走上半小时。桂贤来的时候刚二十，长得还挺秀气呢，玉琴说让她上帮吧。上帮就是用锥子在皮子上扎出眼，再拿一个带钩的锥子把线从扎好的眼里钩出来。就这么反反复复，针脚得匀净，线还得上得密实，桂贤干了几天，玉琴就说这姑娘挺细心，留下吧。

老四是在院子门口遇见桂贤的，那天是桂贤第一个月开工钱，桂贤买了点水果要谢谢玉琴，赶上我和玉琴带翩翩去玉琴姑姑家吃晚饭了，桂贤去的时候老四在家，老四就这么看上了桂贤。等我和玉琴回来了，老四把水果拎过来，告诉我们一个叫桂贤的送来的，老四转身要出门了，忽然问了我们一句，这个叫桂贤的是谁亲戚呀，我说不是亲戚，是鞋厂新来的，老四就"哦"了一声出去了。玉琴推推我，说看见没，我说看见了，这姑娘挺懂事，不管送的东西多少，是份心意。玉琴说你傻呀，我说啥意思，玉琴转过头，说让你气死了，不说了。

玉琴不说，可娘开始说了，娘眼睛看不清，可娘心里明白呢。娘知道老四不总往外跑了，知道老四跟我们去鞋厂了，她还知道老四去鞋厂不是去干活的，她更知道老四晚上回来睡不着觉了。娘就问我，老四是不是有对象了，我说不知道啊，娘就骂我，你比我还瞎呢，你弟弟的事你一点也不上心。我把这话学给玉琴，玉琴说娘真厉害，不出门啥事都知道。我说老四真看上桂贤了？玉琴说可不咋的，我说我咋没注意呢，玉琴说你去鞋厂都盯着鞋看，我可得看人呢，老四成天在桂贤旁边晃，还教桂贤怎么上帮省劲呢，两人有说有笑的。我说那下回娘再问这事，你去跟娘说吧，省得她骂我。等隔了一天，娘真问玉琴了，玉琴说可能是看上鞋厂的小工了，娘就"嘿嘿"地乐了一下，扯开嗓门儿骂了起来：

"这几个小瘪犊子，一个不如一个，找媳妇不是农村的就是给人干活的，你们咋不找个瘸子哑巴呢，随你们那个死爹！"

玉琴听了就说：

"妈，我看桂贤挺好，干活勤快还老实，将来能孝敬你。"

娘冷笑一声，骂得比刚才声更大了：

"还没轮到你替我儿子拿主意呢，你看好顶个屁？孝敬我？你们都盼着我死呢，我心里明镜似的！"

玉琴皱皱眉就回屋了，她跟我说，你听听你娘说啥呢，谁盼着她死了？玉琴正说着，娘又在院里骂上了：

"路是自己走的，都自己处吧，都跟狐狸精处吧，看你们能好到哪儿去！你越不盼着我儿子好，我儿子越好，哎，我气死你！"

玉琴腾地站起来，说你娘这话给谁听呢，我咋的了？我赶紧按住她，我说我娘糊涂了，她心高，不想让老四找小工。玉琴说她心高好使吗？又看不上农村又看不上小工的，上城里找个工人，看人家能乐意老四不？我嘴里哼哈地答应，心里也替老四叫屈。我想老四可不像我呀，我是叫命一步一步逼到这儿的，可老四年轻，现在又混得好，他的路他自己能选呢，娘也是为了老四着想，娘这辈子回不了城，就盼着我们回去呢，可是我们都娶了农村媳妇，都拴在农村了，就剩老四这么点希望了。

都说娘和儿子是肉连着肉、心连着心的，到了啥时候娘跟儿子都是最亲最亲的亲人，可唯有一件事能让儿子跟娘对着干，那就是娶媳妇。媳妇是挡在娘和儿子中间的一座山，娘这湾水再能绕弯弯，被山一隔，到了儿子那边也没剩下多少。儿子这棵树再能探头，被山一挡，看见娘的时候也就一眼两眼了。可谁让娘和媳妇都是女人呢，只要是女人，放在一起就是死对头，何况抢的又是一个男人。娘脾气那么坏，原本见了老四也是要劈头盖脸骂上一气的，可就在这件事上，娘的脾气不知道被什么风吹跑了，娘竟然好言好语地劝老四，娘说：

"从斌啊，不听老人言，吃亏在眼前，你要娶了她，你就翻不了身啦。"

娘又说：

"从斌啊，我和你爹没啥盼头啦，你得有出息，你可不能将就啊。"

娘还说：

"从斌啊，城里好姑娘多了去了，你看上谁都行，你可不能就瞅脚底下这点地方。"

老四本来是在炕上躺着的，听娘这么磨叨，老四就套上衣服出门了，娘就在后边哭：

"哎呀我的天啊，我这是造的啥孽呀，老头不管我，儿子还叫狐狸精迷了心啦，没天理啊，啊啊啊……"

老四是硬碰硬，桂贤倒是挺会来事，三天两头来看玉琴。说是看玉琴，十回有八回是来看我娘的，每回都不空手，有时候是水果，有时候是刚下来的苞米，有时候是自己做的什么小玩意，娘每次都把手指到桂贤的鼻子上去：

"骚狐狸精，你迷我儿子心，你想让我儿子娶你，你也不照照镜子，我儿子能看上你？你下辈子都别想。"

桂贤也不还嘴，听了几句就走，娘把桂贤拿来的东西撇出来，还冲到大门口骂：

"你少来这套小恩小惠，我差你这块八毛的？你讨好上赶子也没用，我儿子不会娶你的，我瞎我儿子不瞎，你死了心吧。"

就这么骂了一番又一番，桂贤隔几天还来，她那点工钱都搭到买东西上了。玉琴就说她，干啥给自己整得这么憋屈呀，让屯子里人听见，以为你大姑娘家名声真不好呢，再说你摊上这样的老婆婆，将来就是个窝心。玉琴说着说着就想起自己的那些事了，就当着桂贤面掉眼泪，等哭完了劝完了，桂贤乐呵呵地说：

"没事，能咋的呀，骂长了就不骂了，我想得开。"

桂贤还是动不动就拎着东西去家里，有时候还是老四带着回去的。娘开始把东西往院子外边撇，后来往老房子外边撇，再后来往炕下边撇，因为娘撇出去的，都让老三媳妇捡回去吃了，娘觉得不值，可娘还是骂：

"少来这套小恩小惠，有我活着一天，绝对不好使。"

多不知道从哪儿知道老四搞对象的事，也按点回家了，娘见了爹就骂：

"你咋不死呢啊？你说你这些天死哪去了？你说说呀，这辈子就毁你手里头，你个老不死的！"

可晚上爹喊饿的时候，娘自己下地做了一碗疙瘩汤。我跟玉琴商量，我说爹回来了，这一家人全了，咱把电视搬院里，让爹娘乐和看看，还有老四和桂贤呢。玉琴说你跟翩翩商量吧。我就跟翩翩说，爷爷回来了，爷爷要看电视，咱们把电视搬出去好不好？翩翩鼓捣手指头不说话，我说翩翩可不能当个抠门的小姑娘啊，翩翩说我不抠门，爷爷抠门，爷爷都不给我扎针。我这才明白翩翩还记着我爹不救她的事呢。我看看玉琴，玉琴瞅瞅我叹口气，蹲下来跟翩翩说，翩翩啊，老叔要带老婶回来了，你想看看老婶长啥样不？翩翩说想，玉琴说那老婶要看电视，翩翩给看不？翩翩说给看，玉琴说咱家小，把电视搬出去看行不行？翩翩想了想，说行。我跟玉琴伸出个大拇指，玉琴白了我一眼，我就把电视搬出去了。

我觉得人这辈子，总有一两个挺难忘的时候，要是在现在，拿相机照下来，就叫个永恒的画面，可我是拿脑子拍的，我的眼皮就是快门，眼皮一眨就是"咔嚓"一声，画面就印到我脑子里了，那画面也说不上永恒，更讲不出个美，可就是让我舒心、让我踏实，无论到了啥时候，就是到了我死，也能调出来看看、想想。更何况我心里藏的都是愁事，能调出这么个舒心的画面就更不容易了，那天晚上就算一个吧。那天老天爷也给面子，都进秋了，给了个暖和的天，穿个秋衣在院子里也不凉，天呢半黑不黑的，正好能借着亮把凳子搬出来。我这边跟老四接电视，玉琴和桂贤就抓瓜子倒茶水，翩翩找了个小板凳，坐到电视最跟前，娘骂骂咧咧地拽着爹的胳膊，从老房子里走出来，连老三和老三媳妇也抱着继德出来站了一会儿呢。我心里头根本也没顾及电视里演的是什么，我一会儿看看天，一会儿看看我爹我娘，一会儿看看玉琴和翩翩，我就想要是天天都能这样多好啊，这样的时候可别过去呀。

我正想着，有人敲门，我寻思不定爹又答应了谁家来蹭电视呢，我过去把门打开，一下就进来好几个警察，有两个我认识，一个是那天晚上把我带回派出所的，还有一个是骑摩托车带我回来的，他们进来就问：

"谁是郭从斌？"

我们都傻在那儿，谁也没说话，骑摩托车那个警察看翩翩坐在那儿，就走过去问翩翩：

"小朋友，你告诉叔叔，谁是郭从斌啊？"

第三十八章

　　警察一问，当时我心里就咯噔一下，我心想这个警察太损了，他怕我们是一家的，不说实话，就去问一个两三岁的小孩，小孩怎么懂得他是干吗的呢。我又想我担心的事果然是真的了，老四一定是闯了大祸了，我眼睛就盯在翩翩脸上，盼着翩翩看我一眼，我给她使个眼神，我的翩翩那么聪明，肯定懂得我的意思。可翩翩没理我，回身看了一圈，她这一回身把我吓得都快坐到地上了，那警察又问：

　　"小朋友，你给叔叔指指，谁是郭从斌？"

　　翩翩忽然抬起手指向我，警察的眼睛立刻盯住了我，翩翩忽然说：

　　"我老叔去那边那个院了。"

　　这些警察一听，立刻就往院门外跑。等他们一出院子，老四一下蹦起来，两步爬上老三家的墙头，我急忙冲着老四挥手，我跑过去，把裤兜里的钱塞给老四，老四接过去，捏了捏我的手，还冲着翩翩眨眨眼睛，一下就翻出去了，剩下我们大伙愣了半天的神。桂贤忽然哭了：

　　"他临走都没跟我说句话呀。"

　　奇怪的事就在这儿，每次我想起这件事，老是能想起前半截，好像从警察敲门开始的后半段没能印到我的脑袋里，所以在我心里老觉得那是个挺幸福的晚上，也许是因为从那个晚上开始，很多人和很多事都不一样了。

后来警察把我找去了，让我配合他们做工作，争取把老四找回来，我才知道老四干了什么事。老四跟小秃子在五爱街收保护费呢，我说老四可没这个本事，他胆小着呢。警察听了一乐，说是够老实的，他把人打了，人家现在还在家养着呢。我问够判了吗，警察说这个你别管，你回去遇见他，赶紧让他自首。

可我去哪儿找老四呢，他就这么跑了，我以为过几天他能回来一趟，可等秋天过去了，雪从云里飘下来，冻秋梨冻得像个铁球一样了，老四还是没回来，谁也不知道他去了哪儿。娘天天盼，又天天骂，越盼越骂，身子骨就越软和。等到了快过年的时候，娘就爬不起炕了，她全身压着厚厚的棉被，脑门中间有个圆圆的拔罐子留下的印，嘴里不停地哼哼。一到这个时候，爹就坐在炕沿上，哈喇子顺着棉袄领子往下淌，眼珠转也不转地盯着娘看，要不是爹的身子一直打战，我还想过去把爹晃醒呢。娘睁开眼睛，有气无力地骂爹：

"你坐那儿干啥？你盼我死啊？"

爹说：

"我饿，你起来给我做饭。"

娘想抓起什么打爹，可手划拉了一把，什么也没抓着，娘就掉眼泪了。娘的眼泪早就流干了，可娘用手背蹭着眼角，爹赶紧说：

"我不饿了，我不饿了，我让从斌给我做饭。"

娘一听，手背在眼角蹭得更使劲了，我赶紧拽拽爹，我说：

"爹呀，上我屋去，我给你做饭。"

爹就乐和地出去了，我坐到娘身边，我说娘你别跟老四上火，他没事。娘忽然抓住我，说从文啊，娘知道你孝顺，你可不能亏待你弟弟呀。我说娘我哪能呢，娘说从文啊，娘哪天要走了，你得给你弟弟娶媳妇。我说娘你放心吧。我们正说着，桂贤进来了，老四跑了以后，桂贤来得更勤快，她顶半个媳妇使呢。有时候娘拉到炕上了，老三媳妇捂着鼻子往外跑，玉琴又在鞋厂忙着，都是桂贤给娘换洗的。我说娘你看，桂贤来了，老四娶媳妇的事你就别操心了，娘嗓子里咕噜了一声，就把抓着我的手松开了。

转眼就过年了，二十九那天，大伙都来老房子看娘，大姐和大姐夫也来了，只有爹不知道去了哪儿。娘撑着坐起来，眨巴着眼睛朝屋里人看了一圈。我赶紧说，娘啊，全家都来看你了，娘就骂我：

"用你放屁，我能看见，老四咋没来呢？"

我瞅瞅玉琴，玉琴摇摇头，我就说：

"娘，老四往家赶呢。"

娘又骂我：

"放屁，你以为我糊涂了呢，老四上河边挖泥鳅去了。"

我一听就蒙了，这时候大姐走过来，抓住娘的手，大姐说：

"娘啊，你说对了，老四跟我去的，我先回来了，他一会儿就回来。"

娘说：

"你别老带着他玩，你赶紧找对象，你都多大了。"

我一下就明白了，娘这是糊涂了，人家说人到快不行的时候都是这样的，老把现在的事跟过去的事混在一块儿，我的鼻子一下就酸了。忽然大姐夫在旁边乐出了声，我回头瞪了一眼大姐夫，他就憋住了，这时候翩翩大声地说：

"奶，老叔跑了，奶。"

我娘浑身抖了一下，我赶紧说：

"娘啊，翩翩瞎说呢，老四一会儿就回来。"

娘指着我骂：

"你个小瘪犊子，你别以为我糊涂了，你娶个败家的媳妇，克夫克老公公克全家的媳妇，孩子也随他妈，没一个好东西。"

接着娘就胡乱地骂了起来，玉琴听不下去，拉着翩翩回屋了，老三媳妇一看玉琴走了，也踢了老三一脚，小声说还看啥呀，赶紧回家过年去。大伙就这么散了。我说大姐你也回去吧，俩孩子都在家呢，你不能走太长时间。大姐抹抹眼泪说，从文啊，你受累了，晚上我来替班。他们都走了，就剩下我一个人守着娘。我扶着娘倒下，刚要起身，娘就紧紧抓着我的手，我说娘你放心，我不走。娘就闭上眼，可手还是攥得紧紧的，我想抽都抽不出来。我刚一动，娘就惊一下，手上又加了点劲，我只好一动不动地坐着。我瞅着娘的手，黑黢黢的肉皮上都是深深的褶子，骨头节往外突着，我想我得仔仔细细地看清了、记住了，要是有一天娘走了，我就看不着，也抓不着了。我看着看着眼泪就掉下来，打到娘的手背上，娘哆嗦了一下，又睡着了，我远远地听见爹在院子外边喊：

"过年我要吃饺子，过年我要吃饺子。"

等大姐过来换我，我才回了偏厦子，这时候已经是八点多了，玉琴包好了饺子，先盛好了一盘，把翩翩喊过来：

"翩翩，给奶奶送过去。"

翩翩就小心翼翼地端着盘子出去了。我看看玉琴，心里有说不出的感动，我拉过玉琴沾着面的手，我说：

"媳妇，咱们也吃饺子过年。"

玉琴松开我的手，把一头蒜摆到炕桌上，说了一句：

"又是一年哪，明年我争取把你克死。"

我听了这话就乐了，玉琴也乐了，我俩乐着乐着，眼睛里都带出泪花。翩翩跑进来，甩掉鞋子爬上炕，看看我俩，奇怪地问：

"你俩咋哭了？"

翩翩看看桌上那头蒜，又看看我俩，好像明白了，说：

"我不吃蒜，辣！"

接神的时候，屯子里的鞭炮放得比哪年都响，唯独我家院子里最消停，我和老三都只是放了两挂鞭炮，还给翩翩和继德一人放了几个蹿天猴和闪光弹。放鞭炮的时候，爹把老房子的门帘子撩开一半，躲在里边往外看，我跟老三站在一块儿，互相用揣在袖口里的胳膊撞了一下，我俩都想说点知心话，又都没说出来。

年啊，有的时候过的是一个团圆，有的时候过的是一个盼头，有的时候过的是一个怀念，那份乐和劲儿和热闹劲儿好像从人们的心窝里直蹿到了脑瓜顶，可是细一琢磨呢，又总好像不那么畅快，总觉得该留着点。特别是热闹过后的那份静啊，像一条蚯蚓，钻到人的肋条里去，弄得人痒痒的，又带那么点难受，总憋不住要叹口气才能舒坦舒坦，等年过完了，蚯蚓不知道跑到哪里去了，心里又觉得空落落的，就只能盼着下一个年快点来。

这个年我们没能团圆，我们也都明白以后的年恐怕也不能再团圆了，所以从初一到十五，我、大姐和老三都轮流过来陪娘。娘睡一会儿醒一会儿，醒的时候就攥着我们的手，讲些陈芝麻烂谷子的事，把老三的事安到我身上，把去年的事安到十年前去。慢慢地，娘醒的时候越来越少，她还开始怕光了，一到下午三四点钟，娘就睁开眼，催着我们赶紧把窗帘放下来，等窗户都挡得严严实实了，娘就长长地吐口气，闭上眼睛睡过去。有一天，大姐把我们找到院里，跟我们说，她找屯子里老人算了，娘过不了这个春天了，该准备准备了。我和老三一听就捂着嘴想哭，大姐赶紧说别哭别哭，别让娘听见，她说着自己也哭起来。这时候我听见身后也有呜呜的哭声，我回头一看，爹扶着老房子的门，颤颤地掉眼泪呢。他的棉裤都没穿好，裤腰挂在屁股上，露出里边的衬裤，我赶紧过去帮我爹把裤子系好，我听见爹说：

"你娘没了就没人给我做饭了。"

我说：

"我们给你做饭。"

爹说：

"不对，不对，你娘没了，我就没得吃啦。"

我没想到，爹对娘最大的念想就剩下个吃。我叹口气，使劲抽抽鼻涕，闻见空气里久久不散的硫黄味道，鞭炮的碎末混在脚下的雪里头，有红有白，真好看。

第三十九章

我小时候一犯了错，我娘就跟我说，路是自己走的，我就以为路是能让人自己选的，可等我活了几十年，我发现这是句屁话。人之所以有得选是因为付出了代价，代价越大，可选的路就越多，可有的时候不是你不想付出代价，是老天压根儿没给你机会付出代价，那就没得选了，说白了，就叫认命。

娘惦记老四惦记出了病，把身子骨弄垮了，这就是一件没得选的事，娘自己都说：

"这是老四催我的命哪。"

我、大姐和老三也都认命了，我们看着娘一天一天地塌下去，像是要塌到炕里去，大姐说，这是娘往土里使劲呢。我们就这么守着娘，一个月、两个月、三个月，一直等到第一场雨把穿着棉袄的人打得冷冷飕飕的，娘还是那么躺着，偶尔醒过来也不说话不睁眼，光是嘴角动一动。这个时候爹就坐得离娘近一点，死死地盯着娘的嘴角，好像他能听懂娘的意思。有一天我忍不住问爹，娘想说啥呢？爹说：

"你娘说老四娶媳妇没铺盖。"

我听了没当回事，等娘又醒了，爹就冲我和大姐喊：

"你娘说老四娶媳妇没铺盖！"

我看看大姐，大姐一拍大腿，说以前听屯子里老人说，快死的人都有灵呢，灵说的话一般人听不见，就跟他最近的人能听见。大姐说的这些我从来不信，可这个时候我宁愿娘真的说了什么，于是我去买了新的被面和棉花，大姐和玉琴花了两天时间把棉花絮进去，一针一线地缝好了，本来也喊了老三媳妇的，可她干了半小时就捂着后腰直叫唤，大姐就让她回去了。等把铺盖拿到娘身边，大姐对着娘喊：

"娘啊，老四娶媳妇的铺盖拿来啦。"

大姐喊了几遍，娘才动弹一下，爹就又凑过去盯着娘的嘴角看了，爹看了一会儿就说：

"你娘说老四娶媳妇没穿的。"

我要出去买，老三拉住我，说哥你别花钱了，你结婚那套衣服不就穿了两回嘛，拿那套就行，我摇摇头，说都这时候了，别糊弄娘了。我去商店照着老四的身量买了一套中山装，等把衣服放到娘身边，大姐又对着娘喊：

"娘啊，老三娶媳妇的衣服买来啦。"

娘这次老半天没有反应，忽然眼皮跳了几下，我问爹，娘是不是还要说啥呢，爹瞅了半天说：

"你娘说老四娶媳妇没房子。"

我们谁都没吱声，爹又说一遍：

"你娘说老四娶媳妇没房子。"

大姐实在忍不住了，就趴在娘跟前说：

"娘啊，从文到现在还没房子哪，你咋恁偏心呢？"

我赶紧拽住大姐，让大姐先回家，爹也颤巍巍地站起来说要去大姐家吃饭，我跟老三说，你送大姐和爹吧，我瞅着娘。就这么着到了晚上，玉琴从鞋厂回来，就去老房子找我。玉琴说你好几天没正经睡觉了，去屋里眯一会儿，娘这头不能有啥事，这几个月不都这样嘛。我想想也是，我就回偏厦子了。我这一觉睡得挺沉，可又睡得挺累，一会儿梦见老四娶媳妇的铺盖没了被面，一会儿又梦见老四的衣服短了一截。我正梦着，忽然听见爹在院里可着嗓门儿地喊，我以为爹又犯什么病了，就穿上衣服到院子里。我就着东边那点蒙蒙的亮看见爹站在老房子门口喊呢，喊出来的都不是人动静了，听着又瘆人又抓心。爹脚边趴着一个人，一半身子在门里，一半身子在门外，我心里咯噔一下，这时候玉琴、老三和老三媳妇也都出来了，我们过去一看，那个人真是娘。我一把抱住娘，想哭又哭不出来，像是有气堵在嗓子眼儿了，憋得胸都疼了，我就只能抱着娘摇晃，我心想娘啊，你得给我们个信儿，让我们陪着你，你再走也不迟啊。这时候老三媳妇也跪着哭上了：

"我的亲娘啊，你走了我可咋活呀！"

老三媳妇的手搭在我的胳膊上，坠得我抱不住娘了，我正想把她胳膊拽开，她又号开了：

"娘啊，你咋不消停地走啊，你是不埋怨俺们不孝啊？"

我听了就腾出一只手撩开身后的门帘子往里看，从屋里到屋外的灰土地上有一道长长的印，娘是从屋里炕上挪下来，爬到门口的。我一下就明白了，娘是要把房子留给老四，娘怕她死到屋里头，将来老四娶媳妇不吉利，就拼了最后一口气爬到外边。

这个世上，谁都惦记点什么，有的人说，有的人不说，还有的人嘴上说的和心里惦记的不是一回事。娘骂了一辈子，厉害了一辈子，我原以为她惦记的是爹有能耐，是能回城里过日子，是在大伙面前扬眉吐气，可我到最后才知道，娘惦记的是她的儿子。可娘忘了，她不光老四一个儿子，娘每爬一步，都在玉琴和老三媳妇心里摞下一块砖，那些砖堆起来，也砌成娘的样子，一辈子盯着儿媳妇。

娘走了，我说不清心里到底是啥感觉，我难过得不得了，可又像松了口气。我明白，这口气是替玉琴松的，玉琴真是受了娘不少的气呢，可我当着玉琴的面不能说，儿子也不能当着媳妇的面说娘的半句不好，更不能撇下娘跟媳妇一条心。可我又觉得我是该跟玉琴一条心的，往常娘在的时候，我就在娘和玉琴中间为难，娘走了，这种为难非但没少，反而成倍地涨出来了。我跟玉琴说，老房子娘给了老四了，就是有一天爹没了，那房子我也不能抢，玉琴慢慢地点点头，说会哭的孩子有奶吃啊，我说咋的呢，玉琴说你娘知道你孝顺，让你吃点亏你也能忍了。我听了心里也觉得对不住玉琴，我问玉琴你跟我后悔不，玉琴说后不后悔能咋的，我说明年咱们借钱也把房子盖起来，玉琴说行啊，我盼着那天。

我和大姐商量着，娘走了，咱们得带着爹一块儿过，要不爹心里难受，可没等我们张嘴，爹先说了：

"我不用你们伺候啊，我啥都行。"

我说：

"爹你可别逞能了，你咋的还能往回活呀？"

我说错了，爹真的开始往回活了。

他那只拖在地上的脚现在能挪着走了。他饿的时候跟我和老三言语一声，要么在老三那儿吃，要么在我这儿吃。他也不往屯子里跑了，他稳稳地坐在家里，把老房子里的每一样东西都擦得干干净净，他把娘的东西都仔仔细细地叠好，塞到炕柜的最里边，把自己的衣裳摆在外边。他的腰板比中风之前还要直溜不少呢，要是他现在站在院里咳嗽两下，我都不自觉地把话音降下来。屯子里的人都议论着：

"一般老头老太太有一个没了，那个过几天也得抽巴。你看人家老郭头，老伴走了，还活得滋润了，不是有新人了吧？"

这些瞎传的话从我左耳朵钻进去，又从我右耳朵钻出来，我心里明镜一样照见一个念头：也许爹是等了一辈子才等来这一天，娘是他的主心骨，可也是压着他的山，如今这山没了，爹的命才是他自己的命了。

这真是让人捉摸不透的事，两个人，在几十年的日子里一起度过，就成了一张嘴上的两瓣嘴唇，就成了一只手上紧挨着的两个指头，尽管老是一个管着另一个，甚至要把另一个喘气的方式都按照自己的想法去规定，可毕竟他们谁也离不了谁。直到有一天强的那个倒下了、离开了，弱的那个反而放出了活力，让我们怀疑这强和弱的组合是不是压根儿就是一个错误。可惜这个错误就是大多数人在过的日子，我爹和我娘是这样，我和玉琴也是这样，我们只能错下去，而没有改错的机会。

第四十章

老四回来是在这一年的秋天，小秃子和他两个兄弟都被抓了，被判了五年。他们还挺够意思，交代的时候说老四是跟着他们玩的，打人的时候老四站在旁边凑热闹，压根儿没动手，再加上挨打的人没看清都是谁打了他，警察也就再没追究。老四在外边躲着的时候，就知道娘去世了，他说他得着信儿的那天，找了个没人的地方，冲着家这边磕了三个头。老四回来的当天晚上，我让玉琴带着翩翩出去玩，我跟老四在偏厦子里就着花生米喝酒，我没告诉老四娘临死的时候啥样，我就说娘把老房子留给他了，老四说我不要，将来你跟嫂子住吧。我说我有房住，我不跟你抢。老四哼了一声，说二哥你不抢，那三哥呢？我被噎了一下，就说房子的事先放一边，你赶紧跟桂贤结婚吧，别让娘闭不上眼。老四说不着急，再等两年。我就有点急了，我说娘临了儿净念叨你娶媳妇的事，你咋不懂事呢？老四说哥我啥也没有，啥也不会，我娶完媳妇咋养活家呀？我说你还回鞋厂当管账的，老四说哥你还不知道我吗，我毛毛躁躁的，心里没准谱。我说我的就是你的，咱们是亲兄弟，你把鞋厂整黄了咱俩一块儿给人裁帮去。老四听了这句话，把一杯白酒都干了，老四说哥呀，有你这句话够了。

　　玉琴和翩翩进屋的时候，老四已经回去睡了，我四仰八叉地躺在炕上。玉琴皱着眉，说这屋的味啊，就把窗户门都打开了，我抬头瞅瞅，我说打明天开始，老四还回鞋厂管账。玉琴说咋又让他管呢，那不等着记糊涂账嘛。我抬起一只手指着玉琴，我说你闭嘴，那是我亲兄弟！玉琴说对对对，你娘是亲娘，你兄弟是亲兄弟，就我不是亲媳妇！

　　我又一次对玉琴动了手，我的怒气里头夹着酒劲，更夹着对老四的承诺，更多的是对我娘的思念。往日里娘对我的话一句一句从墙壁里钻出来，娘的脸映在灯泡的光晕里，而玉琴对娘的埋怨像打雷一样扇着我的嘴巴，这让我难过得要死。那一刻，我把娘的死归结为我的不孝，我没有让媳妇对娘像我对娘那样好，我对我娘有一万个对不起，对玉琴却只有一万个恨。很多年以后，这两种态度慢慢地发生了改变，对我娘是五千个对不起五千个埋怨，对玉琴却是五千个对不起五千个恨，那五千个恨是恨她干吗嫁了我。

　　那天晚上，玉琴瞪着眼睛任我一下一下地打，就是不愿意求饶，翩翩吓得把自己蒙在被里一个劲儿地叫唤，要不是老四迷迷瞪瞪地过来拉架，我还不知道这一幕要到什么时候。我恍恍惚惚地记得，那天打了一宿的雷，愣是没下一滴雨，要么就是雨下到地上就干了，反正我早晨起来的时候没看见，玉琴早上回娘家了，还带走了翩翩。

　　这一次玉琴没走太久，她回来的时候，把他弟弟玉军和老妹妹玉芬带回来了。

　　在我心里，玉琴的兄弟和妹妹是离我很远的亲戚，只有跟玉琴回娘家，或是玉琴自己回娘家的时候，我才会想起他们。可玉琴不一样，她让弟弟妹妹在外边等着，把我拽进屋里，她掐着腰板，硬气地跟我说，她爹她娘最大的心愿就是把几个孩子都送出山沟，如今她出来了，吃上了大米，穿上了好衣服，还有了自己的一摊营生，就该把弟弟妹妹带出来。我说咱俩自己还没过明白呢，别让他们过来遭罪了。玉琴说郭从文你听好了，人都将心比心，你不是一门心思都是你爹妈你弟弟吗？你弟弟安排明白了，我弟弟妹妹咋的？你要说你不管他们，那你也别指望我对你家人好。我说我没有那个意思，玉琴说万一哪天我让你打死了，我弟弟妹妹收尸都来不及。我一下心就软了，我说行行，来了就来了吧。玉琴说这可不是我逼你的，别来了之后你给人家脸子看。我说我不给脸子，我陪着吃饭喝酒行不？玉琴这才乐和地出去做饭了。

　　我家的屋太小，再加上来了娘家亲，就在老房子里吃，老三和老三媳妇作陪，爹是长辈，不好跟小孩坐到一块儿吃，我就单独把饭菜盛好，让爹在炕桌上吃，我们在地下摆开圆桌吃。老四看了一眼玉军，问还喝点不，玉军说喝点呗，老四又看看玉芬，还没等问，玉芬就说，我也来点。老四乐了，出去端了一水舀子散白酒回来，给我们几个男的都倒上，给玉芬倒了小半杯，玉芬不干了，把自己的杯推了出去，把老四的杯拿了过来。我心想这小舅子和小姨子也太不深沉了，真把自己当客了，让喝就喝，还带自己抢的，我就板着脸吃饭。等喝完一水舀子的白酒，老三先回了屋，爹出去溜达消化食，老三媳妇抱着继德坐在炕头听电匣子。中间老三媳妇上茅厕，玉军拿筷子蘸了点白酒，放到继德嘴边，继德张开小嘴抿了一下，马上就被辣哭了。老三媳妇一边系着裤带一边跑进来，问继德咋的了，玉军笑得前仰后合，指着继德说：

"我让大侄儿陪我喝点。"

老三媳妇说：

"你缺心眼儿啊，给小孩灌酒？"

玉芬一听就毛了，拎起水舀子就朝老三媳妇撇过去，老三媳妇退了一步，站在门口骂：

"怎么的，上咱家撒野来了，不爱待滚。"

玉琴站起来说：

"弟妹你咋这么说话，什么叫滚？"

玉琴还没说完，玉芬就起身举起凳子，老四赶紧拦住他。老三媳妇从来没见过这么虎的女人，就抱着继德跑到院里，对着窗户骂：

"我不跟你们小崽子一般见识，你们等着的。"

玉军端起酒杯跟老四说：

"来，哥，再来半杯。"

玉芬放下凳子，跟玉琴说：

"姐，你告诉我她平时欺负你不，你说一句我就剐了她。"

老四看傻了，我气得站起来就走。玉琴追着我进了偏厦子，说十七八岁小伙小姑娘说话办事没谱，我说这不叫没谱，这叫没教养。玉琴说你让他们怎么有教养？搁家饭都吃不上。我说那你啥意思，打算在浑阳长住咋的？玉琴说反正投奔我来的，你看着办。

晚上，玉军跟我和玉琴住偏厦子，玉芬去她姑姑的宿舍住。玉军喝多了，一宿吐了十来遍，玉琴拿个脸盆在炕头接着，玉军隔一会儿爬起来吐一下，抹抹嘴再睡。开始玉琴还去倒脸盆，后来玉军吐得太勤了，只好把脸盆放在玉军脑袋旁边的地上。我忍到后半夜，实在受不了了，就披上衣服走出去。我走到屯子口那棵柳树下边，柳叶都发黄打蔫了，风一吹不是簌簌地响，而是哗啦哗啦的，弄得我心里更烦。我想这日子怎么就没个消停呢，大伙都这么活着，还活得劲儿劲儿的，这是活给谁看呢？

我托一个老客户给玉芬找了个饭店服务员的活，就在浑阳火车站对面的开明街里，白天管饭，晚上管住，这么安排玉琴也挺可心。她说玉芬勇敢，可玉军不行，她说要不就让玉军跟着老四管账吧，我没答应，我说半大小伙子得历练历练，先当学徒，晚上住鞋厂。玉琴说不行，鞋厂那地方偏，他一个人住害怕。我说老四原来还自己在鞋厂住呢，玉琴说玉军没有老四虎气，还是跟我们一块儿住吧。我说那么大点地方住四个人，那得挤成啥样？玉琴说那怨谁，我这些年不就这么挤着吗，要不就跟你爹商量换房，咱们四口人住老房子，你爹和老四住偏厦子。我问这是你的主意？你是不惦记老四房子了？那是娘给老四留的，咱们住算咋回事？玉琴说我没那么多心眼儿，是老四主动提的，再说我又没想长住，这不眼下逼到这儿了吗？我说那也不行，不能让我爹挪地方，别人要知道了寻思我怎么挤对我爹呢。玉琴说你不想招儿，那咱就都在偏厦子里挤着！

我、玉琴、玉军、翩翩，就这么挤在了那么小的一盘炕上，玉琴靠着墙，翩翩睡在我和玉琴中间，玉军挨着我。我怕我平躺着睡翩翩伸展不开，就尽量地侧过身对着翩翩睡。玉军做梦打把式，动不动就把腿搁到我腿上，我想把腿抽出来，又怕弄醒了翩翻，就只能睁着眼睛挺着，一挺就是半宿，早晨起来腿都麻得没有知觉。有时候我也动动念头，干脆先跟爹和老四换房子住吧，他们两人住偏厦子，怎么也住开了，可我立刻就觉得心里有愧，我想娘临死都惦记老四，爹还没好利索，宁可我难点，也不能让他俩遭罪。我又看看我眼前的两人，心想我的玉琴和翩翩又为啥得遭罪呢，我两头都对不起，就越觉得自个儿是窝囊废。琢磨到最后，我又想我净惦记别人了，谁惦记过我呢？爹娘心里惦记老四，大姐心里惦记自己孩子，老三心里惦记他老婆，老四心里惦记桂贤，玉琴心里惦记弟弟妹妹，就剩下翩翩，可她这么小，她还没学会惦记一个人呢。想着想着，我对着窗户映出来的那一点青白色，淌出了几滴眼泪。那一年，我才三十四，可我觉得自己像六十四。

第四十一章

大姐知道了玉军和玉芬来的事，就跟我说：

"从文啊，玉琴把弟弟妹妹整来，是不得你安排啊？"

我说是啊，大姐说：

"玉琴咋那么不懂事呢，这不拖累你吗？你咋安排的？"

我说一个去鞋厂当小工了，一个去饭店当服务员了，大姐听了说：

"从文啊，你可防着点，玉琴心眼儿多，她那弟弟妹妹也挺鬼道，你鞋厂别让人家给占了。"

我说哪能呢，大姐又说：

"咋不能呢，本来就是玉琴管账，他弟弟再帮着她，不把你架空了吗？那是咱家的买卖，你别含糊。"

我只好哼哈地答应，第二天老三忽然说要跟我唠唠，我说唠吧，老三就把我带到他屋，我一看爹也在，我问咋的了，老三媳妇就说：

"二哥，你挣大钱咱不眼红，但你不能把买卖给别人啊。"

我说这话从哪儿说的，老三媳妇说你别管从哪儿说的，嫂子把她弟弟带到鞋厂是干啥呢，是不打算将来谋权篡位呢？我说你注意点用词，那是我给安排的。老三媳妇说咋的二哥，你们商量好的呗，鞋厂是不得改姓了？我这才听明白了，肯定是大姐看我没当回事，又把原话跟老三说了，我说改不改姓不是我说了算的，再说这事不该你操心，我爹给我的买卖。老三媳妇说爹在这儿呢，你问问爹能同意不？老三媳妇说完就瞪了老三一眼，老三就阴着脸小声说：

"二哥，现在爹体格好了，也不糊涂了，有些事要是爹有啥想法，咱还得听爹的。"

我说老三你不用说这个，我明白你啥意思，要是爹说鞋厂不让我干了，我就不干了，你愿意接你接。老三媳妇立刻就说：

"这可你说的，爹你啥意见？"

我心想还问啥意见哪，我进屋之前爹就在呢，肯定是老三和老三媳妇把迷魂汤给爹灌下去了。看来鞋厂我也干到头了，我不贪图这个买卖，可我觉得伤心，我说爹你说吧，你咋说我咋听。爹抬头瞅瞅我，又瞅瞅老三，扶着炕站起来，说了一句：

"各干各的。"

爹说完就慢慢地往外走，老三媳妇急了，说：

"爹你这话啥意思啊？"

爹没回头，又说了一句：

"各干各的吧。"

第二天，大姐去鞋厂找我，大姐一见面就拍自己大腿，说姐错了姐错了，姐是怕你让人坑了，让老三帮你看着点，姐没承想老三媳妇撺弄老三抢你买卖呀，姐是好心。我说姐我知道，你放心吧，没人要坑我。大姐又说，你得注意点，我刚才看见玉琴跟她弟弟嘀嘀咕咕的，账目你晚上瞅一眼。我说行行，你回家吧。

大姐走到门口，又突然跑回来，趴到我耳边，我紧着躲，可大姐拽着我，弄得所有工人都瞅我俩，弄得我直脸红，可大姐不依不饶的，在我耳朵边用贼小贼小的声说：

"不行大姐帮你看着？"

我听见了，可我有一万个不耐烦，我就大声说：

"姐你说啥？"

大姐使劲打了我一下，转身小跑着走了，我看着大姐的背影，心里又气又没辙。等我晚上回了家，玉琴问我，大姐跟你说啥了，我说你看见了？玉琴说玉军告诉我的，整得还挺神秘，我说那么个小屁孩，干活没学明白，学会传话了呢，你姐儿俩一天商量点正经事。玉琴愣了一下，说你咋的了，我说没事。

我没想到，大姐真能去鞋厂看着玉军，大姐乐呵呵地看着玉军说：

"哎呀，这大小伙子长得，有她姐的模样，真帅气，干活累不？累了跟大姐说啊。"

大姐又跟玉琴说：

"玉琴哪，你有这么好的弟弟，真有福啊。"

大姐又转身悄悄跟我说：

"我看玉琴刚才拿了双鞋给她弟弟，你回头问问。"

我说拿就拿吧，人家亲姐儿俩，拿双鞋穿咋的了？大姐把眼睛瞪得溜圆，说那哪行，这才来两天就给拿皮鞋，那一双鞋卖能卖多少钱呢，说给就给呀。隔了半天，玉军把玉琴给他的皮鞋换上了，大姐故意走过去看看，说哎呀，这鞋真好看，搁哪儿买的？玉军听了脸就红了。玉琴走过去说，大姐，我看玉军鞋不跟脚了，我给拿了一双。大姐说玉军真有福啊，你可知道这一双鞋顶工人干多少天的，我说我弟弟这买卖不挣钱呢。玉军一听就要把鞋脱了，玉琴拦住玉军，从兜里掏出二十块钱扔到桌上，说这鞋算我买的。大姐马上换了一副脸，说弟妹你看看，我就顺嘴说一句，这是你两口子买卖，你还掏上钱了，快揣起来。到了中午，工人吃完饭去外边晒太阳唠嗑儿，玉琴回家照顾翩翩，我困了，倒在皮子上眯一会儿，把外衣脱下来盖在身上。眯着眯着就觉得有人在我脸边呼气，我一睁眼，大姐正定定地看着我呢。我吓了一跳，坐起来说大姐你干啥呀？大姐说我看你睡着，没敢吆唤你，我说咋的了？大姐说刚才我回家一趟，回来一进屋，就看见玉军在你上衣兜里掏啥呢，看见我进来慌慌张张走了，你看看少什么没？我拿起外衣翻了翻，说火柴没了，可能玉军抽烟没火，上我这儿掏来了。大姐说他抽烟吗？我说他都二十了，肯定会抽。大姐说你留点心，这小子兴许上你兜里掏钱去了，我把上衣兜的里子翻出来给大姐看，我说我兜里没揣钱，大姐你别瞎操心啦。大姐"哦哦"地答应了两声，说你睡吧你睡吧，我不吵你了。等我睡醒了，大姐还在我脚边坐着呢，眼睛看着一个方向，我不用顺着大姐眼神找，就知道大姐盯着玉军瞅呢。我说大姐又咋的了，大姐说这俩半点他啥活也没干哪，你咋把这个人留身边呢？我说大姐你别说了行不，我闹心！大姐赶紧站起来，说好好，姐不说了，姐走了，你别生气啊。晚上，玉琴问我，大姐怎么突然来鞋厂了，我说没事，不放心，过来看看。玉琴说不放心谁呀，是不是不放心我和玉军哪？我说没有的事，你别瞎想。可接下来的两个礼拜，大姐没事就去鞋厂晃一圈，哪怕听见玉琴和玉军说一句话，都要学给我听，我开始还应付两句，后来实在不乐意听了，一看见大姐过来就要躲，实在被她逼急了，我就猛着嗓子喊一句：

"大姐，你别给我添累行不！"

大姐听完一愣，就在嘴里小声地念叨这句话：

"我添累了，我添累了，唉，我添累了。"

大姐说完又连叹了几口气，叹得我一下心就软了，我想大姐总归是为我好，我可别伤了她心哪。我就走过去扶着大姐肩膀，认认真真地跟大姐说，大姐我不傻，咱就把话说到家，我的不就是玉琴的吗？玉琴的不就是玉军的吗？我心甘情愿给行不？大姐说既然你这么说了，那算大姐多余了，我是不应该掺和你两口子的事，往后我也不来了。

大姐不去鞋厂了，可大姐又盯上了玉芬。玉芬在饭店当服务员，上五天休两天，休息的时候就到家里来看玉琴，玉琴就不去鞋厂了，留在家里跟玉芬说话，要么跟玉芬去城里逛商店。大姐看在眼里又不乐意了，跟我说：

"那鞋厂忙得滴溜转，这倒好，装上闲人了。"

我说现在老四也回去管账了，也不用玉琴干什么。等她们姐儿俩逛街回来了，玉芬买了件衣服或是拎了个帽子，大姐就趁她们不注意拿起来翻来覆去地看，看完还悄悄跟我说：

"玉琴妹妹也太大手大脚了，这城里一件衣服不得几十块钱哪。"

我说小姑娘爱美呗，大姐说这肯定是她姐给买的，这下可算抓住你这冤大头了，你看吧，以后买房子结婚都得你管。我说不至于，我自己都没房子呢，我还管她？大姐说那你看看，玉琴对弟弟妹妹这么上心，到时候能不安排？

玉琴和玉芬姐儿俩坐一块儿说话的时候，大姐也要掺和进去，时不时还搭一句没边没沿的。要是玉琴和玉芬谁提起了我，大姐马上把话接过去，把我从小到大的事讲上一遍，末了还要加一句：

"你姐嫁给我弟弟，那是前世修来的，一般人配得上我弟弟吗？"

玉芬脾气火暴，马上就顶一句：

"那我姐咋的，长相、脾气、干活、过日子哪样不行？"

大姐说：

"行是行，要一般人家没得挑，关键不是嫁了我弟弟吗？"

大姐说完，又把我从头到脚夸一通，玉琴看见我就跟我抱怨，说你姐夸你我没意见，你是我男人，夸你也就夸了，干啥贬低我呀？我说她没那个意思，当姐的就稀罕弟弟呗。玉琴说你姐就是瞧不上我，我说我瞧得上你比啥都强，玉琴说那倒是。玉琴说完碰了碰我耳朵，我说干啥？玉琴叹口气说，怪不得呢，耳根子这么软，人家说啥你信啥，有一天要是有人编派你媳妇，你都不一定能信我。我说我凭啥信别人啊，我就信你。

第四十二章

　　大姐找屯子里老人给算了，翮翮是大海水命。大姐说，这个命也好也不好，好的是将来能嫁个好人，不好的就是妨爹妈。我说大姐你这话千万别跟玉琴说，大姐说不能不能，这话就是跟你说，你是我亲弟弟嘛。过了没几天，玉琴问我，你姐咋那样呢，说我克这个克那个，说完我还说孩子，那是人办的事吗？我说你听谁说的，玉琴说老三媳妇跟老娘们儿唠嗑儿就这么唠的，说你姐找人算的，我闺女跟我一个命。我听了一皱眉，我说明天我就问我姐，要真是她说的，我跟她没完。第二天我遇见大姐就问她，大姐一拍大腿，说哎呀妈呀，这可冤死我了，我把话烂到肚子里都不能跟别人说呀。我说那老三媳妇怎么知道的，大姐说你现在把老三媳妇找来，问问她我说过这话没？我说行行行，不管是不是你说的，以后别给这个算给那个算的，听着闹心，你还嫌我家事不多是不？大姐看着我有一会儿没说话，忽然就说，姐是从小带着你长大的，咱们姐儿俩三十来年了，你跟你媳妇才几年？你媳妇记恨我，往我身上泼脏水，你心里要没数，那姐以后就不着你边了，当姐的能不盼着弟弟过得好吗？我一看大姐有点难受了，我就在心里犯嘀咕，大姐和玉琴我信谁的呢？后来我瞅着大姐往家走的背影，心想就是媳妇再亲，还能有跟你淌一样血的人亲吗？我回了家，玉军没在屋，玉琴正往炕桌上摆碗筷，我坐下就闷头吃饭。玉琴一边把菜盘子端上来，一边跟我说：

"这从斌啊，又把账算错了，我费半天劲才给对上，不行让玉军干一阵？他学东西快，还能上心。"

我扬手就把筷子撇出去了，打在电视机盖子上，玉琴吓了一跳，说你好好的发什么邪火？我懒得说话，下地穿鞋就出去了。我心想大姐说得没错，这姐弟俩真是算计我们家业呢，现在都张罗让玉军管账了。从那以后，我看见玉军和玉芬都是冷脸，他们也有点怕我，除了有非说不可的话，要不都不着我的边。玉芬虽然是火暴脾气，可她顾及玉琴，也不跟我正面冲突，可她心里替她姐不公呢。一到礼拜六礼拜天，玉芬就来了，她拽着她姐一个劲儿地嘀咕，一边嘀咕一边拿眼瞄我，我就知道她肯定是说我坏话呢，说我不向着自个儿家人，说我不跟她姐一条心，说得玉琴干叹气。我寻思说就说吧，还能把我和玉琴说黄了咋的，可我有时候能听见点，敢情玉芬除了埋汰我，还骂大姐呢，说是非要给大姐点颜色看看，给玉琴出气。这时候玉琴就拦着，玉芬觉得她姐没能耐、干受气，急得屁股在炕上直蹭，脚跟使劲磕着炕砖。我想多亏玉琴明事理，知道劝着她妹妹，要不可玉芬的性子，不定干出啥事呢。慢慢地，我也不把这当成是心事，我就专心做我的生意，我还惦记着挣钱盖房呢，不能老是四口人挤在这么个偏厦子里呀。翩翩一天天长大，她晚上睡着了伸胳膊腿，胳膊伸出去打着了人，脚伸出去也打着了人，她在梦里就像受了多大委屈，把胳膊腿收回来，小嘴噘着，我看着她，心里这个难受啊。我真想找老四唠唠，我说就算哥求你，让翩翩占你的房子住两年，老房子地方够用，一个翩翩挤不着爹，也挤不着你，等哥盖起来房子再把翩翩抱回来。可我每回想到这儿，就偷摸给自己一个嘴巴，我想我打的黑心算盘哪：先是翩翩住进去，翩翩一哭，玉琴就得过去照顾，慢慢地这娘儿俩都住进去了，爹和老四就不能在老房子待啦，就得跟我们换房子，这么一来，老四的房子就成了我的房子，不就等于我把老四房子占了吗？我能忍心看着老四像我一样，在偏厦子里结婚生孩子吗？我天天晚上就这么折磨自己，慢慢地人就瘦了。玉琴有一天端详我，忽然说，你咋瘦成这样，腮帮子肉都叫颧骨给吸进去了。我说是吗？我照照镜子，看见眼睛下边多了两个黑月亮，圆脸都变成刀条脸了，我说没事没事，最近活多累的。玉琴想了想，说你大姐那边你不用担心，我不能让玉芬干出格的事，别的事你更不用寻思了，翩翩是我女儿，我能遭的罪，我女儿也能遭。我一听鼻子就酸了，我赶紧转身出去。我这一道上就在心里盘算，这两年我挣的钱够不够买一万块砖，有一万块砖就能盖个敞亮的房子，可算来算去，连一半都够不上。我咬咬牙，我想我总算也认识几个做买卖的，干脆跟他们借钱把房子盖起来，我以后做鞋再慢慢还。我最不愿意跟人借钱，也从来没管别人借过钱，可为了我闺女，我什么都豁得出去。我这么一想，就觉得满天乌云都开了，就好像真的看见翩翩拉着玉琴的手，在新房的炕上蹦来蹦去呢。我脸上憋不住乐，碰见我的人就问我：

"老郭呀，你捡着钱了咋的？乐成这样啊？"

他们一问我，我才醒过来，我想我钱还没借到手呢，我就没去鞋厂，直接拐到城里借钱去了。

要说这世上有什么事是最难办的，那就得数跟人张嘴了。我找到两个朋友的家，唠了半天的嗑儿，喝了几大碗的花茶水，借钱的话愣是一句都说不出口。眼看着天都快黑了，我跟自己说：老郭呀老郭，借钱还能比割你肉还难受了？我这么想着，就到了第三个朋友老黄的店门口了。老黄头两年混得可惨呢，从他媳妇嫁妆里抠了点钱，从我这上了几回鞋，摆摊卖完以后也没赔也没赚，后来他老丈人看他实诚，也是不忍心瞅着女儿跟着他受苦，就给拿了一笔本钱，帮他租了个小门脸。老黄能吃苦，常年上外地弄那些残次军品鞋，就这么还干起来了，小生活过得好呢。我在老黄店门口站了半天，我想我进去也是一样张不开嘴，我就是这么个屄样儿，我一拍大腿要往回走，听见后边门响，我一回头正好是老黄，他已经看见我了，我想躲也来不及了，我硬着头皮过去了。老黄这人比我话还少，跟我打个招呼就没动静了，我俩就那么站了半天，我说我回去了，老黄说你是不有事啊？我硬硬头皮，说我想借钱，老黄说干啥用？你借钱要是做买卖我可不借你。我一听就生气，我说我做买卖咋的，老黄说你这人傻，做买卖挣不着钱，你做买卖还不如买点国库券呢。我一听乐了，我寻思这是好朋友说的话，听着扎人，实际是替你想呢。我说我借钱盖房，老黄去过我家，知道我住偏厦子，老黄就说这是正事，你借多少？我说我手里有两千多块，还得借个三千。老黄说你等着，老黄转身进去，回来手里拿个黄书包，说你拿回家吧，连包都借你了。我说你这么宽绰了？老黄我宽绰个屁，我本来明天要出差上鞋的钱。我说那我不能借，老黄说你别装了，你那房子往里一躺都能看见星星，哪天下雹子都能把你砸死。我说你可想好了，我傻，挣钱慢，这钱不定哪年还你呢。老黄冲我眨眨眼，说这钱你该不黄。

好多年以后，我跟老黄还是好朋友，我俩在一块儿喝酒的时候，我提起这段事，老黄说你不知道，当年我把钱借你，我没敢跟媳妇说，我第二天照样出差了，等到了外地我给店里打电话，跟我媳妇说我一下火车钱包就让人偷了，现在身上分文没有，得在火车站长椅子上过夜了。我媳妇一听就着急了，买了火车票就过来了，在火车站找见我抱着我就哭，整得全车站人都看我。我说老黄没想到你瞅着挺闷，这么有心眼儿。老黄说我得谢谢你呢，这么一整我就知道我媳妇是真对我好，要不她那么大脾气，我能忍她到今天？我乐了，我说敢情你拿三千块钱做实验了。老黄说要是什么事都能拿钱试出来，那人活着就容易了。我说你这话也对也不对，我当年有些事明明是不用实验就能想明白的，可我还是做错不少事，落了一肚子后悔，可见人活着总归是不容易。老黄说那为活着干一杯，我端起杯，却把酒洒到地上，我说也为没活到今天的人干一杯。那一刻，我的眼泪也滴答到地上，当着老黄的面，我不用掩饰，他也从不笑话我。

第四十三章

我记得，我把钱交到玉琴手上的那天晚上，天开始下雨了，雨点像豆子一样扑在窗户上，碎成一大片花，打得玻璃抖了几抖，我听见棚顶上轰隆轰隆的，像是有人在头顶上使劲跺脚。翩翩闹腾了半宿才睡着，因为玉军把我买给她的木头杆红缨枪拿去支棚了。我一想翩翩都四岁多了，这房子比她大不到一岁，可这房子压根儿也没几块砖，怪不得棚顶上铺的油毡纸都那么容易烂，那些木头椽子那么容易糟，没有砖头在下边撑着，油毡纸和木头椽子也心虚呀。

我是等玉军发出了呼噜声，才探起身喊玉琴的。玉琴以为我要跟她亲热，不耐烦地嘟囔了一句：

"你不看啥环境啊？"

我本来满心的激动，叫她这一句浇下去一半，我才想起来，自打有了翩翩，我和玉琴就少往一块儿凑了，再加上个玉军，我俩哪有工夫在一块儿呢？我又碰碰玉琴，玉琴抬起头，闷声地瞪我，问我干啥，我说你摸，玉琴说我不，我说你摸摸，玉琴说你别闹行不，我说你就摸一下，玉琴回身看看玉军，又小心翼翼地看看翩翩，就把手往我裤裆下边伸过去，我把她手抓住，往胸口里边放，玉琴摸着了衣服里鼓鼓的包，问我：

"啥呀？"

我说你猜呢？玉琴说：

"反正不是钱。"

我说你猜错了，是钱，我看见玉琴眼睛在黑夜里亮了一下，马上又暗下去，玉琴把手抽回去，说：

"睡觉吧，明天还忙呢。"

我耐不住性子了，我把胸口捂着的钱掏出来，塞到玉琴手里，玉琴欠起大半个身子，问我：

"哪儿来的？"

我说借的，玉琴问：

"多少啊？"

我说这么厚一沓，你说得多少？玉琴说：

"你快点说。"

我说三千，玉琴说：

"那咋这么潮呢，叫雨浇了？"

我心里想，那哪是雨浇的，我回来的时候还没下雨呢，这一道我是把一只手揣在怀里按着，手心没完没了地出汗，那是我的汗把钱捂潮了。我伸手摸着玉琴的头发，我说咱有钱了，盖房吧。玉琴有一会儿没说话，忽然就把钱递回来了，玉琴说：

"还了吧。"

我有点着急了，我说我好不容易借来的，玉琴说：

"咱不拉饥荒。"

我心里有点烦了，我倒下去，没接那钱，我说：

"不拉饥荒就这么挺着？他妈棚都要塌了。"

玉琴说：

"不还没塌吗？借钱过日子我心里不得劲。"

我一下把钱抓过来撒到一边，有几张贴在我的胸脯上，还有一张离我的嘴特别近，我都能闻见钱上那股子味。这时候雨水的味也从窗户缝里钻进来，让我心里也往外泛着酸。我心里想，我他妈蹦个高把棚捅开花得了。我以为玉琴能把钱捡起来，可她没动弹，我躺了一会儿，坐起来把钱抓回来，也没管够没够数，塞到枕头底下，倒下就睡。早上，枕头边放着一小沓钱，叠得整整齐齐。

我本来打算等天晴了就把钱还回去，可雨连上了。开始院子里的菜被浇得绿汪汪的，看着都水灵，后来种菜的垄里吃不进水了，菜也开始往两边倒，再后来院里的水沟不往外排水了，还直往院里灌，再到后来脚下踩着砖头，鞋帮也泡在水里。我穿着雨靴子去厂里的时候，回头一看，整个屯子都泡在水里了，天压得特别低，屯子的腰像是折了一样，中间塌了下去，一个人都看不着，更看不见我那个偏厦子的房檐，它太低了，我想雨再下大点，就能把我们都淹死到这里边，一个带活气的都别想出去。

雨一直没停，足足下了有半个月，有时候眼瞅着要放晴了，可不知什么风又刮下一阵雨，打得树叶都直往下掉，有时候看着没下，走出去五分钟肩膀就全湿答答的。大姐说屯里老人给算了，今年是龙年，龙年都有灾。大姐说这话的时候，我正在老房子房檐底下发呆，我说人家不说水是财吗，下雨就是下财呗。大姐说，龙是只吃不拉，龙怎么能把财往外给呢？我当时就想，大姐真没见识，她把龙和貔貅弄混了，可我没敢说，我有点怕了大姐这张嘴了。

棚是在我们吃晚饭的时候掉下来的，偏厦子里只有我、玉琴和翩翩三口人，因为玉军去城里找她妹妹去了，他埋怨自己身上都被雨水泡长毛了。那晚上玉琴做的是刀鱼，翩翩最不爱吃鱼，因为她一吃鱼就卡刺，玉琴每回都把鱼刺挑得干干净净再放到翩翩碗里，可她还是一吃就卡。我说翩翩你再不好好吃鱼，你舅回来都给吃了，翩翩喊：

"我卡了，我卡了。"

玉琴说你去拿点醋，我说她就是心理作用，翩翩还喊：

"我卡了，我卡了。"

玉琴说你去拿吧，我嘟囔一句就出去了。从偏厦子到外边做饭的小屋就两步道，小雨就把我打了个激灵，等我拿着醋回来，我听见脑袋顶上一个炸雷，吓得我一缩脖。我刚进偏厦子，就看见玉琴抱着翩翩在地上站着呢，我再一看，这屋里怎么透亮了？在一堆破油毡纸破木头中间，翩翩那根木头杆的红缨枪横戳着，特别扎眼。我赶紧问咋的了，玉琴说你没看见啊，棚塌了。我说你俩没事吧？玉琴说多亏翩翩要上外边找你，咱娘儿俩刚一起身，棚就掉下来了。我往上瞅瞅，挺大个黑窟窿张着嘴，接着天上下来的密密的雨点。我瞅了半天，说了一句：

"醋还要不？"

棚掉下来的第二天，雨停了，天是还阴着，可明显瞅着东边泛青。头天夜里，我就把玉琴和翩翩安置到老房子里，爹一直没醒，我也没喊他，我自己在偏厦子里翻腾，我借的那三千块钱藏到炕柜最里边，没被雨浇着。我抓着装钱的小布包站在偏厦子角上，心想这回不盖房也不行了，这是老天爷用雨水把我逼到这条路上。过了晌午，太阳出来了，我跟老三、老四把棚上掉下来的垃圾往外折腾，大姐听说了也来帮忙，她站在两块砖头上，帮着扯绳晾被。老三媳妇本来是抱着继德在门口看热闹，等她看见玉琴跟翩翩从老房子里出来，她脸色就变了，她对着玉琴说：

"哎呀，这回可有大房子住了。"

玉琴说：

"不用你惦记，我们这就盖新房。"

老三媳妇听了一愣，我看看玉琴，她的表情特别安静。

我跟爹说我要盖房了，爹点点头，爹说早就该盖房啊，你结婚时候就该盖，你有翩翩的时候也该盖。我说那我就盖了，爹说，我跟你商量个事行？我说爹你说吧，爹说你先给老四盖房吧，我把老四的婚事张罗完了，我就能闭眼了。我说娘不是把老房子留给老四了吗？爹抬头端详详详老房子，咽了一口吐沫，爹说从文啊，你给老四盖房，我这个房子给你。我听完没吭声，心里也没怎么难受，好像我早就知道爹会这么说。我说到时候爹你咋办呢，爹说我都不一定能活到那天，实在不行我挨家轮着住。爹说完龇牙一乐，口水顺着嘴角淌下来，他赶紧吸溜回去。我看见爹的牙有好几个都缺了，爹的腮帮子跟偏厦子的棚一样，也塌下去了，我心里一酸，点了点头。

有人问我，啥叫两口子，我说我说不上来，他告诉我，半夜让尿憋醒了，你扑扑腾腾地下炕去茅厕，你媳妇压根儿没醒，或者当时醒了，等你回来又睡得实实的，那就叫两口子。我说你这纯是扯淡，两口子就在尿上体现啊？他说你听歪了，我说的不是尿的事，说的是睡得着的事，不论啥时候，心里是踏实的，这就是两口子。这句话我开始不当回事，后来越咂摸越有道理，可这理儿放到我跟玉琴身上，就只应验一半。我和玉琴过日子，我心里是踏实的，可玉琴把大半辈子的命拴到我身上了，我却害得她晃晃荡荡，从来没个踏实。

第四十四章

我跟玉琴说，咱们出去租个房吧，玉琴说行啊，老房子住着不方便，等新房盖好了再搬回来，我"嗯"了一声，没敢说实话。

大姐帮着在王官屯找了个房子，紧挨着咱们住的刘官屯，是个小院，院里一共两户，一进院门右手边有个房子，住着一家三口，正面是东西屋两间房，中间隔着一个做饭的地方，我们租的是西屋，院里有两个小菜园子，还有一棵大枣树。搬家的那天，玉琴推着自行车，我跟玉军推着一辆平板车，就把所有家当都装下了。老四非要帮忙，我说啥也没让。临走的时候，老三媳妇抱着继德趴在窗户里头看，继德朝着翩翩招了招手，翩翩也跟继德招了招手。我看了一眼老房子，好像瞄见了爹的脸，可仔细一看，又看不着了。等平板车出了院子，玉琴回身关门，等剩下一条缝了，玉琴又把门打开看了一下，我说你看啥呢，玉琴说我看看咱的小窝。玉军说姐那破房子都塌没了，你还没住够啊？玉琴说，不管咋的咱也在这儿住过，塌了也是家，要不我进去捡块砖走吧，我说捡那破玩意干啥，赶紧走吧。

一想到这儿，我就能想起后来的某一天，屯子里的人站在一大堆碎砖头上，瞅着脚底下的砖头，分不清哪块是自己家的，哪块是别人家的，大伙你看看我，我看看你。那时候我才明白，要是手里捡了一块砖头，一块曾经踩在脚底下或是靠在脊背后边的砖头，那就像是捡了个宝贝，不论到了什么地方，把砖头一放，就能跟自己说，这个地方权当是咱的家了。可我早些年不懂这个道理呀，我就想赶紧躲出去，我想离那个院子远远的。

搬家的路上，翩翩非要坐在平板车上扶着电视机，她伸出手，像搂个宝贝似的搂住电视，问玉琴：

"妈，咱们还回来不？"

玉琴说咋不回来呢，回来就住新房子啦。翩翩就在平板车上跺着脚喊：

"我要在新房子里看电视。"

翩翩又说：

"妈，别让老舅跟咱们住新房子了。"

玉琴问为啥呀，翩翩说：

"老舅睡觉老占我地方。"

玉琴和玉军都乐了，玉琴说：

"翩翩别那么抠，新房子老大了，整个炕都是你的。"

我这一路都没吭声，等到了地方，把东西都安置好，天都快黑了。我跟玉琴说还是让玉军在老房子跟我爹住吧，还能宽敞点，玉琴问玉军咋想的，玉军说咋的都行，我说我骑车送你回去吧，天快黑了，不好认道。眼瞅着要到老房子了，玉军跳下车，说姐夫你回去吧，我回头刚骑了几步，玉军忽然跑上来，我说你有事啊，玉军说：

"姐夫，我姐脾气不太好，挺较真的，你对她好点。"

我说行，玉军又说：

"姐夫，我来是不拖累你跟我姐了？"

我说没有没有，别瞎想，玉军说：

"我娘说了，当老大最吃亏了，得等兄弟都安排好了，老大才能过好日子。现在我姐在咱家就像老大似的，不容易，等我将来有能耐了，我给你俩盖个大房子。"

我拍拍玉军肩膀，我说行啊，我盼着那天呢。等玉军进了院子，我自己推车往回走了一会儿，就把车停在道边，找了个墙角蹲下来，就算有屯子里的人路过也看不清我，他们还以为谁憋不住了在道边拉屎呢。我蹲的时候就准备好好哭一场，可等我一蹲下就怎么也哭不出来了，我想我不哭干吗要找个地方蹲下呢？我就蹲在那儿等着，等了老半天，鼻子一点也不酸了，心里的念头也乱了，我想干脆回家吧。我刚一站起来，眼睛撞见落在西边的一片红，染得屯子也挺好看似的，远远有个当妈的正拽着孩子走，一边走一边踹孩子的屁股，也不知怎么的，我的眼泪一下就掉下来了，怎么也止不住。我想我也不能再回去蹲着呀，我就骑上车，一边拿袖子抹眼睛一边骑，到后来袖子光擦眼泪不够了，还得擦鼻涕，我就一边骑一边嘟囔：

"热伤风太闹心了，热伤风太闹心了。"

其实我说不说这话都行，天彻底黑下来了，没有人能看清我。

我也说不清我盖新房的时候心里是怎么想的，我有点盼着这房子老也盖不完，要是盖完了，老四住进去了，玉琴和翻翻没住进去，我该怎么说呢？所以我就抽出一根烟递给拉砖的，跟他说不着急，结果他把烟别到耳朵后边，推车的时候脚步又快了一倍；我把水端给拌水泥的，跟他说不着急，结果他把水放到一边

的木头凳上，手里的锹在水泥堆上铲了一下，水泥堆里的水就淌
下来，把石灰和水泥混到了一块儿；我把扑克牌扔给木匠，跟他
们几个说不着急，他们把扑克塞到屁股兜里，抄起刨子，刨出的
木头花向两边卷起来……我越是让他们不着急，他们反倒着急起
来了，我只好赶紧走开，盼着我不在的时候下了雨、刮了风，或
是哪个工匠不小心被自己的锤头砸了手。可等我晚上到了家，
玉琴问起房子的事，我仔仔细细地跟她说起来，翩翩也坐在旁边
听，我又好像是在给自个盖房子。我告诉她地基要比往常打深一
尺，告诉她墙要比别人家多砌出一块，告诉她炕要比老房子的炕
还宽一些。玉琴听着听着就高兴了，我也高兴起来，翩翩听不
懂，看见我俩高兴也跟着高兴。等我们带着高兴劲儿躺下睡觉，
我才慢慢回过味来，我想我这是给玉琴娘儿俩添累呢，她们的高
兴多一分，将来的难受就多一分，可我忍不住不说呀，我要是不
说了，不高兴了，她们准猜出来了，那眼下的日子还怎么过呢？

就这么着，我每天活成好几个人，就越来越瘦了，屯里人见
了我就笑话我：

"咋的了从文，让媳妇折腾的？"

我呵呵一笑，没当回事，晚上睡觉的时候，玉琴翻了个身，盯
着我脸看，我说咋的了，玉琴说你怎么又瘦了呢？我说可能白天折
腾的，一会儿鞋厂一会儿房子的。玉琴说要不咱俩分分工，你管
着鞋厂就行，我去房子那儿盯着。我赶紧说不用不用，我看玉琴还
睁着眼睛，我就摸摸她的脸，我说真没事，我瘦点不显着帅嘛。
玉琴乐了一下，就把眼睛闭上了。我等了一会儿，用手摸摸自己的
胳膊，摸摸自己的肋条骨，又把拳头攥起来使使劲，好像是有什么

东西从我身上跑了，但明明不是力气，也不是劲头，是什么我也说不清。过了两天大姐见了我就拽住我，说从文你咋的了？我说没咋的，大姐说你这眼眶都塌了，盖房累的吧？我说没事，最近有点火，大姐说玉琴咋整的，老爷们儿都这样了，不说给补补。我说瘦点好，显着精神。大姐忽然趴到我耳朵边说，是不是盖房钱不够了愁的？姐最近攒了点钱，你先用吧。她说完就把手从领子里伸下去，从胸里边够什么。我赶紧按住大姐，我说钱够钱够，大姐说别跟姐客气，姐一天够吃够喝的，给你买砖用。我乐了，我说姐你那点钱也不够买几块砖的，真不是钱的事。大姐这才把手拿出来，我说你把衣服整整，外人看着呢，大姐拽拽衣服又说，哎呀我看你这房盖起来就好了，我就盼着这天呢，我弟弟原来多精神个小伙，你瞅这几年熬的，都啥样了？大姐说着就抹眼泪，我说姐你别这样，我挺好的，快回家吧。大姐走的时候走两步回头摆摆手，弄得我心里贼不是滋味。

没出两个月，我忽然看东西开始迷糊了，天和地好像在我眼前翻了个儿，忽上忽下的，家里的东西摆着好好的，立刻就扭巴起来，我皱着眉忍着，可还是一个劲儿地吐，再后来趴在炕上都不敢转头，眼睛死盯着一个地方也直冒汗，要是谁的手碰了一下炕，就好像把我猛劲地推了一把。这可把玉琴吓坏了，她把爹、大姐和老四都找来了，商量着要送我去医院，等玉琴和老四出去借车了，大姐去外屋用开水给我弄毛巾，爹忽然小声跟我说：

"从文，你上医院了，房子咋办呢？"

我睁眼看看我爹，爹的脸在我眼睛里像是快熄火的拖拉机，一个劲儿地突突。看我没吭声，爹又小声说：

"要不行爹看着，赶紧把房盖完吧，从斌等着结婚呢。"

爹离得近，我能闻见爹鼻子和嘴里的味，那是一股老年人鼻腔里特有的怪味。我一翻身吐起来，大姐听见动静赶紧跑进来，爹在一边半天没说话，等我吐得差不多了，慢慢地嘟囔了一句：

"我怕我等不了那天呀。"

我胃里又一阵恶心，吐得连肝都疼起来。

第四十五章

大夫说，我得的叫什么什么尼尔征。大姐又问了一句，大夫说白话叫眩晕症，到底咋得的，大夫也说不清，大夫说我得住院。就这么着，我换上一身蓝白条的衣服，躺在一张靠墙的床上，床上铺着白床单，说是白床单，其实已经发黄了，好几个地方像是还有洗不掉的血色。玉琴知道我在意这个，就从家里给我拿了条床单，可护士不让，其实我根本顾不上床单，我看着身上的蓝条条，一个劲儿地迷糊。屋里有四张床，住着三个人，有一个刚出院了，他们的病跟我差不多，每天耳朵边听的都是喊"迷糊"的动静，还有就是呕吐的声音，就算开着窗户开着门，屋里也有一股说不上来的味，勾得我也直想吐，除了打点滴，一口东西也吃不下，玉琴带来的饭菜都白扔了。

玉琴得照顾翩翩，还惦记着鞋厂，就不能一直照顾我，她不在的时候，大姐就来陪着我，有时候老三和老四也来，可他们这大小伙子，在这医院待不住，特别是闻不了屋里的味，待一会儿就出去抽烟，不一定哪趟出去就没回来。大姐来的时候，要么给我削个苹果，要么给我剥个香蕉，我说我看见都恶心，她还是往我嘴里送，还说不吃哪有劲吐啊。我难受极了，连拍拍床板都没劲，就皱着眉闭紧嘴，大姐只好自己吃了。更多的时候，大姐就跟同屋那三个床的陪护家属讲我，打我三四岁的时候讲起，小学得了几个奖状，愿意躲在一边看书，长大了有多帅，多少姑娘主动追我，怎么怎么聪明，做起鞋来结实漂亮。我听着都觉得脸红，可我不敢说话，我就只好闭眼听着。同屋的陪护心思也不在大姐身上，就任由大姐叨咕。等大姐把话茬唠到我结婚上，就换了语气，一个劲儿地说玉琴不是个省心的媳妇，不知道给自己男人解心宽，等最后说到房子上，大姐就开始抹眼泪了。有时候大姐下午来，一直讲到天擦黑，走廊里传来喊陪护打饭的声音，屋里的人拿出陶瓷盆子撺下大姐去打饭，大姐这才闭嘴。我更喜欢身边没人的时候，我小心翼翼地睁开眼，适应一下别让自己迷糊，再慢慢地转动眼球。我左边有个窗户，要是我坐起来，就能扒着窗户往外看，可我不敢坐，我就斜盯着窗户角上的框子，底刷的是绿色，已经掉色了，框子外边是一小条天，看不见鸟也看不见飞虫，偶尔有云彩过来，也看不清是什么形状，我想我要是一辈子躺在这儿该怎么办呢？可我又想，一辈子躺在这儿也比回屯子里强，就算房子盖好了，我也能赖在这儿不出去，爹总得让老四来跟我商量，才能把房子给老四当婚房，可老四是张不开这个嘴的，他也知道我难，就算老四真的不讲究，直接住进去，当着玉琴的面我也能装傻，我说这是趁我住院，等我出院我就把房子抢回来。我心里还有那么一点点小希望，要是我老这么不出院，我爹就能回心转意，别让我把房子给老四，我甚至有时候希望爹再中风一次，再糊涂一次，那他就又什么也不记着了。我一想到这儿就觉得自己不孝，就想赶紧摇摇脑袋把这念头撵走，可我不敢摇头。我把自己陷进自己幻想出的一幕幕剧里，忘记了很多烦心的事，也想起了很多烦心事。我想我和玉琴不是没有过好日子啊，我们处对象的时候、我们卖鞋的时候、我们在偏厦子里数钱的时候、我们搂着翩翩的时候、我们想着未来的时候，那时候我们怎么不知道心疼呢？心疼那一瞬间的好日子马上要跑掉了，心疼以后再也不能找回那个时候了，我们光顾着盼望明天的好，就把当时的好抛弃了，我们俩真可怜。

　　玉琴告诉我，我不在家的时候翩翩玩疯了，整个屯子都成了她的地盘。翩翩专门跟男孩玩，还不愿意跟在男孩屁股后头，可是这么一来男孩就不乐意带着她，她就只好给自己找个跟班的，她相中了继德。继德个头还没有翩翩高，老是翩翩说了算。翩翩领着继德爬上墙头，继德不敢站起来走，就骑在墙头上蹭。翩翩可是站起来往前走的，走出老远，看见墙头还没有边，就找个矮的地方跳下去，继德还在墙头上骑着。翩翩一催继德，继德就慌了，翻着跟头跳下来，不是卡了胳膊，就是刮坏了衣服，完了就哭咧咧地跑回家去。老三媳妇一边给继德上紫药水，一边掐着他的胳膊：

　　"那都是她妈教的，你恨那老娘们儿不？"

　　继德没吭声，老三媳妇手上使了点劲，继德就喊恨恨恨，老三媳妇又问：

　　"你还跟她玩不？"

　　继德又哭上了，他一边哭一边骂：

　　"我不跟她玩了，去他妈的！"

　　可到了第二天，继德在屋里听见翩翩在院门口的喊声，就趿拉着鞋跑出去了。老三媳妇在后边跳着脚骂：

　　"小瘪犊子，你他妈长不长记性，我怎么生了你呢？"

　　这些话都是继德告诉翩翩，翩翩告诉玉琴，玉琴又来告诉我的，我听了没吭声也没睁眼。

　　玉琴还告诉我，翩翩现在喜欢玩火，她手里揣着一盒火柴，遇见什么能烧的东西，就划着一根火柴去燎，一张破纸片一会儿就烧完了，翩翩撇撇嘴，不满意地走了。等看见一个垃圾堆，底下压着一个破纸盒子，翩翩马上跑过去，蹲下来划着一根火柴，纸盒子着了一半，火苗被淘下来的菜汤盖住了，翩翩撇撇嘴，又走开了。后来翩翩看见人家的柴火垛子，也想点火，被人家抓住送到鞋厂去，被玉琴打了几巴掌，翩翩就不敢了。后来有一回她看见人家干活剩下的锯末子堆成一个小堆，就划着一根火柴，结果锯末子堆一下子整个着起来了，吓得翩翩跑得老远，还假装不是她干的，过了半天又跑回来凑热闹。从那以后，玉琴就把火柴都藏了起来。我听见这些，想象着翩翩点火时候的样子，带着一点小兴奋，让火光映红了脸，就好像我年轻时候盼来春天的心情，那春天就跟翩翩手里的火柴一样短。

　　玉琴说，没有了火柴的翩翩又开始卖破烂了，一听见收破烂的吆喝，翩翩就在屋里翻腾，恨不得把饭碗都拿出去卖了。东屋那家菜园里的铁铲子都被翩翩给卖了，卖了一毛五，买了几个汽水糖，还买了粘片和火柴，回来藏在炕席底下。等家里和院里没有翩翩能卖的了，翩翩就开始出去捡能换破烂的东西，继德也跟着去，他们从屯子这头走到那头，眼睛死盯在地上，要是能捡着一个挺沉挺大的铁钉子，或者是一个纸壳子，两人就高兴地攒起来，等着收破烂的来，卖上个一毛钱。那个时候，离屯子一站多地的地方好像要建个什么厂子的宿舍楼，得盖三层楼高，这工地就成了翩翩和继德最愿意去的地方。他们围着工地转来转去，遇着一团子铝丝就赶紧抢到手里，后来收破烂的说铝丝不能卖钱，他们就不抢铝丝了。他们看见地下堆着的钢筋，就商量要弄走一根，可是他俩加一块儿也没抬起一头，只好算了。

我听完了大姐的话，又听完了玉琴的话，我的头慢慢地不怎么迷糊了，过了一个多礼拜，大夫让我回家，但是不让我操心费神，我就脱了蓝白条的病服，搬回家去躺着了。我禁不起颠，老四就又借了车，慢慢地开回去，开过我家老院子门口的时候，我朝里看了一眼，房子已经起了半截，但是没看见工人，玉琴见我在看，就告诉我，房子先停一段，等我好了再继续盖。玉琴还说她不着急，都等了这么多年了，不差这一会儿。我头朝着老院子的方向，不想转头也不敢转头，又一阵迷糊涌了上来。

上了秋，我的眩晕症基本好了，我能在租房的那个院里走动了，院子的菜地里白菜又肥又大，那棵枣树结了枣，还没转成暗红色呢，翩翩就弄个了长竹竿子往下打，打下来几个一尝，觉得不好吃，就跑出去找继德玩了。我搬把凳子坐在房檐下边，看见东屋养的猫几步蹿上了房，我想该是跟玉琴说房子事的时候了，可想来想去，我又怕玉琴听了受不了，我想让那房子先搁着吧，等过了年再说。我想着想着困了，就把后背靠在房门旁边的墙上，打了个盹儿，等我睁开眼睛，我看见东屋的女人站在我前面，我以为又是我眩晕症犯了，因为她的影子直晃，过了几秒我才知道她是在摇晃我，想把我叫醒。我说我这就回屋睡去，她说你快看看去吧，孩子出事了，我一下没坐住，差点坐到地上，幸亏把住了墙，只是胳膊蹭掉了一大块皮。

第四十六章

在我们租的院子对面有一排房子，房子的背面朝着路，背面上有许多小窗户，又旧又小，还没有原来偏厦子的窗户大，而且上面糊着老厚的一层灰，就算打上半盆水也擦不净。正对着院子的窗户上边有一个小窝，也不知道是什么鸟的，兴许是个马蜂窝呢，反正我从来没瞅过，可翩翩老盯着看。有一天翩翩朝着那个窝扔石子，结果扔偏了，打碎了下边的窗户，翩翩吓得跑回家了。不一会儿，那家人就来了，足足有七八个，老人小孩都来了，进了院子又握手又唠嗑儿的，我知道他们是来要玻璃钱的。我想那么旧的玻璃就是翩翩不砸也该换换了，可我嘴里不能说，我也跟他们握手唠嗑儿，等他们走的时候递过去三块钱。玉琴说我赔多了，三块钱能买老大一块玻璃呢，我说人家来了七八个人，论人头算也得三块钱。其实我是想让翩翩看看，我给钱的时候她在屋里偷着听呢，我要让她知道她这一石子砸出去的代价，也让她知道，这屯子里人是啥样，要是长大了不能奔出去，她就得像她爹和她妈似的，跟这样的人在一块儿混一辈子。

我和玉琴偶尔也带翩翩去动物园，动物园在小河沿，那是孩子们最愿意去的地方，可翩翩不喜欢看猴子和长颈鹿，她老琢磨动物笼子周围那些个转盘、套圈、摸玻璃球的骗人玩意，她觉得她一下就能套着最里边那个大玩具枪，或者能让指针停到塑料娃娃上。一到这个时候，玉琴就拽着她走，可我不，我掏钱让翩翩玩，玉琴埋怨我，我说要不让她试几次，上个当，她老得相信面上那些东西。一个女孩早晚得离开爹妈的，她小时候上了当，哭过了，长大了就哭得少。

玉琴是惯着翩翩的，虽然她心里盼着翩翩变成一个男孩，而且从不把亲密的词挂在嘴边，我甚至从没见过玉琴把翩翩搂到怀里亲热一下，可玉琴毕竟是爱着她的。玉琴不给翩翩零花钱，可是翩翩要什么，玉琴都给她买。院门口有人推车卖雪糕，翩翩就跑回来跟玉琴要两毛钱，再出去买个雪糕。那时候卖的都是"105雪糕"，也卖冰棍儿，冰棍儿一毛钱，可翩翩就爱吃雪糕，从来不买冰棍儿。雪糕拿到手里，翩翩不像屯里别的孩子用舌头舔，等雪糕化得不成样才舍不得地吃，翩翩是小口小口咬着吃，一会儿就吃完了。等再听见门口有吆喝卖棉花糖的，她又跑出去看，然后回来跟玉琴要钱。有一次她跑出去又跑回来，跟玉琴说妈你给我钱，玉琴说你买啥，翩翩说不知道，反正是买吃的，玉琴出去一看，是卖虱子药、耗子药的，这事把我和玉琴乐坏了。我也给翩翩买东西，可我有时候是真心疼她，有时候是为了哄她，就像有一次玉琴让我送翩翩回姥姥家过年，我心里不愿意去，等领着翩翩坐车到了浑阳车站，看见橱窗里摆着电子琴，翩翩就趴着看，我问翩翩买了电子琴不去姥姥家行不行，翩翩说行，我就花八十块钱给翩翩买了电子琴，高高兴兴地回了屯子。

翩翩让玉芬带着出去过几次，就像玉芬一样学会了打扮，对衣服和颜色开始挑剔。她从画报上看见漂亮的小孩鞋子，就让我照着给她做，所以她从小穿的就是鞋厂做的小皮鞋，而屯里别的孩子穿的都是便宜的塑料凉鞋。有一天早上玉琴要带翾翾去串门，吃饭的时候，翾翾非要穿上头天新买的衣服，玉琴怕她吃饭弄脏了，就没给穿。翾翾就不停地闹，气得我狠狠地打了她几巴掌，结果翾翾梗着脖子瞅着我，也不哭也不求饶，我就越打越气，要抄起板凳打她，玉芬和玉军看见了，差点要跟我动手。从那之后，玉芬和玉军就总跟翾翾说：你爸可狠了，我们要不拦着，他能打死你。

翾翾喜欢闻汽油的味，有时候我抱她坐汽车，她宁肯不在座上坐着，也要站到司机后边，为的是能闻着发动机盖子下边泛出的汽油味。后来她去鞋厂，闻见了胶桶里边的胶水味，她趁着我们都忙，就在胶桶旁边转悠，有一次把脑袋伸到胶桶里边闻，一下被熏着了，刚站起来就扑通摔下去，脑袋撞到了门框，肿了个大包，好几天都没消。

翾翾也愿意去庄稼地里玩，夏天，她跟着小辉和小峰，屁股后边跟着继德，找一种叫"天天"的黑色小果子吃。他们在芸豆架子里钻来钻去，找着有奇怪颜色的蜘蛛，就远远地看着，又害怕又想抓一个藏到罐头瓶里。要是不小心被叶子上的洋刺子给蜇了，就在地里找蚂蚁菜，把汁挤出来抹到被蜇的地方，实在疼得不行就回家抹大酱。他们把青青的西红柿揪下来揣到裤兜里，等回家才发现西红柿被压烂了，弄得裤子湿了一片。他们在水田的垄上挖沟，要把水田里的水灌到另一边的苞米地里去。冬天，他们躲着收割完的苞米秆那锋利的尖，把枯黄的叶子和一堆破报纸堆成一堆烧着了，把兜里的鞭炮扔到火里。有一次他们扔进去一种会在空中打转的烟花，结果烟花飞出来，正好飞到小辉的棉帽子里，在腮帮子那儿喷起来没完。那棉帽子底下是系扣的，小辉又疼又着急，怎么也解不开帽子，腮帮子上的疤过了一个夏天才掉。他们几个小孩在一起回忆，说是翻翻把那种烟花扔到火堆里的。

我还知道翻翻一个小秘密。院子里头正在修地窖，是一进院子那户人家的，地窖门老敞着，里边是空的，上面用个木板盖了一半，踩着旁边的泥土坑能下到底下。翻翻每回捡回来的破烂不敢往家里放，就藏到地窖里，有好几回我趁翻翻不在，从地窖口往里看，也就是两根铁丝和几个纸壳板，卖不上一毛钱。这个秘密小辉和小峰也知道，他们来玩的时候跑到地窖里藏猫猫来着。有一次翻翻攒了好几天，攒了一大堆破烂，结果被小辉和小峰偷走卖了，买了两把滋水枪。等换破烂的来了，翻翻兴高采烈地把他喊住，自己去地窖拿破烂，结果发现只剩下不能卖的几个零碎，这让翻翻很惊讶，她还以为是那户人家给扔了，从那以后，翻翻从不跟那户人家的人打招呼……

这些事都是我去工地路上的时候心里想的，东屋女人说孩子出事的工地就是翻翻捡破烂的那个工地。我疯了一样在院子里找自行车，没找到玉琴那辆，我只好往工地跑，一边跑就想起了这些事。我的汗顺着脖子一个劲儿地淌下来，湿在我的后脊梁上，又湿又难受，可我心里更忙更乱，一边想着这些碎碎的事，一边想着我在工地上能看见什么。跑着跑着我跑不动了，我就快步地走，一边走一边骂，要是谁看见我的眼神准得吓一跳。等我出了屯子，我缓过气来，又开始跑了，忽然听见有人喊我，我瞅都没瞅，还往前跑，把喊声扔到身后了，这喊声又大了一点，好像在喊"爸",我寻思我一定是被吓蒙了,要不就是翩翩出事了,魂飞了往家赶,这才喊我呢。后来我发现喊声老跟着我,我就站住回头,我看见我的翩翩追着我跑呢,我停住脚,等翩翩跑过来,我一口气在翩翩脑袋上使劲扇了好几下,我说:

"他妈的,你吓死我了。"

翩翩叫我打哭了,我也哭了,我听见自己的声都喊劈了,我抱住翩翩又骂:

"谁说我孩子出事,我他妈杀了他。"

我捂住翩翩的脑袋,生怕我的巴掌把翩翩打坏了,翩翩也搂着我的脖子,她哭着说:

"他让钢筋给扎了。"

我以为是继德,可翩翩说不是。翩翩、继德还有附近屯子里的两个小孩在工地上捡破烂,他们跑到没完工的二楼往下跳,一个孩子跳下来的时候,一根戳在地上的钢筋从他嘴唇上边扎进去,从脑门上穿出来。这消息从工地传出去,像是飞过庄稼的蝗虫,一瞬间传遍了周边所有的屯子,以至于谁也不知道究竟是哪个孩子出了事,翩翩和继德被很多人当成了受伤的那一个。我后来听说,那个孩子就那么带着钢筋被送进了医院,切开了喉管,保住了命。可后来这孩子就一直傻傻愣愣的,我们总能在夜晚听见孩子妈妈的哭号声,还有孩子爷爷拉二胡的声音,那声音听了让人不由得裹紧了身上的被。

第四十七章

总有这么一个春天，好像跟以前的春天一样，又好像是单蹦出来的，一点也不合群，究竟它哪里不一样我也说不清，可我就是能记住它，并且把它想象成我心里的模样。在那么一个春天里，我站在大坝上，看见下边河水刚没了河沿，露出河中间的两三块凸起，像是孤零零的几个小岛，大坝两边的柳树伸着胳膊，探出了一个一个三叉的小芽，离远一看，绿莹莹的惹得人心里痒痒。太阳暖洋洋地照在身上，恨不得脱剩个背心才舒服，可真一脱，还觉得有股凉劲往肩膀里吹，又得赶紧套上衣服。脚底下踩的是刚冒出来的草，就像是踩在铺了薄棉被的炕上，可使劲一跺脚，还是震得生疼。要是不刮风或者风小的时候，尘土没带起来，眼睛看出去亮堂堂的，让人想喊两嗓子。就在这个节骨眼儿，心里漾起一种特别的东西。也说不上来是什么滋味，像是鸡毛掸子尖上的毛，撩过脖子，撩过脸面，撩过脑门，刚把眼睛撩得眯起来，忽然背后响起屯子里哪个老娘们儿吐痰的动静，要么就是几个半大小子骂骂咧咧推推搡搡地窜出来，一下子就把这滋味冲跑了，再找也找不回来。

房子就这么搁下了，可能是担心我眩晕症再犯，也可能是进了冬房子就盖不下去了。我爹和玉琴都没再提过房子的事，就好像那盖了一半的房子本来就在那里，本来就该是那个样子。当我看着砖头堆上最后一点雪不见了影子，心里又慌张起来，等后来老三媳妇把种子撒到齐腰高的半圈砖墙里边，小葱在土里疯长起来，我更觉得不踏实了。等晚上快睡觉了，我把脚泡在热水盆里，回头跟玉琴说，这房子还租啊？玉琴趴在被窝里说咋不租呢，挺好的呀，我说要是房子去年盖完就好了，这下耽误了，玉琴说，我说句话你别急眼，其实我只要不跟你家里人住一块儿，我觉得就够用了。我点点头，没吭声，玉琴说咱现在不是没钱盖，是没工夫，等等吧，等你啥时候闲下来的。玉琴说的是鞋厂的事，鞋厂的生意不像原来那么好了，听说是因为南方的鞋进来了，南方鞋样子多，价还便宜。我早就知道南方人会做生意，能吃苦，我觉得我也能吃苦，就没当回事，可眼见着来订鞋的人少了，我和玉琴不想死等着，就在太原街也租了床子，离老三的床子隔了半条街。这么一来，我和玉琴就都得往外跑，也真腾不出人去忙活盖房的事。听玉琴这么一说，我就缓了口气，可没过几天，我又觉得有什么事堵着，我在鞋厂门口坐着抽了根烟，把整个脑袋从头到尾捋了一遍，也没找着什么愁事。后来我一回头看见正干活的桂贤，我就明白了，我欠了老四的。我想老四苦啊，我和老三不管怎么说，都是在亲妈眼皮底下结了婚生了孩子，不管有房子没房子，都有个主心骨，老四倒好，娘一没，他的事就没人给张罗啦，爹指望不上，亲哥哥也指望不上，老四多可怜呢。我正想着，桂贤抬头瞟了我一眼，这一眼看得我可难受了，我赶紧站起来去忙了。等下了班，我路过老院子，院门关一扇开一扇，我从门口往里看，看见了那盖了一半的房子，我咬咬牙，想不管咋的，先让老四把婚结了，可等我走回租的房子，我的心一下又软了。

就这么着，我犹犹豫豫、恍恍惚惚地过了两个多月，直到有一天，老四来找我，老四说，哥我要结婚了。我吃了一惊，脱口就说你没房子咋结婚哪，老四说有啊，爹的老房子嘛。我说那爹呢，老四说跟爹里外屋，中间打上隔断墙。我一听有点急了，我说那哪行啊，不行让爹上咱家住来。老四往炕头一坐，说哥你家在哪儿呢？我愣了一下，老四说哥呀，这是你租的房，你还没家呢。我说要不让爹去老三家住，或者去大姐那儿住。老四说算了，咱不能让爹挨家晃荡，就这么住挺好。我说那桂贤能同意吗？老四说她敢不同意，我他妈不娶她。老四说完就透过窗户往外看，手一直抠着炕席边上的毛茬。那个下午，我和老四都没再吭声，我真想跟老四说，是哥对不起你，哥太恋家了，哥没给你盖房娶媳妇，可我怎么也没说出口。我也像老四一样，从窗户望出去，我看见天上飘着柳树絮子，像是飘着大瓣的雪花。

老房子原本有炕的那间屋让老四当婚房住，没有炕的那个屋平时是放粮食和乱七八糟东西的。新盘了炕，给爹住，又在那屋间壁起一堵墙，留出一个门，辟出一个小厨房。爹的屋小，他和娘原来的柜子放不下了，就挪到两间屋中间的过道堆着。玉军住不下，就搬到鞋厂去住了。房子弄好了，爹坐在他那半间屋的炕上，不太好使的手揪着自己的衣服角，像个小孩刚搬进了新家的门。过了老半天，爹抬头四面看了看，眼圈红了，不知道是想起了我娘还是心疼老四。倒是老四和桂贤，打从搬进他们那半间屋，一直嘻嘻哈哈的，两人里里外外地忙活着，老四特意在中间起的那堵墙上挂了一幅带框的毛笔字，上边写着"路漫漫其修远兮"。除了我，谁也不认识最后边那个字是啥意思，我能叫出来，可我也不知道这话是啥意思。我问老四从哪儿弄的，老四说古旧市场卖破烂，他随便挑了一个，老四指着字问我，哥，我这屋是不是瞅着挺洋气？

关于老四结婚的回忆特别特别的淡，我就能记起两件事，一件事是早晨去接新娘子的时候，租的汽车就剩下一个座，翩翩也想去，她冲着大伙说：

"反正剩下的就我最大了，我得去。"

她刚说完，小辉就不知道从哪儿蹦出来，一步迈上了车。小峰在后边要拉他哥，没拉住，车门一关，小峰就开始哭。

另一件事是婚礼快完了，吃席的人也走得差不多了，翩翩和继德趁着门口大人忙活，谁也没空看他们，就爬上了墙头。继德指着桂贤，说你敢管她叫老婶不？翩翩说有啥不敢的，继德说那看咱俩谁先喊。等桂贤走过来，翩翩就喊了一声"老婶"，桂贤抬头看了一眼，脸红了。翩翩回头跟继德说，我喊了她没答应，你喊她，继德就不好意思了，翩翩推了他一把，说你咋不喊呢，再不喊进屋了，继德还没吭声，翩翩就使劲推了一把，没想到一下把继德从墙头上推下去了，继德趴在地上把头使劲抬着，也不知道摔到哪儿了，好半天才哭出声来。老三媳妇赶紧跑过来，她拍着继德后背，眼睛狠狠地盯着墙头上的翩翩，翩翩吓得从墙上出溜下去，叫玉琴一把拽住了。老四喝得迷糊地走过来，掏出卫生纸在继德鼻子上擦了两把，嘿嘿一笑说：

"没事，大小伙子了，别穷咧咧，跟你妈似的。"

老三媳妇不乐意了，抬头说了一句：

"敢情不是你儿子了。"

老四一梗脖子，说：

"咋的，我生一个赔你。"

老三媳妇说：

"你说生就生哪？生儿子得有那命。"

老三媳妇说完看了一眼玉琴，玉琴又把眼神扔给我，我没吭声，把脸阴下来了。

晚上，翩翩睡着了，我跟玉琴说，翩翩也不像个丫头样儿，纯是个假小子。玉琴说假小子就假小子吧，女孩得厉害点，要不长大了吃亏。我又问玉琴，翩翩这性格像谁呢，有点我的偏劲，有点你那个较真的劲儿。玉琴摸着翩翩的头发，说可别像我，凡事都咬尖，活得多累呀，糊涂点才好呢。隔了一会儿，玉琴在被窝里拽住我的手，我说干啥呀，玉琴说我没生儿子，是不是他们都瞧不起我？我说谁瞧不起你呀？玉琴说，我没给你生儿子，你怨我不？我说你说哪儿去了，玉琴说，反正你肯定不像人家生儿子那么高兴。我说都一样啊。玉琴就把我手抓得更紧了，说咱们再要个男孩吧，我觉得这个肯定是男孩。我说那万一还是女孩呢，玉琴说我相信我有那个命，我说什么命？玉琴说，是儿女双全的命。玉琴的话让我记起了娘，奇怪的是，我一点也记不起娘的大嗓门儿和她不停嘴的骂，我记起的是娘坐在炕头上的样子，身子微微颤着，像是有点冷，她脑门上那个常年拔罐落下的印又圆又深，是淡淡的红褐色。我想，娘会不会变成一个风筝，随着风飞回来呢？她飞过大姐、我、老三和老四的房子，每飞过一家，娘就转两圈，看看她闺女、儿子的日子，等都看完了，娘再随着风飞走，娘在天上也是操着心的。我们都是她种下的黄瓜秧，娘把自己变成架子，让我们抓着她的筋往上爬，有的秧慢慢串到别的架子上，再也不回头瞅一眼原来的架子，娘也不生气。有的秧老也不成气，离开架子一点就打蔫，娘就挺着腰板撑着，娘知道就算她散了架，儿女们还能活，这就够了，这就是我娘的盼头。玉琴做了娘，还想再生一个，再操一份心，那是她的盼头，两份盼头都是奔着遭罪去的，这又是何苦呢？

第四十八章

十月里，桂贤生了，是个儿子。

老四乐得满脸开花，一嘴他妈的他妈的嚷着，找来屯子里好喝的那帮人，在院子里狠狠喝了三天。桂贤在屋里坐月子，有时候朝着窗户外头喊：

"少喝点，喝死了都。"

可桂贤的话也是带着笑音的。一听见孩子的哭声，老四就撇下杯，喊了一句"他妈的"，跑回屋看了一眼，又跌跌撞撞地跑回来，坐下就乐，说他妈的，这小崽子真有意思啊，看见我就乐，说这小崽子咋认识我呢，我一进去他就看我，喝酒的人就笑，接着又把杯端起来。

我和玉琴也去了，玉琴帮着忙活，老四喊我一起喝酒，我坐了一会儿就起身了。爹为了避嫌跟老三住，我在老三屋里待了一会儿，看见爹高兴得直哆嗦，本来好得差不多的腿脚又在地上划拉着。爹边划拉边跟老三说：

"从武啊，爹在你这儿住两天，房子不够。"

老三说爹你说哪儿去了，爹没吭声，抬头看看我，说：

"没事你回去吧，你那头忙。"

我"嗯"了一声，赶忙出来了。我站在院子里，一边听着是

老四他们嚷嚷，一边看着老房子，我都没敢瞅没盖完的那半间
房，可这时候玉琴出来了，玉琴站到我身边说：

"咱房子是不是得盖了？"

我一下就急了，我说盖个屁盖，玉琴愣了一下。

晚上，玉琴趁着翩翩睡着了，凑过来问我，你是不是眼气
了？我说什么眼气了？她说你看人家都是男孩，就咱是丫头呗。
我不耐烦地说不是，玉琴说啥不是啊，你瞅你白天叽歪那样，我
说不是那个事，玉琴说你有事瞒着我呀，我说没有，玉琴说我真
想再要一个，我说怎么又提这事呢，这都忙成啥样了？玉琴说生
孩子也不用你，再说翩翩小时候都是我带的，你管啥了，你家里
人也没伸过手，我饿了连口饭都没人给热。我说你怎么又开始了
呢？现在不让生二胎了。玉琴说你别糊弄我，咱是农村户口，第
一胎女孩可以再要一个。我说非得要吗？人家生男孩就生男孩，
咱们就女孩，咋的了？玉琴说你大姐生俩男孩，你俩弟妹一人一
个男孩，就我生个女孩，我搁这家就总也抬不起头。我说你抬头
干啥，谁也没欺负你。玉琴说你想想你妈你姐那时候怎么对我
的，我说老太太都没了，你怎么还念叨呢，你什么时候变成这样
的？玉琴说你看看，这就瞅不上我了。玉琴转过身不说话了，我
心里烦得慌，可我还是侧身搂住她，我说媳妇，咱这生活现在不
挺好吗，要啥有啥，别闹腾了行不？玉琴忽然翻过身，说你别碰
我，咱有啥了？我说你别吵吵，玉琴说你还怕人笑话哪？他们都
有房子，咱们房子呢？我说盖一半了嘛，玉琴说你倒是接着盖
呀，我说忙不开嘛，玉琴说你行啦，我跟你这么长时间我不知道
你？你肯定是有事，要不你玩命都能把它盖完。我一下就心虚

了，我说真没事，就是眩晕症给耽误了。玉琴说那行，你现在病好了就赶紧盖，我能等，我闺女不能等。我有点火了，我说那鞋厂和床子咋办？玉琴说我一个人能整了，我说你整个屁整？玉琴一下坐起来，说郭从文你行，你房子不盖，孩子要不？我说国家都号召生一个，玉琴说你他妈少扯，咱们农村户口，你还当你城里人呢，你就说你要不要吧？

我们就这么吵了半宿，翩翩也跟着醒了几次哭了几次，慢慢又困得睡过去。每回我忍不住要跟玉琴动手，我都硬把自己按住，我想我给了她什么呢？我能给她什么呢？我好像是屯子里靠前数的有钱人了，可我盖了一半的房子不敢盖，我老婆孩子租房子住，让谁都瞧不起。我想着想着，就狠狠抽自己的嘴巴。

玉琴看我打完了还打，就伸手拦，我把她推开，接着打，我觉得打得特别解恨，就像打在什么仇人身上，可我真的找不着仇人是谁呀。玉琴猛地把枕头一摔，说别丢人现眼了，他妈爱过不过。我和玉琴有几天没说话，后来的一天晚上，玉琴钻进被里使劲地拽我的衣服，我说你干啥，她也不吭声，我知道玉琴是想再要个孩子，这个孩子还必须是个男孩。可我心里压着太多的事，我就像被石头压住的小秧苗，怎么也直不起来。

在玉琴要儿子这件事上，有两个人非常热心，一个是玉琴老妹妹，一个是大姐。玉琴老妹妹玉芬现在在太原街里一个叫勺园的饭店打工，就在火车站斜对面那条街里。车站附近有两个地方挺火，一个是紧挨着车站的和平宾馆，一个是车站对面的浑阳饭店，能住得起和平宾馆、吃得起浑阳饭店的，都不是一般人。勺园没那么有名，但是生意也挺火，因为坐火车的过路客多。看床子的时候，玉琴拽着我去过勺园几次，我不乐意去，我觉得姐夫老去小姨子干活的地方算什么事呢，我是个有深沉的人。可我不去，玉琴就说我不待见他们家人，我就只好跟着。那个时候下馆子点菜都是到收钱那个小窗户去点的，牌子上写着一堆菜名，想吃什么就告诉收钱的。勺园是另一种点菜方法，跟现在差不多，服务员手里拿一张纸，标着菜名和价钱，谁点什么都记上，吃完直接把钱交到服务员手里。

玉芬干活特别机灵，四面八方都有人在喊她，她也不乱，正给这桌端菜呢，脑袋就扭到后边给另一桌催菜，再一扭头手里的抹布已经给旁边那桌擦上了。玉琴说玉芬有时候能把钱收到自己兜里，我说那不是偷吗，玉琴说咋么么难听呢，很多人点完菜也不知道自己花了多少钱，玉芬收钱的时候就多要一点，要是客人看出来了，一句算错了就能打发过去，这点钱也没人在乎。玉琴说的是真是假我不知道，反正我和玉琴去的时候，玉芬从后厨拿来两瓶水果汽水，还没用我们掏钱。玉芬说，旁边有家饭店也想让她过去呢，工资比这儿高。玉芬听她姐说还想要个男孩，立刻表示双手赞成，还说将来自己开店做买卖，就不这么忙了，大侄子她能帮着带。玉琴听着高兴，就说玉芬你也该找了，玉芬脸一红，说再说吧。玉琴说你是不有对象了，玉芬说先处吧，不一定咋回事呢。玉琴还要问，玉芬就把话题岔开了，玉芬说姐你要了男孩，可不能对翩翩不好。玉琴说哪能呢，玉芬说我知道你喜欢男孩，但我就稀罕翩翩，这孩子将来不管咋的，我都对她好，我得看着她过好日子，谁欺负她我就不干。玉芬说着就看我，好像翩翩不是我亲生的，好像我怎么对不起翩翩了。

玉芬对翩翩的承诺在许多年以后兑现了，玉芬家成了翩翩最愿意去的地方，无论翩翩高兴了还是烦了，她都愿意跑去那儿。可惜玉琴没机会看见这些，我到那时候才知道女人也会像守着名声一样守着自己说过的话，也明白了姨娘这个词后面的字为什么是娘。

大姐是听我抱怨才知道玉琴想要男孩的，大姐说玉琴这么不懂事呢，你瞅你都瘦成啥样了，这一天多累，再要一个谁给带，这么不知道疼人呢？我说她不看你们都生男孩嘛，大姐说那是命，她有那命吗？大姐说完也觉得自己说错话了，赶紧说，要个男孩也行，要不你这家业给谁呀。隔了几天，玉琴说，大姐满屯子划拉生男孩的偏方呢，逢人就说是给从文媳妇用的，这不是埋汰人吗？我说大姐是好心，玉琴说拉倒吧，我宁可找算命的，也不吃她的偏方。可第二天玉琴就回了一趟娘家，回来的时候神神秘秘地拿来一些东西，还拎着一个鸡冠子特别大的公鸡。玉琴说这是她们村里的风俗，用养了多少年的大公鸡炖汤，再把鸡冠子切下来用石头压到菜园子里，就能生男孩。玉琴还把一个小口袋缝到衬裤小肚子那块，说里边装的是药。玉琴还在挂历上画上小圈圈，说这些天是生男孩的，那些天是生女孩的。我听了都觉得闹心，我觉得生孩子这个事是老天爷安排的，自己算计压根儿就是扯淡。每逢玉琴趁翩翩睡着了缠巴我，还趴到我耳朵边说这回的偏方好使，肯定能中，我就一下子没了心思。有这么几次以后，我只要一到这个时候就想办法晚回来。等我半夜回去玉琴就盘问我，问我去哪儿了，干吗了，问我某一天有个女人瞄了你一眼，你们是不是处过，你是不是外面有人了。我懒得解释，这一折腾又得半宿。有时候我忍不住动手，玉琴也伸手打我，打一阵歇一阵，说上两句再打。有一天翩翩看我俩又打架，一边哭一边在纸上七歪八扭地写了两行字，写完拿给我看，我看上面写着："我爸爸妈妈一打架，我就害怕，我的家怎么一点也不天下太平呢？"我看了忍不住乐了，"天下太平"是我教给她的游戏，出石头剪子布，赢了就写一笔，看谁先把这四个字写出来。翩翩看我乐，以为我们好了，可没过十分钟，玉琴说了句话，我们又动起手来。

第四十九章

　　屯子里，每家每户都有一口大缸，缸有人胸口那么高，缸沿挺厚，肚儿挺深，平时在墙角放着，上面盖个木头盖子，盖子的缝最宽的地方能伸进去半个手指头。有时候一打开盖，里边先窜出几个小蜘蛛，等往缸里看，除了缸壁上的蜘蛛网和虫子的空壳，再有就是内壁上深浅不一的颜色。缸底老是深幽幽的，就是在夏天，缸底也残留着一丁点雨水，要是哪个小孩光脚跳进去，准得打个寒战。平时，缸就是个普普通通的摆设，除了藏猫猫的孩子愿意躲进去，没人多看它一眼，可到了十一月份，这缸就派上用场了。拉着秋白菜的大车停在大队院里，一个大秤放在地上，秤杆有一米五高，秤盘上能站五六个小孩，屯子里的人家有的买两三百斤，有的家人口多得买上七八百斤。小伙子和老爷们儿刚才还蹲着抽烟，有说有笑的，车一进院，立刻冲过去。车还没停稳，已经爬上去几个，任凭车上人怎么喊也不抬头，专门捡又大又漂亮的白菜往下扔，自家的女人在底下接住，双手㧟开，嘴里喊着"这堆是咱家的啊"，喊着喊着就有两家为着一棵白菜骂上了。等车停稳了，还没等卖菜的人卸货，早就乱套了，无数双手伸过去，大队书记怎么骂也没用，接下来更多的男人爬上车，把白菜扔下来，女人们手疾眼快地把有虫眼或是压坏的菜叶子拽下去，抢着过秤，十多个老太太在旁边等着，把烂菜叶捡到筐里拿回去喂猪或者喂鸡。这么乱乎了一阵，忽然又有一辆车开进院里，人们立刻撇下刚占领的阵地，冲向新来的战场，因为那车上兴许有更大更整的白菜，于是，刚才这辆车周围就剩下一片狼藉，无数的烂菜帮子散菜叶子铺在地上。小崽子们更撒欢了，他们在院子里上蹿下跳，趁着大人不注意用炉钩子把菜从车上钩下来抱走，要么就比谁家买的白菜个最大。冠军是没有奖品的，相反他还得提防接下来的一个礼拜有别的小孩来偷走这棵白菜王。这一天是个节日，不光在屯子里，城里人也过这个节，也许他们过节的气氛稍稍多了点秩序。可当一整个冬天慢慢逼近，一切都要锁在地底下，白菜、土豆和茄子就成了人们餐桌上仅有的选择。都说土豆白菜保平安，可光吃白菜哪有什么营养，就是没东西吃，憋出这么个说法来。

哦对了，我要说的是缸。等白菜搬回家，仔细地挑出大个饱满的那么二三十棵，摊开晒到墙头上，等晒得有点蔫了，就把缸洗干净，把菜码进缸里，一层层地撒上盐，压实了，最上面压上一块又沉又重的石头。在半年多的冬天里，无论我在哪儿，都能闻见缸里白菜发酸的味。等我去取一棵酸菜炖肉的时候，我站在缸边上，看着被石头压扁、被酸水泡软的白菜，好像我自己成了压在最下边的那一棵。我觉得自己的身子一点点烂掉，浑身散发着散不去的酸臭，四周围是墨黑墨黑的，胳膊肘能碰到被酸水泡得滑不唧溜的缸壁。每次想到这儿，我都不愿意伸出手去捞起一棵酸菜。我和玉琴的日子就像是这口渍满酸菜的缸，上头有一块大石头压着，显得日子平平静静的，可底下沤着的东西早就冒着泡地往上鼓，等有一天石头搬走了，一只手伸过来想捞起什么，能捞起什么呢？无非是争吵和怨恨。可要是总也没有石头搬走的那天，我们这一辈子就都得在酸水里发臭发软，直到化成一摊恶臭的水，还得紧紧地黏在一起。我们是上辈子的冤家，苦苦地找到对方，又苦苦地折磨对方。

一九八九年春节，我们三口人是在租的房子里过的。整整一下午，我一边和面，一边看着买好的那些对联、福字和鞭炮，翻翻把一挂小鞭炮拆了出去放，玉琴剁馅的声音一直像个小鼓槌敲着我的脑袋。我想这一年又过去了，像是办完了一件急匆匆的事，又像是晃晃悠悠地坐了一趟慢车，回头一想，啥也没记住，倒是以前过年的事记得越来越清楚了，我想我可能是老了。我捏起小小的一块面，当成橡皮泥捏了一个小狗，又捏了两个小人，这时候玉琴走进来，看见面人一乐，她说你真行，多大了玩面人，可说着说着她也过来捏了，捏了个猪，捏了个鸡，捏着捏着她说过了年就是马年了，捏个马吧，可是面太软，马腿直不起来，我就找了四根牙签穿到面里。等看着案板上这几个歪七扭八的小面人，我俩都不说话了，我说：

"明年是马年哪？"

玉琴说"啊"，我说：

"马年的孩子命好不？"

玉琴说：

"还行，就是劳碌呗。"

我说：

"那也比属鸡的强，太要脸，要不咱俩要一个属马的？"

玉琴看看我，眼泪就下来了，她说：

"你是不是可怜我？"

我不知怎么鼻子也酸了，我拿袖子给她沾眼泪，刚沾干净，又滴下来一滴，我说：

"啥叫可怜哪，翩翩一个孩子也挺孤单的，要一个也行。"

玉琴说：

"那你咋早不答应呢？"

我说我也想不清楚，玉琴说：

"我是不太要强了？"

我说还行吧，玉琴说：

"我也知道我这么的挺累，还给你添懊糟，你要是真不打算要，那就不要了，一个女孩也挺好，咱们三口人好好过日子呗，我挺知足了。"

我心想玉琴跟了我这么多年，没房子住，想再要个孩子我还拦着，这样人家还知足，我把案板一推，我说：

"走，咱俩要一个去。"

玉琴说干啥，这大白天的，我说：

"这还分早晚哪！"

大年初一，我、玉琴和翩翩去老房子拜年，大姐看见我和玉琴说：

"哎呀妈呀，这家伙像刚结婚似的。"

玉琴瞅瞅我乐了，我也挺高兴，可我转眼看见了院里那盖了一半的房子，外边一圈起了新土堆，虽然蒙着雪，可也能看出是新弄的，跟半截房子里边的残土不是一起的，新土堆上插着铁锹。我看了看，总觉得有点不对，还没等我琢磨出来，饭菜都上来了，酒也倒好了，我就把心思收回来，好好地享受这个年。可我没想到，这个年是我和玉琴过的最后一个消停年。

玉琴真的怀上了。到了六七月，肚子显了形，屯子里人看见都说，要是这一胎是个男孩，那郭从文就厉害了，儿女双全啦。奇怪的是，这一次老三媳妇没说啥，她甚至都没露面，我和玉琴都巴不得呢。翩翩七岁了，我把她送进了学前班，就在屯子口的小学，满一年就能直接升一年级。

有一天，我们三口人正吃饭呢，大姐忽然来了。我说大姐你坐下吃点，大姐说吃完了，我说大姐你有事啊，大姐说你们那房子又开始盖了，我看玉琴大肚子，你俩忙不过来，用我帮着看看摊不？我说没开始盖啊，一直放着呢。大姐说不对啊，我从老房子来的时候，里头干得热火朝天的。玉琴把筷子一放，抬眼看我，我也蒙了，我说不可能，我都没备料。玉琴站起来就往外走，我说你干啥去？玉琴说你还等人好心给你盖房子呢？

我们去的时候天已经黑了，老房子的院子里扯着临时电线，挂着灯泡，沙子水泥还有干活的家伙扔了一地，盖了半截的房子里边收拾干净了，老三媳妇种的那些菜什么的都没了，老砖墙上面已经砌起来三层新砖，工匠一看就刚走，烟头在地上还没扫呢。玉琴进院就喊：

"这他妈谁干的？"

老三跟老三媳妇就从屋里出来了，玉琴说：

"咋的，这啥意思？"

老三媳妇说自己看呗，玉琴说：

"怎么的，打算明抢了？"

老三媳妇说：

"哎呀，你这话说得太难听了，你们不盖了，这地方也不能空着，那就咱家盖呗。"

我一看我不说话不行了，我说老三你干啥呀，我也没说不盖，我不是有病耽误了嘛，等我腾空就盖。老三吭哧半天，说：

"哥，嫂子这样，我看你也腾不出空啊。"

玉琴说：

"你放屁呢，你们有房子住，怎么我们盖一个还抢啊？要不就让爹说理。"

我说爹呢？他们都不吭声，我喊了几声爹，就大步往屋里迈，刚迈上台阶，爹就出来了，我说爹这干啥呢？

爹看看我，又看看老三，本来爹的眼神是带着不好意思的，可看完老三，眼神里突然就多了一点东西，爹说：

"从文啊，原本咱不就说好，不是给你们盖的，是给老四盖的。"

我一听脑袋嗡了一下，这件事像是我早就压到酸菜缸最底下的酸菜，我以为不会有人提起来了。我真傻，压到最底下的正好是最烂最酸的。玉琴转过头问我：

"什么给老四盖的？"

我忽然就不会说话了，我想我怎么跟玉琴说呢，这事是怎么一下捅出来的呢？那要是给老四盖的，老三抢了，应该是老四来评理，我和玉琴来评什么理呢？那么我和玉琴的房子又在哪儿呢？头顶上的灯泡照着我的眼睛，还刺啦啦地挠着我的心，那股迷糊劲儿好像一下子回来了，眼前的人影都一跳一跳的，围着我转起来。

第五十章

我对玉琴眼睛的恐惧多于对老三抢走房子的恐惧，我恨不得像那阵得眩晕症的时候一样，天旋地转地躺在地上，由着这一切争吵和怀疑在我身后淡去，可是那阵眩晕仅仅过了两秒钟就消失了，然后还是头顶灯泡的嗡嗡声，还有眼前的那几张脸。

我想到了什么，就算房子是给老四盖的，可是现在老三要拿走它，爹怎么对老四交代呢？我撇下玉琴的眼神，往里屋喊：

"老四老四，从斌从斌。"

爹用那还没完全恢复的歪斜的嘴角吐出几个字：

"从斌带桂贤看电影去了，再说他也同意。"

我忽然明白了，这是他们商量好的结果。老四躲出去也许是不想见到不愿给他盖房的哥，也许是不忍心看着我又一次失去房子。那一刻的感觉，在几十年后都可以回想起来，明明是最热的时候，却有人拿来一盆冬天化冻秋梨的水，哗的一下从脑袋上浇下去，不光打几个激灵，嘴里还混进点带酸味的冰碴。

玉琴这时候说话了，玉琴说：

"郭从文，你是不是故意的？"

我说你别说话，玉琴嗓门儿又大了一点：

"你是不是故意的？"

我说你闭嘴，玉琴就喊了起来，嗓门儿大得像是要把屯子里所有的人从收音机前边、从大树底下的凉席上、从开着窗的炕头前、从麻将桌上、从杯子摆成摞的酒桌上喊起来。我说你跟我喊什么？玉琴老大声地骂：

"你他妈别跟我喊，你们合伙骗我，老瘪犊子！"

我不知道这最后一句是骂我还是骂爹呢，还没等我急眼，玉琴就气哼哼地摔门走了。等门开的一瞬间，我看见好些个屯子里的人都往后退了一步，原来他们没在家里待着，他们好不容易等着一出夏天里好看又消暑的戏，都在门口听戏呢。院门就那么半敞开着，孩子拉着爹妈的手，想跑近一点看，却被爹妈死死拽住，还被小声骂上几句。我不愿意去把门关紧，更不愿意把门打开，门口的爷们儿和娘们儿探头探脑地往里看，嘴里还轻声地议论，好多个蚊子一样的声音混在灯泡的嗡嗡声里，汇成了我对那个夏天最直接的记忆。后来，每当我在晚上空荡荡的屋子里待上一会儿，好像都能听见那种声音。尽管头顶的黄灯泡早就换成白灯管，后来又换成节能灯，可我总能听见那个声音，继而就像被无数双眼睛小心翼翼地盯着看，再然后又回到那个夏天和那个院子，所以我总是让电视开着，或者弄出点响动。我对那声音的害怕其实是来源于我对回忆的逃避，我爹他们骗了我，而我又骗了玉琴和翩翩，我夹在中间，又是受害者又是作孽的人。

我、爹、老三和老三媳妇就在大伙的眼皮子底下待了好几分钟，谁也不说话，老三媳妇好像还打算点根烟，可是火柴被老三一巴掌打掉了。我想玉琴不在，有些话我总得问哪，我问爹：

"爹，老三他们有房子了。"

爹没说话，老三说话了：

"二哥，我也没说这房子盖完给我，我盖完给老四。"

我气得都有点想乐了，我说老三你骗谁呢？就是你想给老四盖，你媳妇让吗？我没等老三说话，我又问爹：

"爹，老四同意了？"

这回爹说话了，爹说：

"老四同意了，老四不要房子，老三养我。"

老三接着说：

"对呀，二哥你搬出去了，得有人养活爹呀，不能老让爹跟老四住着，人俩现在也有孩子了。"

我以前从来没见过老三这么说话，我的意思是他从来都不跟我和老四拌嘴，我们开玩笑的时候他也乐，可他从来不接话，很多时候我和老四把他当成一个好的旁听，可我今天才知道，老三说话也是能噎人的。本来孩子没地方住这个理由一直是我家的，叫老三这么一说，这个理由成了老四家的，可又不是给老四争东西，明明是他想占着房子。我撇下老三，还是问爹，我说：

"爹，我没养活你吗？"

老三媳妇说：

"你行啦，你把爹鞋厂都霸占走了，你现在多有钱呢，你给咱们留点活路吧。"

我回头对着老三媳妇吼了一句，我说你他妈闭嘴，我钱没给爹花吗？你们谁给爹花得多？我有房子不也让你们抢走了吗？我又转向爹，我说：

"爹，你这么的让人寒心哪。"

就在这个时候，大门在我身后响了一下，我以为是老四回来了，或者是哪个看热闹的孩子挣脱了爹妈的手，淘气地过来推了一下，可等我回头看，大姐、玉琴还有翩翩都来了。我知道大姐是玉琴找来的，她是想让大姐来评理，可翩翩干吗要带来呢，是为了让孩子看见一家人窝里斗的样子，还是为了给我一个狠下心跟亲爹亲兄弟争的理由呢？

玉琴就那么把门敞着，一半对着院里人说，一半对着院外边人说：

"我看谁把我房子抢走！"

老三媳妇说：

"是你家房子吗？那是给老四盖的。"

玉琴说：

"我不管，咱们住偏厦子住多少年，盖个房你们还抢，还他妈要脸不？"

大姐过来劝，说玉琴哪你别动气，肚里有孩子呢，玉琴就拉住大姐，说：

"大姐你看见没？谁家老人这么办事啊？你们都有房子，就我们该死，怎么咱家从文不是亲生的？"

大姐说你别动气，都是一家人，玉琴听了一下甩开大姐：

"谁是一家人哪？一家人就往死里整啊？"

大姐说你怎么冲我来了？玉琴说：

"我让你们一家人看看，别他妈老可我们欺负。"

玉琴说得有点激动了，自己回头看看，就在堆起来的砖垛上坐下来，嘴里说着：

"我看你们谁抢我房子。"

翩翩就走过去，拉着玉琴的手，还懂事地抚摸着玉琴的肚子。玉琴回来之前，我还想跟爹和老三争论争论，可玉琴一回来，我就插不上嘴了。我真想离开这院子，就像这事跟我没有关系，可等我看见翩翩这个动作，我心里一下就硬气起来了，我想我就算是给老四盖房子，我给老四是我乐意，也轮不到你老三拿走。

我对老三说：

"郭从武你说吧，你想怎的？"

老三乐了，说：

"哥我不想怎的，你想怎的？"

我说你赶紧停工，明天我找人来盖房子，老三说哥你觉得可能吗？我气得冲过去一脚狠踹还没干透的砖墙，我一边踹一边骂：

"我让你们盖，我让你们盖，我宁肯拆了，操他妈，谁也别想抢我的。"

老三一见就过来拦着，老三媳妇也来拉我，也不知道是故意的还是怎么的，老三媳妇的指甲给我挠了一条红印子，我一下就急了，我看了一眼自己胳膊，本想打老三媳妇一巴掌，可我瞅见旁边的老三，我就冲老三扑过去，老三一躲，我脑袋撞到了墙角上。我只听见玉琴那边尖叫了一声，然后有个人骑上来打我，好像还有人踢我，等我缓过神来，我使了好几下劲，想要挣起来，立刻我眼睛上就挨了一拳，我眼睛一花，眼珠在眼眶里转了两圈，好像还瞄见了爹，我爹竟然在那儿看着老三两口子打我，也不出一声，我想这真是我亲爹呀。然后我听见了更多的喊声，像是院外边传来的，听着是在叫好，还有笑声，离我最近的喊声我听得最清楚，是玉琴的骂声，还有大姐拦着玉琴的声音：

"玉琴哪，你可别上手啊，你有孩子。"

奇怪的是，我没听见翩翩的哭声。我伸手抓着老三的手，脚胡乱地踹，随后听见老三媳妇叫了一声，我知道我可能是踹着她了。我回头去找翩翩，我看见翩翩跟玉琴站在一块儿，大姐使劲拦着玉琴，可翩翩一声没吭，她呆呆地望着我，像是望着一个陌生人，我心里一下涌起老大的惭愧，我对她吼道：

"闺女，你别看，你别看。"

可我没空再看她了，我又挨了好几下子，可忽然我身上轻了，老三不知怎么起来了，不对，是被人拉起来的。我赶紧站起来，几下都打了趔趄，后来我终于站起来了，我看见老四阴着脸搂住老三，老三还在那儿挥着胳膊。我冲过去照着老三肚子狠狠地踹了一脚，老三闷哼了一声就蹲下了，等我再想踹，老四又搂住我，老四的劲儿真大呀，我听他说：

"哥，别闹了行不？"

我好像是听见老天爷在跟我说话，我心里的恨劲儿一下就泄了。我看着老四，我想老四你到底是爹和老三的同谋呢，还是想靠这个事报复我呢？老四又说：

"哥，赶紧带嫂子回家，行不？别闹了。"

好多年以后，有一次吃完饭，翩翩忽然提起这个事，她说爸我当时看见三叔两口子打你，我可想拿起铁锹给他后脑勺一下了。我说你那时候才多大，你能记住啥呀，别瞎说。翩翩说我记得可清楚呢，我妈就在旁边，大姑搁那儿劝她，我当时觉得我们可无助了。

直到这个时候，我才知道，有个词叫无助，我才知道我当时听老四说"别闹了"的时候，我心里的感觉是无助，我才体会到玉琴为什么非要一个男孩。因为我在她心里，撑不起什么天和地，也许再有个儿子，就能替她挡事了，这个感觉比无助的感觉更难受，更让人憋气。

第五十一章

我们家的事在屯子里传开了，在别的屯子里也传开了，可他们传的不是老四抢我房子，而是我抢爹的房子，我就去找大队书记。他手里夹着一根烟，始终也没点着，一边看报纸一边听我说，我就从头讲这房子的来龙去脉，还没讲到一半，书记抬头问我：

"你带火没？"

我愣了一下，我说没带，然后我还想接着讲，书记就把报纸翻过去了，把烟往报纸上一摞，说老郭呀，这样的事谁也整不明白。我说怎么不明白呢，我说完你就明白了。书记说这么的吧，你回去写份材料。我说你上现场一看就明白，还写啥玩意。他看我这么说，就把报纸又拿起来，盯着一个角再也不抬头了。我明白他这是不想管了，我就走了，我想实在不行我还找爹去，不管他认不认，我也让他拍胸脯说句实话给大伙听听，可还没等我去呢，爹就来了。

爹站在我租的房子院里，瞅着那棵枣树不住地点头，我不知道他是病又犯了，还是在数树上的枣，那枣正是一半青一半红的时候。我站在离爹七八米远的地方，上前也不是，回屋也不是。后来我寻思爹可能是馋了，我就拿起钩杆子给爹打下几个，可我没给他捡，我看爹费劲地弯腰捡起一个，因为手指头不好使还抓起不少土，爹说：

"从文啊，告我吧。"

我问啥？爹说：

"告我吧，你就能把房子要回去了。"

我说爹我能告你吗？那法院的不得乐死啊，儿子告亲爹来了，爹不吭声了，过一会儿爹说：

"从文啊，买卖挺好的？"

我说还行吧，然后我跟爹就那么站了老半天，后来爹把手里的枣又扔到地上，跟我说：

"爹让你吃亏了，谁让你过得比兄弟都好呢。"

爹说完就走了，我看看爹扔了的那个枣，上去一脚踢了老远，可过了一会儿我又过去把它捡起来了。我真替它可怜哪，不光替它可怜，还替这满树的枣可怜，他们跟人一样，都是兄弟姐妹，长在这城边子，先红的就先让人打下来吃了，不吃也得攥到手心里，让汗沤得没个枣模样。那些没红的呢，就好好地在树上待着，让人老也不忍心碰，寻思让它再长长吧、再长长吧，长到最后也没红，就晃晃悠悠地在树上挂着，直到哪天遇着一阵风，自己掉下来，在土里眯着了，好好地睡过去。这枣的一辈子跟人的一辈子咋那么像呢。

往后的几天，我都在家待着，不乐意去鞋厂，也不乐意出去。玉琴倒是来了几个姐妹，他们是来劝玉琴的，有董二毛媳妇，有吴迪他妈。吴迪跟翩翩眼看着要一块儿上学了，还有两三个是跟玉琴打麻将认识的，玉琴就跟她们仔仔细细讲起来，讲到我挨打的时候，就用手指点着我，有时候还特意把我脸扳过去让她们看眼眶的瘀青，我不愿意这么着，可我觉得玉琴说说能解气，我就走到院里待会儿。后来，玉琴开始往回讲了，像是要把结婚到现在的苦水都翻腾出来再咽一遍，她们闷在屋里咬牙切齿地回想那些年，把埋在玉琴心窝里的一砖一瓦扒出来，再重新压回到玉琴的心上。我开始还有点担心玉琴，可我看玉琴每次跟她们唠完就松快一些，脸上露出一种残忍的笑容，好像是亲手拔掉长在肉里的刺，我也就由着她们去，结果有一天玉琴忽然就抽了。

我记得那是个阴雨天，才下午两三点钟天就渐黑，风一吹挺凉，可闷在屋里还出汗，雨哩哩啦啦地打在窗户棱子上，像是谁在敲门。

我正在东西屋中间的过道上给翩翩做弓箭，其实就是把晾衣架的横杆去掉，用皮筋勒住两头，然后把筷子削出个尖。做完以后我试了试，皮筋太紧，翩翩肯定拉不开多少，所以不用担心她用这东西伤着人。我正要拿进去给翩翩，忽然就听见翩翩在屋里一惊一乍地喊我，我跑进去一看，玉琴正在打哆嗦呢，她上牙和下牙敲鼓点一样磕碰着，斜躺在炕上，伴随着一种尖厉的叫唤，跟她唠嗑儿的两个女人也吓得够呛。我扑过去使劲掐住玉琴的人中，告诉翩翩先上外屋待会儿。过了老半天，玉琴才停住了哆嗦，我回头冲那两个女人喊：

"还瞅啥呀？"

她们像是还没看够这场戏，透过我的后背想要再看看玉琴的模样，我又喊了一声：

"别瞅了，回家去吧，一天闲得无聊。"

她们本来是想还嘴的，可一看玉琴那个样儿，就撇撇嘴走了。我从窗户看出去，她们在院子里就把脑袋凑在一起嘀咕了，都没顾上挡挡头顶的雨。可我没心思管她们，我拍着玉琴的脸，小声地叫她，叫了好几声，玉琴看看我，又狠狠地打了两个哆嗦，她说我咋的了？我说你好像是抽了，玉琴盯着我的眼睛，说完了，我这体格彻底叫你们家人给气完了，我说你别说这个啦，你肚子里还有孩子呢，玉琴说就冲我天天生气这样，我孩子生下来得多大气性，说完她叹口气，慢慢坐起来，问我翩翩呢？我说我让她上外屋了，玉琴说吓着她没？我说有点，玉琴就冲着外屋喊：

"闺女啊，你来。"

玉琴刚喊完，翩翩就撩开绿纱帘跑进屋，一下扑到玉琴怀里，玉琴摸着翩翩的肩膀说：

"给我闺女吓着了，妈没事，死不了。"

我说你别瞎说了，以后别让你那姐妹来了，也不帮你宽宽心，净嫌事不够大。玉琴说那咋的，就让我这么憋着呗？我说你不想不行吗？玉琴刚要张嘴，又哆嗦两下，像是还要抽的样子。翩翩就站起来使劲推我，说你赶紧出去，你赶紧出去。我心里着急，可又不敢再惹着玉琴，我就走到外边房檐底下。院子里新砌的猪圈里头，几头猪都躲到棚子底下，我的心就像它们脚底下的烂泥一样，被踩得糊里糊涂的。

人是靠什么记住事的呢？他们都说是脑子记事，我爹说是心里记事，我觉得最能记事的是鼻子。你要是让我想想高兴的事，我就能闻见刚结婚时候糊墙那个糨子的酸味；你要是让我想想难受的事，我就能闻见老房子里炕柜里的陈味。可有一种味，就是没人问没人提，我也好像能时不时地闻见一星半点，那就是熬中药汤子的味。打从玉琴气抽以后，我怕对她肚里的孩子有啥影响，也怕玉琴的抽病再发作，就托人从辽宁中医院找个大夫开了三十服中药，说是能理气调和，还不伤孩子。于是，每天晚上七点刚过，就是收音机里单田芳开始讲《白眉大侠》的那个时间，我就在锅上给玉琴熬中药了。那个味啊呛得东屋都把门紧紧地关上，我寻思这大夏天的不能憋着人家，我就在屋外头窗户底下弄了个小灶，用十来块砖头垒起来，把瓦罐搁在那上边熬药。随着药汤咕嘟咕嘟地冒泡，那味又蹿起老高，蹿上了房又跳过了梁，钻进每一家的窗户里，钻进屯子里人的鼻孔里，他们这下就都知道我家有人在喝中药汤了。等我用凉毛巾垫着碗边，把汤药端给玉琴，玉琴就先哆嗦两下，慢慢地吹开汤药上面的沫沫，再皱着眉一小口一小口地喝下去。翩翩懂事地坐在旁边看着，还摩挲着玉琴的后背，可玉琴从来也没夸过翩翩一句，我知道她是打定主意要苦着脸给我和翩翩看呢，她要让我们知道，她嘴里喝的是苦水，她心里流的也是苦水。

老三两口子盖房子真是快呀，我从老院子门口过的时候，都看见鲜亮亮的瓦了，我心里这个酸哪。我寻思这事别跟玉琴说了，先让她稳定稳定，等再过几个月孩子生下来，我再想办法，实在不行就像爹说的，我跟老三他们打官司去，好歹得要个说法。结果晚上回家，我都快睡着了，玉琴忽然翻过身扒拉我，我以为玉琴又抽了，一扑棱就坐起来了。我说你咋了，难受啊？玉琴说你躺下，我躺下来摸摸玉琴鼓鼓的肚子，我说他动了？玉琴说不是，我问你个事。我说你说吧，玉琴说你猜咱家现在有多少钱？平时都是玉琴管账，进货用钱我都跟她要，要问我有多少钱我真说不上来，我说有多少钱哪，玉琴说一万二，我说多少？玉琴说咱家有一万二，我说真的？那咱是正经万元户啊。玉琴说外有搂钱的耙子，内有装钱的匣子，要不这么的攒不了这么些，我说反正是好事，那咱得珍惜好生活。玉琴停了一会儿，说我想要个房子，我说你咋又想这事呢，你这情况，过一阵再说，玉琴说过一阵人家都住进去了，我一听，玉琴这是知道了，我说你听谁说的？玉琴说你不在家的时候我也出去溜达，我都看见了，房子基本盖完了，我说咱不想那事行不？你再气抽了咋整？玉琴说我没事，咱俩心平气和地商量，我说行吧。玉琴说你打算咋办？我说不行我就打官司，玉琴说你能赢吗？我说凭啥不赢，三间房怎么也有我一间，玉琴说你都答应你爹给老四盖的，那就跟你没关系，我说那我的呢？玉琴说你的你爹住着呢，等你爹走那天才是你的。我说那你想咋的？玉琴说咱再盖一个，我说搁哪盖呀，那院里没有地方了。玉琴说咱上别的地方盖呗，我说现在不让了，不给宅基地，只能搁我爹那院盖。玉琴一听就把头转过去了，说我闺女就没住上新房子，我这个孩子生出来还是没有新房子。我听着鼻子一酸，就赶紧搂住玉琴，我才发现玉琴这回肚子真大呀，我在玉琴背后，胳膊伸直了才能碰到肚子的尖。我说是我没能耐，让你遭罪了媳妇，玉琴拍拍我的手，说不是你的错，是我嫁错人了。我说咋的，你后悔了？玉琴说不是后悔嫁你，是后悔嫁到你家，我就图吃大米来的，结果把自己这辈子都扔无底洞了。

后来，我俩就这么有一搭没一搭地说着，我好像睡了几回，又好像醒了几回，每回醒我都动动胳膊，怕压着玉琴，可玉琴每次都拽着我的胳膊，不让我拿回去，我就知道她还没睡着呢。也不知道是什么时候了，玉琴忽然跟我说了一句：

"咱把那房买下来。"

我睁了一下眼睛，好像看见天快亮了，一只猫在窗户外边叫秧子。我踹了一脚窗台，就再没了动静，我于是沉沉地睡了过去。

第五十二章

等玉琴把钱一沓一沓地摆在炕头上，我瞅着玉琴的眼睛，鼻子里糊满了中药汤子的味。我说你疯啦？玉琴说咋的，就欺负咱家过得好呗，那咱们就给他们看看好是啥样。我说你非得买那房子干啥，玉琴说本来就咱们的，还省得咱们费劲盖了，多好。我赶紧坐在玉琴旁边，我说媳妇啊，你冷静冷静。玉琴说我很冷静，我说那咱不亏了吗？玉琴说这不成全你这孝子嘛，不光买那间，把你爹那个老房子也买了，省得将来又说咱们占便宜。我说你都买了，我爹和老四咋整？玉琴说那看我心情了，我愿意让他住就住，我不愿意让他住他就得搬走。我说你这话说的什么玩意，那是我亲爹我亲弟弟。玉琴冷笑了一下，说你亲爹当你是亲儿子吗？你亲弟弟当你是亲哥吗？你挨打的时候谁拦了，兴许就是你爹撺掇的。我一听就来气了，我说滚你妈的，没想到玉琴也直起身子，说滚你妈的。我手都要抬起来了，可我闻着满屋子的中药味，立刻就没那心思了。我抓住玉琴的手，我说媳妇啊，我知道你遭罪了，咱别干那傻事行不？这钱留着干啥不好？玉琴说你撒开手，我没撒开，玉琴就说，有钱有啥用啊，房都住不上，留着等我出殡用啊？

话说到这个份儿上，我知道玉琴是非买不可了，到底咋买的，咋谈的，中间说了什么话我都不知道，因为我没去，是玉琴跟玉芬一起去的，我只知道玉琴拿走了一万块钱，剩回来三千。玉琴和玉芬是快擦黑去的，我领着翩翩在家里头捏橡皮泥，翩翩照着小人书上画的兵器，一直嘟囔要捏个方天画戟，就是吕布用的那种，我就在旁边给她搓橡皮泥。可我哪有那个心情呢？我透过窗户盯着大门口，又盼着她俩回来，又怕她俩回来，有好几次我都想去老院子看看咋样了，可我实在是迈不动步啊。我总觉得从这一天起，我跟老房子中间有什么东西"咔嘣"一声折了，折得叫我心里直冒火，折得叫我还有那么点痛快。等翩翩捏坏了好几块橡皮泥，气得把它们揉成一团撇着玩想要粘到墙上的时候，玉琴和玉芬终于回来了，她俩进门的时候有说有笑的，像是打赢了挺难的一场仗。玉琴的手放松地搁在隆起的肚子上，我听玉芬进屋时候还说：

"你瞅老三媳妇那样，拿着钱都不会乐了。"

玉琴说：

"给她花吧，看她能花到哪天。"

玉芬一看见翩翩，就一把搂过来，翩翩使劲用手撑着玉琴的腿，免得自己的脸被挤到。玉芬说：

"翩翩，你要住大房子啦。"

我咽了几口吐沫，凑到玉琴身边，我说买完了？玉琴特别轻松地说对，买完了。我说顺利不？玉琴说顺利。玉琴说这话的时候语气有点往上扬，扬得我脸都红了。玉琴说钱多好使呢，老顺利了，是不玉芬？玉芬听见玉琴喊她，就放下翩翩说：

"对，有钱能使鬼推磨，有钱就是爷。谁也别装，今天我姐扬眉吐气了。"

我张着嘴，感觉到牙上的吐沫都快干了，我说我爹说啥没？玉琴说你爹能说啥，他也拿钱了，一半给老三，一半给你爹，完了你爹转手就把钱给老四了，这下妥了，都是咱家的，以后谁也别跟我装，给我逼急眼，都他妈睡大街去。我一听玉琴这是带着气呢，我就往外走，临出门的时候我说你们自己吃一口吧，她们娘三个谁也没搭理我，我走到窗户下边的时候，听见里边传来一句：

"我呀，谁也指望不上，等他？早饿死了。"

我无聊地走在屯子里，走过一盏盏忽明忽暗的灯，我的心反反复复地被恼怒和无奈挤来挤去。这两样东西从我一过三十岁就来了，来的次数还越来越多，结果也越来越坏，最后让我染上了自言自语的毛病。我一般是在心里自言自语，后来冷不丁嘟囔出一句，再后来我坐汽车去城里的时候会突然出个怪动静，把旁边的人吓一跳，赶紧站得离我远点。我一直以为我是把平时没人听我说的话说出来，可慢慢地我发现我是把自己切成了两半，我用这一半跟另一半说话，也用另一半跟这一半说话。眼下，我反复嘟囔的就是这一句：

"怎么就这样了呢？"

没人能回答我。在将近十年的时间里，我和玉琴互相折磨，把自己最好的时间和一切拿出来摊给对方，然后狠狠地把对方的那份揉成一团。难道这就是我们走到一起的目的吗？我们俩，是谁欠谁更多一点呢？

我们就这么搬回了老房子，搬进了新盖好的那间房。除了翩翩，所有人都带着一种奇怪的笑容：玉琴和玉芬的笑是骄傲的，老三和老三媳妇的笑是胜利的，爹的笑是得过且过的，老四的笑是若有若无的，而屯子里人的笑是等着看笑话的，我的笑最傻，因为我觉得他们都是笑给我看的。

接下来的日子平静得就像秋天的风，除了慢慢转凉，没人觉出什么，就算有那么一两片落叶掉在地上，也会被睁大着眼睛的人们踩在脚下，当作什么也没发生，可我知道总有一天，那件事会来的。十一月，玉琴生了，就在新房子的炕上生的，是个男孩。我记得那天屋里屋外挤满了一帮娘们儿，显得热气腾腾的。玉琴躺在炕上，身边放着那个小家伙，抽抽巴巴的，单眼皮的小眼睛一下都不愿意睁。我在屋里冒了汗，就出来透透气，正好翩翩背着书包进院子，她已经上了学，书包是我从联营买的，是最好的，但是翩翩背起来有点大，她一进来就问我：

"爸你怎么满面红光的？"

我一听乐了，我说你从哪儿学的词，还满面红光的。翩翩说真的，脸可红了。我说没事，翩翩又问了一遍，说真没事啊，我又笑着说真没事，翩翩就颠着书包进屋了，我也跟着进去。翩翩一进屋，大姐就过来说：

"翩翩哪，你有弟弟了，没人稀罕你了。"

翩翩一听愣了一下，往床上一看，就噘起了嘴，脱鞋上了炕，呆呆地看着玉琴和小家伙，好像恨不得玉琴再把小家伙装回肚子里。我顾不上管翩翩，因为那帮娘们儿正给我道喜呢，她们嘴皮子一张一合的，说的都是一句话：

"你两口子真能耐，儿女双全了，多好。"

晚上，等人都散了，我跟玉琴说这回行了，儿子有了，新房也住上了，扬眉吐气了。玉琴抬眼看看我，说是吗？我说咋不是呢？玉琴哼了一声，没说话。她这一哼，弄得我半宿没睡着。翩翩也没睡，孩子一哭，翩翩就起来瞅两眼，玉琴赶紧说，你睡你的，跟你有什么关系？可等下回孩子哭，翩翩还是扑棱一下起来，揉揉眼睛使劲看两眼。

我爹给我儿子起了个名叫郭天虎，我问我爹是不是名太横了，我爹说横点好，别像他似的一辈子窝囊。我说那就少叫大名，叫小虎吧。那年春节，我心里惦记着孩子，去鞋厂转了一圈就早早地往家走。我一路上想着这是我们四口人在一块儿过的第一个大年三十啊，我像翻兜一样翻了翻心里的念头，没翻出一样让我烦的，我就这么着高高兴兴地回了家。进屋的时候，玉琴正包饺子呢，翩翩抱着小虎，哄得有模有样的，我抬头看看门框上新贴的对联，心里一股喜庆劲儿。我刚要张嘴跟玉琴说话，玉琴忽然来了一句：

"我今年不去上屋了，你自己去吧。"

从打我们搬回来，玉琴就把爹那房子叫上屋，我以为玉琴说的是今个晚上，她要照顾小虎，不去也就不去了。我逗了一会儿孩子，下午三点多去了上屋，跟爹、老三和老四喝酒，一直喝到快十点了，我才晃晃地回家，看了一会儿春节晚会，吃了俩饺子，没等翩翩给我拜年，我就一头睡过去了。大年初一早上，我让玉琴赶紧给翩翩换上新衣服，去上屋拜年，玉琴坐在炕沿上一动不动，我说你干啥呢？玉琴说我都说了今年不回去了，你带翩翩和小虎去吧。我脑袋一下就有点发炸，我说你说什么玩意呢，大过年的不给老人拜年哪？玉琴说我不愿意看见你家人，我说我家人怎么你了？玉琴说怎么我了你自己知道，我去了怕忍不住吊脸子。我说你什么屁话说的，过年不上老人家拜年，我让人笑话不？玉琴说对，你怕人笑话，你就跟你爹你兄弟成伙欺负我。我说这怎么的了呢，一下就变脸了？玉琴说我不像你，我可有记性，我遭的罪我都记着呢。我说你又遭啥罪了，谁又得罪你了？玉琴一下把嗓门儿提高好几度，冲我喊了一句：

"我自己的房子还得掏钱买呢，都喝我血了，一群瘟犊子。"

小虎被她妈这一嗓子吓哭了，我一股气冲上脑瓜顶，站起来就要打玉琴，翩翩忽然站到我跟前，伸出胳膊说：

"不许打我妈。"

玉琴腾出一只手拉翩翩，说：

"你让他打。你打，来，看你有多大能耐，把我跟儿子一块儿打死吧。"

第五十三章

　　这是玉琴跟我结婚以后第一年没回上屋过年，可我没想到，直到爹去世，玉琴也再没进过上屋一步。从那以后，对我来说，过年成了一段黑暗的记忆，它总是翻开新一年我和玉琴无数次争吵的第一篇儿，而每一年三十儿我们的争吵都是这样开始的——

　　我说：

　　"明天跟我去上屋拜年。"

　　玉琴说：

　　"我不去。"

　　我说：

　　"你几年没去了？儿媳妇不给老人拜年，人家怎么笑话我？"

　　玉琴说：

　　"爱咋笑话咋笑话，对我那样，我还给他拜年？"

　　我说：

　　"你说说你凭啥不去，来你给我个由头。"

　　玉琴说：

　　"还用我说呀？怎么老三、老四都有房子，老二盖房子还给抢走，怎么的，不是亲生的？"

　　我说：

"这事你怎么记我爹身上呢，跟他有啥关系呀？"

玉琴说：

"哎呀，不定人家爷儿几个怎么商量的呢。"

我说：

"你别说这屁话行不？"

玉琴没理我，继续说：

"老人就这么当，白活！"

我就一巴掌扇过去了，要不就抓起手边的什么东西砸过去。紧接着玉琴也朝我扑过来，翻翻拼命在底下护着她妈，小虎在炕上哭。有一次我把板凳踢过去，正好踢到翻翻的腿上，紫了老大一块，还有一次我自己狠狠地往窗台角上撞过去，送到医院缝了五针……

在我们家，从三十到初六，一年一个轮回，碗打了无数个，桌子掀了七八回，年就这么毁了。

玉琴不回上屋的事，屯子里每个人都知道。大姐和老三媳妇先跟每个人都讲一遍，玉琴再抱着小虎跟每个人说一遍，大姐和老三媳妇讲的是玉琴的刁和不孝顺，玉琴说的是我爹领着老三算计我们挤对我们。开始的时候，屯子里的人无论听见谁讲，都兴致勃勃地凑过去，后来，他们有一搭无一搭地听着，偶尔插句话，再后来，大姐和老三媳妇不再讲了，可玉琴逢个人就说一遍，不管人家听不听，我觉得，玉琴心里着了魔了。玉琴的家人也来劝过，她娘、她姑、她哥，都没有用。每一次她们来，都是先劝过玉琴，再到上屋跟爹唠唠家常，数落数落玉琴不懂事，结果这又给玉琴的怨恨添了新的一笔。玉琴变成了一个大花盆，任由人家把最脏最臭的土埋进去，种出一碰就会迸出刺鼻汁液的花，就算你不伸手去摘，那花最后也会谢掉，再掉回盆里，为下一朵更刺鼻的花做了养分。而我，就站在这个花盆旁边，伸着手，却想不出一点办法。

小虎一岁的时候，玉芬要结婚了，说是在饭店工作的时候认识的。那小伙是城里人，老去玉芬干活的饭店，有时候不吃饭就要一瓶汽水坐着，就为了看玉芬，后来两人就好上了。这事玉芬一直也没告诉玉琴，直到两人唠到结婚的事了，这才想起来让她姐把把关，她可能觉得只要玉琴答应了，家里那边都好说。玉琴跟我商量着一起去看看，我就让翩翩看着小虎，跟玉琴去中街附近一家回民饭店跟玉芬和她对象见面。一见面，玉芬介绍说这是凌浩，这是我姐和姐夫。小伙子马上就把烟递过来了，我瞄了一眼，是玉溪，当时挺贵的烟了。我把烟掐在手里，趁着她们说话，仔细看了两眼，小伙长得还行，就是有点流气，一看就有点社会人派头。玉琴对别的倒不关心，她问的都是房子和工作的事，凌浩支支吾吾的，说在大西路那边有个小房子，是他爹给他的，工作暂时还没有。玉琴说那你平时靠啥生活，凌浩说就是给人帮帮忙，看看游戏厅。一九九一年那个时候，浑阳一下子冒出不少电子游戏厅，把一大帮孩子都迷进去了，社会上的小流氓也都愿意在里面混着，所以专门有一帮人是看场子的，那是我最不得意的一个地方。我一听他给人看游戏厅，脸上就有点不高兴，凌浩马上看出来了，说姐夫你别多心，我不打架，就是帮人收钱，修修机器啥的，哪天你去我招待你。我说不用了，我不会。吃完了饭，玉琴说凌浩你先忙自己的，我领着我妹妹逛逛，我知道玉琴是有话跟玉芬说，凌浩就先走了。凌浩前脚刚出饭店，玉琴就说这人不行，玉芬一下就急了，说咋不行呢？玉琴说一看就不是过日子人，玉芬说啥样叫过日子人，像我姐夫这样啊？玉琴说他也不是，他就算凑合吧。我说咋又扯上我了呢？玉琴说反正这事你自己考虑，一辈子的事。玉芬有点不高兴了，说姐你咋这样呢，我从来都向着你，你怎么这么说我对象呢？玉琴说老妹啊，你太小了，你不懂，将来吃亏的就是你。玉芬站起来说我乐意，说完就摔摔打打地走了。玉芬一走，玉琴叹了口气，我说叹啥气，劝劝呗。玉琴说这事劝不了，万一劝分了，将来埋怨的是我，过两天让她领着对象回老家吧，让爹妈看看。

玉芬带着凌浩跟玉军一起回了调兵山老家，玉军说好长时间没回去，想待一段再回来，我答应了。玉军这一去就再没回来，听说在调兵山当地给一家修车行当小工，玉琴说他一直喜欢车，可我觉得玉军是不愿意待在我身边。玉芬和凌浩的事两个老人一直不同意，但两人还是结婚了。私下里我问过玉琴她娘，她娘驼着背，一边在我身边晃晃地走，一边慢悠悠地说：

"一看还玩心没退呢，派头就让人看不上，等着遭罪吧。"

老太太看得挺准，玉芬结婚以后没几年，凌浩就开始天天不着家，后来除了喝酒，还染上了吸毒的毛病，得了一场病死了，留下一个儿子。

以前我在说别人事的时候心里总想，笑人不如人，这事可别轮到咱家，所以我就少说。慢慢地我自己家的事乱七八糟的，我也开始说别人的事了，说着说着就觉得自己过得还凑合，就把眼前的闹心先放下了。屯子里的人都是这样，我觉得我没有什么资本再瞧不起他们了，我成了他们中最坚定的一个。

也不知道打什么时候开始，鞋厂的鞋越来越不好卖了，因为南方的鞋做的样子越来越多，广告也打得厉害，再加上买鞋成了一件容易的事，所以小作坊做的鞋不再有人光顾了。我跟玉琴商量着，要把鞋厂关了，玉琴说那你打算干啥，我说你姑不是给凌浩介绍了一个送氧气瓶的活吗，我跟他一块儿干。玉琴说你能拉下那个脸？我说那也不低气，玉琴说行，玉芬不打算在饭店干了，想开个小吃部，那我就跟她合伙。我说行啊，这么的两家人绑在一块儿，也差不到哪儿去。其实我心里还有一个疙瘩，就是怎么跟爹交代，鞋厂是他一手干起来的，现在说黄就黄了，爹得咋想呢？我就想了个招儿，我跟爹说要领他进城逛街去。爹好长时间没进城了，一听挺高兴，我就跟爹坐着公共汽车去了五爱市场。那时候五爱市场盖了一大溜大棚子，一个挨着一个，每个棚子都老长老长的，外圈是一排精品店，比棚子里边的东西贵点。上货的人清早三四点钟就赶到这儿，扛上几包货就走，白天基本就是给散客预备的，那也挤得满满的，一到下午三点多，市场里就基本没人了。我跟爹进去一会儿就被挤散了，我站到一家精品店的台阶上，往人群里头看，密密麻麻的都是人脑袋，我想这可糟了，爹那腿脚万一要摔了就完了，我正急得满头冒汗呢，就听俩女的说：

"那老头让人戏弄的，可给玩坏了。"

那个女的搭了一句：

"那帮人也挺缺德，一看老头就是脑血栓。"

我问她们那老头在哪儿呢？那俩女的一指边上那排棚子，说卖望远镜和玉石枕头那地方。我赶紧跑过去，越往边上走人越少，后来基本是看不见几个人了。我离老远就看见爹弯着腰，刚弯下就站起来，往前走几步，又弯下腰，瞅那样要是一步没站稳，脑袋直接就杵地上。我纳闷爹这是干啥呢，等跑过去一看才知道地上有十块钱，爹要捡起来，可是每回到了手边，钱都像着了魔似的往前跑，爹就得往前撵。我一看就明白了，这是有人给钱穿线了，专门逗弄人呢。我抬头找找，看见不远的地方有俩男的，光着膀子，身上带着文身，正在那儿乐呢。我走过去扶住爹，爹说哎呀从文你来了，快帮爹捡钱。我说爹别捡了，有人要你呢。爹说哪有人啊，有人不得跟爹抢啊？我说爹呀，那钱上拴着线呢。爹愣了一下，低下头瞅了瞅，抬头告诉我，我没看见线啊。我说爹行了，赶紧走吧，给你买东西去。我扶着爹往外走，那俩男的就在后边喊：

"哎老头，那有钱。"

喊完他们就乐起来，我想这社会啥时候变成这个样了，小混混都光明正大地欺负人了，要是我跟老三、老四在这儿，把你俩削半死。可我一想到老三、老四，我心里就难受了，我想这亲兄弟现在哪像个样啊，离心离德的。我正想着，爹一个劲儿地问我：

"从文啊，真没看见线啊。"

我是来领爹看鞋的，五爱市场里有老大一片卖鞋的，每家店面跟我那个小档口差不多大，也是立起来一个木板，打上几个隔板，摆上几双样子，下边的平板上也放上十来双。我领着爹绕了两圈，试了两双运动鞋，瞅着像是名牌的，商标有点假，其中一个钩偏了，但是穿着还挺舒服，三十五一双。我想给爹买，爹说

321

啥也没同意，爹说穿不惯，我没拗过他，只好带他出去了。我们在五爱市场外边买了两个卷饼吃，爹吃着吃着忽然就掉眼泪了，我吓了一跳，我说爹你咋的了？我爹说刚才那鞋好啊，我说好咱就买呗，才三十五。爹说不是皮的呀，我说旅游鞋都是棉面还有合成革，用皮子不板正。爹说，皮子不行啦，不上档次啦。我说不对，好鞋还得是皮子做的。爹说从文啊，到时候了。我说啥到时候了。爹说鞋厂到时候了，开不下去了，做的鞋没人穿啦。我刚要说话，爹又说：

"从文啊，你开始有心眼儿啦，爹没别的心愿，给爹留一双皮鞋，走的时候穿。"

爹一说，我就忍不住了，我也掉了几滴眼泪，我觉得爹真是老了，老得到了可以想自己后事的年龄。我想到跟爹没有几年处头了，心里揪成了一团。

第五十四章

鞋厂关的那天，我把没来得及卖的鞋都寄放到大姐家的仓房里头，也就是两百多双。爹瞅着小工把剩下的碎皮子撇了，心疼得直咂巴嘴，最后剩了大半张整皮子，爹没让扔，让搁在他那屋的被摞底下，爹说，要能躺在皮子上睡过去，也算没白折腾。

鞋厂一没，老三和老四也都没了营生。老三这些年在外边也认识了几个人，跟着朋友开了个台球厅。我问老四打算干啥，老四一脸茫然，桂贤说要不开个小卖店吧，老四说净他妈瞎说，谁买东西进院买啊？桂贤说咱这面墙挨道边，你给它打开就完了呗。老四一听乐了，我也乐了，我跟老四都没想起这个招儿。就这么着，老四把靠道边的墙扒开了，说是道边，其实是屯子里大道旁的一个小道，但总算是朝面的生意。老四找人打了两个木头柜台，安上玻璃，后边打了个架子，卖点油盐酱醋还有小孩的零碎，也偷着卖烟卖酒，一是地方偏没人查，就是有人查，送点好处也过去了。厨房和炕还留着，白天做生意，晚上灯一关照样睡觉。在我印象里，他那屋少不了两样东西，一样是一口袋五香花生米，一样是两大桶散白酒，说是给买东西的人预备的，其实是老四给自己弄的便利。一到下午四五点钟，老四就在炕边把桌一摆，让桂贤给炒俩菜，自己从大桶里打一杯白酒，抓一把五香花生米，就这么喝上啦。要是我、老三或者大姐夫路过进去瞅一眼，老四就赶紧拽两个凳子，一人先来上半杯，酒倒上了，嘴里说着不喝不喝，慢慢地也都往嘴里匀。哪怕我们几个谁都没来，但凡进来买东西的是熟面孔，老四都吆喝一声：

"哎，喝点啊？"

屯子里人实在，馋酒的人也多，趁着这句话还没凉呢，屁股就坐在凳子上了。要我说，老四这回是找着了自己最乐意的营生，他那个小店慢慢地也成了我们一大家子人的聚点，有事没事也都进去晃一圈，唠唠嗑儿。玉琴开始去得少，可是翩翩一放学总愿意去老四那儿买点小零食，玉琴也就抱着小虎过去，再说玉琴跟老四还过得去，也就这么着了。最好的时候是冬天，天特别冷，桂贤把炕烧得热热的，娘们儿们坐在炕上唠嗑儿，几个孩子满地乱窜，我们哥儿几个围着桌喝白酒，买东西的一推门，一股烟雪就刮进来，老四抬头就骂：

"你他妈赶紧把门关上，屁股带着风呢！"

买东西的也乐呵呵地回一句：

"又喝呢？挣的都不够花的。"

老四说：

"滚你妈的，我又没喝你的。"

我们几个一乐，杯又举起来了，还没喝到嘴里，我儿子小虎在炕上离老远一泡尿浇过来，不定把谁的鞋浇湿了，玉琴使劲拍他几下，就把鞋拿起来放到炕梢。等酒喝得差不多了，老四就张罗着打六冲。六冲是扑克的一种，六副扑克一起抓，一伙的还可以互相看牌。这时候，娘们儿们都忙活着捡筷子擦桌，桂贤用一个大盆装上热水，把脏碗泡进去，滴几滴洗洁精，顶多换上一盆水就把碗筷都洗干净了。扑克打起来，烟也抽起来，不大的屋子里烟雾腾腾，暖暖烘烘，有说不出的一种劲儿。我打心眼儿里希望这样的日子长了，玉琴就把跟我家里人那些不高兴的事忘了，我愿意跟着自己姐姐弟兄在一块儿消停地过日子，谁也别揣弄心眼儿。我抓牌的时候偷偷看玉琴，玉琴也是乐和的，她跟大姐他们说话的时候，也是一句跟着一句的，我心里就熨帖起来，可等晚上回了屋，玉琴就冷下脸跟我说：

"别人家给点好脸就不知道咋回事，长点志气。"

玉琴这话就是为了提醒我，她心里永远也放不下那股怨气。我虽然表面上跟玉琴挺硬气，偶尔还跟她动手，可我心里开始怕她了，怕的不是别的，怕的就是这股怨气，它像是悬在我俩中间的一个二踢脚，老早就把捻子点上了，结果捻子烧净了也没炸，可谁也不敢过去看一眼，万一看的时候炸了呢，就算没崩着人，吓一跳也得缓半天呢。慢慢地，我开始观察玉琴的表情，要是她稍有一点厌烦或闹心的样儿，我的心情也跟着坏了，我开始提心吊胆，开始少言寡语。老四问我怎么跟老三越来越像了，我乐了一下，我心想我要是老三就好了，老三才不担心这事呢，老三活的是个心眼儿，就冲心眼儿，他也活得比我强。

玉琴跟玉芬的小吃部开张了，就在屯子里租了间小门脸，早晨炸馃子做豆腐脑，白天整点炒菜。这套业务玉芬都熟，另雇了一个炒菜的，玉琴打打下手收收钱。我说你乐意伺候屯子里这些人？玉琴说收钱就是大爷。我说你有事干了，我就跟凌浩一块儿给人送氧气瓶吧。玉琴说不行，你还是得做买卖，你不是那干苦力的人。我说我除了做鞋卖鞋，也没干过别的。玉琴说那就还在鞋上想主意，可主意哪是那么好想的，这事就搁下来了。

玉琴这么一忙，小虎就由我带着，每天给翩翩做三顿饭，接送翩翩上学放学，除了这些事，我就闲下来了。我成了屯子里正经的闲人，下下象棋，打打麻将，唠唠谁家的孩子惹了什么祸，跟人打赌晚上那片层层叠叠的红云能带来明天的大雨。这么一闲就是两年，我的胳膊腿都松垮垮的，肩膀肚子都长出了肉，整个人走路都发沉，我觉得我身上已经长了苔藓。人啊，要是天天就那么晃晃悠悠地活着，心里就愿意琢磨事。我想我都三十五啦，好日子过去一大半了，二十啷当岁的看见我都得叫叔了，我真是奔老去了。我跑上三五十米就得蹲下喘半天，我打上八圈麻将腰就麻了，我头天晚上看球晚了，第二天早起就头疼，这在我年轻时候压根儿就是没有的事。我不是怀念我活的那些年，我是觉得活得没滋味，我从没像人家年轻人轻轻松松大大咧咧地笑过闹过，也从没干过一点脸红心跳回家蒙着被后悔的事，可我吃的辛苦一点不比别人少啊，我的愁事比人家还多得多呢。就好像我喝的是一碗不稀不干的粥，夹口咸菜也淡了巴唧的，可喝着喝着还咬着一块石头，把牙硌活动了，接下来这牙就在腮帮子里乱动，再也不敢使劲地嚼，再也不敢大口地咽，我想拔了这牙，可我又不舍得，也下不了手。

倒是两个孩子成了我的一个安慰，翩翩打上学开始就是班里的尖子，回回考第一，老师稀罕得不得了，又让当班长又让当升旗手。每周一上午，只要打学校门口一过，准能听见翩翩对着话筒说话呢，翩翩说那叫旗手致辞，我不懂，反正听她说的话，有时候像是念诗，有时候像是表决心，反正都是热爱祖国好好学习那套。一到这时候，我心里就可高兴了，我觉得我闺女是个学文化的材料，将来肯定能变成凤凰飞出屯子。玉琴也高兴，但是玉琴心思都在小虎身上呢。小虎在玉琴眼里那就是个宝贝，有时候我出去下象棋，翩翩带着小虎，小虎不听话，翩翩说他，小虎就咬他姐，咬得都有血印子了，等玉琴回来小虎还先告状，说翩翩欺负他。玉琴明明看着翩翩胳膊上的牙印，也把翩翩一顿损，说翩翩跟小的一般见识。有一回翩翩跟玉琴说话，小虎拿擀面杖跟翩翩闹着玩，从后面狠狠地打了翩翩脑袋一下，翩翩当时都迷糊了，哭了半天，可玉琴还说翩翩是装样子呢。我知道玉琴要来这个男孩不容易，这个男孩帮她提了气长了份儿，可我不想玉琴这么惯着他，我总觉得男孩要是不过苦日子，将来不会有出息的。可我心里这么想，等小虎在我面前露个鬼脸，或者拽着我裤脚转圈，我就忘了这些啦，我比玉琴惯得还厉害呢。小虎要足球，我就花好几十买一个全皮的，小虎跟小峰、小辉、继德他们踢球，小虎太小了，只能跟在后面瞎跑，继德一脚把球踢到马路上，被过来的汽车轧爆了，小虎说你们把我足球弄坏了，小峰就说：

"没事，明天让你爸再买一个，你爸有钱。"

小虎听着来气，就说：

"我爸钱也不是好来的。"

我和玉琴听小虎学这话，乐得前仰后合。我第二天就又给他买一个皮球，结果刚买几天，又让汽车轧爆了，我就再去买一个。可我没想到，这小子竟然把警察领到家里来，把我给抓走了。

第五十五章

　　也不知道从啥时候开始，屯子里飘着一个信儿，说是要抓赌了，我不知道抓的是谁，反正抓不着我，我就照样过我的日子。有一天我在自己家里约了个麻将局，本来我是不愿意在家里玩的，因为烟味太大，窗户开一天也放不净，可是老去别人家打，人家也烦得慌，我就说去我家吧。翩翩那天上学了，我让小虎自己在门口玩，还叮嘱他千万别跑远了，屯子里的孩子，不像城里那么金贵；过了三岁就没人当个宝看着了。我们在屋里刚打了四圈牌，忽然进来三四个人，都是穿警服的，小虎走在头里，进屋还给他们指呢：

　　"那就是我爸。"

　　我们打的是一毛钱的麻将，一百个码子封顶，也就是说输赢就是十来块钱，点子背到家也输不上五十，我们管这叫磨手指头。可警察一看桌上有钱，立刻就不让我们动了，把我们喊出去，站成排上了警车，还把桌上钱都收走了，小虎在后边还喊我呢：

　　"爸，你上哪儿玩去？"

　　我说你赶紧告诉你妈，我上派出所啦。小虎傻乎乎地在那儿听着，我们四个人被关到警车后头，全给带到派出所了。等去了派出所，警察一数没收的钱，总共不到十八块，再一问，我们四个人当中还有俩是亲叔伯，就没按赌博论，教育教育，各家来人交了五百块钱罚款，就给放了，我一点都没当回事。可等我回了家，玉琴说多亏玩得小，这阵全市都抓得紧呢，点子背的都判刑了，她这话把我吓了一跳。我说那警察是怎么知道我们在屋玩麻将呢，那屋里边的麻将动静外边也听不见哪，玉琴气乐了，说你儿子告的密呗。

玉琴告诉我，小虎都跟她说了，他在门口玩呢，来了几个人，问他：

"小朋友，这附近有打麻将的吗？"

小虎知道我平时打麻将，还以为是来找麻将局凑数的呢，就说：

"我知道，我爸搁屋打呢，你们跟我来。"

小虎就这么着把警察领到了家里头，我一听也生不起来气，就是觉得这样的闲日子也该过到头了，我得找点事干。我说我跟你们一块儿弄小吃部，玉琴说那儿有仨人够用，我说那就不雇人，自己干呗。玉琴说你一共就会做三个菜：尖椒干豆腐、孜然羊肉还有拌黄瓜，让你炒菜那不得把吃饭的急死？我说那我干啥呀，我这不成盲流子了吗？玉琴说我给你问问。过了几天，玉琴说她一个叔家的二姐夫在南塔市场管理所，那地方买卖挺挣钱，让我去找他问问。我原来进城卖鞋就得经过南塔，我知道那儿有个卖鞋的点，可我从来没进去过，我总觉得那么多人都扎在一块儿卖鞋，能都挣着钱吗？玉琴说不管咋的，去看看呗。

隔了一天，我就去了南塔，那跟五爱市场一样，也是一大排一大排的大棚子，只是这里一色都是卖鞋的，看得我眼都花了，我找到最里边一个大角子上才看见管理所。我进去找着二姐夫，二姐夫说现在都满了，多少人往里进都进不来呢。我说真是给你添麻烦了，就谋个营生呗。二姐夫说那你过几天来吧，我看看情况。我说我原来是做皮鞋的，二姐夫说行行，我心里有数。回家以后我跟玉琴一商量，玉琴说我上二姐夫家看看吧，你跟我一起去不？我说我不了，我不知道到时候说啥。玉琴说你就要脸吧，看你最后那脸能扒下来做件衣服不。玉琴就揣着两千块钱去了二姐夫家，回来说二姐夫给办租床子的手续，过一个礼拜直接去南塔就行。我说他不是你二姐夫吗，那还收咱的钱？玉琴说你家这几个亲兄弟也明算账啊，就可你吃亏。我一下就没声了。等我去看二姐夫帮我租下的床子，我一下就傻眼了，地方偏不说，是在整个市场的最里边，就是一个石头台阶，能摆那么十来双鞋，紧挨着是一排库房，库房门口倒是也摆着鞋，可都是给大宗买卖预备的，哪有散客买鞋能走到这么靠里的地方呢？等我往周围一看，更蒙了，这也不是卖皮鞋的区啊，四边卖的都是胶鞋。我就去找二姐夫，二姐夫还没等我说完，他先来气了，他说你不爱干拉倒，这一大排一大排人等着进来呢，给你安排个地方你还不知足了。我有心顶两句，后来一想，掰了亲戚的脸是小，我不能总在家靠玉琴挣钱养活我呀，我就忍下来了。

在南塔市场里，每天早晨开市不叫开市，叫上行，每天晚上关门也不叫关门，叫下行。这里上行上得早，四点半左右大伙就都来了，收拾收拾货，吃一口家里带来的饭，或者从小摊上买个鸡蛋煎饼，顾客就该上门了。我第一天上行那才惨呢，玉琴让凌浩用三轮车帮我把鞋运到南塔市场，我俩早早地就从屯子里出来了，没走上一半前轮就没气了，我跳下车一看是扎钉子了，四点半哪有修车的呀，天还黑着呢，我俩推着满车的货走了十来分钟，实在是推不动了，我俩就在道边等着。我一边看表一边着急，凌浩看着我那样，就跟我说着急也没用，咱也不是赶考呢，一个上行，早晚能咋的。我心想也是，我怎么成了毛小子，一点沉稳气都没有了。想是这么想，可我觉着头一天上行就遇着这事不顺当，总是憋一口气。等到五点半，天亮起来了，总算遇着一个修车的，人家修车的点在南边，硬让我俩拦下来，修车的把车上乱七八糟的卸下来，叼上烟磨磨蹭蹭地开始补胎，等车修好骑到市场都快六点了，有的卖家都已经卖出十好几双鞋了。我心急火燎地把鞋摆开，结果这一天人倒是不少，愣是没卖出一双鞋，就算有人停下看一眼，也是觉得胶鞋堆里出来几双皮鞋挺扎眼，连个问价的都没有。我中午买了份五块钱的盒饭对付一口，转眼就下午三点半了，周围的档口都开始收拾东西，准备下行。我守着一大堆鞋，走又不敢走，管市场的老头拿着喇叭直催，我就问紧挨着我的那家，我说我头一天干，还没租库房呢，我鞋能先放你家不？那家是两口子做买卖，姓杜，说我们库房太小了，你这鞋也放不下呀，要不我帮你问问别人。这时候从对面那排库房走过来两个人，一个中等个微胖，一点表情也没有，另一个足有一米八五，看上去能有二百多斤，脸上全是横肉，我寻思不是来找碴儿的吧。中等个问我：

"咋的了？不下行呢？"

我没吭声，那个大个说了：

"头一天干啊？这也不是卖皮鞋的地方啊。"

他说完就拿起一双皮鞋掂量掂量，我马上伸手抢过来，大个一下就愣了，中等个说：

"小忠你别闹。那个啥，你要没地方放，搁我库房里头。"

说完他俩就开始动手搬鞋，我想这么大市场，没人敢明抢吧，我就蒙头蒙脑地跟着他们往库房里搬鞋，等搬完了我说太感谢了，一块儿喝点吧，大个立刻就说：

"行啊，你请啊！"

中等个又说：

"小忠你别闹。"

我们就这么进了一家饭馆，我对这地方不熟，还是他俩领的道，是在南塔往里走的泉源市场。为啥叫泉源呢，因为这地方的地底下有一口大泉眼，说白了就是有地下水，为了护着这水，上面有一大片林子，周围多少公里范围内都不能有厂子。我们仨就在那儿喝了起来，中等个的是姐夫，姓黄，大个的是他小舅子，小名叫小忠，在南塔市场干一年多了。我们开始喝得都挺放不开的，只有小忠一个人大大咧咧的，后来酒下肚了，话也多了。他们问我怎么在卖胶鞋的区卖皮鞋，我把前前后后一讲，小忠说这可不行，还是得上胶鞋，他们卖的是山东龙口的货，都是外贸出口的。我说那就得去山东呗，小忠神神秘秘地眨巴眨巴眼睛，他那么大个，就是想弄个调皮的表情，看起来也凶巴巴的。老黄说行了你别卖关子了，其实我们都是给人代卖，厂家把鞋发到货站，自己去货站拿货，能卖多少就拿多少，我说那你们啥时候上货，他俩说下礼拜就得去，我说那带着我呗，怕我跟你俩抢买卖不？他俩一听就乐了，小忠说：

"你抢才好呢，这玩意不抢就没意思了。"

老黄补了一句：

"到时候你就知道了，在这儿过得老快了。"

我看见老黄的脸上晃过一丝说不清的表情，像是有点难受，又像是有点得意。

就这么着，我跟老黄他们去了一趟胶鞋厂在这边的货站，进了一批胶鞋，我的买卖就开张了。我撤下了原来那些皮鞋，摆上胶鞋，开始的时候，我闻着那不好闻的胶底味，心里老是不得劲，可等这些东西变成了钱，我看它们就顺眼多了。再后来，我看它们就不是看鞋，我看它们就像是看个树叶、看个板凳、看个饭碗、看个茄子……它是什么东西都行，我不在乎，反正它变成了钱，我的日子，就一点一点跟它泡在一起，慢慢地只能看见它，连我整个人都看不清了。我这才明白老黄说的话，这个市场就跟屯子一样，在没完没了的重复当中，吸干我们的年月。

第 五 十 六 章

慢慢地，我习惯了一种生活，我顶着天亮之前最后的黑出了家门，里边穿一件正流行的"娇衫"，外边套一件收腰的黑灰色夹克，骑着自行车穿过街道，在天边被混着灰尘的亮光罩住之前，侧着身子跟一个个渐渐清晰的身影擦肩而过，躲过一辆辆简易的装满纸箱子的小推车，闻着搬运工身上的汗味和油条味，一直走到我的摊位前边，拍拍蹭到身上的灰，用抹布擦去石台阶上没被篷布挡住的露水，摆上几双运动鞋，然后搬一把凳子坐下。几乎是一瞬间，人们拥进来，嘈杂的声音从四面八方压过来，我的眼神跟着好几双伸过来的手，这些手捏起鞋子，黑黑的指甲使劲按下去，又把鞋底亮出来拍拍打打，用各种怀疑的目光查看着鞋面和鞋底的接合处，反复地抠着一两个线头和污渍，然后张嘴问价压价，要么抱走一两双或一整箱鞋，要么扔下鞋挤向下一个摊位。我不在乎他们的决定，我冷冷地看着他们，跟着他们的脚步游荡在整个市场里，直到身边慢慢地静下去，一家家摊位蒙上了各种颜色的篷布，我就把自己从不知什么地方拽回来，跟老黄和小忠一起走出去，寻着白酒的味走进饭馆，这一刻，我才活过来。

九十年代初做生意的，好像没几个赔钱的，我卖一双鞋能挣一块钱，一天下来，最好的时候能卖出三四百双，少的时候也有一百双，而且有了老黄和小忠的照应，我一个人也忙得开。我有事的时候，或者进货的时候，数好了鞋数，让小忠帮着看一眼，等我回来，小忠就把钱数给我，从来都没错过。就这么干了小半年，玉琴忽然跟我商量，说小吃部不想干了。我说干得挺好的为啥不干，玉琴说家里有一个人挣钱就行，你在外边做生意，总得有个人忙活家里的事，小吃部租的房子继续租，留着给你当库房用。我说也行，那人家玉芬两口子乐意吗？玉琴说明天晚上一块儿吃个饭吧，合计合计。第二天晚上，我下了行，没回屋，先去了老四的小卖店，大姐也在，我们正说着闲话，玉琴就过来喊我，说玉芬两口子来了，饭菜都做好了，让我回屋吃饭。老四立刻嚷嚷说，过来吃吧，一块儿喝点。玉琴说不了不了，我说都是亲戚，就过来呗。玉琴就有点犹豫，老四说不行我去请去，说着老四就要下地，玉琴说那行吧，一块儿吃。过了一会儿，玉琴端着两个盘子过来，凌浩也端着两个盘子，手指头上还勾着一个塑料袋，看着像是烧鸡，玉芬拉着翩翩，怀里抱着小虎在后边跟着。等把菜都摆上了，我一看都是平时不常做的，心里就有点犯嘀咕，老四让桂贤给每人从大桶里倒一杯散白酒，坐下就开喝了。一杯下肚，大伙又喝了点啤酒，玉琴就张罗要回去，大姐说回去干啥，这热闹的。玉琴说回去吧，孩子要睡了。大姐就把小虎抱起来，说没事，我悠他。我看玉琴那样像是有心里话，按照平常我就回屋了，可我喝了点酒，不爱挪腾，我说你有话就说呗，这也没外人。玉琴就不吭声了，玉芬忽然说：

"没啥事，姐夫，就是我们想跟你去南塔。"

我听完没吭声，玉芬一看我那样，就跟了一句：

"你要说行就行，不行咱俩再想招儿。"

大姐和老四一听是这个事，也不好插话，过了一会儿玉琴问我：

"行不行啊？"

我说去了也卖鞋呗，玉琴说不管干啥，互相也有个照应，我说他们也没干过这个，再说我那买卖我一个人就能忙过来。玉芬立刻说那算了，站起来就要走，玉琴拉住玉芬，就有点不高兴，说咋的，你这当姐夫的不能啥也不管哪？我说不是不管，关键是干啥。凌浩憋了半天，给我倒了一杯啤酒，说姐夫，你给想想还有别的活没？我一看凌浩这态度，心里有点缓和，我想了一下，说不行给人拉货吧，玉琴说卖苦力啊？我说不是，整个小三轮车，在南塔门口拉活，来上货的有不少都雇车，玉琴回头问玉芬，说你们觉得呢？玉芬说行，姐夫能给介绍差活吗？她那语气听着就让人不得劲，我也没搭理她。又坐了一会儿，玉琴送玉芬两口子走了，翩翩抱着小虎回屋睡觉，大姐就跟我说：

"哎呀妈呀，这咋还拖累着你呢？"

我没吭声，大姐又说：

"这人家，净他妈靠我弟弟吃饭，搁鞋厂干活就掂对这点事，现在做买卖了还跟着，你说咋这么不要脸呢？"

老四说姐你别吱声，大姐说我干啥不吱声，大姐又捅捅我说：

"我告诉你，不能让他们去啊。"

我说人俩是拉活，我是卖货，不耽误。大姐说：

"南塔门口多少人吃这碗饭呢，能轮着他们吗？我跟你说，最后肯定又扯拉到你手里，人家是两口子，算计你一个人。"

我说姐你别说了行不？大姐就坐在一边，嘟嘟囔囔地说：

"不行明天我去给你看着。"

我一听就闹心了，站起来就走，老四在后边跟大姐说：

"姐你就是闲的，人家家里事，你管啥呀？"

桂贤正擦着手从厨房过来，就跟老四说，你咋跟大姐说话呢？老四撇过去一句：

"你他妈干你活，啥也不知道，别管闲事。"

过了几天，玉芬和凌浩真买了辆电动三轮车，开始在南塔门口拉活。其实我也知道那活不好干，抢活抢得特别厉害，还有不少地赖子收保护费，可我觉得这事我不该管。玉琴肯定是心里盘算好了，直接给我来个生米煮成熟饭，我就不愿意吃这套，我觉得你跟她是姐儿俩，你跟我还是两口子呢，不能在这上耍心眼儿。玉芬到底是硬脾气，就是头一天玉琴领着来我摊位看了看，之后就老老实实在门口干活，啥事也不来找我。倒是大姐，从那天以后老来，我说大姐你回去吧，大姐说没事我帮你看着，你要有事就先走，你把多少钱都告诉我，我给你卖。慢慢地我就习惯了，大姐来的时候我就偷个懒，跟老黄他们喝酒去。我压根儿没寻思大姐有别的想法，可后来有一天，大姐忽然提出来让小辉跟我上行。小辉自打初中毕了业，不乐意念书了，就在家里溜达了三年，除了吃饭睡觉，其他时间都在老三开的台球厅里。老三的台球厅地面是砖头铺的，球台的四个角不太稳，有两张球台都是左边稍低，所以球滚着滚着就往左边歪；也没有城里用的什么枪粉，要是怕手涩，就预备点滑石粉，摸多了还烧手；还有两副线手套，脏得跟外边地面一个色了。屋里一共就三张球台，是从城里台球厅买的淘汰货。那时候城里台球厅的球台台面是木头的，铺着厚呢子，基本不起毛，球袋是一个个小网兜，袋口都是皮子包的边。可老三这两张球台台面是木板的，铺着薄呢子，出杆歪了就能把呢子挑起来一块，所以老得用胶布补上，球经常走到一半就偏了。球袋的位置是六个窟窿，一下球先听着"咚"的一声，然后咕噜咕噜地从里边的槽滚到出口，出口有二十厘米见方，能把手伸进去捡球。尽管条件这么差，可这仍然是屯子里年轻人最愿意待的地方。他们喝完了酒，光着膀子走进去，抡圆了胳膊打上两杆，嘴里骂骂咧咧的，要是谁的杆捅了谁的后腰，没准儿就能打一仗，那几根折了又拿黑胶布缠好的球杆都是打仗打折的。赌钱也是常事，打一杆得给老三五毛钱，谁输了谁掏，赌钱的不在乎台费。他们打五块钱一杆的，同时台面上每赢一个球也算一块钱，这么下来厉害的打一杆能挣十来块，打一上午能赢个百八的。赌得最大的是一个外边来屯子玩的小伙，那天他来时我正好在台球厅，我是去找老三的，就看见了这场好戏。这小伙看脸也就十七八，可一问年龄有三十五了，他说从十四以后就光长个不长模样。他光膀子穿一件西服，光脚穿着亮面皮鞋，鞋头上有密密麻麻的点点。我一看就知道是好鞋，外边都管这鞋叫大利来，说是外国货，其实也是国产的。那时候屯子里小青年穿得最好的也就是飘马旅游鞋，二百多一双，这个大利来在城里最少卖三百五。他一进来就问有打钱的没，老柳家小子就过去了。老柳家在屯子里开饭店，在城里开了两个小卖店，算是挺有钱的，平时花钱挺冲。那天他俩定好一百一杆，要是失误把对方的球打进去，还得加一百。外来的那个小伙开始打得挺好，赢了五百多，可到底是老柳家小子熟悉球台，他知道哪边偏，知道台呢上的小门道，就开始打慢球，把球往袋口放。这么一来那小伙就吃亏了，到后来西服里头全是汗，顺着胸脯往下淌，到后来把杆一撂，说不打了没钱了，给完钱就走了。临走的时候老柳家小子跟几个哥们儿一顿乐，还故意冲着小伙背影说笑话。结果隔了两天晚上，老柳家小子胳膊就让人掰折了，养好以后再也打不了台球了，想伸直都难。小辉就愿意在台球厅混着，只要一有球台空着他就自己练，还老求着老三跟他打，后来老三打不过他了，小辉就跟外边人打，反正输了老三也不要他钱。小辉跟小时候一样，笨笨磕磕的，可架不住成天摸杆，一点点就成了屯子里的高手，尤其是在他熟悉的那张歪得厉害的球台上，谁也不是他的对手。他打起球来老是乐，打好球也乐打坏球也乐，经常整得对手直憋气，好几次都要打他，知道他是老板的外甥才拉倒。大姐夫最不愿意小辉去台球厅，他老骂小辉不争气，念书不行还不务正业。小辉一去台球厅，大姐夫就拎着把铁锹去抓他，抓住就拿铁锹拍，也不管打脸还是打屁股，打完抓回家关两天。我有一次看见大姐夫拿拴狗的链子把小辉拴到门上，拿皮带抽了半小时，大姐就一直扒着大门哭，小辉的喊叫把全屯子的女人都吓着了，我、老三和老四劝了挺长时间才把小辉放下来。可小辉不长记性，只要他爹不在，立刻就跑到台球厅，慢慢地大姐夫也懒得管了，认定小辉就是个废物。大姐虽然难过，但是总想给小辉找个营生，结果就找着了我。

第五十七章

　　人都愿意坐在凳子上数年头，有人数的是寿数，有人数的是盼头，还有人数的是旧日子。我也数，我数的是我跟玉琴做夫妻的时间。我原以为做了夫妻就是越来越黏，越来越牢，可我慢慢发现，夫妻就是一堵墙，里边是砖，砖和砖有缝，砖外边抹着泥。刚开始的时候，这墙看着又直又好看，年头多了，经了风经了雨，经了人手的抠，经了孩子的鞭炮，经了吐沫和尿，外边那层泥斑斑驳驳，露出里边砖头的缝，久了，这缝也越来越宽，里边藏了蜘蛛臭虫，塞着不知哪年的烟头瓜子皮，墙是还立着的，可已经不忍心看，更不忍心摸了。我跟玉琴做夫妻这些年，我们自个儿没动手抠自己的墙皮，倒是外边一件一件事冲过来，把墙皮扒烂了。我和玉琴就靠着砖头和砖头之间那丝丝的泥维持着，能挺到哪天谁也不知道，反正大家都装瞎子，假装不看不想，可是心里都害怕再有什么风雨，可风雨哪听咱们的话呢？

　　大姐是趁着我上货直接把小辉领到南塔的。我中午上货回来，看见小辉一个人在那儿守着，还给顾客介绍鞋价呢，我就有点糊涂。我说小辉你咋来了，小辉说我妈让我来的，我说你干啥呢，小辉说卖鞋呢，我妈把价都告诉我了，这都卖出去好几双了。我说行行，你别忙了，别耽误你玩，我来吧。小辉说不用不用，我妈让我来帮你。小辉这么一说，我心里就有点明白了，这时候大姐端着盒饭回来，看见我在，很自然地说来来，吃盒饭。我们吃饭一般都是坐在摊位旁边的塑料凳子上吃，凳子不够，就大姐和我坐着。大姐吃了两口就说，你看我们家小辉，多中用，这孩子还带财呢，是不是卖出去好几双了？我说姐你打算让他来呀？大姐说对，我看你这也忙不过来，小辉还是自己人。大姐忽然就压低嗓子，说不比玉琴小姨子他们好多了？说完这句嗓门儿又立刻大起来，说小辉你好好干啊，你要惹你二舅生气，回家让你爸削你。大姐说完就乐了一下，我觉得大姐乐得特别假，好像就是乐给我看的。

下午下行，大姐和小辉非要留下来收拾，让我先走，我这一道上心里就嘀咕，这事我怎么跟玉琴说呢？小姨子两口子求上门我没答应，大姐的孩子就直接安排了，虽说不是什么挣大钱的买卖，可也说不过去呀，要不就先瞒着吧。小辉虽然笨点，倒是勤快人，自打他来了，大姐就不来了，我抽了空就跟老黄他们喝酒去，慢慢地就把这事扔了。忽然有一天我正摆货呢，玉琴来了，我忘了小辉这茬，挺高兴地问她你咋来了？玉琴冷眼瞅着小辉，小辉叫了一声舅妈，玉琴也没吭声。我一想坏了，玉琴是知道了，我说小辉你去给买两瓶水，小辉就走了。

玉琴一屁股坐在椅子上，跟我说：

"关门，下行！"

我说这才上午，玉琴说：

"不行，这买卖不干了。"

我说你又抽什么风？玉琴回头就吵吵上了：

"对，我一直抽风，我他妈有病。"

玉琴一吵吵旁边人都看我们，我说你小点声，来来咱俩出去说。我就去拽玉琴，玉琴使劲一摔打，说我不走，咱自己家买卖，怕谁笑话呀？我说啥事啊？玉琴说郭从文你行，你真是孝子，你妈没了，你又给自己找个妈，可劲儿孝敬人家是不？我说什么玩意乱七八糟的。玉琴说怎么的，非得我明说呀，我妹妹妹夫在外边大日头晒着，卖苦力呢，你姐倒好啊，直接就把儿子领着享福了，她咋那么会算计呢？我说你小点声，别让小辉听见了。玉琴说怎么的，他妈不懂事，他也不懂事吗？那么大人了，自己明白咋回事，老往一块儿凑啥？正说着小辉就回来了，我刚要打打圆场，玉琴直接跟小辉说：

"你回家吧，明天别来了，你跟你妈说，就说我说的。"

我说小辉你别听他的，玉琴说：

"怎么的？我家买卖，你明天来我也来，要不你把你妈找来，咱们一块儿在这儿，行不？孩子我都不管了，我就瞅着你们。"

小辉一听有点蒙，我心里觉得玉琴太过分了，我就狠狠地压低嗓门儿跟玉琴说：

"我告诉你，说几句得了啊，别他妈在这儿给我丢脸，滚你妈的。"

玉琴站起来就把凳子举起来了，说：

"滚你妈的。"

就这么我俩就打起来了，小忠在对面看见，赶紧过来拉架。我让玉琴挠了一下，后脖子火辣辣的，玉琴整个头发都让我抓开了，披头散发地站那儿瞪着我，一边颤颤地喘着气。我寻思可别又气抽了，就顺着小忠躲开了。那天，我跟老黄、小忠喝得挺晚才回家，我进屋的时候，玉琴一直哭呢，眼睛都肿了，翩翩和小虎一边一个，也不哭也不闹，就那么瞅着玉琴。我说咋的了？翩翩说爸你可回来了，我妈一直哭到现在，我瞅玉琴那样也挺可怜的，可我说不出软乎话，我就坐在她旁边，叹口气等着。我也不知道过了多久，我这眼皮打架打得就是拿冰水浇都激不动，玉琴不知怎么的倒在我腿上了，我两只手还是那么支着炕，我说媳妇啊，咱不闹了行不？玉琴说我也不想闹，可凭啥呀，怎么老是我们家人吃亏呢，你不能向着我一回吗？我是你媳妇，我给你生孩子做饭，他们干啥了啊？郭从文你能不能有点良心哪，我是你媳妇啊。玉琴说着又哭了，我听得心都酸了，我说行行，明天不让他来了。玉琴说我不是跟孩子较劲，关键孩子他妈咋能那么办事呢，哪管跟我商量商量，你让我跟玉芬怎么交代呀？我是她亲姐呀！

这一晚上啊，我俩就这么迷迷糊糊地唠，后来说的啥我也记不住了。不过第二天小辉真没去上行，估计是大姐听小辉叨咕了，没让他去，省了我费心思跟大姐说了，可这么一来，我就觉得欠了大姐的了。我本来是心疼玉琴的，替玉琴着想的，可瞅着玉琴那得志的样儿，我又开始烦起来了。我觉得玉琴变了，我知道她是这些年被日子给磨烦了磨屈了，可她变得真是让我有点受不了了。那些日子，玉琴在家里除了给翩翩和小虎做三顿饭，就是跟人打麻将，要不就去五爱市场买衣服。翩翩看见玉琴老有新衣服穿，就跟玉琴要，玉琴也给她买，我眼见着家里的衣柜都装不下这娘儿俩的衣服了，可就这么着，要想领她俩出趟门还总因为衣服惹气。有一次玉琴姑姑的女儿结婚，我上行以后把生意托给老黄看着，自己就跑回来了。玉琴给翩翩和小虎穿好了衣服，自己正对着镜子试裙子呢，看见我进来，玉琴问我，这裙子是不是显胖？我说挺好的，玉琴转了好几个圈，说不行，我换一件。我看了一眼手表，都快七点半了，我说赶紧的，你姑家的孩子结婚，去晚了不好。玉琴说没事，昨天我陪着忙半宿呢。玉琴又翻出一条裙子和一件衣服，铺在炕上问我穿哪个，我说穿裙子吧，你刚才试的不是裙子嘛，玉琴说我有小肚子，要不单穿上衣吧，我说那也行。玉琴换上衣服，忽然就闹心了，说我没有裤子配呀，我说你那么多条裤子呢，玉琴说哪有哪有，我爬上炕去翻出来好几条，我说这不都是新的吗，玉琴说不行，那配不上。玉琴说完就往炕上一坐，说我不去了，你带孩子去吧，我说咋的了，你咋能不去呢？玉琴说没衣服穿，我说那你今天去买，玉琴说不买，我现在穿啥都不好看，我说谁说的？玉琴说我都生俩孩子了，你以为我还是小姑娘呢，我身材都回不去了。我说那咋办，你非要生的。玉琴抬头瞅我，说对对，就是我自己作的，我欠。我说你这火哪儿来的，不就是衣服吗，你穿哪个都好看。玉琴忽然就掉眼泪了，说这些年跟着你净遭罪了。我说现在生活不好了吗？玉琴使劲一蹬地，说好了有屁用，我都老了。我站在一边又气又闷，不知道说什么好，只能那么等着。翩翩抱着小虎左看看又看看，生怕我和玉琴又打起来，小虎拍着翩翩的脸，喊着我要下地我要下地，翩翩也不撒手。过了老半天，玉琴站起来换上最开始那条裙子，说走吧，我就跟着玉琴出了门，窝了一肚子火。

　　就这么一来二去，我就不太乐意回家了，或者说不太乐意早回家，这可遂了老黄和小忠的意。我们三个人还有另外一两个熟悉的小老板混在一起，每天一下行就跑到小饭馆里喝酒，然后带着腻歪的劲儿，却又无比习惯地坐进灯光昏暗的小KTV里，我白天挣的钱就那么容易地流出去了。我有时候想，如果当初我知道自己起早贪黑是为了这个，我还会不会来呢？我不知道，但是有一点我能肯定，就是不知道从什么时候开始，我只有离开家才能长长地出一口气儿。我害怕承认这个念头，可怕也没用，因为这个念头早就跟上了我，它趁着我走出家门的时候从我身后溜了进去，还悄悄带上了门，把我锁在门外。

第五十八章

　　玉琴给家里安了电话，这算个大物件。屯子里公用的电话有几部，大队书记桌上那个肯定不能随便用了，桂贤哥哥在屯里开了个话吧，里头也一共才有两部电话，屯子里想用这两部电话的人不少，可就是不知道往哪儿打，给谁打。那时候有个168电话点播台，一分钟四毛钱，打过去就是录音，都是什么新婚知识一类的，名整得挺勾人，其实也没说啥关键的，可就是让人心里刺挠。屯子里有几个小伙就老假装去话吧打电话，把话筒捂得严严实实，嘴里还假装"嗯啊"的，实际上就是打168呢。除了这几部电话，个人有电话的不超过三家，我就问玉琴咱安电话给谁打呀？玉琴说给你打呀，我说我上行，你怎么找我？玉琴就掏出一个方方正正的东西给我，我一看是 BP 机，老黄和小忠都有。我知道这玩意挺贵，我说你买它干啥呀？玉琴说男人有钱了，就得看着点。我说我不用你看，我不能变心。玉琴说那可说不准，反正我一呼你，就是有事喊你回家。我说我有事回不了咋办？玉琴说那看你惦记不惦记家了。我听了这话，以为玉琴是小心眼儿，真怕我在外边干啥，我就把 BP 机带上了，可我没想到这东西能救我一命。

　　一九九五年，还没到六月呢，天就热起来了，连着几个月没下雨，一入伏更是闷得受不了，眼瞅着庄稼都打蔫了，原本该长一胳膊高的都不到一巴掌高。那一阵，南塔市场里简直待不住人，顶棚把太阳的热都吸过来，散到下边人的身上，买个雪糕刚拿到手里就开始化，顺着手指缝往下淌；那汗就更别提了，上行的爷们儿基本都是光着膀子，我觉得这人来人往的不文明，我就穿着跨栏背心。眼瞅到了七月末了，还是没见雨，大伙都说今年是大旱哪，我点点头，说最好下点雨，要不这胶鞋底子都晒脆了。我这话说了没两天，就开始下雨了，连着三天没见晴。我看那雨从天上下来，不是一条线的，像是从水龙头里冲出来的，紧跟着又下了两天暴雨，我心里就有点慌了。我跟老四说咱们上大坝看看吧，我们一去就看见那水打着滚地往坝上翻，眼瞅着能够着桥沿了。我们顺着大坝往下走，走了老远遇着几个往回走的屯里人，我说你们干啥去了？他们说去看看下游的水闸，我说放水了吗？他们说没放。我说这水都憋多高了，为啥还不放？他们说看闸门的说了，今年旱，水金贵，好不容易攒点雨水，不能放，上面也没说让放。我跟老四说这不扯吗，屯子本身地势就低，还在大坝下边，要是发水先淹的就是咱们哪。老四说没事哥，浑阳是宝地，你看啥时候地震发水能轮上浑阳？他说完就回屯子跟人喝酒去了。果然，第二天就放晴了，玉芬带着凌浩来了。玉琴拉着玉芬问活好干不？玉芬瞅我一眼，说反正就跟人家抢呗，玉琴关心地说那干仗不？玉芬说哎呀，咋不干仗呢，天天的啊。我假装没听着，心里说来南塔买鞋的那么多，门口拉活肯定也挣钱的，想挣钱还想安逸，哪有那好事？果然，隔了一会儿玉芬就说，姐我们打算开个店，玉琴说开啥店啊？玉芬说开个美容美发，玉琴说你会吗？玉芬说我正经在美容美发干过呢，地方都找好了，在莲花街。玉琴说多大个门脸？玉芬说就是一个亭子，能有十五六平，玉琴说钱够不？我给你拿点。玉芬又瞅瞅我，说够够，玉琴说你别跟我装假，玉芬说姐，我真有钱，咱这一天也不少挣，不比上行挣得少。我一听这是还跟我怄气呢，我就没吭声，专心跟凌浩喝酒。可我发现，凌浩比以前瘦了，眼睛里头通红，我开始以为是熬夜了，可我看他老打哈欠，眼神还直勾勾的，我觉得不太对，可又不好问。后来玉芬也不知道说了句什么，凌浩就回头狠狠瞪了玉芬一眼，那眼神我从来没见过，冷冰冰的，还带着特别凶的一股劲儿，我就想起来凌浩原来一直在游戏厅混，那里边啥人都有，凌浩到底是干什么的谁也不知道，这小子的狠劲儿现在才露出来，得加点小心。

夜里，玉琴让桂贤抱着孩子过来，几个娘们儿和孩子住我那屋，我和凌浩跟老四一块儿住。睡到半夜，我听见窗棂子噗噗地响，一股凉丝丝的空气吹进来，我欠起身子一听，又下上了。可能是因为头天晚上喝多了，我挺晚才醒，一看表都快七点了。我回屋一看，就翩翩自己，正收拾东西要上学呢，我说你妈呢？翩翩说跟我老姨上大坝了，我说干啥去了？翩翩说不知道，昨天半夜我老姨把我睡衣都扒了。我乐了，说她要干啥呀？翩翩说：

"她怕发大水，就跟我要睡衣，我说睡衣给你了我怎么办，她说你一个小孩没事。"

我看看外边，雨还下着呢，我说那行，你上学吧。等我穿上雨衣走出屯子，走上了桥，就看见一大帮人，有打伞的有穿雨衣的，都在那儿看，玉琴和玉芬站在最外边，我走过去问看见啥了？玉琴说这水眼看着就没桥了。我一看浑河的水确实又涨了不少，跟石头桥沿快一边高了，我说没事，雨一停就退了。玉琴说你干啥去？我说我得上行啊，玉琴说这都几点了，还下着雨，今天别去了。我说要这么的买卖没个干，下雨不去，下雪不去，下雾不去，那也没剩几天了，玉琴说行吧。我过桥的时候玉琴又问我一句：

"BP机带没？"

我说带啦带啦，还怕你检查咋的。我看玉琴和玉芬在后边嘀咕啥，我也没在意，就往桥上走。过桥的时候，我听着脚底下轰隆轰隆的水声，心里也有点发慌。

那天老黄和小忠都没来上行，我旁边摊位前一阵换了个老板，是河南人，姓杜，老杜看我来了，就用一口河南话跟我说：

"没啥人，回去吧。"

我说来都来了，卖一双是一双，我待到上午十点多，也真没什么人，老杜说咱俩喝酒去吧，我膀子风湿，得喝点白酒祛祛寒。他说的话我听不太清楚，我说你再说一遍，他又大声说了一遍，我说你要喝酒啊，走吧。我俩刚出了南塔，我腰上的 BP 机就响了，我一看是家里号码，我想着先找着饭店，点好菜我再找电话回，可BP机接着又响了三遍，我心说家里不是出事了吧？我就跟老杜说我得回家，老杜使劲拽着我，不让我走。要是往常我也就留下了，可我想起翻翻说的话，她的睡衣都叫玉芬给扒了，我就觉得心里有说不上来的一种感觉，我说我必须走，就这么回去了。

等走到桥边的时候，水已经上了桥，桥面都看不见了，桥对面还站着十来个人，指着桥说着什么。跟我一块儿过桥的是一家五口，一个男的抱着个男孩，旁边跟着仨闺女，仨闺女都推着自行车。我认识他们，是咱屯子对面黄泥洼的，在五爱市场有床子，挣了点钱，都住上楼房了。这仨闺女一个比一个大几岁，大闺女、二闺女都有对象了，男孩最小，跟翩翩一样，都是小学六年级。我着急回家，就跟那男的打了个招呼，走到最前边，那男的抱着孩子跟着，再后边是仨闺女。我刚过桥，就听见那十来个人指着我哎呀哎呀地叫唤，我吓了一跳，回头一看，正看见一个女孩去拽自行车，车正顺着涌上桥的水往河里卷呢，结果她一下就被车拽进了水里，后边那姐儿俩都伸手去够，就这么一个一个都被带到水里，看不见了。我都看呆了，这时候那男的抱着小儿子也刚过桥，回头一看仨闺女都不见了，他身子哆嗦一下，左看一眼右看一眼，嘴里说人呢？完了就"妈呀"一声都趴地上了，把小男孩也摔够呛。那十来个人赶紧跑回来把人扶住，有两个小伙子顺着水流的方向在大坝上跑，想看看人卷到哪儿去了。我的心"咚咚咚"地跳着，连迈步都像是踩空了似的，就这么走回了家。我进屋的时候玉琴、玉芬和翩翩仨人正打扑克呢，小虎拿着扑克盒子在一边玩。玉琴看见我说你怎么回来了？我说你呼我了，玉琴说我没呼你呀，翩翩说我呼的，学校怕发水给我们放假了，我呼我爸回来打扑克。我冲过去一下把翩翩抱起来了，玉琴说咋的了？我想说话，可我没说出来，我就是紧紧搂住我的翩翩，我看着屋里的人，觉得是我孩子从老天爷那儿求了情，让我捡了一条命。

第五十九章

水冲塌了河上的石头桥。

屯子里的人都提心吊胆地待在家里，他们慌了神，每家门前都用水泥袋子堆起来，老婆孩子穿好了衣服，身上装着贵重的东西，准备跑，可是听说辽阳、抚顺都发水了，桥又塌了，能往哪儿跑呢？他们就开始求神拜佛了。大姐每天挨家串，每到一家就心神不宁地念叨一番，把电视里和收音机里的坏消息再重复一遍。老三媳妇叫大姐传染得直发神经，一会儿拉着继德的手念念有词，一会儿拿副扑克给自己算命。我看她们闹心，就躲着她们，把家里的电视机电源拔了，我跟玉琴说，要是该着发水淹死，那也是命，愁也没用。孩子们倒是撒欢了，学校停课了，他们在屯子里挖水渠，用水枪滋着玩，还在屋檐底下生堆火，上面扣个盆煮方便面。大伙争着往里放盐放味素，有的说他家平时煮面放辣椒面，大伙又争着放辣椒面，结果方便面煮得半生不熟，又咸又辣，谁也不肯吃。除了孩子，最乐和的就是老四了，他在小卖店里摆开了架势，把能下酒的东西都堆到身边，抱着酒桶，喝蒙了就用屁股蹭几下，蹭到旁边的炕上睡一会儿，过几小时又坐起来，脸上的酒气全散了，精精神神地坐回桌旁。跟他一起喝酒的多的时候有十来个人，少的时候就一个人，话题只有发大水这一件事。老四骂骂咧咧地止住他们的话头，端着酒杯让他们喝，老四说：

"去他妈的，死就死，死也得喝死。"

桂贤开始还劝几句，后来被老四骂了，就不劝了。她知道，嫁给老四这样的人，就得顺着老四的意思过日子，老四就好个酒，这比那些好赌好嫖的要好多少倍呢。我跟老四说，你可不能这么喝，快喝死啦，这么大人了，不知道个节制。老四歪在炕上，忽然坐起来，睁开通红的眼睛看我一眼，说：

"二哥你喝点来。"

我从老四还有屯子里许多人的身上看见了一种乐趣，他们巴望着一场大灾难的降临，带着幸灾乐祸和一点点的刺激，他们觉得这种大灾扯平了自己和城里人的身份。城里人慌起来可不得了呢，他们要守住的东西太多了，他们比咱们怕得更厉害，可咱们有什么可丢的呢？老婆孩子，去他妈的。在灾难里，他们就能挺起辛苦的脖子，带着破罐子破摔的劲头让人看见一股子志气，可等这灾过去，他们又被狠狠地打回了原形。

在这个时候，爹忽然忙起来了。

自从我搬回了老院子，爹基本都待在他那个小屋里，专心致志地摆纸牌，旁边放一碗茶水，泡着茉莉花茶的茶叶末子，那是大姐给他买的，五块钱一口袋。爹把那些窄窄的纸牌使劲地攥在手里，想抽出一张，却掉下来两张，爹再费劲地把那两张捡起来插回去，结果散落出更多的牌，每一张牌的角都被爹捏得皱皱巴巴，牌上面浸着爹的手汗。爹摆一会儿纸牌，就端起茶水喝一口。炕沿边上预备一个抹布，洒出来的水就用这抹布随便抹一下，这个活是由大姐来干的，只有大姐愿意陪在爹旁边。爹不说话，可大姐说话，大姐念念叨叨地把各家的事都说一遍，尤其是我们兄弟姐妹间的这些琐碎，大姐说完几句就问爹：

"你听见我说的没？"

爹呜呜地答应一声，大姐说：

"都这样了，还活个啥劲你说？"

大姐走过来，把炕上的牌划拉起来使劲塞到爹手里，再把炕上抹布拿起来，狠狠地擦擦爹的嘴，再狠狠地擦擦炕沿边洒出来的水，给爹的茶缸子里添满，就又坐回去，讲她那点事。我觉得，大姐无意之中当上了我娘的角色，她跟爹说话的语气，她看爹的眼神，她训爹的样儿都跟我娘一模一样。我有时候进屋给爹送点钱，看见爹和大姐一边一个坐在炕沿上，谁也不看谁，一个说话，一个摆牌，把这屋里的空气都给粘住了。我能闻见门框和房梁因为年头太久了而发出的那种陈木头味，还能闻见爹摆在柜子上那些药瓶里散发出的药味，还有爹身上的生出老年斑的味，混在大姐的吐沫酸味里，让我浑身不得劲。

当大姐把要发水的消息一遍遍地传到爹的耳朵里的时候，爹放下纸牌，碰翻了茶缸子，在大姐一声声的骂声里，抬起浑浊的眼睛朝屋外看了看，然后蹭下炕，走出屋子。他用一条腿轻轻地划着半圆，让裤管更亲密地跟泥水和在一起，走到院子里，又打开院门走出去。我从窗户看见，赶紧拿把伞跟出去，大姐也跟在后边。爹走进老四的小卖店，看见老四趴在桌上打盹儿，旁边坐着几个屯子里来混酒喝的人，那几个人看见爹进来都站起来说：

"哎呀，老郭大爷，你坐下喝点？"

爹说：

"你们喝，你们喝。"

爹隔着桌子看看老四，我捅捅老四，说爹来了，老四迷迷糊糊地抬起头，说谁来了？我说爹来了，老四摆摆手说要啥自己拿，说完又趴下来。爹就转回头走到柜台那边，瞅着柜台里的小食品发呆。我说爹你想吃啥？爹指了一下，我一看是一袋猫耳朵，我就拿出来给爹，爹一把攥住就往外走。爹又走进老三的台球厅，老三正自己练球呢，老三说：

"爹你咋来了？"

爹说：

"这啥玩意？"

老三说这不台球吗，我教你，咱爷儿俩打两杆，爹忽然不高兴了，说：

"你他妈不务正业的玩意。"

说完爹就往外走，老三拽住大姐说：

"咋的了？"

大姐说：

"他糊涂啦，糊涂啦。"

爹又走到我们家的那片地里，爹颤颤巍巍地伸出手，手里还攥着那袋猫耳朵，比画着那一片早就租出去的地，说：

"哎呀，雨水太大，今年收成完啦。"

大姐说：

"傻啦你呀，租出去啦，收成好坏跟咱没有关系。"

爹说：

"别忘了呀，这是咱家的地。"

大姐对我使个眼色，故意大声地说：

"糊涂了，这老头子你说。"

爹最后非要去我的鞋摊，我说爹呀，桥断了，等桥修好的。爹说不行，我没招儿了，只好把爹领到放鞋的库房，就是原来玉琴和玉芬开小吃部的那个小房子，爹一进去就说：

"潮啦，潮啦，皮子都泡啦。"

我一看真是，堆在下边的鞋箱子都潮了，爹说：

"皮子不怕水。"

我说爹哪有皮子了，都是胶鞋布鞋，爹抬眼看看我，说：

"潮啦，潮啦。"

我说知道了，潮了，潮了，天晴了我搬出去。爹这才回了屋子。从那天开始，爹每天都要这么巡视一圈，开始大姐还跟着，后来大姐也不跟着了，大姐觉得爹不听她唠叨了，也不愿意在泥水里蹚，爹就自己走。爹每家走一遍，爹看大人都不怎么搭理他，他就看小孩，看翩翩写两笔作业，看小虎鼓捣翩翩的电子琴，看继德玩小霸王游戏机，看小辉领着小峰打台球，爹觉得一下找到了伴。他兴致勃勃地站在孩子身后，嘴角兴奋得直哆嗦，老想伸出手去掺和一下，可又不太敢，等孩子们玩腻了，跑开了，爹才笨拙地拿起他们的玩意，用不太灵活的手鼓捣两下，要么是按错了键子，要么是摔了游戏杆，要么是拿不起台球杆，爹就慌慌张张地走出去，等第二天，爹又悄悄地出现在孩子们身后。有一天，爹正在我屋里看着翩翩逗小虎玩，我说翩翩你把小虎玩具给爷爷拿一个，翩翩说我爷能玩吗？我说你给拿一个，翩翩就递给爹一个上了发条能伸缩着往前爬的小毛毛虫。爹喜滋滋地拿在手里，怎么也没法给毛毛虫上劲儿，翩翩就拿过来给爹弄好，再塞回到爹手里，爹却忽然撒开手，把毛毛虫扔到地上，指着窗户外边大声说：

"要晴啦，要晴啦。"

我看了一眼外边，天还是灰蒙蒙的，我说早着呢，还得下，爹说：

"要晴啦，要晴啦。"

爹说完就回了屋，我跟过去，看见爹上了床，我说爹你要睡啊？爹说把皮子给我，我说啥皮子啊？爹说在被摞底下呢，我一看就是鞋厂关门时候剩下那块皮子，我心里一下就有点不得劲，我就把皮子拽出来。爹说给我盖上，我就把皮子给爹盖上，完了我就赶紧出去找大姐和老三、老四，他们问我咋的了，我说反正不太好，咱们去看看爹吧。我们守着爹，守了一宿，爹像没事人似的，又挨家去看孩子玩了，老四说：

"这老头真是，耽误我喝酒。"

我们就都散了，这天下午，太阳执拗地甩了把鼻涕，爬出来了，我眼看着屯子里人从自己家的屋子里走出来，像是从又潮又暗的地底下走到地上边来。他们好奇地看看天，好像不下雨是件奇怪的事，我能看见他们身上冒出了一股股潮气，没准儿他们的胳肢窝底下都生了青苔了。我心说爹说得真准哪，我想爹不是要看看鞋摊吗，等桥修好了，我真得领他去看看，爹一天比一天老，咱们能在一块儿的日子也不多了。

我正想着，小峰跑来找我，小峰说爹在台球厅摔了，我赶紧跑过去，看见老三和小辉扶着爹坐在台球厅那个破沙发上。我说咋摔的？老三说小辉正打球呢，爹也要拿杆，我刚把杆给他，他就坐地下了。我问爹咱上医院吧，爹说不用不用，我们就扶爹回了屋。从那天起，爹再也没出过院子。

第六十章

屯子终究没进水，大姐说那仨姑娘当了祭品，水鬼吃饱了，就不进屯子了。我没精神头听大姐瞎扯。桥断了，上行成了一个大问题，有人弄了几条摆渡船，专门在两岸运人，一张票两块钱，船上人一满就走。除了南塔的生意，库房里的胶鞋也让我头疼，有好多都被泡得发黄了，得赶紧刷出来，要不就没法卖了。天一晴，我就赶紧去库房把箱子往外搬，可我一个人搬不动啊，我想回去找老四，就碰见小峰和他几个同学。小峰那时候正上初一呢，他说二舅你干啥去？我说库房鞋让水泡了，找人帮我搬出来。小峰说我们帮你搬，我说不用，你们玩吧。小峰说反正也没事，我说行吧，二舅请你们吃大火炬。大火炬是新出的冰糕，底下是蛋筒，上面转着圈浇上冰淇淋，像个火炬一样，外边再裹上一层巧克力，卖四块钱一个，比一般雪糕贵多了，得骑车骑老远才有卖的。就这么着，小峰领着同学帮我把鞋都搬了出来。我给小峰二十块钱，让他骑自行车去买了几个大火炬，他买了半个多小时才回来，大伙都骂他磨叽。这时候翮翮放了学跑来了，小峰也给了翮翮一个大火炬，跟翮翮说你家真有钱，这么老多鞋都够做多少个轮胎了。回家以后，翮翮问玉琴：

"妈，人家都说咱家可有钱了。"

玉琴说：

"别听人瞎说。"

我插了一句：

"我都不知道咱家到底有没有钱。"

我这话是真心的，我只知道，我第一次去福建上鞋的时候，玉琴没给我拿钱。

去福建是老杜的主意，他是给福建厂家代卖鞋的，有点像今天的代理商，他的货卖不出去可以直接退回厂家，不像我和老黄，鞋上多了就容易积压。老杜说福建的鞋厂密密麻麻的，每家雇的工人都有几百个，老杜还说福建的鞋样子翻新得快，不像我和老黄卖的抚顺鞋，老是那么几样。就这么着，我跟老黄、小忠商量去一趟福建。我回家跟玉琴说给我拿几千块钱，我去福建上货。玉琴说没有，我说咋能没有呢，几千块钱还拿不出来？玉琴说你天天跟那帮狐朋狗友喝酒唱歌，左手进右手出的，你挣钱了你呀？我说我就是没挣钱，也不能连几千块钱也没有啊，玉琴说你闲着没事去什么福建，现在这鞋不卖挺好吗？我说人家都去福建上货了，咱得跟上形势。玉琴说反正我没钱，不行你跟他们借点。就这么着，我赌着一肚子气，空着俩手跟老杜、老黄还有小忠去了福建晋江。那时候晋江没有现在这些大鞋厂，但一家鞋厂总得有上百人，每天能生产五六百箱鞋，因为老杜是熟人，所以厂家老板特意招待我们。我就记起来两样，一样是茶，一样是酒，茶是铁观音，只要坐下就有茶喝，弄个挺大的木头桌子，有棱有角的，还能漏下水去，上面光泡茶的家伙就十多个，小茶盅不大点，一泡一泡地喝，喝得身上全是汗，脚底下都有点发虚了，就该喝酒了。喝酒是用一个圆肚的玻璃罐，能装二两酒，一人面前一个，开始是从罐里往小杯里倒，喝开了以后就直接对着罐喝。就这么茶茶酒酒地过了十来天，我也不知道我到底是干吗来了，反正稀里糊涂地厂家老板愿意先让我拿鞋，卖出去以后再补货款。老杜跟我说你真厉害，你怎么跟人家谈的呢？我说我也没谈哪，这几天咱们都在一块儿，你看我说话了吗？最后，是老黄和小忠把我架上飞机的，等到了浑阳我还迷糊呢。玉琴看见我吓一跳，说咋谈得不顺啊？瘦了。我说不是谈瘦的，是喝瘦的。玉琴说你也太贪酒了，玩命喝啊。我说不光喝酒，还喝茶，人家那茶喝得，真讲究……我还没说完，就倒在床上睡着了。

福建上的鞋跟原来卖的鞋不一样，都是网面的运动鞋，白鞋身上有几个彩色的道子，挺好看，跟外边大商场里卖的名牌鞋看着差不多，生意比以前好多了。可我刚做了几个月的顺心买卖，忽然接着信儿，说玉琴的爹没了，我和玉琴赶紧坐火车往回走。翩翩刚升了初中，正上课呢，我们就没带她，把她安排到屯子里我一个朋友徐浩家，我们带小虎回了调兵山。大姐比我们晚走半天，她是代表我爹去的，本来老四也非要去，我说别去那么多人了，住不下。玉琴就跟我不乐意了，玉琴在家里没说，等上了火车就开始掉眼泪，我问她咋的了，她说：

"怎么的，亲家一场，你家就去一个人好吗？"

我说这跟人多人少没关系，就是个心意，要不你妈还得费心安排大伙。玉琴说：

"那你说的叫啥话呀，什么叫住不下呀，怎么的嫌我们家呗？就这家庭，看不上我当初你别跟我结婚哪。"

359

　　我说你要是这么说，我就打个电话，让别人给老四捎个信儿，让他们都去。玉琴说不用了，谁也不用，告诉你姐也别去，咱家也不要她这人情。等到了玉琴家门口，玉琴还没进屋就号上了，小虎也懂事地跪地上哭。屋里本来都消停了，让玉琴和小虎这么一带，又哭成一大片，玉琴她妈也直掉眼泪，玉芬和玉军他们赶紧扶住玉琴，说别哭了别哭了，咱妈还在这儿呢。玉琴大哥跟我说，姑爷磕个头吧，都是孝子贤孙哪。我就跪地下磕了个头。过了一会儿，屋里人都陆续出来抽烟说话，有几个人我看着眼生，玉琴大哥就给介绍，一个肿眼泡圆脸的男人是玉琴二妹妹的对象，要结婚了，那男的有一个卖建筑材料的买卖。玉军也有对象了，是个老实巴交的女的，玉军看我来了，还主动过来跟我说了几句话。我找了半天没找着凌浩，就问玉芬凌浩在哪儿呢？玉芬没好气地说没来，我说他当姑爷的咋不来呢？玉芬说要离婚来什么来，我说因为啥呀？前一阵不挺好吗，玉芬一下就急眼了，说你会挑个时候不？我自己也觉得这话问得多余了。正在这时候，玉琴从屋里出来了，她哭得眼睛都肿了，身上戴了重孝，手里还拿着一件，她一边看我穿一边冷冷地问我：

　　"你猜你姐随了多少钱？"

　　我说我不知道啊，玉琴说就一百，你家多少口人，一百能拿出手不？我说可能是忘了告诉她给别人带钱了，我给她拿点。玉琴说不用，别人我不管，我想给我妈点钱。我说行啊，给多少？玉琴说拿五千行不？我说拿这么多？玉琴立刻瞪我一眼，说怎么的，我这些年净伺候你们家了，我妈现在就一个人了，我给她点钱不行吗？我说行行，咱家有那些钱吗？玉琴说有，我说有钱我去福建你不给我拿？玉琴说怎么的，心疼了？这操办还不少钱呢，都是我大哥和我二妹夫花的，人家还没结婚呢，你瞅瞅你！我一听这话就来气了，我说这些年我亏欠你家了？不领情不道谢的你还给我来这套了。我和玉琴这么一吵，大伙都过来劝，玉琴不依不饶地非要跟我算明白。这时候玉琴她妈从屋里出来了，走到咱们跟前，说了一句：

"干仗也得分个时候。"

我跟玉琴就都不吭声了，玉琴她妈回过头瞅着屋门，嘴里说：

"我跟你爸也是天天打、夜夜打，现在想打也打不着了。"

玉琴听完又哭上了，我没说话，可我觉得老太太那弯腰驼背的模样里头也藏着不少的情分。几年以后，我又一次听到类似的话，却是从我自己嘴里说出来的。

第六十一章

我有时候会发一些癔症。屯子里人管那些胡乱的想法就叫癔症，我想的事要是说出来，他们不光笑话我，还得把这事当成两口子晚上办事之前的消遣。这样一来，他们就能在第二天用混着炕上臊味的眼神看我。

我想的只不过是爱情，提起这个词，我真是羞得不得了啊，可到了三十五六岁，我真的在想这个词。我想我是不是渴望过另一种爱情，它肯定是跟我和玉琴的夫妻情分不一样，它应该是城里的小两口拉着手去电影院，应该是东北大学的那些学生躲在树荫下的长椅上亲嘴，应该是逛鞋城的两个女人谈论男朋友粗心地送了一条大码的裙子，应该是青年公园鸭子形状的小船上踩着脚蹬有说有笑……或者是其他什么样，那就是我想不出来的了。反正我觉得我和屯子里人一样，有的是低人一等的爱情，它泡在大缸里，压在碗筷下，在墙垛角落里发霉，在下水道口发出腐烂的味。算了，我要是再这么想下去，我可能真就是不正常的人了。

只有我的孩子才能让我从腻烦的日子里抬起头喘口气。

翩翩刚上初中就当上了班长，因为她小学时候是大队长，小升初的考试她在这周边五六个小学里头能排前三名，她还有挂满一墙的各种荣誉证书，所以初中班主任就让翩翩当了班长。那个班主任姓宁，是个男的，教语文，胖墩墩的，说话瓮声瓮气。我问翻翻这老师咋样？翻翻说不好，他打人，还骂人。宁老师打人我是见过的，有一次翻翻忘带课本了，我去给她送，看见她班走廊上靠墙站着一排学生，男女生都有，宁老师从头问起，只问一句：

"你会背不？"

学生摇摇头，宁老师一拳打过去，打在学生的胸口，学生被打得往墙上一撞，发出"空"的一声，等身体弹回来，宁老师第二拳又打出去了。这是对男生，对女生宁老师是不打胸口的，而是直接扇嘴巴。宁老师的嘴巴扇得又脆又响，但是不留手印，我想可能是宁老师的手太厚了。宁老师看见我来了，就收住拳头，问我：

"你找谁？"

我说我是翻翻的家长，他问谁？我说郭翻翻，他说有事啊？我说送点东西，我就从那一排学生跟前走过去，推开门喊翻翻过来拿书，等我转身走了，走到走廊拐角的地方，我就听见身后又传来"空"的声音。翻翻说我见过的不是宁老师打人最狠的时候，有一回一个叫于雷的拖地，眼看着要上课了，于雷就想快点拖，就剩下讲台后边那块了，可是宁老师坐在那儿，就把整个地方都堵死了。于雷想从椅子后边挤过去，可是没挤过去，宁老师就往前挪了一下，于雷还是没挤过去，他就想干脆不拖了，就拽着拖布往回走，结果宁老师就生气了。宁老师让于雷站在过道上，对着他胸口打了三拳，于雷就顺着过道直朝后跌过去，一屁股坐在靠墙的水桶里，可宁老师自己却没动地方。

翻翻说她从来没挨过宁老师打，但是总被宁老师骂。宁老师骂人总爱用重音，他最常骂翮翮的是这两句：

"你狗屁不是！"

"一瓶子不满半瓶子摇！"

"屁"字和"瓶"字就说得特别重，带着喷出来的吐沫，足能把第一排的学生吓得半死。我问翮翮他为啥骂你？翮翮说不为啥，我去参加学校的活动，一回来耽误了十分钟课，宁老师就拿一个贼生僻的古诗考我，我答不上来，他就骂我。我说那宁老师骂得对，那活动有什么可参加的，学习第一。翮翮说不是这个事，宁老师是看不上我那个傲劲儿。翮翮这么说我不大信，我没咋念过书，可我就敬佩那念书的人，我想人家语文老师总比你个狗屁小孩强多了，你在人家面前有什么傲不傲的呢？连玉琴听说了翮翮总挨骂的事，也扁起嘴说了一句：

"你要能有出息，那都没天理了。"

她说完就立刻换了一个表情，去追着满地跑的小虎了。

翮翮的性子像玉琴，凡事都要争个先，就是吃了亏也不认。兴许是我和玉琴都不信她，她就憋了一口气，非要弄出个响动来。我看她去小卖店买了一沓稿纸，每天一放学就趴在桌上写，我想看她马上就用手捂住。我和玉琴谁也没想到，翮翮是在写小说，这事到底是叫宁老师给发现了。翮翮在班上有个要好的男同学，两人一直是前后桌，那小子高高瘦瘦的，平时就好读书，随便说个上句，就能把好大一段诗背下来。我原来就知道翮翮跟他走得近，就想这么大的姑娘，不是有什么心事吧，人家说现在孩子都早恋呢。我就跟玉琴说了，玉琴说不能，我说为啥？玉琴说你瞅她那样，死倔，一天老是发狠的模样，还爱管人，她能早什么恋？那天第二堂课下课，翩翩把小说借给那小子看，那小子正认真看呢，没注意宁老师悄悄地走过去了。这是宁老师的习惯，经常在课间悄悄地走进来，趁着学生不注意，抓住谁手里的漫画书，或者从书桌里翻出一个随身的小录音机来，就是旁边有同学发觉了，也不敢给犯事的人打个信号，要不也得一块儿挨嘴巴。宁老师把一只大手按在稿纸上，把那小子吓了一跳。宁老师夺过来一看，问这是谁的？那小子没吭声，翩翩就回身站起来说我借他的，宁老师斜着眼看了看，说你写的？翩翩说对，宁老师一下就发火了，他走到讲台前边，狠狠地摇晃着那沓稿纸，说：

"看看，这就是社会上的手抄本，黄色内容，不学好你，一瓶子不满半瓶子摇，你狗屁不是！"

翩翩一听也犯了倔劲儿，说我那不是黄色手抄本，我那是科幻小说。同学们一听就吓一跳。没人敢跟宁老师这么面对面地顶呢。宁老师迈上几步，手都扬起来了，正赶上下堂课的英语老师进来，那是个女老师，长得挺漂亮，平时就喜欢翩翩，一看这情况马上说话：

"宁老师，到我课了。"

宁老师对英语老师一直是有点讨好，听见她说话，就跟翩翩说：

"把你爸找来。"

他说完就抓着稿纸出去了，走到门口，转回身扶住门框，一条腿放到另一条腿后，脚尖点着地，像是要听听英语老师的课呢。几个后进来的同学被他这身板挡在门口，想找个空挤进来，惹得班里同学一阵笑，宁老师这才走了。中午休息的时候，翩翩骑着自行车去南塔来找我。她那自行车就是我原来给玉琴买的那辆，翩翩上了初中，玉琴就给了她，我又给玉琴买了辆新的。我看翩翩骑得一头汗，还满脸委屈的样儿，就知道学校出事了。翩翩告诉我老师找家长了，我就跟着翩翩去了学校。那天下午，在语文组的大办公室，宁老师像训学生一样训了我半天，说我不会教育，还让我看看翩翩写的手抄本。我一看是写科幻的事，写了都有三十多页了，我心想翩翩哪儿来的这怪想法，不过我觉得我闺女这么小就能写出小说来，我心里美滋滋的，由着宁老师吐沫星子直飞，我也不吭声。旁边的语文老师都厌烦地看着宁老师，巴望着他赶紧说完废话。到后来宁老师说累了，我说我那边买卖不能离人，我回家教育她，说完我就走了。晚上回家，我把稿纸还给翩翩，翩翩以为我要打他，就噘起嘴等着，我说写作业去吧，她不相信地看看我，我说以后搁家写，别让老师看见。翩翩就乐了，她说本来嘛，咱班男同学说看见宁老师中午吃饭，一边吃一边看我写的小说，看得可入迷了。我说行行，别蹬鼻子上脸啊。翩翩就得意地抱着稿纸上炕了。我看着翩翩，心想这女孩子真是随妈，这么要强将来也得吃亏啊，要是跟个能让着她的男人过一辈子还行，要是跟我这样的那可咋办？我想着想着就觉得自己想得太远了，翩翩才十三四，这还早着呢。我正想呢，忽然听见院门被人踢开了，我赶紧出屋一看，继德满脸是血，被老四背了进来，老三媳妇在旁边又哭又喊的，小虎跟在后边，脸都吓白了。

第六十二章

继德比翩翩大不到一年，可是翩翩上学早，他俩就成了同一年的。继德脑子聪明，但是不太用功，但总能考个中上游，我也从来没听说继德惹事，一看见继德这个样，我也吓了一跳。我赶紧过去，想搭把手，老四说哥不用，老四又回头跟老三媳妇说行啦别叫唤啦，哭丧呢？老四说哥你帮我扶一把，我接过继德，看见继德睁着眼睛，可是就盯着一个地方，我合计这孩子可能是被吓着了。过了一会儿，老四端着一水舀子水出来了，用手撩着水往继德脸上擦，擦了几下老四就乐了，说没事，眉毛破皮了，鼻子出血了。我一看可不，老四就卷了两个纸条给继德塞上了，告诉继德仰着头。老三媳妇一看继德没事了，就心疼地把继德搂过去。我问老四咋整的，老四说叫人打了，这帮瘪犊子，我得找人收拾他们。

在屯子里，打架是个常事，本来是开玩笑呢，闹急眼了就动手了。一般都得打得一个人躺地下起不来了，另一个才能得意地回家去，可到了晚上，被打的人又约了一大帮朋友去找打人的那个。我见过最多人打架的一次，两帮都得有五十多号，手里拎什么的都有，打头的拎着镇宅宝剑，家里养的大狼狗也都牵上。可等这一百人见了面，又不打了，挑个屋谈判，屋里坐几个，外屋坐几个，窗户外边挤的全是小孩，像是过年似的，等屋里骂起来，小孩就知道不好，赶紧跑远了。这时候就狗也叫人也骂，大队书记来了也得等打完了再说，最后也就是赔钱拉倒。我一听老四说继德让人打了，我问谁打的？老四嘟嘟囔囔地说什么二毛子，还有个叫刘军烈的，说是在他们学校那片挺好使。这时候继德忽然骂起来了：

"对，就是刘军烈，他找人打的我，你别拦我，我干他去。"

继德说着就挣着往院门口跑，老三媳妇赶紧拽住他。老四说行啦，别他妈装了，你去了顶个屁呀？继德一听还往外挣，可是挣的劲儿小了不少，他嘴里还骂着：

"老叔，他们欺负我小弟，完了还打我，你必须给我报仇。"

我一听还有小虎的事，我回头问小虎咋回事，小虎哆哆嗦嗦地说：

"我在游戏厅，他们跟我要钱，完了我就找我哥，完了他们就勾人，完了搁铁楼梯打的，大利来踢的。"

小虎说得不完整，可我也听明白了。翩翩和继德的学校是个三层楼，楼外边有个拐弯的铁楼梯，下课的时候，学生要是不愿意出去玩，就在铁楼梯上站一会儿说说话，整个操场都看得特别清楚。有的学生恶作剧，就把气球装上水，专门等漂亮女生过的时候从楼上扔下来，吓人一跳还能进一身水。要是有学生要在学校立腕儿，也专门挑下课人多的时候，勾几个人把要打的人拽到操场中间，让大伙看着，围成一圈踢人，还专门用大利来鞋踢脸，这样鼻血淌出来显得下手狠，最后再飞起一脚刨在脊梁骨上。学生们站在外边看不清里边是怎么打人的，就都挤到铁楼梯上。小虎是被人欺负了，寻思继德上了初中，是半个大人，就去找继德帮忙，结果人家找到继德学校，把继德打了。老三媳妇一听就不乐意了，当着我的面又不好说啥，就一个劲儿地埋怨继德：

"你咋那么傻呢，你咋那么有心呢啊？"

老三媳妇一边说一边掐继德，还拿眼睛一下一下瞟，意思是让继德明白他这个打是替我们家挨的。老四说你们等着，我找人去，我说你回来，你这么大人了，你跟孩子一般见识，你也打架去啊？老四说哥你寻思他们是小孩呢？那几个都有大哥。我说那你也别去，老四说哥你放心吧，我自己不动手，我找能管事的。我还想问呢，老四已经出院门了。其实老四找谁我心里也有个大概，老四在屯子里有一个哥们儿，比他小几岁，叫杨震，他还有个亲小弟叫杨迪，也跟继德差不多大。杨震他爹就是虎爷们儿，我听我爹说有一回杨震他爹不在家，屯子里的几个红卫兵上他家把屋里东西砸了。杨震他爹回来看他娘在炕上哭呢，就拿把菜刀把屯子走了个遍，谁家小子是红卫兵，他就进去砍一圈，从那以后就谁也不敢惹他爹了。杨震随他爹，从小就领头干仗，就是大人也不太愿意招这小子。后来杨震干仗出了名，附近几个屯子连着黄泥洼那边都知道有这么一号人。杨震也好喝，一去老四的小卖店就被老四留住喝几瓶，老四那脾气也暴，你杨震越是好使我越不把你当回事，慢慢地他俩就成了好哥们儿。

可老四找杨震，我是最担心的，杨震下手没有准，别打出人命来，再说为了孩子打架，孩子就以为有仗势了，所以我一直没睡觉，等着老四回来。老四是半夜回来的，喝得迷瞪的，我听见他进院就出去了，我说咋样了？老四说完事了，我说什么完事了？老四说打完了，我心里一惊，我说咋打的？老四说杨震派两个小弟去就给刘军烈打了，我赶紧问打咋样？老四说住院了，我说你们真行，怎么打那么狠呢？老四说哎呀哥，人家打你侄儿，你咋不说得得狠呢？我说那就吓唬吓唬呗，老四说吓唬管用吗？老四说完就回屋了，我隔着窗户听见桂贤埋怨老四几句，老四骂了一句，屋里就没声了。我也回了屋，玉琴迷糊地问我咋的了，我说没事。我寻思小虎心里肯定害怕呢，小虎睡在玉琴那边，我就把胳膊搭在玉琴身上，轻轻地拍着小虎，玉琴顺势搂住了我胳膊，又睡过去了。我心想要是谁动了我老婆孩儿，我肯定心疼，我也得跟他们玩命去，我这么一想，就觉得老四做得没错。结果没出两天，我正在仓库点货呢，小虎跑回来了，满头大汗，小脸煞白，我说咋的了小虎？小虎说爸有人堵咱俩，我说你和谁呀？小虎说我和我哥，我说你哥呢？小虎说人家让我走了，把我哥留下了，我不敢回家告诉我妈，我就来找你了。我说没事没事，爸带你回家。等我和小虎回了家，继德还没回来，我赶紧找着老三和老四，我说小虎他们搁哪儿堵的你？你带我们去。小虎就领我们去了一个游戏厅，曲里拐弯的，门口没有牌子，挂一个破布帘子。我进去之前看了一眼地下，没有血迹，只有个破伞，里头一帮小孩打得热火朝天的，卖币子的坐在床上看武侠小说。老四问刚才这有人打架没？卖币子的一听来精神了，说有有，拿雨伞抽的，打得老狠了。老三赶紧问人呢？卖币子的说不知道，好像自己走了。

我也不知道继德是靠哪股劲儿走回的家，那天晚上我们把继德衣服扒了，他身上没有一个地方是好的，抽得都是血条子，脸上打得最厉害，从眼内角到嘴边有一长道，继德也不说话也不叫唤，就咬着牙直打冷战。屯子里医务所的大夫来了，给继德全身都涂了紫药水，老三媳妇坐在旁边哭了一整宿，一边哭一边骂，说小虎撇下继德跑了，说人家本来就是打小虎，继德打抱不平替小虎挨打，骂着骂着就越来越难听了，说有人专门要害继德，从小就想让继德死，长大了也不放过继德。我一听这是骂玉琴呢，我本来想替玉琴还嘴，可我看见继德那难过的样儿，我就忍了。我寻思这骂到了玉琴耳朵里，玉琴也不能当回事，我们家人在玉琴心里，早就是仇敌了，不差再骂这一回。老四是最自责的，他没觉得自己找杨震打人把事弄大了，他觉得杨震没把事解决明白，所以天亮就去找杨震了，我和老三拦都拦不住。

后来到底怎么回事我也不太清楚，据说是杨震亲自带着人找了半个月，最后在一个小厂子的篮球场抓着打继德的那几个人，也都是附近出了名的混子。杨震把他们也都打住了院，杨震自己手指头还折了，他说没料到那几个人敢还手，没注意挨了一棍子。杨震让我感动的一点，是怕小虎受牵连，连着三天等小虎放学，完了陪小虎走一段，让所有人都看明白小虎有他看着呢。本来老黄他们听说这事，要跟我一块儿去学校接小虎，我说咱们去了没用，杨震一个人就好使。果然，从那以后，再也没人敢欺负小虎，连翩翩也跟着享福，那些调皮捣蛋的男生也不找翩翩麻烦。继德趴了半个月才起来，他脸上那道印子是下不去了，而且像是变了个人，再也不好好念书了，跟杨震的弟弟杨迪走得挺近乎，也开始喝酒打架。我跟玉琴说这孩子不完了吗，玉琴说你咋知道完了，人家这样兴许将来还挺好，不吃亏。我说这能有出息吗？玉琴说怎么的，翻翻学习好就有出息啊？在这地方，就凑合活着吧，越是厉害的混得越开，人家继德将来没准儿吃香的喝辣的。我说咱家现在也吃香的喝辣的，玉琴哼了一声，说是吗？我咋没看出来呢。我说不是吗？玉琴说早十年就应该过这日子，叫你给过瞎了。我一听这话就没法往下接了。玉琴过了一会儿又说，反正我早晚得离开这院，多少人盼着我死呢。我说你净瞎说，玉琴说人家都记着账哪，继德这事也记我身上了，你还没回过味呢。玉琴说这些话的时候，眼神始终是斜斜地看着，像是对日子不耐烦到了极点。我想怎么一有啥事就整得我们过不好呢？我也只好叹口气，咽口吐沫，听着外边的蝉叫唤，叫得我耳朵嗡嗡响。

第六十三章

我有好久没照镜子了，原来我娘是我的镜子，她眼神不好，可是她用手一摸就知道了，告诉我赶紧把秋衣穿上，还没过清明呢；后来大姐是我的镜子，她不懂好看不好看，就觉得我穿上贵的衣服就是好；再后来玉琴是我的镜子，告诉我腿短要穿短上衣，裤子要买立裆矮的，要是我穿得干干净净的，玉琴就高兴地抿抿嘴，告诉我得买一双好鞋了，脚上没鞋穷半截呢；再再后来玉琴给翩翩和小虎当起了镜子，就没人给我当镜子了。我找来玉琴的镜子照了一照，我就愣了，我都不认识镜子里的人了，我真是见老了。我多要是听见我说这话，肯定得骂我：

"你才多大，我都没说老呢。"

可他骂我也得这么说，我不能糊弄自己呀。我原来脸皮是紧紧绷绷的，现在两腮帮子都往下使劲了，脑门上都是褶子；我原来手脚腰背都有劲，扛个自行车像玩一样，现在抱一会儿小虎就腰发酸了；我原来喝上八两酒，一觉醒了就好了，现在刚喝了两杯半，就得赶紧找地方抠出来；我原来眼神里放着光呢，两巴掌拍得啪啪响，说话都震得自己胸口颤，我现在一顿饭只能吃半碗米，一觉睡到早上四点就再也睡不着了。我才知道，老就是这么悄悄地来了，先偷走你的食量和觉，再偷走你的力气和筋骨，最后偷走你的念想。我不是没防着它，我是光顾着跟年月较劲呢，我辛辛苦苦盼来的所有的好，叫它这么一搅和，也让我高兴不起来了。

我爹的最后一段日子，是在轰隆隆的打桩声音里度过的。爹后来又摔了两次，突发脑出血，住了一个多月院，回家以后就怕响动。可屯子后边靠庄稼的那块地忽然盖起了楼，水泥板围起来老大一个圈子，里边先挖了大坑，然后打桩机和吊车就都进去了，成车成车的沙子和大石块往里运，最后是许许多多的砖。那砖也用车拉，但是沙子和石块不用布蒙，砖用布蒙，布又不够大，露出四角的红砖来，眼瞅着像是能掉下来几块，可是绳子勒得紧，就眼瞅着一块儿拉进工地。紧跟着，打桩机开始打桩了，那个气锤先是慢慢地向上升，伴随着"刺刺"的响声，停个半秒钟，猛地砸下来，打在桩子上发出老大一声动静，后边又接着好几声，声音越来越小，然后气锤就又升上去。我怕爹听着难受，就去上屋看看，果然，爹半躺在炕上，听一声就哆嗦一下，我说爹没事，盖楼呢。爹说让我看看，爹说完就往窗口挪，我说爹那看不着，都挡上了，咱出去看。爹就说那不看了，我说出去晒晒太阳呗，你都多长时间不出院了。爹说不出去，万一出去回不来呢？我说爹你说啥呢？爹就站起来，扶着地上的小圆桌慢慢地走圈，转了两圈就走不动了。我扶着他重重地坐回炕上，我摸着他的手，像是在摸入冬时候的黄树叶。爹问我，小虎呢？我说出去玩了，爹说让他来，我给他糕点吃。我说爹他不爱吃糕点，他爱吃干脆面。爹说那俩孩子学习咋样？我说还行吧，爹说别逼孩子，我说不逼哪有出路啊，爹就不吭声了。又听了一阵打桩声，爹说行啦，你走吧，我躺一会儿。我说行，我扶爹躺好，刚要出门，爹忽然又坐起来，说从文，不用盖房了。我一愣，我说盖啥房？爹说我要没了，这半间房你拿走吧，爹说到这儿像是藏着多大秘密似的，小声说：

"别让老三听见，这回没人跟你抢啦。"

我说爹你又糊涂了，快躺下吧，爹就躺下，嘴里跟着打桩机的动静，慢慢地说"咣——咣"。我出了门，回头看看上屋的房子，我这才发现房子已经很旧了，房檐上长着草，墙缝子都能塞进去最大个的鞭炮了，我想该翻修翻修了，可是屋里都住着人呢，咋修啊？我想到这儿，忽然就打了个激灵，就不敢往下想了。

十月里，我又去福建上鞋了，这回我是一个人去的，都是老客户了，不用那么兴师动众的。我这人不爱溜达，上次跟老黄他们一起来福建，他们都要去南普陀拜拜，可我就是没去。老黄他们回来都说我肯定偷摸干坏事了，我说我就在宾馆里来着，他们都不信。我想，这回我一个人来，总算是清静了。晚上我正跟厂家老板喝着酒呢，玉琴忽然来电话了，我的BP机换过两回，已经是"火凤凰"牌的了，老大一个，在腰里一别直硌得慌。老板看有人呼我就把大哥大借我用，我说我可打长途，老板说哎呀你用吧，那能多少钱，我就乐呵呵地拿过来给玉琴回过去。玉琴说你啥时候回来？我说咋的了？玉琴说没事，我想看看楼。我说看什么楼？玉琴说就后边盖那个，我说行吧，等我回去。我待了一个礼拜，只上了一半的货，厂家老板说过十来天还有一批新的，挺畅销，建议我再来一趟看看新货。我说行，我就回家了。到家还没喘匀气呢，玉琴就拉着我去工地。我一看这楼盖得真快呀，眼瞅就上二层了，我和玉琴深一脚浅一脚地上了二层。玉琴说咋样，我说行是行，玉琴说买不？我说我过两天还得去一趟福建，等我回来仔细商量商量。玉琴就指着远地方，跟我说，你能找着你家不？我说这还是有点矮，大约能看见。玉琴说你瞅瞅，一个天上一个地下。我说行啦，别想一出是一出了，我就回家了。等我过了几天又去福建，我刚到玉琴就呼我，我回电话问又咋的了，玉琴说我买完了，我说什么买完了？玉琴说楼买完了，我说多少钱？玉琴说六万，定金两万都交了。我说你别呀，不得商量商量嘛。玉琴说再商量都没了，我挑的四楼，你同意不？我说四楼还没盖呢，关键我上鞋得用钱哪，玉琴说少上点没事，你差不多就回来吧。就这么着，我没到厂家，直接就买车票往回返，我心里盘算六万里头可有一万多是欠人家的货款，冷不丁地又欠饥荒了，这么大事怎么不商量好呢？可我又一想，玉琴也真是苦惯了，她那么要强个人，要是看着屯子里别人住进楼房，她自己没住进去，还不得又来一股火，我心说买了就买了吧。

从那天起，玉琴隔三岔五就拽着我上工地看去，她说这楼怎么盖这么慢哪，我说这是盖楼，也不是盖平房，盖平房还得好几个月呢，玉琴说哎呀我都等不起了。就是在家里，玉琴也会忽然问我，哎怎么不打桩了呢？我说地基都完事了，还打什么桩，现在就是上钢筋搭楼板了。玉琴说还是听着打桩动静好，知道盖啥程度了。我说拉倒吧，天天震得墙都掉灰。玉琴就喜滋滋地拍拍翻翻，又亲亲小虎，说咱们要住楼房啦，翻翻和小虎也高兴得不得了了，我赶紧板着脸，说上学校不许吹牛啊，让人笑话。我说完也乐一下，玉琴就侧躺在炕上，撒娇似的"哎呀"几声，像是有什么忍不了的事，最后来一句：

"还是打桩吧，心里踏实。"

我听她一说，忽然心里一紧，可到底为啥我也说不上来，我们又说了几句话就岔过去了。到了半夜，老四忽然敲我窗户，说哥你快过来，爹不行了，我赶紧披衣服下地去了上屋。爹身上盖着被，老三正扶着爹的脑袋，小声地喊爹呀爹呀。我爬上炕，看见爹已经在捯气儿了，嗓子呼噜呼噜的，可能是糊着一口痰。我一看就明白到时候了，我眼泪就下来了，我说爹你能听见我说话不？爹隔了一会儿眨眨眼睛，嗓子还呼噜呼噜的。我回头问老四，我说大姐他们呢？老四说让继德去找去了。这时候玉琴也过来了，她一看这架势，也坐在炕头上，身子朝里倾着，喊了两声爹，爹没有答应，也没眨眼。过了一会儿，我看爹捯气儿越来越急，我着急地朝外边喊：

"大姐他们死哪儿去了？"

我刚喊完，大姐就带着哭腔进来了，老三说别哭别哭，不让哭，过来说句话吧。大姐就抓着爹的手，说爹呀你看看我，爹呀你看看我。我眼泪止不住地往下掉，我说爹我们都来啦，我说孩子们都过来跪下，小屋里一下跪了好几个。老四说行了，别留太多人，你们出去等着吧。老四又问大姐，去找大夫没？大姐说小辉去的，老四就不说话了，也坐到我旁边，他哭也不出声，就是一下一下抹眼泪，嘴还一动一动的，好像还在骂人。过了一阵，大夫来了，拎个药箱，扒开爹眼皮看看，说不用送医院了，没有抢救价值。他说完就出去了，我们大伙就在那静心等着。忽然我想起来一件事，我说赶紧的，把皮子拽出来放爹旁边。我们七手八脚地把被摞底下的那张皮子拽出来，把爹的手搁在上头。我说爹能听见不？你摸摸，这是你的皮子。我看见爹半张着的嘴里舌头动了动，我问老三爹说啥呢？老三说你们先别说话，我回头冲大伙喊别说话了。老三低头听了听，说我听不懂啊，不大点声。我说你靠边，我听听，是不是有啥交代。我就趴过去，听见断断续续又细小的声，好像说"刷刷"，我寻思刷刷是啥意思呢，我又看看爹的舌头，一卷一卷的，我再趴下来听了一遍，忽然我就明白了，爹说的是"咣咣"，他没有劲了，发不出那个音，只能卷卷舌头，像是说"刷刷"。我说爹，不咣咣了啊，不咣咣了。我说着说着就忍不住了，我还怕哭出来，就强忍着，感觉胸里像是岔了气。爹就这么挨了几分钟，最后又捯了几口长长的气，终于不动弹了，老三拿来一块白布托住爹的下巴，把爹的嘴合上。我们都扑过去哭了起来，那哭声像是从地底下冒出来，在半空忽然一个炸开，把哭的人自己都吓了一跳。

第六十四章

翩翩长大以后老跟我回忆一件事，她说我爹没的时候，大姐非拽着她进屋，她可害怕了，但是大姐劲儿大，进屋到了爹停着那地方，还非得把爹脸上的白布揭开，让她摸摸爹的手。我记不清翩翩说的是不是真有这么回事，反正翩翩和小虎不听话了，玉琴就吓唬他们，说给他俩关到上屋去，他俩就被吓得够呛。

爹没了以后，老四先来找我。老四说，哥呀，那房子有你一份。我说我不要，我马上要上楼了。老四说行吧，哥我谢谢你，这事我一直记着。我说你那记性，两瓶酒就喝没了。其实这事我应该跟玉琴商量商量，可我怕玉琴非要争这口气，闹起来不好看。没想到玉琴听我说完竟然没反对，玉琴说你就是给我住我也不住，我恨不得马上离开这个院呢。我没要爹那半间房，老三也不好开口要，过了几个月，老四终于把两个屋打通，不用每天三口人住在小卖店的炕上了。

在等待楼房下来的日子里，玉琴身上发生了一种巨大的变化。她重新把邓丽君的磁带推进录音机，当发现磁带因为时间太久跑了调，她又买来了VCD机，看着屏幕轻轻地跟着哼唱。她开始花更多的心思打扮自己，一遍一遍不厌其烦地走到工地附近，远远地看着那一天天变高的楼房。她对家里每一样东西都燃起了热情，她把窗棱子、门框顶上还有那些平时根本摸不到的地方反复擦洗，把炕柜里的东西翻出来，分拣出旧的和过时不能再穿的。除了我俩结婚时候的那套衣服和我的皮夹克，剩下的她都给了人。有一些样子老了但是面料还不错的衣服，她就拿去城里找缝纫师傅修改。就连翩翩和小虎小时候的衣服，她也仔仔细细地叠起来，包在一个小包袱里。她像是一个打算出去流浪的人，耐心又恨恨地打理家里的一切，像是永远不再回来，可她又流露出一种怀念和舍不得。最后，当她发现没有什么新鲜的东西能消磨她的精力用来打发搬上楼之前的这段时间时，她就对我燃起了热情，愿意在我上行的时候去替换我，让我回家睡一觉，愿意陪着我一起跟老黄和小忠他们喝酒。而我也仿佛找到了刚结婚时候的冲动，有时候我会早早下行回来，把窗帘拉好，跟玉琴亲近一会儿，完事以后，玉琴就枕着我的胳膊，问我：

"你说咱那房子装成啥样？"

我说你想装成啥样？她说咱们得学学城里人是咋装的，我说咱城里也没啥亲戚呀，要不上老黄他们家看看。玉琴说你那几个朋友都挺土的，我说你别看不起人家，那都是做多少年买卖儿的了。玉琴说看得多不管用。隔了一会儿，玉琴又说，要不咱们照电视剧里头那样装吧。我说咱还能装成那水平？玉琴说有啥不能的，看我的。说着说着玉琴又心痒痒了，非要拽着我去看看工地，我拗不过，就只好跟她去了。我们远远地站在一棵大树底下，入秋了，天蓝得把人的脸都映得亮堂堂的，风一吹，树叶哗啦啦地响，玉琴的身子一明一暗地被划了好几条道道，她那缩起的头发飘过来一阵香波味。我一下子觉得难受极了，我想我这辈子盼过那么多的事，哪件事到头来都跟我盼的不一样。我现在明明心里高兴，也得装成不在乎的样儿。我跟玉琴本来是能过好日子的，这好日子像是都在眼前摆着，是谁偷走了它们呢？我想问问玉琴，又怕她眼下的一点好心情也让我给糟蹋了，我就只好闭紧嘴，趁着没有人注意我俩，眼睛盯住那楼房，在心里慢慢地缓一口气。

眼瞅着又要过年了，玉琴说这是咱们在这房子的最后一个年，得热热闹闹地过，小虎一听就吵吵要买大鞭炮放，我说去年浑阳就不让放，咱们偷着放点，今年听说抓得挺严哪。玉琴说你先买着，完了再说。我在城里没买着鞭炮，听人说孤家子那边有偷摸卖的，我就去弄了点，怕小虎够着就塞到柜顶上。大年三十儿那天，我去大姐家拿点冻秋梨，我一看这梨冻得正好，通体都黑了，上边结着冰碴，用凉水一洗，手指头一按，软乎乎的还不破皮。这时候大姐夫就张罗打麻将，我说那还得回老四那儿，要不不够手。我们就都去了老四那儿，结果桂贤说老四去老三家麻将社了。老三家的麻将社是刚开的，就是在台球厅旁边弄个小棚子，一共就两张桌，里头有个炉子能烧热水，靠墙有一条窄炕，能坐几个人。屋里抽烟的人多，一进去都燎眼睛，而且去的都是一些老娘们儿和瞎混的，我本来就不喜欢那帮人，更不愿意上老三那屋，显得我掉身份，可是大姐夫一个劲儿地催，我就只好去了。老四正玩呢，老三、老三媳妇还有继德都在，老四看我来了特别高兴，立刻把手里牌一推，说不玩了，我包庄给钱，你们滚吧，我们自己家人要玩了。那几个人就揣着三五十块钱走了。我说你们打吧，够手。大姐夫说他两口子一块儿上，这牌还能玩吗？我说不行继德上，继德说行啊，大姐夫说要这么的就不玩了，老四说二哥来来，来两把，过年了嘛。我就只好坐下跟他们玩一会儿。我们几个一打麻将就较劲，我打牌谨慎，遇到危险牌就撤；老四打牌冲，虽然容易点炮，但是和一把也都是大的；大姐夫心思紧，还小气，盯完上家盯下家，眼神滴溜溜在每个人脸上看，要不就突然掰开谁的手，看看有没有藏牌；只有老三一声不吭，低头打牌，还老能和三家满贯。开始的时候老四赢，后来大姐夫扳回来几把，最后就是老三一个人赢了，大姐夫就有点不高兴，嘴上就有点没把门的了，说这牌都是你们家的，你们合伙。老四就不高兴了，说我他妈也输着呢。就这么打着打着，不知不觉天就黑了，门口蒙着帘子，窗户上糊着老厚的塑料布，我也没在意几点。忽然门开了，玉琴带着一阵冷风走进来，一脸不高兴地问我：

"怎么的，不过年了？"

我说过呀，玩几把，玉琴说：

"几点了知道不，眼瞅初一了。"

我说那行，不玩了。我本来想就这么回去，可没想到玉琴看了看老三，又看见老三媳妇在后边抽着烟，眼睛都不抬一下，也不知道玉琴哪来一股火，抬手就把桌子掀了。我说你他妈干啥？玉琴说：

"你心里还有家吗？要你有什么用？装得像个人似的。"

老四赶紧打圆场，说行行，都赶紧回家过年吧，我就跟着玉琴回家了。小虎正在门口等我呢，他说爸，快点放鞭炮。我说能放吗？玉琴说你没听这周围乒乒的，我一听真是，比往年放鞭少了点，可也没少哪儿去，我就进屋拿了鞭炮，出门带小虎放，翩翩怕烟呛，就留在屋里跟玉琴包饺子。我正放呢，忽然来了几个人，说别放了，我一看是公安局的，我说咋的了？领头的那个人说不让放不让放，你们不听呢？你去穿件衣服，跟我们走，我就领小虎进了屋，玉琴说这么快放完了？我说没呢，警察来了，让我走一趟。玉琴说妈呀，这么严重。我说放鞭炮能多大罪，顶多就教育教育呗，这大过年的，还能咋的。我说你们先吃吧。其实我当时要是从窗户跑了，也就那么着了，可我一直没当回事，就穿上大衣出去了。我跟着警察走到大道边上，还有几个人也站在那儿，看来也是放鞭炮被抓的，那领头的跟我说：

"你们也真是，放两下得了呗，没完没了了。"

我一听他这话，就知道没多大事，走走形式。过了一会儿忽然开来一辆警车，下来一个警察，一边走一边看自己的手，说：

"都给我带走，无法无天了，不让放鞭炮还动手打我？"

我问旁边那领头的，我说他谁呀？领头的说这是我们科长，我们就都上了警车，在道上我们几个一分析，肯定是有个放鞭炮的被抓住了，没服管还动手，结果打了领导，我们几个就跟着倒霉了。我们被带到了看守所，分着关进几个屋，我一看，就是一个长条炕，住了十来个人，都穿着号服。我一进来，最里边躺着那个人就坐起来跟我打招呼：

"二哥，你咋进来了呢？"

我一看是黄泥洼的，姓胡，还在一块儿喝过酒呢。我说陪儿子放鞭炮被抓了，他说你快过来睡，他又告诉最边上那个人，说你下去睡去，那个人没敢吭声，抱着被就下地了。这下我就明白了，姓胡的在这里是老大，那我就吃不着亏了，果然，他跟其他人说：

"这是我二哥啊，谁也不许捣鬼。"

我客气几句，就躺到他旁边，他说二哥你没有被吧，你要不嫌弃就盖我的，我一闻那被子有说不上来的一股酸味，我就搭在腿上，心想我这个年过得啥玩意啊？我这一宿都迷迷糊糊的，直到天亮才睡着。我刚睡着不一会儿，就听见屋里热闹起来，有人吵吵说：

"包饺子了，包饺子了。"

我心想我一定是做梦呢，昨晚没吃着饺子，馋了。我一睁眼，看见就我一个人躺着，其他人围着两个盆，正在包饺子呢。

第六十五章

吃饺子是个解馋的事，平时在家，就算不是立秋，也没赶上过年，一个月里也得包上一顿饺子。我爱吃芹菜馅的，玉琴和翩翩爱吃韭菜鸡蛋馅的，所以我们家包饺子，每次都买两种馅。我平时不爱吃肉，可就是吃饺子的时候能放开肚子。我总觉得，吃饺子不能马虎，不能缺人，得一家人齐齐整整坐到那儿，把忙活一下午的饺子从锅里捞出来摆上桌，才能吃出个味。有时候我想起年轻时候我爹带我和老三、老四去站前的回民饺子馆，那也是一种味，可是就比不上自己的小家里头亲密。

可老天爷非得让我在大年初一吃这么一顿饺子，是在看守所那脏得掉了底色的大通铺上铺张报纸和的面，被那帮偷鸡摸狗的小子用老也不洗的手包好皮，又撒到平时炖清水白菜汤的看守所大锅里煮出来。看着这两盘饺子，我实在是不想碰。姓胡的小子一直跟大伙说：

"别抢啊，让我二哥先吃。"

我就只好让着，我说：

"你们吃你们吃，我胃不好。"

我看见他们狼吞虎咽地把饺子扔进肚里，一个个露出馋相，嘴里唠着不三不四的嗑儿，我站也不是，坐也不是。我倒埋怨起玉琴来了，我心想要是她不把麻将桌掀了，我能被抓到这儿来吗？就是你再看不上老三两口子，总是亲哥们儿亲妯娌，抬头不见低头见，干吗处处那么对着干呢？想到这儿，我忽然就泄气了，我想这辈子就算到了走不动道的那天，玉琴也都去记着那些事，我俩的日子再也回不去原来了。可是我想回到哪个原来呢？我把这十五六年细细数了一下，真就像这两盘饺子一样，看着是个囫囵样儿，可是一想起来就犯恶心。我正想着呢，警察来了，说郭从文你出来。我以为要放了我呢，等到了一个屋里，发现我们几个放鞭炮的都在那儿坐着，对面一个小年轻的，手里拿着话筒，身后有个岁数稍大的扛着摄像机。警察说这是省电视台的记者，你们配合一下采访啊。我心想这要上了电视得多丢人呢，旁边的几个人也都直摇头，那年轻记者就说了：

"没事，你们背过去采访，不露脸。"

我们就这么挨个坐到屋子中间的椅子上，把后背扔给摄像机，听记者问话。我听他们说得都前言不搭后语的，记者听得直皱眉，我想这么点事还说得吭哧瘪肚的，就实话实说呗。等到了我，我也背过去坐着，记者问我：

"你知道不知道禁放烟花爆竹？"

我说知道，记者又问：

"那你为什么还明知故犯？"

我脑袋里念头一动，差点把麻将没打完的事说出来，我说：

"就是孩子非想放，我就陪着放呗。"

记者又问：

"那你不知道禁放烟花爆竹是为咱们好吗？"

我说我知道，他就不再问我了，等我回过头，他正面对摄像机说话呢，大概就是说过年放鞭炮本来是件乐和的事，可是不让放鞭炮也是为了让老百姓过一个更好的年，大家应该理解支持。我心想他说的真是屁话，让放不让放倒是小事，可啥叫过一个更好的年呢？我跟玉琴这些年有哪一年过年能算得上好呢？我们住偏厦子过年的时候，在屋里也得披着大衣；我们在出租房过年的时候，为了回不回家把碗盆摔个稀巴烂；我们搬回老院子过年的时候，想要心里畅畅快快的，可那心上的眼儿偏偏堵死了。过年这事，过去没记着什么好，将来也未必能好。

　　我压根儿也没想到我那天对过年的抱怨，竟然成了我对自己下的咒，以后每年的除夕，我听着窗外震耳欲聋的鞭炮响，看见电视机里映出自己孤零零的影子，我就能隐隐约约想起那天的这两句心里话。

　　我在看守所里一共待了三天两宿，等我回了家，年都快过完了，大姐又是往我身上洒洒又让我念叨几句话，说是去去晦气。玉琴认认真真给我包了一盘饺子，把醋和蒜都摆在旁边，安安静静地坐在我对面看我吃，可我瞅了一眼饺子，一下没忍住恶心，吐了自己一裤子。

　　转过年到了八月，楼房才交了钥匙，每户还分了个小仓房。我和玉琴带着翩翩和小虎开了我们那户的门：迎面是一个厅，右手边一个大卧室，左手边一个小卧室，挨着小卧室是厕所和厨房，探出去一个阳台。翩翩和小虎被满屋子的大白墙晃得眼睛都花了，翩翩指着小屋问玉琴：

　　"妈，这屋是给我住的不？"

小虎不乐意了，说：

"啥叫给你的，那是给我的。"

我和玉琴挨个屋走走，摇摇窗户，跺跺脚，好像生怕这是纸糊的楼房。等我们走到阳台上，玉琴用手对着底下那一大片望不到边的平房一划拉，说：

"你看，咱俩比刘官屯大多数人过得都好。"

我没说话，可我心里也正翻腾呢，我以为我对这个楼不会有那么多的感觉，我也是见过世面、走南闯北的人哪，就是老黄家那个小矮楼我也去过几十次了，再说玉琴是拿我上货的钱买的楼，到现在手头还紧着呢。可等我手扶着阳台的水泥边，低头看看地面，又回头看看屋，我鼻子就酸了，我生怕一说话就让玉琴听出来，我就眨眨眼睛把眼泪憋回去，抓住玉琴的手使劲握了握，玉琴也使劲握了握。等我们出门下楼的时候，玉琴悄悄问我：

"刚才想哭了？"

我说你净瞎扯，玉琴笑了笑，脑袋往我肩膀搭了一下，怕孩子看见，又马上抬起来。当时我心里叹了口气，这口气叹得又快又轻，是我所有叹过的气里最舒坦又最杂乱的。

接下来的三个月，玉琴就开始张罗装修了，她真是要照着电视剧里那么装，棚上要吊顶，地下要铺地板，卧室买大床，还得配两个床头柜，客厅要买皮沙发和玻璃茶几，头顶上的灯都是带厚玻璃灯罩的。我本来觉得买楼花了那么多钱，装修能省就省，可我看着玉琴那认真的劲儿，一天到晚钉到楼上看着工人干活，我就不忍心说了。我想她熬那么多年才住上像样的房子，她要把她受的罪都从这房子上找回来，她把那当成是自己结婚用的婚房，当成了生翩翩和小虎时住的月子房，当成了跟我过下半辈子的房，当成了死在那里边的终老房。

我们搬家头一天，我特意借了辆三轮车，把所有东西都打上包，用编织袋装上，就留出一床被褥，准备第二天搬家。可等玉琴回来，她问我你干啥呀？我说我准备好明天搬家，玉琴说搬家拿这些干啥呀？我说这都是过日子的东西，玉琴说不要，除了电视啥也不要。我说咋的，不过了？玉琴说这些破烂都留到这儿，咱们上楼重新置办。我说这都挺好的东西，玉琴说愿意留着你就还在这儿住，我带孩子搬，行不？过了一会儿，她又说：

"我恨不得一把火把这都他妈烧了。"

第二天，大姐、大姐夫、老三、老四、桂贤、玉琴姑姑、小辉、小峰、继德他们都上楼房去看，玉琴站在门口不停地提醒他们：

"换拖鞋，换拖鞋。"

他们顾不上换，就脱了鞋光脚在屋里走，老三说哥啊，这光脚在屋不凉啊？我说你感觉感觉，他走了一圈，说哎呀这地板是好啊。桂贤说可不咋的，这一天都擦三遍呢，是不嫂子？小辉和继德在旁边鼓捣电灯开关，一个关一个闭，大姐不住嘴地骂他俩，让他俩消停一会儿。大姐跟我说：

"从文啊，搬家日子选没？"

玉琴姑姑本来是跟玉琴站在一块儿说话的，一听大姐这么说马上过来，说：

"不用啦，我们自己选。"

大姐说：

"日子得选好啊，你别看上楼了，老令都管用，要不日子过不顺当。你看这房子这么多棱角，我给你找人挂点东西，平整平整。"

玉琴听了这话，张嘴就来了一句：

"有棱才好呢，我就稀罕带棱的，没棱挨欺负啊。"

大姐听了一愣，大姐夫就过来扒拉大姐：

"臭老娘们儿你咋那么多事呢。"

大姐回头给了一句：

"用你他妈管，你有能耐也让我住这房子。"

老三媳妇是最后来的，急匆匆的，像是忙得不得了，抽出这么几分钟来看一眼。她脸色是不在乎的，两手前后甩着，可她眼神里头瞄住了每个角落，连沙发上蒙的纱帘都装成不经意地摸一把。玉琴笑吟吟地跟别人说话，假装不看她，可我知道玉琴也盯着她呢。等大伙都走了，翻翻和小虎在他们那屋的小床上打打闹闹。玉琴拿起拖布，挨屋仔细地拖了一遍，我看她稍微有点不高兴，就过去问她：

"是不是大姐说话让你不高兴了？"

玉琴说：

"没事，现在我都不怨他们，我比他们过得好多少倍呢，他们都是眼气。"

我说对对，玉琴又说：

"亲戚这玩意，乐意处就是亲戚，不乐意处就当不认识，以后咱就少来往，各过各的。"

我心里说，反正是在一个屯子住着，走个五分钟就到了，亲兄弟姐妹还能真不来往吗，反正你不能把我绑住了看着我，我就说：

"该来往还来往，你都说了，咱比他们过得好，还怕他们看哪，对不？"

玉琴停了一下，说：

"行啊，会唠嗑儿了，哎呀，跟着你这些年才过上像样日子，我要不说买楼，现在咱还在那破房子里受气呢。"

我知道接上话茬就是惹气，我就没吭声。晚上，我和玉琴躺在粉缎子面的床上，瞅着头顶那个大吊灯，窗户外边的风轻轻地刮进来，把窗台上玉琴买的那盆花吹得直晃，我的心也跟着晃起来。我说这真像是做梦啊，玉琴就侧过身搂着我，我说要是永远这样多好，玉琴又搂得紧一点，我就慢慢闭上眼睛，手摸着身子底下滑滑的缎子，我说我这辈子够啦，玉琴忽然睁开眼睛，说我还没够呢，这才哪儿到哪儿。我说你还想咋的？玉琴说咱孩子得有出息呀，将来考大学，完了买车。我说你想太远了，玉琴说这还远哪，将来高低咱们得搬到城里头去。我就听着玉琴这么一句一句地瞎聊，眼皮越来越沉，终于睡了过去。

夜里，我好像梦见了娘，娘站在窗户外边跟我说：

"孩啊，你过得好啦，你还恨娘不？"

我说我没恨过你呀，娘说：

"你别骗我啦，娘走啦。"

我就伸手去抓，一激灵就醒了过来，我适应了好一会儿才想起来我在哪儿。我悄悄地起身，去了一趟厕所，等进了厕所尿又没了，我就扶着洗手台，看着面前的镜子，然后低头想事，直到天亮起来。

第六十六章

我和玉琴是有过好日子的,虽然那日子不多,但我还记得起来。可不知道为什么,从我们住上了楼以后,我一时觉得好日子要开始了,一时又觉得好日子要过完了。

安静也是个可怕的事,一到夜里我就睡不着。我走上阳台,整个屯子黑压压的,我不开灯,可我觉得我自己是在亮处,我瞅着老院子那个方向,暗中比画着轮廓,我想象着大姐、老三、老四每天的生活,虽然那生活并不陌生,也让我生出了一种渴望。就在这时,我才意识到安静裹住了我,静得让我耳根子发痒,我住在老院子的时候从来都觉得吵,蛐蛐、狗和鸡都跟我作对,可现在它们都消停了,我反倒慌了。

我慢慢地老了,我在床上翻腾半宿才能迷糊过去,早晨天还黑着就已经醒了;我原来能拎两大包鞋走上几里地,现在抱着七八个鞋盒走一会儿就得歇两起儿;我原来听见翩翩和小虎玩闹,立刻就跑过去逗小虎一会儿,现在我窝在沙发里,小虎冲进了怀里,拽着我的手想把我拽起来,还得费上半天的劲;原来我听见任何关于房子和地的消息都会耸起肩膀听,可现在等卖地的消息传过来,我打了个嗝儿就忘了。

卖地的信儿是从刘瘸子那儿传出来的。刘瘸子回来了,而且是开着车回来的，跟他一块儿回来的还有老婆孩子。刘瘸子回来看的第一个人就是我。刘瘸子看见玉琴在厨房忙活，上下瞄了几眼，然后回头跟我说嫂子还这么漂亮，我说你混得挺好啊，来有事啊？刘瘸子说哥呀，你都住楼房了，你还跟我借过房呢。我说是啊，现在不一样了，你有钱。他说我那不算有钱，他又说哥你听说卖地的事没？我说卖哪儿的地？他说咱这儿都要动迁啦，我说你从哪儿听说的？他说我问的政府的朋友，这一大片都要动迁，要分钱啦。我说能分多钱？他说那可不少呢，一亩地咋的也分好几万，他又说我现在不弄六合彩吗，我合计你是买卖人，你跟屯子里那帮傻子不一样，咱哥儿俩一块儿干吧，咱俩当庄。我说算了，我整不明白。他说哥呀，一块换四块啊，我那车就这么换的，逢二四六开，晚上八点四十，八点四十，买啥啥值，咱俩啥也不用干，就收完钱往大庄家那儿一报就行。这时候玉琴端着茶水出来了，往刘瘸子面前一放，劲儿使大了，水洒出来不少，玉琴说：

"八点四十，两眼溜直，我老家那头早就兴起来了，纯是坑人，咱不掺和这个。"

刘瘸子听了，就低头喝茶不吭声了。第二天，刘瘸子开着车在屯子里转了几圈，就把屯子里人都引出来了，大伙都围着他的车看，他们说刘瘸子了不得了，衣锦还乡了。有的人刚要伸手去摸，刘瘸子的儿子就抄起一块砖头冲过去，大伙指着他儿子笑，刘瘸子儿子就把砖头扔了出去，砸到笑得最欢的那个人脚边，那个人尴尬地退后两步，大家笑得更欢了，刘瘸子的儿子就骂骂咧咧地跑开了。刘瘸子兴奋地用看起来有点短的那条腿跺了跺，跟大伙说：

"我这是玩六合彩赚的，逢二四六开，一块博四块，十块博四十，我押了十万，我寻思我要倾家荡产啦，一下就回来四十万，我就发啦！"

大伙听见一块能博四块，十块能博四十，就问刘瘸子六合彩怎么玩，刘瘸子说：

"可简单了，买生肖，耗子是一，牛是二，就这么往下数，一直到四十，不买生肖买数也行……"

刘瘸子正说着，忽然他儿子拿着一把菜刀出来，冲着被砖头砸的人走过去，这时候刘瘸子那个胖得像大馒头一样的媳妇一个巴掌打过去，打在刘瘸子儿子后脑勺上，刘瘸子儿子就把刀扔下哭了。大伙这回没空笑话他，都忙着听一块换四块的事呢。

相比卖地，屯子里人更在乎六合彩，从早到晚，他们都在研究今晚会中哪个生肖，要是谁头天晚上梦见了鸡鸭鹅狗，就会赌咒发誓地预言，连出门踩上牛粪也觉得这是老天爷在提醒。他们开始的时候买两块钱的，就当是买刮奖彩票，后来听说谁家买中了号，中了几千几万，他们就把下注的钱往多了加，一顿酒喝下来，桌上的每个人最少也买个三十五十的。慢慢地，屯子里的人都变得神神道道的，他们三三两两地凑在一起，小声地说着话，但凡有旁人经过，他们立刻警惕地闭上嘴。可是没过一会儿，原本还在一起的几个人又拆开了对，跟别的人凑在一起，带着各种预测信息的小报纸再从一个人的衣兜传到另一个人的衣兜，那上边的成语和图画被拿给每个念过书的人，包括正在上小学的孩子。等天黑下来了，他们都闭上了嘴，回到家里去，坐立不安地盯着墙上的钟，菜里的盐放多了一把，锅里的饭煮过了火，炕上的孩子在不停地哭，可他们的眼睛一点也不敢离开。越是临近晚上八点四十，他们的眼睛就越红，像是一只只被圈起来的兔子。老三媳妇要是在这时候碰见一个抱孩子的，就赶紧跑过去，把脸贴在正吃奶的小孩脸蛋上，低声念叨着：

"保佑大姨中啊，保佑大姨中。"

抱孩子的不高兴地问她干啥呢，老三媳妇就不以为意地说：

"没事，童子眼睛能看见。"

一到八点四十，整个屯子就热闹起来了，会立刻有人掏出手机打给刘瘸子，随后把消息散播给身边红着眼睛的人。中了的兴高采烈地喝酒，没中的开始埋怨咒骂。最难过的是那些明明猜中了生肖却信了别人的，或者没能狠心投下几千块钱的，他们骂着自己的老婆孩子，掀翻了桌子，扇着自己的脸，然后张开泛青的嘴巴，巴望着下一个开奖的日子。

就这样过了半年，屯子里还是没有人靠六合彩开上小汽车，倒是许许多多的人花光了攒下的积蓄。他们输得眼红了，扬言要把刘瘸子活剥了，却发现刘瘸子走了，他的老婆关紧了门，他的孩子在窗户里边龇着牙，小拳头捶在窗户上。大伙在外边守了三天，唠了三天，正想砸开刘瘸子的门，刘瘸子却开着车回来了，还带回另一个开车的人，这个人的车比刘瘸子的还好。刘瘸子乐呵呵地跟大伙说：

"看看，这我兄弟，输了五十万了，跟老丈人借了二十万，一把就挠回来了。"

屯子里的人就又围住了这个人的车，刘瘸子说：

"一块博四块，十块博四十，今天出啥你们想好了吗？"

大伙立刻就散开了，再次凑成了一对对，悄悄地传递着小报纸。

刘瘸子就这么来来回回地跑了几趟又回来几趟，有时是因为屯子里有人输晕了头找他算账，有时是因为警察上门来抓，有时候也会灰头土脸地跟大家说，他在大庄家那儿报了个大数，把自己的车赔了进去，可过几天又光光鲜鲜地把车开了回来。

等刘瘸子跑到第七趟，地真的卖了。大队书记说让大伙把户口本都交上去，等发回来的时候，就来人来买地了。他们买的是耕地，他们说这地不是你们的，是国家的，国家要收走了，但是不能亏待你们，给你们钱。大伙说这是咱们种的地，卖了咋种地啊？他们说你们是农转非，本来就没有地。大伙说我们是农村户口啊，他们说你们看看户口本。大伙一看就发现上边原来写的农村户口被改成农转非了，这一改不要紧，地价就差得多了，他们就说谁先签字卖地谁先拿钱，一亩地好几万，够你们种多少年的。大伙听见给这么多钱，再加上天快黑了，离八点四十越来越近了，他们就争着把字签了，他们等着拿一块换四块，拿十块换四十呢。

我是不主张卖地的，我觉得虽然我们家的地这么多年都不种了，可要是有一天啥也干不了了，种地还能活，可是大姐、老三、老四都等着用钱呢。小辉张罗搞对象结婚呢，小峰在高中成绩不好，大姐想花钱托托人，等小峰毕业就找个班上。老四早就念叨想把小卖店再往外扩扩，起码在门口搭个棚子，摆几张桌，夏天啤酒就好卖了。我没问老三，钱到了他们手里也是存不住的，不是扔在麻将桌上，就是送到刘瘸子手里。卖了地，老四给翻翻买了不少东西，我说给孩子买这些干啥？老四说哥你当初都没跟我分老房子呢，我说耕地都卖了，早晚老房子这块地也得卖。老四说卖他妈的呗，又不光卖我一家房子，咱这么大房子不得给个百十来万啊。我说没房子咋办哪？老四说管那个呢，分了钱再买呗。说完他就回过头，也盯紧了墙上的钟，我看见老四的眼睛也红了起来。

第六十七章

有时候天黑下来了，家里又没回来人，我就不开灯坐在沙发上。我透过厨房门看出去，看到封好的阳台窗户，我一坐就是好长时间，我什么也不想，可我又什么都想了。我想到翩翩已经高二了，她是个大姑娘了，是不是开始跟男生谈恋爱了？我想到小虎越来越倔，跟玉琴一个样，还有点随我，愿意挑理；我想到玉芬跟凌浩离婚了，听说是凌浩吸毒，实在过不下去了，凌浩不愿意离，还带着几个人砸了玉芬的小店；我想到玉琴老妹妹也离了婚，她本来日子过得是最好的，还开了卖建材的厂子，可她男人就在外边有人了，她生了两个女孩；我想到玉军从建材厂的房顶上摔了下来，他是自己没站稳摔下来的，养了大半年才好，可是再也不能像原来那么喝酒了……我想了这么多人，就是没想到玉琴，我就想该想想玉琴了，我正要开始想，玉琴就回来了。玉琴拿钥匙开了门，看见我吓了一跳，她说你怎么不开灯呢？我说我迷糊着了，玉琴就打开灯，洗洗手做饭去了。我说南塔生意越来越不好做了，那些大商店现在都打折，便宜鞋不好卖了，玉琴不吭声。我又说大伙都传要动迁了，先从对面那片开始动，咱们屯子旁边都开始盖大楼了，说是一个大学从城里搬过来，玉琴还不吭声。我又说咱楼下正修一个汽车站，说是公共汽车终点站安到这儿，这以后出门可得加小心，尤其看住孩子。我还想说，玉琴忽然扔下菜刀，说：

"能说点高兴事不？没有就别说。"

我说你咋的了？她拿起刀，说没事，就是最近有点胸闷。我走过去，我说媳妇你累了，她说我累啥，我天天打麻将。我乐了，我说打麻将也是体力活，她说我不想老这么闲着，我也想干点事，要不我跟玉芬一块儿开美容院哪？玉芬新找了一个男的，比她大十来岁，人挺好的，人家房子大，正好一楼能辟出来一个大屋当美容院。我说咱好长时间没去玉芬那儿了吧，要不咱不做饭了，去那儿吃？玉琴就说行啊。我俩出门的时候，玉琴又像闹心似的吐口气，我觉得玉琴可能是到更年期了。

玉芬找的这个男人真挺老的，耳朵还有点背，从我们去他就一直在做饭。我觉得一个男的哪能一直窝在厨房呢，可等我尝了一口他做的菜，我就不这么想了，我觉得玉芬总算找了个过日子的人。玉芬管他叫老蔡，我跟老蔡喝了十七八瓶啤酒，开始他不说话，就是一个劲儿地喝，然后笑眯眯地从箱子里再拿出一瓶啤酒给我倒上，喝到后来老蔡开始说话了。老蔡说我比你大，但是我也得管你叫姐夫，我原来媳妇是病死的，我还没孩子呢，我跟玉芬正打算要呢，我特别喜欢孩子，玉芬带来这个孩子不管我叫爸，我也喜欢他。我说玉芬愿意要吗？老蔡说慢慢动员呗，说完他又给我倒一杯酒，他说我跟我原来媳妇感情可好了，我花老多钱给她治病了，玉芬这个人不错，我俩把外屋弄成美容院，我在青年大街还有个房子，将来给玉芬带来这个小子留着结婚用，现在这个房子留给老二。他说的话没一句能连得上的，我也没连在一起听。我恍惚听见玉琴和玉芬在身后沙发上唠嗑儿，玉芬正给玉琴推荐什么阿胶，说是能调理调理，玉琴说用不着，不是更年期的事，就是胸闷，可能是跟郭从文这些年气的。

从玉芬家回来之后，玉琴就总吵吵喘气费劲，我劝她去医院看看，她说不用，她说你前两年还被误诊成肝炎呢，那整得吃饭碗都得单独预备，还得天天消毒，最后怎么样，不就是个胆囊炎吗？我说那也得看看，起码心里消停。玉琴说等有空吧，翩翩明年高考了，我得陪读，我说你陪有用吗？她那书咱俩都看不懂。玉琴说看不懂也陪着，我给我闺女打气，让她考大学。我没想到玉琴真的开始陪读了，每天晚上翩翩一回来，玉琴就拿出一听可乐给她，然后坐在翩翩身边。翩翩说妈你睡吧，玉琴说我不困，我看看你课本，翩翩递过来一本化学，玉琴翻了两页看不懂，翩翩又递过来一本物理，玉琴翻了两页也看不懂。翩翩说妈我不用看着，玉琴说我知道你用功，妈就看看你。过了一个多小时，我在客厅催小虎把脚洗了，关了电视进了小屋，我看翩翩还在学呢，头发离台灯就一尺远，玉琴已经靠着墙睡着了，我听见玉琴喘气的动静特别大，像是很吃劲的样儿。

很多年以后，我一直在回想，要是我没拽着玉琴去医院检查，是不是她就不会被查出那种病，是不是到现在还好好地活着？就像我走错门又走回来，是不是我进的家就不是我的家了？可惜，我每回进的家还是我自己的家，但玉琴却真的不在了。一个活生生的人一下子消失了，你打电话也找不到，你问了孩子也找不到，你走遍了亲戚家也找不到，你给每个认识的人打听也找不到，你慌了神，回家翻开衣柜，想找一件她穿的衣服，结果连衣服也不在，因为衣服连同消失的这个人一起，都被一把火烧掉了。然后你找去墓地，找着了那块碑，可你明知道这下边就是一小盒灰，你把灰捧在手里又有什么用呢？那个人真真正正地消失了，离开了，不在你身边。

我是让老四开车拉着玉琴去的医院。老四找了个给人开车的活，一月能挣一千二呢，老板对他挺好，没事就让他把车开回家。那天下午我们开着车去了省医院，做了个透视，然后玉琴就回家接小虎放学了。我和老四等了老半天，大夫把我俩叫进去，大夫看着片子说你再去别的医院看看，我们这设备不行。我说咋的了？大夫说这阴影不好啊，是肺癌。我脑袋一下就蒙了，我说哪有阴影？大夫指着片子说这呢这呢，我说这全是阴影啊，大夫就不耐烦了，他对老四说你看见没？老四说你指这块好像有，我说有个屁有，哪有？大夫说这么的吧，你们还是去别的医院再确诊一下。我们拿着片子出了医院大门，老四说哥你别着急，咱们找找人，咱现在回家还是咋的？我就想起老蔡说过他前妻得病的事，我说去玉芬那儿，我们就开车去了玉芬家。后来，玉芬回忆说，我和老四一进来脸色就不对，一进门我就哭了，我跟玉芬说你姐得癌了，玉芬还乐呵呵地说不可能，我说片子在这儿呢，玉芬说在哪儿拍的？我说省医院，玉芬又乐呵呵地说不准，我在肿瘤医院有朋友，明天再去一下。老蔡听见过来说，没事老郭，这套我经历过，能治好。我不知道玉芬的回忆准不准，反正我是记不起来了，不光是那天，直到我开始陪着玉琴去做化疗，这中间的事我都不记得了。我觉得是我不愿意记得，我已经学会了烧掉一部分回忆，然后把它们的灰埋起来。

　　这事我们是瞒着翩翩和小虎的，可我觉得翩翩能猜到，虽然翩翩上了高三开始住校了，可她偶尔回家也能察觉出来。因为玉琴的头发掉光了，她开始戴假发，她在床上躺着的时间越来越长了，她基本不下地做饭，也不去接小虎了，也不去给翩翩开家长会了。玉琴变得越来越瘦，瘦得身上的肉一斤一斤地掉，我存在银行里的钱也一天一天地掉。往玉琴吊瓶里打的药，一小瓶就要一千块，要是有一滴掉在了地上，会发出"滋"的一声，冒起好几个小泡泡，我和玉琴盯着那些小泡泡，同时发出一声叹息。玉琴叹息的是钱，我叹息的是这些"滋"打进玉琴的血管里，她一定会很难受。等我们回了家，我想让玉琴睡一觉，玉琴不答应，她要跟我说话，她说自从她得了病，我再也不跟她喊了，也从来没动手打过她。我说那我也太不是人了。然后我就坐在床边，拉着玉琴的手，慢慢地说话。玉琴说话声小，我说话声也小，像是生怕惊动谁。我俩像是有说不完的话，我俩从见面的那一天开始说，说到了搞对象，说到了结婚，说到了要孩子，说到了房子，说到了生意，说到了我爹我娘我大姐，说到了翩翩和小虎，说到了住楼房……我们每次都是重新起头，所以还没等说完翩翩和小虎就回家了，我就得去做饭，等翩翩和小虎睡了，我和玉琴又拉起手，重新起头开始说。有时候说着说着，玉琴说我累了，我说那不说了，歇着吧。玉琴说我不，我怕不说以后没得说了。我说老蔡都找人了，中科院的，肯定能治好。玉琴说那他前妻怎么没治好？我说不一样的病嘛，玉琴说不都是癌嘛，我就说不下去。玉琴隔了一会儿又说，郭从文你想想，你原来对我多不好啊。我说是，玉琴说你还跟你娘跟你姐一伙儿气我不？我说我是傻，咱俩打了一辈子，我才弄明白媳妇才是最亲的。玉琴说我不是不让你孝敬，你可以一边孝敬一边对我好，我跟你是一条心。我说是是，我那时候太不懂事了。玉琴就抬起手摸摸我的肩膀，她说你现在岁数大了，总算懂事了，知道对媳妇好了，不打媳妇不骂媳妇了。我说是是。我说着说着眼泪就不停地掉下来，我忍着不出声，玉琴就摸了摸枕头，说你别哭了，枕头都湿了，我不怪你，你从现在开始对我好就行。

第六十八章

在玉琴最后的那段日子里，我常常趁着做饭的空，站到阳台上。屯子周围冒出了好多块空地，那原来都是庄稼和房子，我忽然觉得，屯子也是有呼吸的，屯子就像玉琴的肺子，被一口口地消化掉了。屯子里的人都在传着各种消息，有说拆迁款会有几百万，因为他们亲戚家住在另一个屯子，那边的价就是这么定的，也有的说连十几万都不到，因为对面大学城那片地动迁时候就是这样的。大伙就跑去问大队书记，结果书记摆摆手，说马上改选了，你们问新书记吧。等新书记选上来，还是没给大伙一个消息，于是大伙就开始盖房了。他们听人说新盖的面积也能算钱，所以家家都准备了水泥和砖头，在自己家的房顶上加盖一层，还没等盖好，就有两家房子塌了，压死了两个人，大伙就不敢盖了。老三把跟隔壁家墙中间不到半米的过道封起来，老四也把砖头换成木头和铁皮，在老房子上边搭起了一个小窝棚。我说你这也不能算面积呀，他说去他妈的，爱算不算，反正我盖完了。自从屯子里多了这些"二层楼"，我就总能在夜里听见哭声。我一开始以为我总陪玉琴去医院，想得多了爱做梦，后来我发现确实能听见哭声，只是那哭声忽远忽近，我摸不着方向也听不出男女。我穿着衣服下楼，想去老房子找老四说说话，走到老房子下边，就听见头顶呜呜的有人哭。我吓了一跳，抬头一看，有个人蹲在房顶哭呢，我喊了一声谁？那人说：

"二哥，是我。"

是老三在哭。

我跟老三找了个小馆子吃了点串，我说老三你哭啥呀？老三说哥呀，房子要没啦。我没吭声，老三说哥呀，我们两口子跟你和嫂子争了一辈子房子，现在要没啦。我说没了还不好？这些事都抹平了嘛。老三说哥呀，房子没了咱上哪儿见面去啊？我说买新房子呗。老三说哥呀，新房子还能叫家吗？我说咋能不叫家呢？老三说我要和你弟妹离婚啦，离了婚能多分点面积，现在离婚算数，往后离婚不算数，屯子里人都要去民政局离婚呢。老三说着说着就趴在桌上哭了，一根竹签子扎进了他手指头，他连头都没抬。

本来屯子和城，隔着一条河，后来，城修了桥，通了汽车，挖了路，屯子也慢慢变成了城。屯子里人的房子和家，没了，但是他们拿到了钱，也会有一个新的家。别看我嘴上跟老三那么说，起初我是打心眼儿里没把那楼房当成我和玉琴的家，就觉得那老房子才是我们的家。我们这几十年的日子都扔到老房子里了，老房子没了，我和玉琴就无家可归了。后来我想，老房子在又能怎么样呢，玉琴没了，我一样是无家可归。

翩翩本来是打算考个一般大学的，可她听一个同学说北方大学开了艺术类，有播音主持专业，分数低但是学费很贵，一年要一万多，翩翩就问我，我说没事，你放心考，爸肯定供得起。翩翩说那我妈呢？我说你要没考上大学，就是对不起你妈。翩翩就去一个老师家上课了，专门学普通话。这个老师是电台的主持人，去一次两小时要四百块钱，我找那个老师聊了一次，我把玉琴的事说了，我说老师这都拜托你了，老师说那这样吧，学费一次三百。其实三百我也拿不出来，我已经借了十几万块钱的债了。鞋城的生意我没时间打理，就找了小辉去帮忙，小辉又把他媳妇也带去了。他娶了一个胖胖的女人，勤快又有一副好脾气，跟小辉一条心。开始的时候，他们每天能交给我一两百块钱，慢慢地每天交给我一百多块钱，又过了一段时间，他们说生意越来越差了，一双鞋只能卖出几块钱，一天下来也就挣几十，我点点头，就又去了玉芬那儿。玉芬怀孕三个月了，一听我要借钱给玉琴治病，就跟老蔡说，你把青年大街那房子卖了给我姐治病。老蔡回屋就把房产证掏出来了，我说不行不行，玉芬说没事，卖吧，我不要这个孩子了。我说老蔡就想要个孩子，玉芬说我现在哪有心情要孩子，再说没有这个孩子就不用预备房子了。我说你别说傻话了，我去别人家借，我有那么多做买卖的朋友呢，我就是不愿意跟外人张口。玉芬说，你不能不舍得钱，你得给我姐治。我说那还用你说？等到了家，我问翩翩老师怎么教的，翩翩说老师教了几段新闻稿，还让她准备才艺。我说你有才艺吗？翩翩说老师让我唱歌，歌都选好了，是《妈妈的吻》。我就不高兴了，我说老师怎么让你唱这歌呢？翩翩说老师认为我适合唱这种歌，这种歌容易拿分。我心里说老师这不是往孩子心上戳吗？从那天开始，翩翩只要在家，就跑到阳台上练歌。我把阳台门和厨房门都关得紧紧的，可我和玉琴在屋里还能听见，我老想让翩翩别唱了，可玉琴一听翩翩唱歌就高兴，还跟着哼，哼着哼着就没劲儿了。我说你歇着吧，玉琴说老郭啊，还有什么招儿没？给我治治，我能治好。我说你怎么跟你妹妹说一样话，我能不给你治吗？玉琴说我等着送翩翩上大学呢。

　　过了两天，大姐他们来看玉琴，大姐说咋瘦成这样了，从文能忙开不，要不我来帮忙啊？我说不用不用，能忙开。玉琴说行啊，大姐你来吧。从那以后，大姐真就隔三岔五过来帮忙。有时候大姐走以后，我问玉琴你非得让大姐来干啥呀？我一个人能行。玉琴说她不一直说我克你吗，我让她看见我先死，她好放心。我说你这不是给自己找憋吗，咱们都到这时候了，就别想着那些事了。玉琴说那你就给我治，治好了我反过去气她们。我说你怎么又说我不给你治了，我治我治。玉琴说我问我一个姐妹，他说盘锦有个中医，治得可好了，你把他找来吧。我说行啊。我就求了个车，去盘锦把大夫接来了。大夫来的时候赶上玉芬和玉琴老妹妹也在，大夫把了把脉，说先吃几服药试试。我说一服多少钱？他说一服药三千五，三服一个疗程，看你这情况，给八千吧。我说这么贵啊？玉琴就回身攥着我的手，说老郭你给我治啊，老郭你给我治啊。我看见玉琴眼窝都塌下去了，眼珠子像是要掉出来了，可她眼睛死死地盯着我，里边闪着一种弱弱的光。这时候玉芬和玉琴老妹妹也说话了，玉芬说姐夫你得拿钱啊，你得给我姐治啊。我说肯定治，我出去借钱去。玉琴老妹妹说我这儿有，我先拿。等她们都走了，玉琴拉着我的手问我，老郭我是不是难为你了，我知道家里没钱了。我说先借点呗，玉琴说要不别治了。可过了一分钟玉琴就哭了，玉琴说老郭你在意我不？你要在意我就给我治，我想活，我想送翩翩上大学呢。

我记得我给玉琴买过一束花，我从来没往家买过花，可那天我在路边看见了，是百合花，开得特别灿烂，我也不知道怎么想的，我就抱回家了。玉琴特别开心，她说老郭你找个花瓶放窗台上，我说家里没有花瓶啊，她说你找个大可乐瓶子剪开。等花摆好了，玉琴就让我扶着她走到窗台边，认认真真地看，整个人都精神了。那天夜里，我梦见玉琴病好了，我跟玉琴带着小虎一起送翩翩上大学，可小虎说什么也不愿意一起走，他说我怕我妈，我说怕啥呀？小虎说那不是我妈，我给了小虎一巴掌，我就醒了。我觉得屋里有点闷，把窗户开了一个小缝，第二天早上起来，我发现花都被冻蔫了，玉琴又像往常一样塌进了床里。从那以后，小虎说什么也不愿意进我和玉琴的屋，他说一看见他妈就害怕，我只好把他送到了老四家。

翩翩专业考试真的唱了《妈妈的吻》，过了几天，电台的老师打电话给她，老师说翩翩你猜你考第几？翩翩说第五十？前五十就能过了，老师说你再猜，翩翩说第二十？老师说你再猜，翩翩说那我猜不出来了，老师说你考第一。翩翩回来跟我说，爸我想带我同学上咱家串门，我说行啊，你妈这样同学在意不？翩翩说没事。晚上，来了一个小子，瘦高瘦高的，面相有点凶，但是挺会说话，玉琴非要起来陪着吃饭。玉琴跟那小子说，咱家翩翩也不可能随便带同学回来，我也能猜到你俩咋回事，我不求你俩将来怎么的，你只要对我们翩翩好就行。我说你姨这话说远了，我本来不同意翩翩搞对象，但是姑娘大了，该随她就随她，咱家这情况你也知道，正好这段你陪着翩翩，我们也能放心。等这小子走了，玉琴说这小子跟咱闺女不是一路人，我说这事早呢。玉琴说我再挺挺，马上就看见我姑娘上大学了，她上大学以后找的对象，肯定比这个要好，我得亲眼看见，翩翩得嫁个好人啊，过上好日子，别生气别操心，别跟我似的，说着说着就迷迷糊糊地睡过去了。

　　这是玉琴最后半年时间里说的最有谱的一句话，因为玉琴走的那天，那小子也来了。玉琴是下午走的，他是晚上来的，背着一把吉他，说是正忙着排练。我和翩翩对视了一下，我们都明白了彼此的心思。

第六十九章

翙翙拿到通知书是在七月份。玉琴天天把通知书拿在手里，头几天是躺在床上看，后几天是坐起来看，再后来竟然能下地走几步了。老四和大姐来的时候，都说玉琴这不天天见好吗，玉芬来的时候也说，我姐肯定能挺过去。又过了十来天，玉琴真就能下地了，她张罗着要带翙翙去买菜。我说你这体格买啥菜呀，玉琴非要去。我和翙翙坐在客厅沙发上，不愿意往屋里看，可我俩又没啥话可说，我等了一会儿，回头瞄了一眼，看见玉琴坐在凳子上，对着镜子戴上假发，往嘴上抹了点口红。等玉琴穿好衣服，她浑身都已经被汗湿透了，我和翙翙搀着她出了门。等到了市场上，玉琴努力把头抬起来，遇见认识的人问翙翙考上哪儿了，玉琴就很骄傲地说考上北方大学了，要是遇见的人不问翙翙的事，光是问玉琴身体咋样了，玉琴就应付两句，然后告诉人家翙翙考上北方大学了。我在旁边抓着玉琴的胳膊，一点肉都摸不着，就像抓着一根细棍子。我跟玉琴说，咱们回家吧。玉琴说再走一会儿，得让他们看看，咱闺女出息了。翙翙说妈你总算不偏心了，我还以为你就在乎我弟，不在乎我呢。玉琴说妈不是不在乎你，妈是觉得你大了，妈走了你也能过得挺好，可你弟弟不行，你要是有一天能耐了，不能不管你弟。翙翙说妈你放心，说完就有点哽住了。

那是玉琴最后一次走出门，我本来还想借点钱，让玉琴住在医院里，多维持一天是一天，可大夫说没有这个必要了，玉琴也跟我说：

"老郭，让我死在家里吧，我要是死在医院里，到时候我会害怕的。"

我说行啊，我在家陪着你。我跟翩翩说你安心去上大学吧，家里有我呢，我陪着你妈。

最后那段日子，玉琴昏昏沉沉地躺在床上，不说话也不睁眼，我就躺在她身边跟她说话。我说媳妇啊，要走的时候你就告诉我一声，你给我个准备。我又说媳妇啊，我打听了，买块墓地要两万多，我手里没钱了，再借钱得先供孩子上学呢，他们说殡仪馆有能存骨灰盒的地方，你先等我两年，我肯定给你买块地，你能恨我不？我又说媳妇啊，这俩孩子我肯定好好拉扯，我肯定不给他们找后妈，我宁可一个人挺着，挺到他们都出息了再找。我又说媳妇啊，你不老埋怨跟我没有好日子吗，现在多少人羡慕咱们呢，住着楼房还儿女双全，你这时候走不让人笑话吗。我又说媳妇啊，你能不能给我个机会，再跟我过几年，看我当一回好丈夫，这回我谁都不在乎，就在乎你……我说话的声音又轻又慢，等我说累了，我就翻个身，朝着玉琴躺着，静静地看着她。说到最后，没有话可以说了，我就盯着自己的手表。然后每隔一会儿贴近玉琴的胸脯听一听，再回头盯住自己的手表。我数着我和玉琴在一起过的最后时间，生怕错过了一秒钟。慢慢地我听不清哪个是心跳声，哪个是秒针的咔咔声，这两种声音合在一起，像是有人在打拍子，我和玉琴跟着拍子朝两个方向踏步，越走越远，越走越累，却怎么也停不下来，我努力地想转个方向，等我转过来，玉琴已经变成一个影子，怎么也看不清了。

白天把每一秒都拉长，夜晚又把每一秒都缩短，我常常在夜里惊醒，慌乱地把手凑到玉琴鼻子下边，碰碰那弱得不能再弱的呼吸。我怕极了，我怕得开始恨了，我咒骂我的命，咒骂我和玉琴的婚姻，咒骂老天爷的安排，到后来我开始骂我身边的一切东西。我还没骂完，大姐来了，她说该给玉琴准备衣服了，我说再等等；然后老三来了，说得跟干白活的见见面打个招呼了，我说再等等；然后老四来了，说车的事得提前安排安排了，我说再等等；然后玉芬来了，说得让翻翻回家住了，让小虎也搬回来，别看不上妈最后一眼，我说再等等；最后玉军和玉琴的老妹妹来了，话也不说就掉眼泪，我说再等等。他们就都站过来，齐声声地告诉我：

"人马上不行啦。"

我说你们放屁，人好好地喘气呢，他们说：

"我知道你难受，那也得赶紧准备，快了。"

我说都给我滚，他们就不再理我，凑到一起嘀咕几句，然后各自忙开了，我想拦也拦不住，我就跟玉琴说你看他们多有意思，你这好好的，他们还着急了。可等我再回头，我看见翻翻和小虎也回来了，我就生气了，我说你们回来干什么？翻翻说爸呀，他们说我妈不行了。小虎说爸我怕，你别让我进屋呗。我说他们都是放屁，你妈还好着呢。再过一会儿屯子里的大夫来了，他看了一眼说也就这会儿了。他这么一说，大伙就都围上来，大姐跟翻翻说你快带着你弟弟过去，跟你妈最后说句话，他俩就开始哭着喊妈。我冲着他们吼，我说你俩起来，我又跟屋里的人吼，我说你们都是干啥的？都给我出去。可他们都不看我，他们都盯着床上看，我回过头，看见老四拉上了窗帘，阳光连同窗台上的一小盆仙人球都被挡住了。

那些哭声、叹气声、喊叫声、交谈声、挪动家具的嘈杂声都清清楚楚地印在我脑子里，在这些声音当中，有一个声音离得特别近，那是大姐的声音。大姐说从文啊，出殡你可不能去啊，对你不好。然后另一个声音也近起来，那是玉芬的声音，玉芬说你这是人话不，两口子不送最后一程啊？大姐说这不是替活人考虑吗，玉芬说姐夫你要不去咱就没完，那我姐就不下葬。接着我听见了好几个人的争吵，我就慢慢走出门去，把所有声音扔在了后面。我走到屯子里，我看见有一片房子已经被扒掉了，很多人站在堆得像小山一样的碎砖头上面，愣愣地互相看着。等他们看见我，就朝我走过来，都张嘴跟我说话，我转过身，把这些声音也扔在后面。我走上大坝，看见一帮人围在桥头，几个人在河边捞着什么。董二毛的摩托车扔在岸边，我听见他们说董二毛带着一个女人出了车祸，两人一起摔进了河里，我又转过身，把这些声音也扔在后面。我重新走进屯子，走向老房子。

我推开院门，院子里没有人，他们都去了我家，终于没有声音吵我了，我就蹲下来，我忽然想到这里才是玉琴的家，她一辈子的痛苦和快乐、一辈子的挣扎和折磨都留在这儿了，我正打算安安静静地哭一场，头顶却传来了嗡嗡声。我抬起头，看见了一架直升机，我听屯子里人说过，那是在拍屯子的航拍图，别的屯子拆迁时也是拍过的，拍完拿回去跟早年的航拍图对照，后多出的面积算违建，拆迁的时候都不算钱，得拿出房产证才算数。我就这么蹲在老院子里了，抬起头盯着那嗡嗡响的飞机。等我再低头，眼前的一切都变了，变成了我和玉琴刚结婚时候的样子，玉琴站在那个又矮又小的偏厦子门口，朝着我摆摆手，然后就走了进去，我想追上去，可我一伸手，偏厦子轰隆一声塌了，玉琴站在一堆碎砖头上面，慌张地看着我，问我：

"从文啊，你还有砖吗？"

出殡那天，我又一次听了大姐的话，没去送玉琴。出门之前，玉芬和大姐他们吵个不停，翩翩声嘶力竭地喊了一句：

"都别吵吵了，让我妈安安静静走吧！"

翩翩又回头对我说：

"爸你看家吧，我们走了。"

我点点头，我还有更重要的事要做。

我走回老院子，拿出小刀给墙上的每一块砖画上记号，将来哪怕老院子拆平了，我也能一块一块地把砖扒出来。我想，我要替玉琴看好这些砖，等玉琴再回来的时候，看见这些记号，她就能找到家了。